献给渐渐耗散的上海味道

票证年代过年忙

西区老洋房（戏称“上只角”）

拥挤的老住宅区（戏称“下只角”）
消失的生活场景和物件：
弄堂小便池、传呼电话间、马桶、煤炉、石磨……

衡山路酒吧街

南京路步行街

黄浦江
外白渡桥
两万户
工房
外滩
苏州河
中百一店
国际饭店
国泰
电影院
大光明电影院
培罗蒙
人民
广场
曹家渡
新昌路
二百永新
功德林
巴黎春天
凯司令
衡山路
静安寺
上海展览中心
徐家汇
上海龙华殡仪馆
七宝

老上海城市地图

家肴

唐颖◎著

江苏凤凰文艺出版社
JIANGSU PHOENIX LITERATURE AND ART PUBLISHING, LTD

目　录

第一部

第二部

第三部

“饭店里只剩我一人，很安静，可以在电话里讲讲话……”

电话里知成表哥的声音甚至有了喜悦。

容美眼前铺展饭店的场景，排排空桌椅，一个人的背影。

容美想象中的知成表哥背影向来孤单如斯。他坐在家里的客堂间，一间清静干净的客堂间，没有烦心的物什：布满灰尘的报纸杂志，笔筒里一大把写不出字的钢笔圆珠笔铅笔和蓬头乱发的毛笔，橱柜破败椅子摇晃，松动的木地板上冒出的锈铁钉，它们戳破猪皮拖鞋底直戳到脚底板的鸡眼上，为这些时不时冷不防从腐朽的木头里戳出来的锈铁钉，一家人都有过去医院打破伤风针的记录。

所以，家里不要有人，只有你自己，家人也是最先背叛你的人，他们制造的噪音围困着你，你成年时首先要逃离的是家人，你希望安身在没有家人的家。

“我一直喜欢这栋红砖小楼，每次走过会忍不住停下来，以前的百代唱片公司，是吗？”

电话里知成表哥在问，他以为容美应该知道，容美不是从来没有离开过上海？可是，容美不知道，容美不知道的上海远远多于知道的上海。

“去一趟九华山，再回上海有两天空闲，一起去哪家店坐坐，如果你有时间。”

“当然，任何时候，等你电话！”

容美用一种刻意的兴致勃勃去回应他，这种不太真实的高调更像是由慌张引起。

过后容美去回想慌张的起始，一些场景和物什浮现出来。绿色台灯玻璃灯罩里投射出的灯光，元英坐在床边，知成坐在面对她的竹椅上，元英面容年轻，像知成的同代人。

灯光衬出黑夜幽深，容美睡意渐浓，飘进耳朵的只言片语，知成表哥的声音，有点喘息……户口也迁了，不再是上海人……把姓改了，不姓倪，姓娘的姓，和倪家不再有关系……

知成表哥起身，竹椅子发出“吱嘎”声响。容美睁开眼，昏朦中一双眸子在枕边，容美受惊彻醒，是姐姐容智的眸子。容智的目光清澈，清澈到尖锐。

奇怪的是，容美明明记得知成表哥离开时的场景是在白天，在弄堂，知成表哥骑车的背影，容智追着喊，“阿……哥……呀……”

容美尾随容智追到弄堂口，知成表哥已经消失在马路上脚踏车的车阵里。没良心没良心……元英追上来，她恨恨嘀咕着先一把扯住容智再扯住容美，一手拽一个将她们俩拽回家。

容智一路失声恸哭，哭声戳进容美的胸口，那一年容美四岁。

“你一定会做菜，给我一些你的食谱。”

容美举着电话突兀地改变话题，知成一时愣住，有些吃惊。

“噢，你在收集食谱？想当厨师？”

“不是，跟厨师没关系！”

“喔？”

“我从写字开始就记食谱，都是七八十年代的老菜式，那时候食物凭票证买，是在对食物的热忱和焦虑中长大，当年的一些味道，现在是尝不到了。”

知成表哥笑了。她没有告诉他，食谱携带了当年的场景气氛，帮助她留住了一些往事。

“我出国后才开始学做菜，我照搬食谱书做菜，不是你要的老菜式。”

“没关系，给我一两份你擅长的菜式，至少，我知道你喜欢吃什么。”

“现在的人都被养生食谱洗脑，我到底有喜欢的食物吗？我自己都不知道。”

知成表哥语气困惑。

第一部

一

他们是在元凤的葬礼上获知元鸿已经去世，一年前他的大殓，亲戚们都缺席。当时元凤元英两家都没有得到消息，元鸿的家人没有通知他们。这个消息是在元凤葬礼开始之前的殡仪厅门口传开的。殡仪厅里前一场葬礼还未结束，别人家哭声起起落落，高亢时竟像歌唱。从容美的视角看过去，厅门外却有派对气氛，亲眷们互相招呼寒暄聊起天，一半以上是陌生人。从容美的视角看过去。她听见元英声音清亮，在帮刚成鳏夫的元凤丈夫招呼倪家这边的亲眷。

元凤的女儿晶晶把容美拉到一边问，“我在国外不知道，你们在一个城市怎么也不知道？他到底也是我们的亲舅舅，我妈和你妈的大哥，倪家的长子……倪家的人都这么冷漠吗？”

她的目光打量着容美身后四周那些亲戚，仿佛在责问他们。“你姐姐她，好吗？”她突兀地毫无预兆地转了话题。

“还好……她就这样……”容美敷衍。

“这样？”晶晶追问，“这样是怎样呢？”

容美一愣，她一时无法应付晶晶打破砂锅问到底的执着。容美很久不和亲戚们聚会，久得都忘了必须预先准备一套说辞。

晶晶询问地看着容美，目光锐利，她比容美年长三岁，容美不敢太敷衍她。

“其实，我也不清楚，都忙，各忙各的……”

正好有亲戚经过，容美借故转身去招呼。

“再忙也不至于不和家人联系……”

晶晶不客气地在容美身后追上一句，也许还包含对她母亲元英的不满，元凤临终前，元英甚至不知自己的亲姐姐被送进重症病房。

前一场大殓结束时，容美已和元英匆匆交换过元鸿去世的消息。

“我们不知道，他们没有通知我们！”

元英语气里的“我们”和“他们”有种强调，没好气的，那是她一贯的态度，对于娘家人，就从来没有好气。

元英没有像往常那样唠唠叨叨抱怨不止，她有些失神，眸子空洞地望着某处。

“有时候，命运就像一部脱轨的列车，没有谁可以阻止。”

容美有一次在梦里对元英说出一句非常书面语的话，把她自己给惊醒了。醒来后她在回想，这么抽象的话是从哪里听来的？

可是对于元英，一切都是具体的：时间地点事件，变化应该是看得到的东西，有因才有果。他们这代人喜欢用“改正”“拨乱反正”这类词，“正”成了一种信仰，她和他们是“正”的教徒。所以，元英总是不由自主要去寻找“错”的根源，元鸿的一生走在错路上，容智的人生也是错误的，怎么会呢？且不说元鸿，就说容智吧，她是在自己严格管教下成长的，为什么她会错成这样？元英百思不得其解。

坐了十五年牢的长兄元鸿，是元英教育自己女儿们的反面教材。元英的结论是：不孝顺父母，对妹妹们不负责任，和女人们的关系乱……总之，不好好做人，现世报！虽然，认识元鸿的人都知道，他进监狱好像跟他的为人没有直接联系。

在元凤大殓后的豆腐羹饭酒席上，元鸿的部分家人和元英家人坐一张圆台面。

“我们不知道，没有人通知我们！”

元英重复着这句话，像是责备元鸿家人，但语气疲惫，有种绝望产生的无力感，似乎元鸿的去世让她渴望改变的某些现实被永远定格。

元英用手肘推推容先生，让他也表示些什么，但容先生有听力障碍，他并不清楚目前圆台面上的风波。

“妈关照不要通知，爹爹活着没给大家带来什么好事，走了就走了，不要再给亲眷们添麻烦了。”

芸姐姐带着歉意回答。

元英愣住了，片刻后好像才缓过来。

“小阿嫂中风我也是刚刚知道，说是住在养老院？”

她脸对着芸姐姐眼帘半垂，责备意味甚浓。元英口中的小阿嫂是元鸿的第二房太太，芸姐姐的母亲，容美和容智唤她小舅妈，背后却直呼她的名字宝珠，宝珠与元鸿同龄，也有八十多了。

“芸囡记着把养老院的地址写给我，我会去看小阿嫂的！”

元英语气郑重，像承诺一件大事。

“妈要面子，中风样子难看，慢慢在恢复，恢复得好看一点，孃孃再去看。”

芸姐姐的回答让圆台面一时静默，接着冒出一股热气，一条清蒸鲥鱼披着金灿灿的鳞片被端上桌。

“孃孃吃鱼，姑父吃鱼……”

芸姐姐起身给元英夫妇各夹一块带鳞片的鱼肉。鱼类中只有鲥鱼的鳞片在清蒸时仍然保留。

“骨刺多的鱼最鲜，妈最欢喜。”芸姐姐给亲眷们夹着鱼一边絮叨，“以前看不到鲥鱼，只有刀鱼鲞鱼，有鲥鱼吃了，刀鱼鲞鱼反而值钱了。”

不知为何，这家常话在容美耳朵听来好像也夹带了鱼刺似的，她瞥了元英一眼。

“咪豆……”

筷子在分割鱼肉的芸姐姐唤起容美的小名，容美倏地起了一身鸡皮疙瘩，因为这声“咪豆”。

容美不足月出生，在医院保暖箱躺了两个月，年幼时身形比同龄孩子瘦小。容智常用“咪咪哚哚”（微小）来形容容美的小，给容美起了“咪豆”的昵称。

发育后的容美个子超过了容智，容智仍然唤容美“咪豆”。容智比容美年长八岁，率真不羁的个性让妹妹崇拜，自从她远离，容美觉得自己的人生也变得黯淡。

容美对芸姐姐心怀内疚，自从容智从家人的视野消失，她也不再与芸姐姐往来。以前，有个重要时刻，芸姐姐曾经出现在她和容智的身边。

元鸿刑满释放回上海探亲之前，她们并不认识芸姐姐。

这个叫元鸿的舅舅仿佛从天而降，宝珠和芸姐姐也随之出现，因为元鸿刑满后第一次回沪探亲住到了宝珠家。那段时间，容美和容智处于兴奋状态，和父母态度相反，她们喜爱亲戚往来，盼望摆开圆台面觥筹交错每天有家宴，就像回到过年的景象。

宝珠家的亭子间太挤，亲戚们便去元英家见元鸿，人多时吃饭必须拉开圆台面才能挤坐十多人。以往，只有过年时，家里那张可以折叠的圆台面才从公用厨房的橱柜后面抽出来，也因为过年，这张圆台面常被借用，像一个大轮子出现在弄堂被滚去不同人家。

因为元鸿，圆台面提早摆上过年才有的冷盆热炒，都是为春节储存的菜肴：腌制不久的酱油肉鳗鱼干黄鱼鲞，虽然没有过年才配给的鸡鸭等家禽，元英照样弄出四荤四素冷菜六道热炒。所谓冷菜里的荤菜更像摆样子，菜肴放在盆中央一小撮：切成薄片的酱油肉，撕成条状的鳗鱼干，摆成花瓣状的海蜇头，皮蛋和豆腐切小丁放一些虾皮拌拌也算是荤的；素冷菜量多一些，客人可以伸伸筷子，除了葱油凉拌萝卜丝盐水毛豆或者油氽果肉（油炸花生）诸如此类，元英知道自己做的烤麸最受欢迎，所以满满一盘。热炒更是少不了蔬菜撑台面，像肉片炒花菜、芹菜炒豆干、豆腐荠菜羹这类家常菜在元英的抱歉声里也拿出来待客。圆台面上并非没有美食，元英做了黄鱼鲞红烧肉，鱼票肉票油票和豆制品票都不够用，元英分别问邻居和同事借了几张。宝珠带来自己做的八宝饭。论烹调手艺，苏州祖籍的宝珠和宁波祖籍的元英各有千秋，都是高手。匮乏年代美食难忘，元英的黄鱼鲞红烧肉和松鼠黄鱼，宝珠的八宝饭里用猪油白糖炒出的红豆沙，让亲戚们多年后还常提起。

热闹的家宴上，七岁的容美不断向客人们宣布：我们提早过年了！

比起容美垂涎食物，容智更喜好亲戚往来的热闹。元鸿的出现，带来一门亲戚，虽然他回上海只住十天就离开，但为她们留下了宝珠和芸姐姐。宝珠和芸姐姐一直住上海，但元鸿出现之前，她们仿佛不存在。

芸姐姐在表姐妹中闪亮耀眼，她亭亭玉立，长辫子拖到腰间，穿洗得发白的蓝布工装裤，像宣传画上健康帅气的年轻女工，虽然她上班的小厂隶属街道，被称为“里弄加工场”。

后来的某一天容美突然意识到，容智对芸姐姐没来由的亲近感是因为知成表哥的缘故，芸姐姐和知成表哥不是同父异母吗？

芸姐姐的外表和她同父异母的哥哥并不相像，她眸大脸圆漂亮得明朗。知成是细长眼高鼻梁，英俊得有几分阴柔。

吃着豆腐羹饭，容美不能不想起知成表哥，他是否知道自己的亲生父亲去世？深夜绿莹莹的台灯光，知成表哥决绝的声音……那些场景和对话突然又历历在目。

元英经常抱怨说元鸿是坏榜样。那么，知成算不算坏榜样呢？他和倪家断绝关系，他是否明白他伤害了倪家人，尤其是容智？

“咪豆你好意思吗，结婚喜糖我都没吃到！”芸姐姐笑说却有责备的意思，“你的老公我还没有见过呢！”

容美有些发愣。

“问你要喜糖吃呢！”

同桌的元福表舅接芸姐姐的话。

“哪里还有喜糖？已经开始协议离婚的事了！”容美笑着说，像讲一个笑话。圆台面有轻微的震动，亲戚们的表情讪讪的。芸姐姐笑意未失，探询地看了容美一眼，夹起鱼肚放在容美的菜碟里。

容美朝元英瞥一眼，元英回容美一个白眼。容美知道得罪了母亲，她让爱面子的元英在亲戚面前丢了脸。

自从容智离家，容美也变得任性，她不再是那个识相的老二。她让元英难堪，更像在使性子。

曾经，元英无法克制地把对容智的不满、怨恨发泄到容美身上，却未料容美不肯再做受气包。从小到大，容美一路受着元英的指责长大。她成年后才敢和元英针锋相对、寸步不让，她也在把失去容智的伤感郁闷转化成愤懑朝元英发泄。

芸姐姐分完最后一块鱼肉，轮到她自己时，这条鱼只剩头和尾巴了。

“芸囡在外面会做人，一点不像自己爷，也不像娘……”元英低声对着容美嘀咕，“屋里厢家务一手一脚，撑牢不止一家人，娘的娘家人也在照顾，小阿嫂多少享福，苦日脚苦不到伊头上。”

苦日脚怎么可能苦不到伊头上？在座的倪家人里，宝珠难道不算最苦吗？宝珠的人生从三十四岁元鸿进监狱那天起，就不再有什么开心日子了。要不是在圆台面上，容美又要去反驳元英的话了。

宝珠没有再嫁，虽然是个二房。宝珠看起来是不像过苦日脚的样子，她甚至看起来过得比同辈女眷都自在。她被亲戚们在背后指指点点，首先她不该每星期去理发店，并且是去名理发店洗头吹发。那些年人人手头紧，除非遇上红白喜事，平常日子谁舍得上名店花冤枉铜钿？

话又说回来，冤枉铜钿花出去是有效果的。在人人都穿一种衣服样式的日子，宝珠为何看起来比其他女眷都体面？当时容智就得出结论，冤枉铜钿不冤枉。

除了做头发，有亲戚看到宝珠坐在名家点心店吃点心。亲眷们在背后指责说，我们都不舍得上点心店！意思是，我们这种人家从不向人借钱，我们都不轻易去店里吃点心，你宝珠到月底就钱不够花上亲戚家借钱，你倒是舍得花钱！在他们眼里，这是一种不可原谅的自我放纵行为。

上门借钱，是宝珠被诟病的关键点。

容美非常记得宝珠来借钱的场景：起先她坐在那里悠闲地吸着烟，这烟是容先生递给宝珠的。宝珠吸烟时眯着眼，笑容从她的鱼尾纹里漾出来，任谁都能感受到她吸烟时是用全身心享受这一刻。宝珠揿灭烟头，准备离去时才会说出这几个字：

“这几天手头有些紧呢。”

原本走来走去忙碌的元英去开五斗橱唯一被锁住的抽屉，拿出现金塞给宝珠，一边埋怨宝珠：“手头紧还带东西来干什么？”

宝珠上门借钱从来不空手，她会带来王家沙的松糕或者老大昌的纯奶油小方蛋糕。这纯奶油小方蛋糕是容家姐妹的心头爱。

“她就是会用钱！”可元英恨恨的。

除了过年送礼需要，平常日子元英怎会无缘无故去什么老大昌买蛋糕？

元英在背后指责宝珠却从不拒绝借钱给她。元英内心深处觉得对宝珠有亏欠，她是为自己的兄长有亏欠感，可宝珠并不理会元英的这份亏欠，这也让元英不爽。

元鸿刑满后第一次探亲回上海住到宝珠家，一时间，宝珠家人来人往煞是热闹。客人上门时，她和元鸿一左一右坐在八仙桌两边，她笑眯眯的，眼梢旁漾起好看的鱼尾纹。

从此元鸿每年有探亲假可以回一趟上海，但仍然不能离开劳改农场，必须做到退休年龄才能搬回来。宝珠笑说，一年回来一次没什么不好，小别赛新婚嘛！年近五十的宝珠说这话有点让人尴尬，她马上又补上一句，再说家里地方小，天天在一起会很挤，会吵架。

原来，这并非玩笑话。等元鸿退休回来，在人人都以为他俩终于可以老来作伴的时候，元鸿却又从宝珠家搬出去了。他告诉元英，他和宝珠，小吵天天有大吵三六九。

容美看着芸姐姐不时起身给众人布菜，像在温习久违的家宴气氛，如果不是大殓后要吃豆腐羹饭，这些年里，亲戚们很难坐到一张圆台面上。

当年配给制，各样东西凭票证购买，各家人省吃俭用只等过年将圆台面弄得热热闹闹。现如今，满世界的人在搭圆台面，亲戚们却越来越疏于往来，好像当年的苦心经营让他们耗尽了心力。

今天的芸姐姐穿一件彩色菱形图案的高领羊绒衫，短发新烫，是讲究的，但是落伍的讲究，就像她的为人，她注重亲戚往来的礼节，长幼有序，面面俱到，精力消耗在各种关照上。容美不用担心她会像晶晶突兀地问出让人心里发紧的问题，亲戚家的各种难堪事，芸姐姐心里一本账，却不会轻易出口。容智的那些事，芸姐姐是第一知情人。

饭席摆在龙华殡仪馆附近专做豆腐羹饭生意的餐馆，装潢和菜肴粗糙。这是个阴天，店堂的地上湿漉漉的更显邋遢，人多喧闹却又夹杂丧事办完后的不安和虚无，但在芸姐姐近似于热烈的招呼下，便有了往日喜庆宴席的氛围。

有过几年喜宴不断，容美同辈表亲们的结婚潮，老辈们的生日庆宴。喜宴中断也跟容智有关，自从她出事，元英便辞谢了各门亲眷各种庆贺的邀请。元英这一家的缺席，让亲眷们找到了不来往的理由。原本，这么多年，他们也是忍着内心的不耐烦维持着表面的礼数。

豆腐羹饭圆台面的寒暄声调在升高，芸姐姐像是主角，容美突然意识到，芸姐姐也是喜爱人来客往，娴熟于应酬，这一点继承了宝珠家的基因。回想起来，芸姐姐和宝珠在一起的时候，做女儿的更像长辈，芸姐姐殷勤周到总是赔着笑脸，就像时刻在为她的被亲戚们诟病的双亲赔不是。

二

知成表哥：

上海人说的刀豆，食谱书里叫绿豆（Green Bean）。是西式做法。我现在血脂高，中式炒菜油用得多，再加上热锅煸炒有油烟，不敢吃了。西式做法也很好吃啊，现在的我不再固执，认为只有中菜是好吃的，对健康的担心会损害你的味觉，这种情况下，开始收集西式食谱，好像是在无意中拓展自己对于好味道的接受度。比如这刀豆，健康又容易做，水煮就行，水滚后煮个十来分钟，捞进深一点的大碗里，西式菜全靠调料调味。一磅到一磅半的刀豆，放三茶匙左右的黄油，融化后的液体黄油，所以只能大概估量一下，这个我会做减法，两茶匙的柠檬汁，我可能会多放一些，四分之一茶匙盐，八分之一茶匙蒜粉，我直接用蒜盐了，再来一点胡椒，调料在小碗里先拌匀，再拌进豆里，然后才洒杏仁，加工后碎成薄片的杏仁，量杯的四分之一。杏仁本身有降血压功能，和刀豆配在一起，杏仁的香味变得特别清晰，它是这道菜的灵魂呢！我通常用手抓满满一把放入，两手端起碗来掂，这个动作你妈和我妈经常做。拌黄瓜什么的，先要盐腌，洒了盐她们就是这么拿着盛黄瓜的碗掂个不停，我以前不明白为何是掂而不是用筷子直接拌，我问妈，她说习惯用掂，问你妈，她说，这样掂味道容易进去，我掂着掂着就会想起以前的事，把碗放下来，也就忘了。这时各样材料已分布均匀，你一看就看出它们都均匀了，然后装盆，一个人时，我连盆也不装，这碗刀豆就当主食。我有时会突然想到，我上海的家人会接受这碗刀豆的味道吗？

大殓后的回家路上元英一直板着脸，好像生气胜过悲伤。这个让她失望透顶，大半生都在抱怨的大哥，离去的方式，竟然也这么让人不安。容美觉得，元英好像在责怪元鸿不该瞒着人偷偷地走，他是用这种方式来回答曾经对他颇多指责的亲戚们吗？

“元鸿坐牢第一次回上海探亲就像在眼前。”

元英回到家，洗手，换拖鞋，脱外套，然后一屁股坐到沙发上，说了这么一句，像在对自己嘀咕。

“元鸿到上海第一个看到他的人是我，你要我去火车站接他……”未料到容先生接上她的话，她们还以为他听不清呢。

“我特地买了站台票，到他车厢边上的站台等他。”容先生和元英并排坐在沙发上，脸对着前面黑漆漆的电视屏幕，“坐了十多年的监牢，怕认不出来，没想到一眼就认出他来，眼神一点不变，还是……还是有一股劲。”容先生说到这里竟笑了一声，“坐牢十几年，还能有这种眼神，唉……可惜……”

“可惜啥？”元英声量大，质问的语气。

容先生仍然心平气和，“他是可以有出息的，本来是个人才……”

“什么才？”元英打断道，“闯祸的才，把自己弄进监牢，出来了，还不安分！”

“人都走了，你还要他怎样？”容先生问。

元英不响，眼圈红了。

“那次从火车站出来，”容先生不紧不慢，继续先前的话题，“我问元鸿想吃什么，他说想吃生煎馒头，要吃春园的生煎……”

元英鼻子哼哼道："那是宝珠喜欢去的点心店。"她转过脸对着容美，"小店，只能放三四张桌子，名气响得咪……"元英叹息了，"宝珠元鸿一对宝货，都是吃客，东吃西吃，吃遍上海，元鸿出了监牢，吃生煎馒头还要指定春园。做人最苦的，就像他，苦日子里还念着以前的好日子……

"那次老爸买了一斤生煎四十只，舅舅一口气全部吃光。"

元英受惊地看看容美和容先生，然后诧笑。

"一斤生煎全部吃光，倒没有吃出事来？"

她的嘴角瘪了瘪，泪珠涌出眼眶。容美和容先生面面相觑，闷声不响。

元英自己从茶几上的纸巾盒里抽出纸巾拭去泪水。

"你舅舅牢监坐满十五年，第一次回上海探亲，你只有七岁，你倒是都记得。"

"当然记得，舅舅吃了一斤生煎馒头这件事，你们当时讲了又讲，而且每次讲到这件事……"

容美戛然而止，两老一起转过脸看着她。

"每次讲到这件事，你都要哭。"

印在容美脑海里的元鸿，仍然是七岁那年见到的舅舅。

那年元鸿十五年刑期结束回沪探亲。宝珠的姐姐珍珠和丈夫赵乾坤在新雅饭店请客，有接风的意思。

这个突然出现的舅舅，个子高，眉眼浓，神情冷峻。

"原来，好看的男人也会坐牢！"

十五岁的容智得出这么个结论。

圆台面铺满饭店二楼大厅，不能明说为元鸿接风，临近中秋节，就说成中秋节的家庭聚餐。

虽然这些年凭票证购买各种食物，遇上年节亲戚们还是坚持互相请客摆出圆台面，家宴不曾中断，但在名饭店请客也未免高调！当时元英非常不以为然。

容美认识和不认识的亲戚们都来了，他们看起来兴奋又慌张，唯独宝珠泰然自若，仿佛这是她的人生里经常出现的场景。她微笑地看着珍珠忙于应酬，领受着东道主的风光。接风酒席上这个主角，皮肤黝黑眉眼深浓，对于当时的容美来说，是个令人不敢近前的陌生人。

珍珠是家中长女，长宝珠十岁，十八岁时嫁给四十岁的赵乾坤，排在第二房。正房体弱多病常年卧床，珍珠不如宝珠漂亮却能干，不仅持家有方，待人接物有分寸，且她进门后，赵家产业连翻几番，她被认为是个旺夫的女人。所以正房去世珍珠扶正后，赵乾坤不再娶姨太太。当然，这更像是珍珠驭夫有术。

赵乾坤是统战对象，在民主党派有职位，六六年虽被抄家批斗赶进自家小洋楼的汽车间，七十年代初属他私房的小洋楼便归还了。他的两个与大太太生的儿子五十年代初去了香港，七十年代起又开始给他们寄包裹。这时候遇上元鸿出狱，珍珠说要为他接风，也是借此把亲戚们召来，延续中断多年杯盅交错的让家族人气旺盛的家宴。

亲戚们认为，作为女人，假如对比宝珠家的落魄，珍珠的人生很成功。当然，也怪不得别人，年轻时宝珠和元鸿登对，俊男美女出双入对，让嫁给半百男人做妾的珍珠羡慕却也不以为然。

“一个人不可能什么好事都占尽。”元鸿出事后，珍珠这么劝宝珠，“当年元鸿年轻英俊前途无量，怎能料到世道会变，命运会拐弯？”珍珠的意思是，宝珠现在是为年轻时的浪掷青春付出代价。珍珠嫁给年近半百的赵乾坤，也曾在宝珠面前后悔自己年轻时没有享受到一天青春的浪漫，可珍珠换来了后半生的安稳优渥。

问题是，宝珠年轻时，用珍珠的代价论根本无法说服她放弃元鸿。

元鸿和宝珠坐在主桌，与元英一家隔了一个台面，七岁的容美看过去，觉得舅舅离她们很远。她和容智都有点心神不宁，她们使劲朝元鸿那边张望，他就像天外来客，她们以前连照片都不曾看到。

前几天，在晚饭桌上，元英说：“你们的舅舅要回一趟上海。”

容智看着元英，好像没有听明白。

容美问：“是在安徽的那个舅舅吗？”

元英便对容智说：“我讲过的事你妹妹都不会忘，你呢，什么事都不上心。”

容智说：“我有健忘症。”

元英不悦，“十几岁的人哪来健忘症？”

容智认真了，“我真的不记得你讲过我们还有个舅舅！”

容智瞪大眸子看着元英，容美有些害怕，怕元英发脾气。

“看起来你姐姐是有健忘症，以后我们家的事归你管，万一我也得了健忘症。”元英却转脸对容美说。

容智噗嗤一声笑开来，元英反而板起脸，起身给自己倒茶。

“有一个人，你不会忘！”

容美突然对着容智道，语气诡谲。

“咦，我怎么不知道，你倒是知道？”

“你不会忘记知成表哥！”

看见笑容从容智脸上退去，容美就有些发慌。

元英板起了脸，“好了，不要无轨电车开出去，我特别要关照你！”元英的食指点点容美的额角，“舅舅在的时候不准提知成的名字，他已经跟我们倪家脱离关系，听到吗？”

容美被元英教训得很没趣，嘴一瘪一瘪想哭，容智把她拉到浴间关起门。

“容美你是最懂我的人，我告诉你，妈现在像一只受惊的兔子，担心这担心那，以后我们在她面前做哑巴。”

这句话把容美逗笑了。

“那个安徽来的舅舅，其实是从劳改农场放出来的，他坐了十五年牢，刑期满了，可以回来探亲，不过他必须留在那个劳改农场，直到退休年龄才能回来。”

容美很吃惊，“原来你都知道！”

“我当然知道，我只是装作不知道，因为是爸偷偷告诉我的，我不想让妈知道我都知道了！”容智关照道，“以后在妈面前，知道的事也要说不知道，也不要让舅舅知道我们都知道他的事，他会觉得没有面子。”

容美直点头，兴奋地说道：“我想到可以见到舅舅真是太高兴了，我喜欢家里一直有人客来。”

容智说：“你喜欢人客来，也不要在妈妈面前说，因为她不喜欢人客来。”

容美于是叹息一声。

容智问：“你小小年纪叹什么气？”

容美说：“我学妈妈，她喜欢叹气。”

这天，在去饭店之前，当元英关照女儿，不管在舅舅还是在其他亲戚面前，都不要多话时，容美不由得对着容智直笑。

在饭店，她们被元英带到元鸿面前时，容美畏惧得一声不吭。容智却毫不见外，亲热地叫了一声：“舅舅好！”于是，容美吃惊地看到元鸿睁大了眼睛，眼眶里似乎浮上一层水汽，立刻有其他亲戚过来打招呼，元英拉着容智和容美坐到她们的位子上。

坐在圆桌旁的容美，不断转过脸去看元鸿，她不习惯也很好奇生活里突然出现一个陌生的亲戚，且是从监牢里出来。

每次，她转脸看他的时候，便会碰到他的视线，他也在朝她们这边张望。

她在容智耳边道：“怪伐，这个新舅舅也在看我们。”

容智说：“他跟我们一样，从来没有看到过我们。”

后来元鸿索性站起来，拿着酒杯朝元英家这一桌走过来。

这张圆台面除了坐着元英一家，还安排了元英的姐姐元凤和堂弟元福两家。但元凤一家拒绝出席，元凤和丈夫一向是倪家的“革命派”，很少和倪家人往来，于是这张圆台面旁插进好几个远房亲戚。这些亲戚容智说她从未见过，更别说容美。

元福端起酒杯和元鸿碰杯时道：“这些年我们在外边的人过得也不容易。”

容先生没有说话，他起身与元鸿碰杯，元鸿等着容先生把酒杯里的酒抿干，才去接元福的话，脸却对着容先生说：“谢谢这些年来关照！”

元鸿说着，从台子上拿了酒瓶给容先生斟酒，之后元福接过酒瓶给元鸿的酒杯加酒，元鸿对元福为自己斟酒的动作不满意。

“倒啤酒应该沿着杯边倒，这样才不会倒出许多泡沫。”

元福并不在意元鸿对他的挑剔，元英却在意了，她回家后对容先生说，现在元鸿也只能在元福面前耍耍大哥派头。

这天的有些情景一直留在容美的记忆里。

当时元鸿一口喝干元福给他斟的酒，并没有立刻离去，他在台子边上看了一圈，好像在找空椅子，于是元英吩咐容美把自己的椅子让给元鸿，让她和容智合坐一张椅子。

容美挨着元鸿坐，可是元鸿却在对容智说话，桌上这么多人，他却只对容智说话。他问容智有多高，并站起来和她比身高。容智只比元鸿矮半头，元鸿说他有一米八零，因此容智至少有一米六八，容智十五岁的年纪长了十八岁的个子。容智很惊奇元鸿知道她的准确年龄，她说除了我妈，连我爸也记不住我到底几岁。元鸿就有些吃惊，很认真地问容先生，容智几岁了？容先生便说，我只记得她哪一年生，到底几岁我要算一下。于是一桌人都笑开了。容美却看到，元英只是咧了咧嘴，显然，她并不觉得好笑，甚至有点不悦。

元英催促元鸿回珍珠夫妇的台子，但元鸿还在和容智东拉西扯。这时，宝珠过来了，她拍拍元鸿的肩膀说，姐夫家的人要给你敬酒。

元鸿拿着酒杯回到他的位子，宝珠却坐到了元鸿刚刚坐过的椅子上。

“还记得我吗？”

她问她们，容美摇头，容智点头。

“很久以前你来过我们家。”

宝珠笑了。宝珠一笑便眼睛眯起来，嘴角翘起来。

“宝珠舅妈一笑我就想起来了，她以前没有这么老！”容智轻声议论说。

“什么老不老的，这种日脚对她是在熬，活一天赚一天。”元英没好气。

元鸿坐回自己的台子，容美还在转脸张望他，然后问容智：“为什么人人都喜欢你，连这个陌生人一样的舅舅，也和你又笑又说的？你看他现在，不笑也不说话了。”

容智顺着容美的目光看过去，她们同时看到，坐在珍珠和宝珠中间的元鸿，那张脸没有笑容时冷峻得让人畏惧。

容智安慰容美，“舅舅喜欢我，舅妈喜欢你。”

容美摇头否认，“不是的，是因为舅妈看出舅舅喜欢你，所以假装来喜欢我一下。”

容智不可思议地打量容美，然后说容美人小鬼大，将来是个心机重的人。容美不懂心机是什么意思，但知道不是什么好话。

从饭店回来，容智一直在谈论元鸿舅舅，容美很失落，她看得出这个刚刚出现的舅舅对容智的厚爱。

“他这个舅舅跟人家舅舅不一样，他是劳改犯！”

容美甚至自己还没有意识到，便已经大声说出来。

这句话让元英和容智都吃了一惊。元英不由分说给了容美一巴掌。容美放声大哭，正在看报的容先生过来问缘由，元英把容美的话重复给容先生听。容先生说，这肯定不是小孩子说得出来的，是谁教她的。

他把容美带到浴间关起门询问。

“谁教你讲劳改犯？”

“我不知道。”

“那么劳改犯这话是怎么来的？”

“听人家说的。”

“谁在说？”

容美摇头。

“那么，是在哪里听到的？”

容美不响。

“是在饭店吗？”

容美点头。

容先生显得很诧异，好像劳改犯这种话不可能在饭店这种地方听到。

“是我们家的客人吗？”

“我不晓得，我不认识他们。”

比起先前的不确定，容美的回答肯定了一些。

“珍珠大舅妈请大家吃饭，小菜很多对吗？”

“小菜多人也多。”

“为什么小菜吃得好，还要讲不好听的话呢？”

容美摇头，心里有了歉疚。

“我以后不讲了。”

“不是你讲的，是别人在讲，你听到了？”

容美含混地点点头，她突然有点怀疑是不是听来的，然而，不是听来的，又是哪里来的？“劳改犯”这个词很深地刻在她的脑中。

“你刚才说‘以后不讲了’？”

容美使劲地点头，她用手摸摸被妈妈打红的脸颊，又开始抽泣。

“这几天，舅舅有空就会过来，你要懂礼貌！”

容美再一次使劲点头，突然问道：“舅舅为什么对姐姐那么好？”

容先生一愣，然后笑笑，“他也对你好的。”

“他没有跟我说话，一直跟姐姐说话。”

“因为姐姐是大人，大人喜欢跟大人说话。”

“元福舅舅也是大人，舅舅没有跟他说话。”

“喔……”容先生又一愣，想了想，“他一次只能跟一个人说话。再说，作为舅舅，他还从来没有看见过你姐姐。”

“他也没有看见过我……”

容先生没有接容美的话，他打开浴间门，“去跟妈妈说声对不起。”

“我去跟舅舅说对不起。”

“这话太难听，还是不要让他知道……”

容美没有机会向母亲道歉，回到房间时，元英已经出门去宝珠家。容智告诉容先生，妈去给舅舅送冬天衣裳。

“是我发现舅舅穿得少，告诉了妈。”她有些得意地补充说。

“那也用不着这么急。”容先生道，“还说了其他事吗？”

“好像舅舅说过要去扫外公外婆的墓。”

“他不知道外公外婆墓已经被人掘了？”容先生的脸就凝重起来。

容智老成地点点头，“他当然不知道，妈说，她没有机会告诉他，信上怎么可以写这种事？所以，她必须今天晚上去告诉他。”

于是，容先生穿上外套也去了宝珠家，他当时说，不应该这么晚去讲这种事，讲这种事，他必须在场。

“因为你妈讲到这件事，会……会疯掉一样。”

容先生出门时讲的这句话容美记住了，却记不得那个晚上是如何结束的。也许他们回来时她已去了苏州，这是元英的说法，她把进入梦乡说成“去苏州”。总之，容美觉得自己很笨，常常在不应该睡的时候去了苏州。

隔了一天，元鸿上门来了，在后来的十天里，他隔一两天就要来一次。

元鸿一来，容美就被元英安排到晒台门口的料理台写毛笔字。容智已被界定成大人，所以可以参与他们的聊天。

容美一个人在上面写字，很寂寞，也很心神不宁，写几个字，就要下几格楼梯溜到房门口，她想偷听他们讲话。

她听到元鸿说：“容智越长越漂亮，小时候还没有看出来。”

容智说：“你没有看到我小时候，我觉得，我小时候比现在还好看。”

这句话听起来有点不恭敬，容美听到元鸿在笑，元英也跟着笑了。她忍不住探了一下头，看到爸爸也在笑，虽然，他其实听不清他们在聊什么。

她很少看见元英笑，心里不舒服了，她不在的场合，他们好像都很开心，而且容智反驳大人，妈也不管管。

这时，她听到元鸿说：“你小时候的照片我看过，你妈抱着你，哭作乌拉，不肯照相的样子……”

“噢，你怎么看得到我们的照片？”元英打断道，“我没有寄过照片，说是不能寄。”

“宝珠来，带来一些照片……”

“宝珠去监牢看你？”元英惊问。

“到白茂林后，允许探监，她来看过我……”

“真是看不出，宝珠有义气。”

“想不到，真的想不到，以为要跑的人没有跑，不会跑的人，倒跑了……”

“算了，她就不要提了……”元英带点抢白地打断元鸿。

“她是谁？”容智在问。

房间一阵静默。

容美探头看到，元英和元鸿面面相觑，容先生赔着笑脸。

容美缩回头，听到元英说：“去看看容美在干什么。”

容智推开椅子起身，容美一溜烟躲到紧挨房门的浴间里，关上门坐上马桶，一边喊，我在大便。

容智隔着门催她快一点，说她小便急死了。

等容美出来，站在浴间门口的容智打量她，微微一笑，用气声道：“在门口偷听对伐？”

容美赌气不理，她飞奔上楼梯，抓起毛笔，在毛边纸上乱涂乱画发泄心里的闷气。然后她丢下笔，扑在料理台上想心事，却把墨汁打翻在桌上。

三

元鸿比元凤早走一年，但对于元英，他们就像是同一天去世的。元凤常年被冠心病困扰，好几次被救护车送医院，她的离去对元英已构不成打击，令她深感意外的，是大哥元鸿的离世。

这么多年，元英对元鸿的厌烦怨恨，都是在他背后。在他面前，她仍是把他当作长兄，表面的礼数还维持着，后来发生了那些事，她连人前的长幼有序也做不到了。

“都快进棺材了，还要搅这种花头经。”隔了几年重提旧事，仍能听到元英气急败坏的斥责声。

元鸿在和一个女人秘密往来，这个女人并非不相干的什么人，她是阿馨，元鸿曾经的第三房太太。元鸿关进去的那一年，她离开倪家，改嫁他人。

十年前元鸿刚开始和阿馨有往来，在元英的干预下，并未继续。容美还记得元福来传话的那个晚上，她恰好在家，那年她已经去北京的一所大学读研究生，夏天回上海过暑假。

家里的晚餐时间是整六点，就像单位上班，时间一到就开饭，不能差一分钟，时间表的精确已近乎偏执。容美不得不踩着时间点赶回家吃饭，她和元福舅舅前后脚上的楼梯。

元福这人上门从来不预先通知，并且总是在容美家晚餐前一刻。元福是元英叔父的养子，与他们倪家人本无血缘关系，这个非血亲的倪家人，却热衷在倪家各门亲眷之间走动。

元英并不欢迎元福，她对于亲戚们的往来处于神经质状态。来来去去中，难免飞短流长。元英要防备元福在各家串门时传话弄点是非出来，这家族是非很有可能变成社会是非。祸从口出！她经常这么告诫女儿们。

这天元福上门一脸煞有介事，元英立刻沉下脸，是下意识的戒备。元福不敢造次，憋着不说话。终究，元英敌不过自己的急性子，忍不住道："不好的事就不要说了！"元福便笑："也不能说不好，我倒是觉得好。"元英长长地"哦"了一声，皱了皱眉说，吃了饭再说，那时她正在布置餐桌，准备开饭。

容先生在解手洗手完成吃饭前的例行程序，他从浴间出来，看见元福并不意外，招呼他在餐桌旁坐下，好像元福每天都来这里吃饭似的。对于元福每次上门总是在饭前一刻，容先生已经见怪不怪，虽然他心里并不舒服。

每天的晚餐于容先生如同仪式，或者说，是家里的秩序，也是他可以掌控的秩序，吃饭时间一到家人必须齐齐坐到餐桌前。因此像元福这种开饭时段的不速之客，最犯他老先生的忌，可犯忌又如何？这么多年下来，再怎么看不惯也只能接受了。

在餐桌前，元福是客人，说是吃便饭多放一双筷子，元英还是要去厨房忙碌一番。她当然比容先生更不乐意看到元福的唐突，但礼貌待客是她做人的原则，更何况还是娘家人，再怎么讨嫌，她都会本能地去维护。

这天她匆忙张罗添了菜，现炒了一盘苔条花生做下酒菜，本来打算明天才吃的炒盐肉旺火蒸着，喝完小酒可以拿来下饭。元福高兴地直感叹，有口福有口福。待他走后，元英会向容美发牢骚："就是不识相，教也教不会！"

饭后，收拾餐桌的事由容美负责。容先生坐到沙发看他每天必看的报纸，留了空间让元英和元福聊他们家的事，这些事容先生一向置之度外，更像是拒绝知晓。

容家住的弄堂老房子，是三十年代建造的新式里弄房。这两层高楼房，原本是一栋楼一户人家，所以每栋楼只有一间厨房在一楼，一间浴室在二楼。上海人将浴缸称大卫生，抽水马桶称小卫生。所以，新式里弄房，也称弄堂洋房，不同于石库门的重要标志便是，弄堂洋房大小卫生煤气都齐全。这两层楼的房子，一共才三间房，一楼人家有两代人，拥有一楼客堂间和一楼与二楼之间的亭子间。容家住二楼，下一楼厨房煮饭不方便，便把煤气灶按在顶层晒台门口，在楼梯顶端腾空搭了一张料理台，水槽安在晒台一角，上面装了顶棚，菜橱放在房门外的走道上，用餐就在房间了。

容美上楼下楼进进出出显得很忙。其实也没有那么忙，她是故意在餐桌边磨蹭，偷听元福舅舅带来的故事。从他今天的表情就能判断他带来的故事有点刺激，元英脸色难看，表明她对将听到的故事深恶痛绝，她还没有听到就已经预先摆明了态度。

带着亲戚家各种秘闻上门的元福总是令容美雀跃，这位表舅耐不住寂寞喜欢搭讪，并不在乎亲戚间约定俗成的规矩，所以他是长辈中最有亲和力的一位。容美殷勤地为他泡一杯元英收藏的碧螺春，他端起烫茶端详着，看着蜷曲成螺的叶子慢慢舒展，碧绿纤细的芽叶在杯水里沉浮，对容美跷拇指说：“好茶！”元英却哼了一声，朝容美斜了一眼，“你去忙你的！”

“有什么好事？”

元英问，带刺地，意思更像是，会有什么好事？

元福却犹疑起来，“可能，我觉得好，你不一定……”

“唉，快说吧，到底什么事？”

元英倒是急切了。

"阿馨在和元鸿阿哥走动……"

元福瞥了元英一眼，元英神情茫然。

"阿馨是谁？"

"你怎么会不记得阿馨？元鸿阿哥在永嘉路的女人……"

元英过于吃惊而怔忡。

元福便问道："阿姐？"

元英立刻打断他，"阿馨不是有自己的家吗？"

好像是在问元福，却又立刻堵住元福道："再说阿哥，他最不开心的就是阿馨了，阿哥关进去，刑期还没有判下来……她就……"元英顿了顿，"她不是走了……跟着别人过了吗？"

寂静片刻。

"本来就是养在外边的女人，她这么做也是唯一的出路，当时那么年轻，她……"元英在为前面的话解释，顿了顿，苦笑了，"当然，阿哥不会这么看，他有多自私你也知道的，在监牢里了还想要管住阿馨……"

元福赔着笑，眼睛看着杯里的茶，一口接一口把半杯茶喝得只剩茶叶，被吸干的茶叶更像一撮咸菜。连喝茶都这副败兆相！元英会在背后这般指责。

元英起身给元福的杯子续水，一边问："她走掉后再也没有消息，他们怎么可能碰得到？"

"我在元鸿阿哥的住处见到她了……"

元英"砰"的一声重重放下热水瓶，背对元福凝固了十几秒钟，就哑了，或者说，像被噎住了，一时就没了声音。良久，她才说了一句："这两个人忘记自己什么年纪了……"

她把茶杯放回元福面前，一屁股坐回椅子，眼帘下垂，谴责的表情，带着厌恶。

"他们自己都没有想到，这大半人生兜了一大圈还会碰到！这么大的上海，怎么就碰到了呢？"元福在自问自答，"好像是在七宝镇上，阿馨到那里买蹄髈，就……碰到了，这还不是缘分吗？”

元福朝着元英问道，元英抬起眼帘询问地看着他，元福竟笑了。

“不要把这种乱七八糟的事情拿来跟我讲。”她厌恶地皱起眉头斥责道。

元福走后，她还在生闷气，在晒台搭就的厨房里手脚很重地摆放容美刚洗净晾在淘箩里的锅碗瓢盆。

容美跟到她身边问：“阿馨是谁？“

见元英不响，容美又追问了一句：“这个叫阿馨的女人，听起来像是舅舅的旧情人？”

“什么情人情人的，难听伐？”元英光火了，“她也是你舅舅的老婆！”

“喔，你从来没有提起过，舅舅到底有几个老婆？”

“提她干什么？小老婆。”

“小老婆也是老婆，再说，宝珠也是小老婆。”

容美反驳着，那颗八卦的心却在窃喜。

“宝珠不一样，她跟你舅舅一直住在一起……”

“还因为跟他生了女儿吧？”

容美的这句话却让元英脸上有了戒备，她冷然瞥了容美一眼，让容美莫名心慌。

“阿馨早就改嫁了，她去找元鸿干什么？”元英的语气突然激烈，“没有法律关系跑去找你舅舅……算什么名堂？一个有老公的女人，现在……现在讲法制了……”

“讲法制？”容美冷笑，心里涌起无名火，“做了什么需要讲法制……”

“有你舅舅的地方就讲了，他这把年纪还想不想过太平日子？”

元英简直是咬牙切齿。

“你担心警察去抓他们？”

容美问，竟笑了，元英奇怪地瞥了她一眼，好像容美是个突然来搭腔的路人。

“做犯法的事，警察就要抓！”

元英的语气恶狠狠的，好像元鸿和阿馨就在她面前。

“犯什么法？没有法律关系的男女就不能往来了？还是一对上了年纪的老头老太，他们倒是犯了哪门子法？”

容美一提嗓，声音就尖起来。

“你在跟谁说话？我还是不是你的长辈？”

元英的嗓音也尖了起来，比起过去的驯服，容美如今的放肆，让元英无法容忍。

容美没有再回嘴，见元英怒气冲冲，很怕她发展成歇斯底里，元英正在经历更年期，容先生曾经再三提醒容美。

元英下了几格楼梯回到房间，容美跟着她。元英去关上房门，压低了声音。

“阿馨虽然没有名分，和你舅舅之间也是事实上的离婚夫妻，一对已经离婚的夫妻这样你来我往，会有什么好事？”

“都已经这么老了，会有什么事？”容美很难不带一点讥讽的语气，但眼下她更关心的不是元英的态度，她直接就转了话题，“你还没有告诉我，他们两人有没有孩子？”

正解下围裙欲进浴室的元英突然转身瞪着容美。

“你少管闲事！”

这一声吼把容美惊了一跳。

正在看报的容先生似乎听到了一些动静，他抬头问容美：“又和你妈顶嘴了？”

容美摇摇头。

“你回家这些日子，你妈每天惦记着给你买好小菜吃，你还要惹她生气？”

容美不再作声。

次日早晨，见元英精神好很多，容美忍不住又提起这个话题。

“假如阿馨和我舅舅有孩子，就是我的表哥或表姐，是和我有血缘关系的人……”

“有血缘关系又怎么样呢？”

正在整理床铺的元英猛地将被子一拉，掀起一股风来，坐在一边沙发上看报的容先生膝盖上的报纸被翻飞到地上，容先生对容美发火了。

“告诉你不要惹你妈妈，她现在更年期日子不好过……”

不知为何“更年期”的说法让容美觉得好笑，她咧了咧嘴，把笑憋下了。

容美奇怪的是，他俩生孩子也是情理之中，妈为何这般气急败坏？

容美在元福舅舅下班之前冲到他上班的五金店。容美的突然造访元福并不惊奇，他说，以前，也有好几年了，容智会时不时突然冲到他的店里，向他打听家里的事，多半是元鸿家的事。容美的心“咯噔”一下，元鸿的家事，当然是跟知成表哥有关，容美此时才明白，她以为容智已经忘记知成表哥的这些年，容智其实一直惦记着。

元福提议，先去附近的小店吃牛肉面当晚餐，之后去南京路的“凯司令”喝咖啡，他的五金店就在威海路上，与南京路相隔一条街。

元福在亲戚中是出了名的“刮皮（吝啬）”，果然他不请容美上餐馆吃正餐。但这样的安排也没什么不妥，小面店环境差但牛肉面美味，饱了肚子后再去孵咖啡馆，享受到情调却不费多少钱。

上海人把坐咖啡馆说成“孵”，就是要在那里消磨时间，喝咖啡是借口，占有咖啡馆的幽雅环境才是目的。

正是晚餐时间，顾客少谈话不受干扰，简单的晚餐后，来一杯含冰淇淋的咖啡倍感惬意。可见，这位表舅虽然在五金店上班没有什么志向，却懂生活。你看他，下班时在只能站立一个人的更衣室，将身上圆领汗衫换成的确良短袖衬衫，这件衬衫挂在衣架上没有皱褶很体面。他认为穿汗衫去面店吃面条没有关系，去咖啡馆或正式的餐馆就不像话了。他在更衣室准备的这件衬衣，就是为了应付这类夜间活动。他颇有几分自得地告诉容美，虽然工资低，但出客穿的衣服还是有一两件。

容美嘲笑元福舅舅，“你就是人们说的那种上海人，家里的钱都穿在身上了，要面子不要夹里。”

“面子夹里都应该要，如果只能选一样，当然先顾面子，如果连面子都可以不要，这种人……”元福摇头正色，停顿一下，加重语气，“我倒也是佩服的！”

容美询问地看着他。

“这种人心里有力道，不怕人家闲话，是可以做大事的，这是生好的天性，不是你想不要面子就可以不要的。”他想了想，好像在找合适的语词，“你元鸿舅舅是这种人，可是他晚生了几十年……”

元福戛然而止。

这时，他们两人已经坐在“凯司令”，一人一杯“漂浮”，一种冰咖啡上浮着一颗冰淇淋圆球的饮料。

这天，容美是来听元鸿和阿馨的故事。可是元福告诉容美，元鸿和阿馨的关系眼下难以维持，他那天去她家次日，元英便去找元鸿。之后元鸿把元福叫去，他告诉元福，元英的担心有道理，阿馨有丈夫，他不想为这个女人给自己惹麻烦。

“都怪我不好，嘴快，以后，他们即使来往，元鸿也不会告诉我了。”

元福自责，更多是遗憾。

这时候的元鸿从劳改农场退休后搬回上海已经几年了，他在宝珠家才住了两年便分开住了。按照宝珠的说法，从劳改农场回到上海的元鸿像换了个人，那时探亲回来时间短还看不出。宝珠后悔说，早知这样，我是不会让他住进来的。

原因很简单，宝珠无法忍受一个脱胎换骨的劳改犯，说他染上了叫花子毛病。在循环往复的争吵后，元鸿便搬出去住了。这个容美早就知道了，但其中的许多细节元福说只有他最清楚，不过，要另外找时间说，到时容美要回请他吃饭。容美一口答应，心里却嘀咕，做舅舅的还要和小辈计较，小气鬼的样子出来了吧！

这天晚上，元福的故事还是满足了容美极大的好奇心，有些细节化的描述让容美有身临其境的感觉，难道元福舅舅也在现场吗？

对于容美发出的疑问，元福回答说："自从元鸿和阿馨往来，与我的关系突然密切了，常常把我叫去喝酒，喝了酒，他什么都说，他需要有个人听他讲。他，是有点孤单的……"元福舅舅不好意思地笑了一笑，"当然，有些细节是听阿馨说的，有时候她去元鸿那里，也会打电话把我一起叫去，我在，他们两人的心情也会比较平和。"

"你说'平和'是什么意思？"

"两人在一起容易吵架。"

"这我就不懂了，他们不是在秘密往来吗？为什么要吵？"

"有了感情才会吵架嘛。"

元福的这句回答让容美印象深刻。

元福告诉容美，阿馨虽然是元鸿的外室，也可以说，是他的另一个小老婆，但这是很久前的往事了，久得倪家人都已经把她忘了。

"这两个人从分手到碰见隔了三十年，元鸿住七宝，阿馨住浦东，一东一西跨大半个上海。"

容美发出惊叹声。

"你想想，在这个一千五百万人口的城市，两个人碰到的概率近乎零的情况下，他们就碰到了。你说，这不是命运安排，又是谁安排的？”

容美听得一愣一愣，元福更来劲了。

“当时分开来是不得已，既然碰到了，不可能不往来。当然，这种往来，发生在一般人之间，就算是轧姘头了，所以，你妈是要发脾气的！”

“她管得太宽了！”容美反感道。

“你妈对阿馨跟对宝珠完全不一样，宝珠是自己人，阿馨嘛，你妈对她不怎么信任，讲伊是开口笑，看起来脾气好，其实没心没肺，阿哥前脚关进牢房，后脚就改嫁了。当然，这也不是她反对元鸿和阿馨往来的原因，你妈反对的是，阿馨有老公，元鸿有宝珠，虽然两个人是分开来住，但是，元鸿退休回上海填的表格上，老婆的名字是宝珠，宝珠要是晓得闹起来哪能办？阿馨那边更加有风险，听说她老公在宝山的一个中学做校长，是党员，如果这边两个人走动越来越热络，纸包不住火怎么办？”

“你的意思是，他们两个人不是一般性的往来？”

元福笑了，摇着头，面对才二十出头的外甥女，他欲言又止。

容美也不自在了，和长辈亲戚聊这种话题太尴尬。

“不过，为元鸿想想，他也太可怜了，好容易等到退休，办好各种手续回到上海已经六十好几，本来是想跟宝珠过个安稳日脚，没想到宝珠嫌弃他，元鸿的自尊心大受伤害。他这人自尊心又特别强，所以阿馨愿意去看他，对他来说，就像帮他把自尊心又拾回来，这不是其他女人可以帮到他的。”

元福一番话，听起来好像对元鸿的那些男女关系了解很深。

容美疑惑地瞥了元福一眼，虽然他是个容易相处的长辈，却也难以让小辈们尊敬。他不思上进，卖卖五金小商品就满足了。他老婆原是农村户口，如今在街道的杂货店当营业员，家里两个孩子都是这个他自己称为“乡下人”的老婆在照管。他每天除了上班，便是串东家走西家忙他那一摊可有可无的社交，他老婆从来不去管他。

坐在咖啡馆的元福衣着脸孔头发干干净净山青水绿，职业身份模糊样子却不乏体面，他正是姐姐容智最要抨击的那种上海男人，精明胆小却自我感觉良好的小市民。

容美虽然内心无法对这个没有出息的表舅生出敬意，但和他在一起很轻松，可以毫无顾忌说出自己的想法。

她对着元福非常痛快地表达了自己的态度。

“假如他们还在来往，你知道了不要再告诉我妈，她的想法并不重要！”

“我觉得他们两人不会立刻断，但也不会来往太长时间，在一起总是要吵，阿馨还有老公，所以，很容易就吵开来，不再往来。”

元福叹气，似乎对他们不能长久下去感到遗憾。

“两个人好不容易又见到，应该珍惜，到底为什么事吵？”

“你不晓得，有一种吵是属于男人女人之间的吵，互相有感情，却是信任不够，经常误会，他们两人更严重，中间隔了很多年，各自都有心结。再说，不住在一起，还要互相吃醋……”

容美立刻起了鸡皮疙瘩。

“老都老了，还要吃醋！”

容美语气好笑的，心却一跳，母亲担心的并非毫无道理，如果两人越卷越深怎么办？

“元鸿坐了多年牢，宝珠说他变了个人，其实脾气性格没有变，做人低调了，但是跟阿馨一碰到，老腔调又出来了，脾气又大了……”

“他们两人是有小孩的对吗？”

容美的问话，让元福一愣。

“你妈讲过他们有小孩？”

元福倒是追问起来。容美摇摇头，盯着元福看，元福也盯着她看，他们这时又像两个营垒的间谍，互相揣测起了对方。

“我不知道他们有小孩！”元福显然真的不知道实情，他观察着容美的表情问道，“你今天不会是来打听这件事的吧？你听到什么了？”

“喔，没有，我怎么听得到什么？我想他们既然做过夫妻，总应该有小孩，问我妈，被她骂了。”

“她怎么骂你？”

元福问，他像闻到了什么异样的味道，打破砂锅地一路追问。

“怎么骂？就这么骂……”元英当时骂了什么，容美想不起来了，只记得元英莫名地发起了脾气，她才明白自己问了个敏感问题，但这又很难向元福描述。看他这么起劲，容美倒生出戒备，心想，既然元福不知道，她也没有必要和他讨论自己的猜想。

“可能，我没有根据乱问让她发火……”

“你们小辈去打听这种事，她肯定不高兴，倪家发生的任何事在你妈看来都不是什么好事，她不希望你们知道！”

四

饭店的走油肉切开来肉还是白的，作料不够浓，肉浸作料的时间太短。从饭店出来，妈决定为坐完十五年牢的元鸿舅舅做一次她认为合格的走油肉。平常，只有在过年才会做走油肉，猪肉和食用油都要凭票买。做走油肉要用五花肉，一斤肉切成两三大块，在锅里煮到半熟，汤水沥干后便可开油锅汆肉块。妈难得大手笔，这一次一买买了两斤肉。容智说，别看妈老在背后骂舅舅，给他做走油肉却不顾一切的。妈把一个月的配给油都倒进锅里，说汆走油肉油必须浸没肉块。容智急了，说后面我们拿什么做菜？妈笑了，说容智倒是蛮会为自家人着急的。她说放心吧，炸肉的油不会少，还会多，但肉却缩了，所以，肉块要大。开油锅是大事，油要沸腾火要大，这样汆出的肉皮才会泡起来。把肉块放进沸腾的油锅惊心动魄，滚烫的油四溅并发出爆炸般的噼啪声，必须飞快盖上锅盖。旁边已经准备一锅预先做好的酱料，酱料是用酱油桂皮八角葱姜冰糖加水煮透再凉透，从油锅里捞出的肉块立刻浸入冰凉的酱料，肉皮便像发酵一样肿泡起皱，浸在酱料里的走油肉一两天后便浓油赤酱了。

元鸿和阿馨相遇的地点在上海西南近郊七宝镇，他在七宝摆蛋摊。元鸿从劳改农场退休回上海，在宝珠家住了两年多便分居到七宝租房住。住得远也是因为那边的房租低廉，元鸿没有退休金，住到七宝开始摆蛋摊，说是为了付房租，其实是有咸鱼翻身的野心。

二十世纪初元鸿父亲从宁波乡下到上海，也是从摆蛋摊开始，后来开杂货店，再后来开米行。元鸿身上到底是有宁波人做小生意的基因，劳改农场这么多年，脑子汰过，身体练过，基因弄不掉。但是，元鸿的蛋摊被城管赶来赶去，常常血本都要赔上，几年下来并没有累积到多少资金，他那点咸鱼翻身的野心也开始淡了。

那天却是个好日子。太阳好，镇上人多起来，多半是城里人来买农副产品，午饭前鸡蛋顺利卖完。也许这天是礼拜天或者是节日，他记不得了，只记得突然很想吃肉。他去卖熟蹄髈的摊位，熟蹄髈分酱蹄髈和咸蹄髈，元鸿想吃咸蹄髈就到这只摊位来。他虽然出生上海，却有宁波祖先的嗜好，喜欢吃咸货，咸鱼咸肉咸鸡咸蛋咸菜各种咸，来过几次，老板娘跟他熟了，不止熟，四十多岁年纪的老板娘招呼他时有点太热络了……

元鸿六十多岁年纪，身板还是很挺，高高瘦瘦有股劲道，这劲道表现在他看女人有眼神。有些女人被他一看就会腿软，这种女人通常是喜欢和男人来点事的。他有过不少女人，当然懂女人。不过，那时候的元鸿在女人方面还是谨慎的，他的心思还不在这上面，心里还有一股傲气，他还有咸鱼翻身的念头。

虽然老板娘眼光勾人，元鸿却不动声色，付了钞票拎起蹄髈就要走。就在这一秒钟，有个女人挤到他面前伸出手去拎蹄髈，那只手白皙圆润手背有块胎记。他的心一震，顺着这只手去打量她，虽然只是背影却是他熟悉的个子。他们离得这么近，风吹过来，几根发丝飘起来触到他下巴，就好像几十年前的风飘过来似的。他对着她的背影问道："不会是阿馨吧？"她猛地转过头，手马上去捂牢嘴巴，好像怕自己叫起来。元鸿，元鸿，她唤他，声音是轻的，眼泪立刻满出眼眶。元鸿后来讲，就是这把眼泪又抓牢他的心了。

阿馨梦游一般跟着元鸿离开镇中心，曲曲弯弯穿过小巷，走过台硌路走过青石板一直走到土路，离开镇子，直走到农民自盖的楼房，走上水泥楼梯他的房间，关上房门，几乎没有说话，他们就抱在一起。

他们并排靠在床上，他默默抽烟，她说，我连梦都做不到你，你心里恨我。他不响，烟抽完了，烟蒂揿在烟缸里，眼睛并不看她，你老公死了再来找我。她去打他，他不理，她哭着穿起了衣服。他瞥了她一眼微微一笑，这点爱好还跟我一样，我喜欢爱吃蹄髈的女人！她又去打他，这次是笑着打，他抬起胳膊挡了挡，回去吧，不早了！她才想起她是和邻居一起来的七宝，买蹄髈时，邻居在隔壁布店看土布，她把邻居忘得一干二净。

她留给他传呼电话和地址，那时电话还没有装到普通人家。她心里明白他是不会主动给她电话的。但她可以来找他，这里并不难找，离开镇子也就一公里左右。她离开时才看清楚这栋楼的方位和地形：农民房子没有门牌号码，但门口有一棵老榆树，这棵榆树倾斜在河边，根部像巨大的手掌覆盖住斜坡并延伸到土路上，使这条土路到这里产生曲折，凸出的根部，让行人从边上绕过去，便绕出一道弯，这道弯又延伸出岔路，这岔路便通向元鸿租住的农房。

她从七宝回去后一个人去家附近的小饭店坐了很久，所受的震撼需要平复。五十多岁的人在农民房子偷情，和一个劳改释放人员，肉体上还留着痛感，这痛刺激起她的兴奋，干涸多年的身体又湿润了。欲望可以让人变得不知羞耻，她竟有转回七宝和他继续做的冲动。

她在回想，为了什么原因跑到七宝去？好像是，星期天太无聊。丈夫是教数学的，自从 1978 年高考恢复，数学老师变得吃香，这些年每个夜晚和礼拜天被补课生填满。虽有儿子，但他去美国读博士已经离开了一年。

这儿子并不是亲生的，是领养的。当初结婚是给自己找一条生路，丈夫人品好却患阳痿，他们是无性婚姻。结婚一年后，去领了男婴，男婴的母亲少女未婚，产后通过医院的熟人护士把婴儿送给他们了。

阿馨抱着婴儿真是百感交集，自己亲生的女儿被别人领养，再也见不到了，所有的感情都寄托在这个孩子身上。她是非常疼爱他的，内心深处一直把他当作自己亲生的。因此，很多年里，她心里只有这个儿子。

儿子学业优秀，做数学老师的丈夫管教严格，所以儿子是否有出息这件事，她是不用操心的。但是，儿子越有出息，她心里那个空洞，就越清晰。这空洞曾经被掩埋得很深，这些年却渐渐浮了起来。

她从来没有跟任何人提起心里的洞，除了在梦里。梦里面，她去找元英，她想问，她的被送走的女儿不知怎么样了。可是这个问题一见到元英，就从自己嘴里溜走了，她看见板着脸的元英，心里就发虚，即使在梦里，她都不敢向元英发问。

“这份人家是可靠的，会把她当作自己的孩子养，但你想好，你只要同意把小毛头送走，你就不能再反悔，你以后反悔了也没用，那时候孩子大了，只认养她的父母，你不如现在想清楚……”

当时，元英反复说要她想清楚。

可元英越要她想清楚，她越慌乱越想不清楚，就好像要赶最后一班火车，是逃命火车。

没有什么可想的，带着和“反革命”男人养的孩子，自己连谋生的本事都没有，最后还不是苦了孩子？既然元英说有人家愿意要这个孩子，并且有条件给孩子各种她给不到的好处，把她送走也是为她好，当然，也是为自己好。她可以嫁的男人可说近也可说远，假如她孤身去找他，他就在身边。她心里很清楚，嫁了这个男人，后面的日子就有了依靠。

她后来非常恨年轻时候的自己，说为孩子想，其实是为自己想，在恐惧的同时，满脑子南市残壁断垣的破棚窝，她很怕回到过去的穷困中。她当时不太清楚“反革命”家属会有何种遭遇，她担心的只是生存问题，她已经习惯的衣食无忧的生活将难以维系，退路就在眼前，刚出世的婴儿却是退路的障碍，就这样，她把婴儿递给元英。

她和婴儿才相处了一个多月，元鸿竟没有问起她送走婴儿的事。

那时候，元英说这也是元鸿的意思，他说他知道她没有能力带着婴儿生活，他叫她自己找方向。是的，他入狱后她不敢去看他，他是在宝珠的家里被捕，所以她应该赶快溜，而不是送上门。

因此，元鸿要对她说的话是通过元英转告的，元英劝她不要再管元鸿了。

元鸿不是那种父爱强烈的男人，再说已经有了三个孩子。他讨厌正房阿花，不常回家，所以对阿花肚子里出来的孩子也没有太放心上，他更上心宝珠的孩子。阿馨的怀孕在他的意料之外，他是在惊恐中熬日子，所以有抱怨也很正常，这么风雨飘摇的日子怎么可以有孩子？这第四个孩子出生时，他人在外地，那段时间，他常去外地，说为厂里的事忙，其实人人都知道是借口，都知道他在躲，也都知道躲是躲不掉的，“天网恢恢，疏而不漏”这个成语，她就是在那时学到的。

在他被捕前一个礼拜，他回到上海，突然就如释重负，说风头过了。虽然没有住她那里，但回来看过毛头。那时婴儿连名字都没有起，就随便叫，叫她毛头。就是这天他让她抱着毛头一起去照相馆。那天去照相馆完全不在计划里，他们本来打算一起出去吃顿饭，出门时他突然就说，不如先去照相馆照张相。相片还没有从照相馆拿回来，他便被关进去了！

照片上丁点看不出当时慌里慌张的状态，她和元鸿并排坐，她的胳膊上抱着婴儿，一对年轻漂亮的父母和一个可爱的孩子，幸福的全家照。才一个礼拜不到，元鸿就进去了。把婴儿送走时，她把照片连同底片一起留给了元英，她不忍销毁照片，一段人生总要留点痕迹吧，即使元英可能也不愿留照片，也好过她自己去销毁。

她随着新丈夫搬去了宝山，那时的宝山是郊区，到市中心要坐长途车，就像去一趟外地，她并不嫌远，也许心下是希望越远越好，她当然不想再跟倪家有任何瓜葛。

这个送走的孩子，他不提，她也不敢提。

她应该已经结婚有自己的孩子了吧？都快三十岁了，应该是在上海吧，即使面对面见到，也认不出来了。

她有一双和元鸿相像的漂亮眼睛。当时，元鸿第一眼看到时，怔了一下，他没有料到四个孩子中，毛头和他最像。这句话不是他说的，是元英说的，孩子出生时，元英守在边上。元鸿虽然没有说出这句话，但他看到毛头时的表情，就是这个结论。

但他那时心慌意乱，现实的沉重和婴儿澄澈的黑眸之间的失衡，使他离开时几乎从楼梯上跌下去。

他们暂时还什么都没有聊到，他可能以为她真的就这么没有良心。她并不急着跟他解释什么，他进监狱后她的离开，这不是马上就能解释清楚的。她知道他的脾气，你越解释他越怀疑，不是说，越描越黑吗？今后日子长了。然而，她的确离开得太快，亲眷们都以为她和宝珠两人相比，应该是宝珠会离开元鸿改嫁。宝珠是爱享乐的女人，漂亮时髦吃不得苦，可是宝珠没有再嫁，七十年代，元鸿刑满回上海探亲是住在宝珠家。

她并非完全不知道倪家的情形，他们家亲眷多，她的熟人链里总会遇见与倪家有瓜葛的什么人，她是可以获得一些信息的，如果她设法打听。她当时听说他和宝珠住在一起，竟有点嫉妒，尽管她已经嫁了别人。

他现在为何住到农房里？七十年代的社会环境还很峻厉，宝珠都愿意收留他，现在是八十年代中期，他退休了，户口也从劳改农场转回到上海，反而不和宝珠一起住了？他们闹翻了吗？为什么事他们要闹到分居的地步？

阿馨百思不得其解，只能等机会，让元鸿自己告诉她。她在想，他是怎么挨过许多年的劳改的？手上的老茧就像砂皮，现在已经不需要下田，怎么还会像老农那样皮肤黝黑？是前面几十年的晒痕太深了？以前是白面小生，因为太帅、脾气太坏给自己种下了祸根，可自己为何还能一眼认出他？这就是缘分吧？虽然更像是孽缘，孽缘的联想让她战栗了一下，她是否后悔把地址和电话留给他？

她还是懂他的，他果然没来找她。她知道可以随时找他，反而不着急了，其实是被渐渐醒来的罪恶感锁住了。她那天回到自己家，内心就开始不安，再去见他的勇气越来越弱。

日子飞快，她再去找他时大半年过去了，他已经搬走了。房东说他的女儿要他搬家，女儿单位分了一间房，他就住进了那间房。房东说他的女儿对他亲热，“爹爹爹爹”地叫着，叫得很暖，可是之前两年，她去了哪里？听房东说住在这里两年不见什么人来探望过。这个女儿应该是宝珠的女儿芸囡，看她小时候那么娇嗲，元鸿多宠她呀！他没有机会宠毛头。

阿馨恨元鸿不来找她，却又为此庆幸，是人都有点极端，要么端着架子不理，要么死皮白赖缠住你。元鸿霉运走到这一步，还要端架子，然而，这也是他像男人的地方。可是，再怎么男人也不是她的男人了！阿馨坐在老榆树下，脸对着河水发呆。

她去找他扑了个空，从农民房出来浑身发软，幸好有这棵榆树给她缓一缓。他说过老公死了再去找他，她老公并不碍他的事，活得好好的，为何要诅咒他？她当然希望老公长寿，说不定她死在老公前，可是，隐隐地，她似乎又希望死在老公后。

这天，阿馨扑了一场空又恨起他来，但恨过之后则开始庆幸，幸好元鸿搬走了，她的生活重新干净起来。这天她从七宝回去时，带了许多农副产品，心里想以后也不会再来这里。她买了农民活杀的草鸡、刚从农田拔出的竹笋莴笋草莓杨梅……这些时鲜果蔬让她想起元鸿的娘。元鸿的娘将生活过得四季分明，从不错过每季的时鲜菜蔬和水果。他娘倒是喜欢她的，说她脸盘如月有福气。她果然是福将，果断离开走霉运的男人，嫁给当年已过三十被人称为老单身汉的学校老师。她改嫁时，元鸿娘已经去世，阿馨不用顾忌地离开了。

她提着时鲜农作物从七宝回浦东的路上，心里对元鸿娘说，现在才说对不起，是不是没有意思了？可这种负疚感，在流水般的时光里，早被冲走，却是重逢元鸿之后，又回流了。她现在是对两个人都有不安，自己的丈夫，和元鸿。她告诉自己，不可以再去找他，她忍着，忍了大半年。

有一晚，她梦见元鸿。梦里，她和元鸿并排站在蹄髈摊位，她抬头看见元鸿便去招呼他。元鸿却像听不见，他正和卖蹄髈的老板娘调笑，仔细看，发现老板娘长得像宝珠，再一看她就是宝珠。当她把香烟点燃含在嘴角时，那样子很撩人，他们俩这么年轻这么般配。蹄髈摊位旁另有摊位，在卖镜子，大大小小的镜子冲着阳光闪闪烁烁，每一面镜子都映现她年老的模样，凌乱的白发在风中舞动，臃肿的体态……她羞惭地闭上眼睛，她闭上眼睛后却看见自己躺在黑夜里，丈夫在她身边鼾声起起伏伏。

她扭亮台灯，起身从皮包里找出皮夹，拿着皮夹轻手轻脚进了浴室。

她从皮夹里抽出一张照片，一张小家庭合影，她和元鸿并排坐，她双手抱着才满月不久的女婴。她年轻得令自己难以相信，乌黑的长波浪堆在窄窄的肩上，圆圆脸盘还有点稚气，左脸颊上深深的酒窝盛满天真。旁边的元鸿鼻梁英挺目光炯炯，就是这么帅！哪怕他后来进了监狱，她心里还是为自己有过这么帅的男人而自傲。这张照片是上次见面从元鸿那里抢来的。元鸿说，元福为他们倪家保留了一些旧照片。只是，不太明白，为何这些旧照片到了元福手里。

她开亮浴室镜子顶灯，检视镜中的自己，她黑短发微鬈，脸圆偏丰满，所以几乎没有皱纹。自从和元鸿重逢，她开始注意保养和美容，口服珍珠粉，外涂珍珠面霜，每两个月去一趟美发厅修剪头发。她比梦中无数面镜子映现的那个白发乱舞的老妇人年轻很多，令她惊醒的羞惭感烟消云散了。仔细思量，又为何要为年老羞惭？那是自然规律不是吗？还不是因为年轻的元鸿和宝珠的对比，可她明明比他们俩年轻许多。这两个人如今都已年过花甲，可她对宝珠的嫉妒并没有消失。

正是因为与元鸿重逢，有元鸿的存在，才会让她对自己的年老羞惭！太可怕了，这个男人的目光，让她已如死灰的心又有了火焰。可是，元鸿搬走，却不告诉她，摆明，他不想和她纠缠下去。说不定，他另有女人，她很难想象元鸿会独守空房，他一直喜欢女人。人的秉性怎么会变？她这么想着，心里就有了醋意。

这一个梦，激起阿馨要把元鸿找回来的意愿。

找元鸿并不难，只要她有心去找。她的熟人链中就有人认识元福，她知道元福跟倪家所有人都有往来。他们倪家也只有元福对人没有成见，虽然有点大嘴巴，但事关元鸿的事，他会小心起来。他一向最服元鸿，尽管元鸿坐过牢，他还是服他，他说过，那不是元鸿的错，元鸿是生错了社会而已。

找到元福便找到了元鸿。元鸿急性肺炎正在医院观察室。也许这就是天意，本来她对与元鸿恢复联系并没有绝对把握，他的个性不是她可以掌控的。可是他偏偏病了。她次日提着装鸡汤的保暖壶，手里拿了地图，从她住的浦东换乘三部公交车来到杨浦区的医院观察室。

医院总是人满为患，元鸿被留在观察室。观察室的病人只能睡走廊，病床铺满长长一条走廊。走廊一直连到观察室外的大厅，大厅放了几排椅子，椅子坐满打点滴的病人，也多是老人。

元鸿病床旁空空如也，没有人探望。他看见阿馨并没有喜出望外的感觉，几乎就没有表情。阿馨把鸡汤喂进他的嘴，他倒是顺从地喝了。她心里有了底。

是她陪他出院。她叫了出租车，元鸿说，已经有三十多年没有坐过小汽车了。小汽车的说法让她一惊，对许多物事，他仍然保持着旧时的称呼。她心里说，他这一辈子，过的苦日子已经远远超过有过的好日子。

元鸿这一室户的老工房在杨浦区铁岭路一带，属第一代工人新村，建造于五十年代，称为“两万户”，到现在也有三十多年了。这房子从外表看是悦目的，虽一栋紧挨一栋却是砖木结构的两层楼房，可内里的简陋破旧脏乱超出了阿馨的想象，一层五间房住五户人家，另有一间公用厨房供五户人家用，没有卫生设备，马桶放在房间，清晨家家拎马桶去新村化粪池倒粪便。

元鸿住在二楼北间，紧贴公用厨房。

房间里面比她想象的干净，单身生活多年，元鸿很知道如何打理自己。同层的公用厨房却脏得令阿馨头皮发麻，水泥地黏腻得踩上去会粘着鞋底。厨房里有五只水龙头，每只龙头上有一把锁。头顶上五只灯，其中四只是极小的迷你灯泡，打开来就是四朵小萤火，像鬼火，只有属元鸿的那只灯算是正常尺寸的灯泡，但也只有十五瓦。在这白天黑夜都是分外暗沉的厨房里，有一只属于元鸿的煤气灶，灶台上放着一只钢精锅一只碗一双筷。这一锅一碗一筷比他住房的简陋、睡在医院走廊没人照料的凄凉更刺激到她。这晚，阿馨拿了锅子和碗筷到新村门口的小吃店，用自带的碗筷买了一碗咸菜肉丝面在店里吃完，买了同样的咸菜肉丝面放在锅里给元鸿带回来，然后急急忙忙回家去了。

次日，又是花了半天时间坐三部公交车过来，她暗暗庆幸自己正赶上退休，经得起这样的颠簸奔忙。她在元鸿住处附近的杂货店买了各种日用杂品包括塑料扫帚拖把洗洁精和消毒用的高锰酸钾，以及食物和营养品，七七八八装了六七只马甲袋，分了两趟拿，才把所有的东西搬进元鸿几成空屋的家。

元鸿这里连菜橱都没有，她买给他的食品多是干货，香菇木耳粉丝淡菜开洋以及卷面和一些熟食罐头，知道他嗜好咸货，还买了几只咸鸭腿。她丈夫业余补课收到不少营养品，人参花粉蜂乳等她也拿了些来，可是她和元鸿却为此吵了一架。

半卧在床的元鸿指着营养品开着不冷不热的玩笑，不怕我补过头，出去做坏事？于是阿馨问道，不见得你现在还出去跟女人搞七搞八？元鸿反问，不见得？为什么不见得？搞七搞八这种事体是不讲年龄的。阿馨立刻眼泪汪汪，我忙了一上午给你弄来这么多东西，还说这种话气我。她甩门走了，一大堆东西就扔在地上。

隔了一天她又来了，那时他已起床，在吃用她买的卷面做的阳春面。阳春面名字好听，其实就是光面，但热气腾腾，有一股猪油葱花香。他说他饿得慌，却也吃不下小菜，便给自己煮了一碗光面，隔壁人家给了他一调羹猪油和一撮葱花。阿馨说，我从来没有见过像你们邻居这么狗皮倒灶（斤斤计较）的，灯小得像鬼火，自来水龙头还要锁起来，怎么肯白白给你猪油和葱花？他说，我卖蛋剩下来的碎蛋吃不掉要臭的，就送给他们。阿馨连连点头说，怪不得。

见他吃得稀里哗啦酣畅淋漓，阿馨忍不住去抢他的碗说，吃得这么香，也给我吃一口吧！他们一起吃一碗阳春面，吃个精光。元鸿说，你越老越嗲，老早从来不跟我吃一只碗。阿馨说，你现在只有一只碗。元鸿的上唇出了几滴汗，阿馨抽出手帕给他擦汗，元鸿就拉阿馨去床上，阿馨挣脱他说，这么老了，还想做什么？元鸿说，看见你就想做了。阿馨说，我已经是老菜皮了。元鸿说，我是老树根。阿馨笑了，自己又捂住嘴，指指与隔壁人家隔开的木板墙，木板裂了不少缝隙。她用气声说，这里说什么做什么，隔壁都听得见。元鸿说，白天没有人，想做就白天来。阿馨突然板起脸，拿了碗筷和锅子去厨房洗，洗完后就直接回家了。

次日，她又来了，门半掩，元鸿半卧在床眯着眼似睡非睡，阿馨进门时他没有睁眼，只是拍拍空出的半边床。元鸿的房间虽然几乎没有像样的家具，却有一张四尺半的棕绷床。阿馨轻轻关上门，像只猫一样伏到元鸿的肩膀旁，元鸿仍然闭着眼，他侧过身脸对着阿馨，手搭到她的腰间，闭着眼睛说，我在等你，等得吃力煞了。说着便鼻息咻咻的，真就睡过去了。阿馨立刻也困乏起来，毕竟她是换了三部公交车过来的。

渐渐的，就变成有规律的上门，隔一天来一趟，家里也有不少事要忙，阿馨开始觉得累了，但她还是劲道十足，前提是两人相处愉快。

元鸿不是那么好相处，关系重新熟稔后，两人开始吵了。阿馨从来不和自己丈夫吵，可是和元鸿在一起却口角不断。通常都是元鸿挑起，阿馨做饭不那么可口，他要挑剔，穿衣服搭配不顺眼，他也挑剔，他过去就是个挑剔的人，但现在，他有什么资格挑剔？他这把年纪一无所有，她来看他为他做这做那，换了别人，感恩还来不及！

这种情绪她放在心里没有表达，他却能看出来。他说，你不用可怜我，你到我这里来，是你身体要来，我给你的开心不是你丈夫可以给你的。她哑口无言。没错，她和他的关系，并非都是她在给予，她也得到了。

她和丈夫之间是搭帮过日子，没有鱼水欢。她当时跟他，是为了一张饭票一个安全的栖身之处，外面是风起云涌接连不断的政治运动，她庆幸自己逃脱且有了依靠。丈夫是老好人，对外人好对她更好，还有个“教书先生”的好职业，最起码受人尊敬。他看起来就是个文弱书生，个子瘦小，还戴着深度近视眼镜，她虽然不爱他，但和他相依为命，在那个年月，能找到照顾你的人比有性生活重要多了。

有些缺憾是在生活稳定以后出现的，令她羞惭的是，到了这把年龄，却想“补”了！

是的，元鸿对于她就像一帖晚到的补药，她身体里缺失的那部分得到了补充，立刻就润泽起来。这一点她不说元鸿也知道，所以，他心理上没有一点仰仗她接济的感觉，在他们的关系中，他仍然是强势的一方——这也正是她寻求的“男人”。

他现在的挑剔，和过去的挑剔还是不太一样。现在更有点像在寻齁势（找茬），寻齁势的原因她是明白的，还不就是为了当年她对他的背叛？

她很想把当年的一些事拿出来说说清楚。但是这个话题除非由元鸿自己挑起，她是不敢主动说的，把旧伤口扯出来，不能用别人的手，必须由他自己去扯。但她又知道，他这么爱面子这么大男人，他是不会去向她询问为何离开他的。她想，哪一天她把这件事说清楚，可能的风险是他反而恨起她来，他们之间的关系也许就彻底结束了。

阿馨不想和元鸿结束。

她又去找来元福，把她当时的境遇告诉他，因为元福那时还是孩子，当年的流言蜚语影响不到他，他可以比较客观评判她离开元鸿这件事。这时候的阿馨是想维系和元鸿的关系的，她甚至有过这种念头，一旦哪天和元鸿的关系暴露，她宁愿和丈夫离婚。

这个念头也向元福倾吐了，元福很意外。他说，没想到你阿馨这么痴心，完全不是他们传说中的那个没良心的女人。阿馨就流下了眼泪，这泪水还没有机会向元鸿流。

阿馨说："人家怎么想已经不重要，其实，我当时也是这么想自己的。我现在希望元鸿能够理解，他心里是有疙瘩的，但又不说出来，他不说我哪敢提？谁知道他会怎么反应？要是发起脾气我可吃不消。现在亲眷中只有元福你跟他亲近，有些事由你来解释可能更容易让他相信，他这人喜欢女人却又不相信女人。"

五

她并不清楚情势有多严重，虽然也二十出头了，但做人糊里糊涂没心没肺，这是宝珠的形容。那时候正在怀孕初期，前些年想怀孕怀不上，所以真正怀上了也不知道，因为例假是乱的。她开始有反应，到了吃饭时就想吐，还以为犯了胃病。她们心思很重，没有注意到她。她们是指宝珠和元英，她和她们两人竟然在一张桌上吃饭。

她被元鸿带到她们面前，是为了元鸿的厂。元鸿原本在洋行做得好好的，却为了一点小事和洋行老板闹翻。辞职出来后，他才发现生意并不好做。自己去办了一爿小厂，制作变压器上的铜丝之类，这时候已经是风云突变前夕的 1948 年。

元鸿把家族里闲置在家的成员都弄来了，都是家里的女人。不仅是他自己家的宝珠和阿馨以及妹妹元英，上一辈独居在家子女不在身边的老姨母老舅母等等都凑拢来。这几个老女人的子女，不久前都跟着元英的大姐元宝夫妇去台湾学生意了。她们有些是寡妇，有些跟元鸿的大老婆阿花一样，被娶了小老婆的男人晾在家里，每日叉麻将度日。元鸿说服她们到厂里做些轻活赚点私房钱，想叉麻将也不耽误，下了班都是现成的麻将搭子。

元鸿这张嘴是可以说翻乾坤的，她们中一个动了心，便一带二，二带三，都来了，也把身边的女佣一起带来。女佣们倒是成了厂里主要的劳动力，人手不够时也会雇几个女工。

上年纪的女眷们做些绕铜丝的手工活，由阿馨负责；年轻的女佣们操作机器，由元英管理。1949年冬天，那个帮助元鸿办厂负责技术的日本人临回国时，把有关技术教给了元英。这爿厂除了元鸿，也只有元英和宝珠正经读过书，有高中文化程度。比起喜欢跑东跑西坐不住的元鸿，元英不仅静得下来学新东西，且具备天生的学技术的才能。宝珠是立信会计学校毕业，自然负责财务和厂里一切事务的管理。她也带来自己的女佣招娣，由招娣做后勤，每两餐饭也是招娣买汰烧包办。至于元鸿本人，他号称在外面跑生意，基本上看不到人影。

因此，这里成了女人们的天下。白天她们一起干活，晚上一道叉麻将，中饭晚饭都在一起吃。厂里的厨房像家庭厨房，小而样样齐全，过道隔出一个空间做餐厅，放了两张方桌，方桌上放圆台面，一台坐十人，亲戚一桌，佣人和女工一桌。很像过节时亲戚们的聚餐，菜肴当然没有节日时那么讲究，冷盘热炒的，但也是按照人头有十样菜。宝珠在吃上面是不肯将就的，所以，光是这一点，便有了凝聚力。女人们每天来上班有点像来做人客，穿上已经很少有机会出门做客穿的出客衣服，为此宝珠不得不为她们准备了工作穿的长褂子。老亲戚们还要讲究，下班后吃晚饭，一定要换上自己的衣服。吃完饭，圆台面撤下，两张方桌让给她们叉麻将。女佣和女工先回家了，她们各有家务要做。

回想起来，在元鸿厂里上班的那几年过得反而比较踏实，阿馨还以为这样的安稳日子可以过下去，她并不计较自己仅是元鸿的外室。

元鸿在广慈医院附近永嘉路一带给阿馨租了一间房，二楼朝南一大间带阳台的新式里弄房，钢窗蜡地，也称洋房。虽然厨房浴室与住在一楼的房东合用，她也已经很满意了，比起娘家拥挤的南市本地房要好多了——那里没有抽水马桶和煤气，环境又脏又乱又差。永嘉路在原法租界，柏油马路平整干净，两边梧桐树枝繁叶茂，和南市的嘈杂脏乱相比，像是两个城市。

元鸿平时住在宝珠那里，在皋兰路上，两家之间相距不超过一英里。他们的房子更高级更宽敞，式样上属弄堂公寓房，整层有两大间一小间，厨房和浴室独用。她认识元鸿的时候，元鸿和宝珠已经同居十年，两人有个刚满周岁的女儿。她从来没有起过和宝珠攀比的念头。

元鸿自己明媒正娶的老婆阿花和他父母一家住在英租界北京路一带，是整栋石库门房子。石库门没有卫生设备也没有煤气管道，每天清晨要把马桶拎到后门外弄堂，等粪车来收集各家各户的屎尿，一弄堂的臭味；粪车才离开，弄堂人家便要把晚上封死的煤炉重新点燃，烟雾腾腾的……那个家是元鸿最要逃避的。他告诉阿馨他顶不喜欢石库门房子，天井的高墙高铁门让他窒息，内里各种设备的缺乏造成的邋遢环境更是他厌恶的，何况这里是他父母和奉父母之命娶来的老婆的家。

和宝珠相遇后，元鸿毫不犹豫搬进了法租界煤卫齐全的洋房，他在洋行的同事多住这个地段。

他也顾忌自己父母的感受，尤其是父亲的威势，一星期里象征性地回一两次家。他和阿花育有两子，知功和知成，一个已经十一二岁，是认识宝珠前生的，一个才三岁，这第二个儿子比宝珠的女儿长一岁，老二出生时宝珠当时并不知情。

元鸿还是满足了阿馨的要求，在饭店办了两桌酒，邀来阿馨的兄长弟妹。当时元鸿的父亲已去世，母亲患病住院，他带她去探望过他的母亲。她的年轻单纯好脾气，更可能是缘分，令元母对她有喜爱之色。然而，这一切，办酒席探访老人家等等等等，竟然都是瞒着宝珠。

第一次见宝珠，阿馨有担心。元鸿说他已经让她接受她了。她看出，元鸿有点让宝珠三分。意外的是，宝珠并没有给她难堪。她说话带笑，那眸子不笑时也像在笑，好看的鱼尾纹，举止从容中带着慵懒，有见过世面的气度。她面对阿馨有一种不怎么在乎的感觉，管你是谁，无所谓！就是这种感觉。阿馨仍对她有莫名的畏惧。

难相处的是元鸿的妹妹元英。她跟她哥哥不那么像，元鸿英俊挺拔到哪里都是主角，有掌控一切的气场；元英低调内敛，脸容标致身材苗条，和哥哥站在一起各有千秋，是一对好看的招人喜欢的兄妹。

元英和宝珠之间，宝珠爱说爱笑爱逗乐，元英脸上几无表情少有笑容话也不多。但两人之间却互不干预，宝珠不会因为元英板着脸而扫兴，元英也不会对宝珠的逗趣见怪。仿佛，她们是从小一起长大的姐妹，性情迥异，各有爱好，联系彼此的是亲情。

元英虽有两个姐姐，但地理上的远距离也导致她们之间关系疏远。元鸿的大妹，也就是元英的大姐元宝，跟随丈夫去台湾做生意没有再回来。他们离开时说好要回来的，但 1949 年大陆政权更替，他们改变主意留在了台湾。这一年，他们的父亲母亲相继离世，元宝夫妇却不能回大陆奔丧。元英的二姐元凤，在双亲去世后便跟随自己的男朋友报考解放军军校住到了外地。那之后，不满十七岁的元英能依赖的就是元鸿和宝珠了，当然，这些前前后后发生的事情，阿馨也是慢慢搞清楚的。

怀孕前的那些日子，元鸿好像很忙，来她这里的次数在减少。她那时已经去他厂里上班了，天天和他家人在一起，好像不像过去那么担心被他冷落，但有另一种被排挤的感觉。她看到宝珠和元英经常凑在一起，看到这一幕，就有点心虚，总觉得她们是在讲她的坏话。

她渐渐发现，她们好像在关注外边发生的事。她们头凑在一起看报上消息，一起听广播，在饭桌上叽叽咕咕，谈论听到的各种小道消息，都是些令人汗毛直竖的恐怖谣言——谁谁谁被抓起来，谁谁谁是“撇字头”。这些人是谁，她不认识，“撇字头”是什么意思,她完全听不懂。她憋了一些日子,终于还是忍不住问了，虽然元英难接近，但她还是去问她。不懂的事宁愿问元英，也不想看到宝珠似笑非笑的眸子朝她蛮不经心地一瞥。

她一说“撇字头”这几个字，元英几乎朝她瞪眼。

“不要在外面乱讲！”元英声音里有恐惧，她用气声道，“‘撇字头’就是‘反革命’的意思，这几个字不要轻易从嘴巴里出来，害别人也害自己！”

她睁圆眼睛用恐吓孩子的腔调对阿馨强调。

有一晚，几近深夜，是个台风天。元鸿穿着雨衣，进家门后，手伸进雨衣里胳肢窝下拿出一包东西，雨衣未脱，便到处找地方似要把那包东西藏起来，最后放进了樟木箱的衣物堆里，锁了箱子后，他把钥匙收到自己的口袋，“这只箱子暂时不要动！”他关照，他脸色不好，她不敢多嘴。

那晚风大得好像要把房子刮倒，她很庆幸自己住的是洋房，也许南市的房子都已经刮成一地碎片都说不定。那个家被哥嫂一家占据着，她父母双亡，哥娶了嫂子后就不管她了，她跟着元鸿在情感上把南市割舍了。那个台风夜，她对元鸿再一次充满感恩和依赖，她硬留住了还想出门的他，他留下来了，却倒头便睡，似乎疲惫至极。

半夜里，他把她弄醒，自己却在半梦中，他抱着她，喊她宝珠，说:“现在能够相信的人只有你！”她一下子冷到心里，讽刺的是，偏偏是在这个晚上，她怀上了他的孩子。

次日他临走前，她说了一句话让他愣了一愣，她说：“箱子这种地方是最不可靠的，藏东西要藏在人家以为不会藏的地方。”

他愣了一下后，还是出门了，却在几天后突然来把那包东西拿走了。

她后来不断地后怕不断地庆幸，好像是上天在帮她说出那句话。那包东西，假如是在她这里抄出来，她可能也去吃官司了。

台风夜之后，元鸿几乎不来永嘉路，在厂里也很难看到他。她这时的心情是惶惶不可终日，对于元鸿是否来陪伴自己并不太指望。她现在只指望他不要出事，指望过个太平日子，指望自己能天天有个地方上班，把这段日子熬过去再说。

这时候，私人企业都在公私合营，厂里的女人们在传，这里马上是公家的地方了，元鸿也将是公家的人了，能在这里继续上班的日子也看得到头了。

难道以后连班都上不了了吗？阿馨心乱如麻，遇到宝珠，阿馨忍不住问："厂子会不会被没收呢？"宝珠冷笑，"没收也好，反正给元鸿做也做不好，这种时候了，还在外面花七花八……"

阿馨一愣，她还以为元鸿天天跟宝珠在一起。她很奇怪自己居然回答道："可能就是要没收了，他没有心思做厂，才到外面寻开心。"

宝珠便冷笑，"你倒是蛮会为他想！"

阿馨伤感了，说："只能这么去想，让自己心理平衡……"

宝珠打断她，"心理平衡不平衡不重要，想想以后怎么活下去！树倒猢狲散，各人要自己找出路了。我是不怕的，我是厂里会计，这里不要我，我可以去其他地方，我有立信会计学校毕业证书。我倒是担心你阿馨，没有读什么书，靠男人活，这个男人泥菩萨过河自身难保！"

阿馨哭了，拉着宝珠问怎么办，宝珠说，先去夜校读书弄张文凭，有文凭找工作比较好找。阿馨问夜校在哪里，宝珠说你去问元英，元英读过夜校，她是在夜校拿的高中文凭。

阿馨有点吃惊，一直以为元英是在正儿八经的学校读的书。

宝珠说："她这人心气硬，不想靠元鸿。爷娘死了后，发现除了爷娘其他人都靠不住。”

阿馨问：“元鸿不是给她生活费吗？”

宝珠说：“给是给，拖拖拉拉，元英每次都是问他讨，有时还讨不到。伊是末头女儿，爹爹拿她当宝，怎么受得了这种气？停学工作，一边读书，底子有一些，已经在日校读到高中，所以在夜校一年就拿到文凭，不像你，连小学都没有读完。”

阿馨被宝珠奚落惯了，但这次她听出了宝珠话里的劝告。

阿馨去找元英询问夜校的事，元英平时不怎么理她，但那种时候，阿馨已经不顾忌元英的态度了。中午的时候，趁宝珠走开，她走进她们俩的办公室，对着元英没头没脑地一句问话：“你以前劝过我们女人是吗？”元英抬起头看着她。她对元英说，“我记得有一次吃饭时，你跟那些娘姨说，现在是新社会，毛主席号召，妇女顶半边天，不要靠男人，你劝她们去读夜校……”

元英一笑，非常轻微的笑，转瞬即逝，她问：“现在你也明白了？想读书了？”带了刺，但马上换了鼓励的声调，“什么时候想读都不会晚。”

于是，她被元英领去厂附近的夜校。这所夜校就在一所小学里，这时正是日校放暑假期间，夜校天天晚上开课。她只有小学程度，即使这点程度也忘得差不多了。如果不是半夜听到元鸿的心里话，她可能还会偷懒，不会那么急切去夜校。她当时的危机感仍然是来自男人，而不是社会。

她就是在那所学校认识了自己的丈夫岳林丰。岳林丰在这所小学教算术兼任教导主任，暑假期间义务给夜校的妇女们补算术。她是他班上的学生，这是她另外一个人生的开端，但当时她还木知木觉。

她是通过夜校的政治学习，才明白外面发生了什么。有些词语还是相当陌生，什么新宪法，什么中央的两次指示，到底指示什么，她仍然不清楚，但看起来周围的人都知道。她从夜校的语文老师那里弄清楚，这两次中央指示是要“肃清暗藏的反革命”和“彻底肃清暗藏的反革命”。

她心别别跳，联想到宝珠和元英的坐立不安，难道元鸿……她知道他曾经在外国人公司做了很多年，后来自己做生意，来往人物复杂，包括国民党警备部队的什么人，手枪就是从那里弄来的。但是他曾经说过，我黑道白道都打过交道，后路早就留好了。

这后路有点让人不放心。

现在要彻底肃清潜藏的“反革命”，似乎当时抓得还不够，要兜底翻的把漏网的那些人找出来。她对自己说，元鸿不可能在“反革命”的行列，只是交友不慎，但心就是“别别别”地跳。

她本来脑子简单不那么上心，现在突然感受到环境的压力。她每天去工厂观察宝珠和元英的脸色。这几天，她们突然各顾各做自己的事，不再凑在一起叽叽咕咕议论外面的事。

有一天吃中饭时，一位姨婆问 :“最近都看不大到元鸿，他不会有事吧？”这位姨婆是那堆老女人里相对年轻的一位，不会超过五十岁，想来脑子还是有根弦的。

听到这句突兀的问话，宝珠和元英不由地对看一眼，宝珠立刻回答道 :“元鸿在跑生意，厂里的产品要有地方去，对不对？他回到厂里你们都已经回家了。”

宝珠仍然笑眯眯的，她看一圈自己桌上的女人，又朝女佣那桌看去，扬起头对着那一桌关照 :“外边发生什么事，跟我们没有关系，我们都是做工的人，少说话多做事。以后是不是有饭吃，就靠这爿厂了。”

听在阿馨的耳朵，这些话有点像是专对她说的。

这种情况下她不好问什么，更不敢把那天元鸿藏东藏西的行为告诉她们俩，这不是无端给自己弄点是非出来吗？宝珠和元英在一起，总有一种她们在互相结盟的感觉，被她俩视为外人的感觉很强烈。阿馨觉得自己被孤立了，虽然她并未受到刁难，但至少不被她俩信任。

然而，就在她躲在自己的小心眼里嘀咕时，发生了一件事。二楼亭子间的王家爷叔，一个中年单身男人被抓起来了。抓他那天，恰巧元鸿回来，警车开进弄堂，停在他们住的楼外。元鸿当时脸煞白，他锁上房门，手放在关紧的窗子的把手上，似乎欲开窗跳出去。阿馨双手紧紧抓住元鸿衣襟，她怕警察更怕他脑子一糊涂便跳出去，然后就听到亭子间发出很响的动静。

在房门外的动乱声里，阿馨把窗帘也拉上了。她站在窗旁，稍稍撩开窗帘一侧，她看到王家爷叔被戴上手铐，由两名穿制服的公安人员押进了警车。人们围着警车，脸熟的邻居没有几个，好像都是从弄堂外来的闲人。她示意元鸿一起看，元鸿却躺到床上，捂着胸口说他透不过气来。

她找出人丹塞进他的嘴里，稍后，他的脸色才稍有好转。她想到烧夜饭时，已经夜晚八点，她拿了钢精锅要去外面的饭馆买炒菜。元鸿说，我吃不下，就下碗阳春面吧！她开房门，楼下厨房一股油烟气冲进来，她一阵恶心，捂着嘴奔到浴室，干呕着，吐出几口酸水。

她回到房间给自己倒了一杯温水喝。元鸿沉着脸询问地看着她，她说胃突然不舒服，大概是骇的。元鸿看她一眼，眸子冷峻，你有什么事好怕的？她怪他说，我是被你骇出来的，以为你……开窗……要跳出去！元鸿冷笑，你发什么神经，跳出去？下面就是警车，我为什么要跳窗？他戒备地盯视她。他戒备的目光让她心一紧，她勉强一笑，噢，我吓傻了，以为……噢，我去给你下阳春面……她说着，逃也似的下楼去了厨房。

她的妊娠反应就是那一刻开始的，她没有意识到，还以为是被亭子间王家爷叔被捕骇出来的。她端着一碗阳春面上楼，元鸿睡着了，连衣服都没有脱。她不敢叫醒他，就自己吃这碗面，但吃了几口，又想吐，她放弃吃面，干脆也去睡了。

等她醒来，已是早晨七点，元鸿不在了。

次日，她去厂里看见元英时想告诉她前一晚的事，却又忍住了，是考虑到当时元鸿也在，也许他不喜欢她多嘴。再说，传播这样的事，只会给厂里的空气增加重量。但她心里仍然留着那幅画面：元鸿慌张地站在窗前仿佛要开窗跳下去。

她在无法克制的慌张下，没头没脑问了元英一句："元鸿会有事吗？"

元英回答得也是没头没脑："谁也不知道谁会有什么事，心里要做最坏的打算！"

她一惊，元英这句话，比元鸿慌张的瞬间更让她惊慌，她立刻又想呕吐，捂着嘴冲到厕所，元英见状跟进厕所，她赶忙说自己以前有过胃炎，大概，老毛病发作了。

元鸿好几天没有出现在厂，也没有回永嘉路。

有一天，宝珠在厂里叫住她说："元鸿的事情你什么也不知道，是吗？有人来问你，你不要乱回答，就说不知道！"

她用力点头，"是的，我不知道，他从来不告诉我什么，我是真的不知道！"

宝珠微微一笑，点点头，似乎满意她的回答。

那几天快立秋了。有一天格外闷热，车间更闷，她脸煞白汗流满面，然后就失去了知觉。当时宝珠去了银行，元英让招娣叫来三轮车，元英亲自把她送到医院。

内科医生把她转到妇科，当即验尿液，她怀孕了。从医院出来，元英直接送她回去，什么都不问，只关照她不要去厂里了。

她在家待不住，隔天又去厂里，宝珠看到后，把她叫到她的办公室说："元鸿倒是想得开，也不怕哪天管不到你。元英关照你不要来厂，为什么还要来呢？"

她的眼泪就下来了。

宝珠说："哭什么，怕你吃不消，为你好呀！"

她说："我一个人在家很害怕。"

宝珠问："怕什么？"

她说："亭子间王家爷叔捉进去了，那天元鸿也在，他……他当时也很害怕……"

宝珠哼了一声，"他……也有害怕的时候？"

阿馨立刻后悔自己多嘴，说："喔，是我太害怕了，以为他也……"

宝珠打断她，"随便你，你想来厂里也不好拦着你，身体吃不消不要硬撑……不过，你不要指望元鸿会来照顾你，他顶恨女人给他添麻烦！"

这句话一下子让她崩溃了，她哭出声，又把自己的嘴捂住，哽咽得透不过气来。

宝珠去锁上门，把自己的手帕给她。

"怕什么？做女人都要生孩子，只怕生不出，不怕养不大！有什么可担心的？再说，有我在，还有元英，虽然比你年轻，我看，比你懂事，比起元鸿，她更可靠。我跟你讲，男人都是闯祸坯子，不用指望他们……"

宝珠这些话让她记了很多年。

后来几天，元英来关照她，劝她暂时不用去夜校，注意休息。但她还是想坚持，她巴望赶忙把书读出来，她的危机感已经从男人那里转向社会。

她的呕吐频繁起来，人变得虚弱，天一黑就想睡觉。她缺席夜校一个多星期后，就收到岳林丰的传呼电话，他说好几天没有见到她，有点不放心。他从她入校的表格找到她的联系电话，想来他是存心要联系到她，是真的在为她担心。她当然很感动，因此深深记住了他，虽然当时在电话里她没有告诉他到底哪里不舒服。

元鸿知道她怀孕并不高兴。虽然，前几年他一直巴望她能怀孕，他要她再给他生个一儿半女，因为宝珠以前有习惯性流产，芸囡是她好容易保胎保住的。生了芸囡后她不想再冒流产风险，干脆就做了输卵管结扎手术。现在他却说，我真希望自己无儿无女无牵挂。他仍然没有告诉她到底在担心什么。

元鸿偶尔来一下永嘉路，但不过夜了，口口声声说忙，反而是宝珠在照料她，经常让招娣送些小菜和营养品。

她妊娠反应严重，加上看到元鸿东藏西躲也跟着心里发虚，便不再去夜校了。那位岳老师又来过电话，说要来探望她，但被她托词谢绝了。他似乎意识到她那边的不方便，便识相地不再来电话了。

元鸿被捕，是在女儿满月后的一个礼拜。元英说，你和元鸿没有正式结婚，没有法律关系，赶快走吧，随便找什么人嫁过去，也好过当“反革命”家属。宝珠说，你也没有读过什么书，家里人都是不争气的，靠不住的，不如趁年轻再找个男人，以后至少不用愁吃穿。

她们开始讨论孩子的去留。元英和宝珠都认为她带着孩子会给自己惹来麻烦，人家要是调查起孩子父亲的身份怎么办？而且，带着孩子再找个称心男人更不容易。

有一天元英把她找来，这一次宝珠不在场，元英告诉她，她认识一户人家，条件非常不错，家里都是男孩，想要领养女孩。

阿馨提出要去见见这户人家，元英不同意，那是领养人家最忌讳的，只怕将来亲生母亲找来，所以，元英再三叮嘱要她想清楚。

她是怎么把孩子交给元英的，她竟然想不起来了，当时的场景有点模糊，更像是她自己刻意忘记的。

她送走孩子后，便搬离元鸿租的房子。她先回到自己兄长家。当然，那个家是没法待的。她去夜校找岳老师，她凭着女性的本能察觉到，那个看起来瘦弱斯文还很腼腆的数学老师是倾慕她的。

他们很快就结了婚。

不久，岳林丰调到宝山县的一所中学做教导主任，他们的家也跟着搬去了宝山。那时，宝山是县城，搬去宝山如同搬去外地，去县城要去长途汽车站，坐那种有时间表的长途汽车。她心里想着应该去和元英告别一下，但行动上始终拖拉着，她不知道是否应该再和倪家有瓜葛。

她后来听说元英结婚后也几乎不和老亲戚们往来，元鸿的厂子被公私合营了。阿馨明白，即使自己想和元英联系，元英也未必想见她。终究，自己的人生已经朝另一个方向去了，见到了又能说什么呢？她是在宝山领养的儿子，于是她的人生如渔网从海里收回到了岸上，她不再做它想，一心一意扑在儿子身上，她甚至庆幸住在宝山，倪家感觉已远在天边，以前的事掩埋到记忆深处，跟忘记了一样。孩子上托儿所以后，她也找了一份县城供销社的工作。

六

亲眷们说吃过我妈做的烤麸，外面饭店这道菜就不必点了。妈的烤麸香且有咬劲，她说这道菜是宝珠教她的，做起来并不难。首先，买来的烤麸一定要用清水煮滚，再冲洗，为了去除烤麸里的酸味；煮之前，把烤麸吸足的水拧干，撕成小块，不要用刀切，刀刃的金属材质会影响食材的口味，这是我妈的奇怪说法。撕成小块的烤麸浸在红白酱油里然后拧干，准备进热油锅。一次抓一把进锅，让每块烤麸在油锅里四面都煎透，吃起来口感有层次，外脆里韧。烤麸吃油，是一道费油的菜。妈认为，油要一次性放多，不断加油更费油。烤麸煎完后再放配菜和作料加水旺火煮直到收汁。烤麸的配菜必定是黑木耳和金针菜，这两样都是干货，预先浸泡洗净，作料是红白酱油和糖，白酱油是指颜色淡的鲜酱油。糖吊鲜味不能太甜，饭店和熟食店的烤麸都太甜。难就难在这些家常菜没有固定的作料配方，妈说靠手势，其实就是感觉。所以，即便步骤都对，也未必能煮出美味烤麸。手势是关键！

元英电话容美，要她相陪去养老院探望宝珠。

知道宝珠住养老院，元英非常震动，她对着容美嘀咕，为什么要去那种地方？还以为芸囡是孝顺的孩子……

现在元英又在电话里嘀咕这些话。

容美忍不住去纠正她："不要怪芸姐姐，是宝珠自己要去。"

"她要去就让她去了吗？"

"她要去不让她去就是孝顺吗？"

"说不定当时是说气话。"

"宝珠不是你，她才不会说气话。她早就写了遗嘱，关照芸姐姐，风瘫了送养老院，肺衰竭不用呼吸机，死后骨灰抛大海……"

"宝珠竟然还留遗嘱？"元英惊问，"她怎么会想到留遗嘱？"

"她就是留遗嘱的人！"

"你在说什么？"

"我是说，你们这代人里，只有她会这么做……"

元英没作声。

"你要承认，宝珠虽然比你老却比你开通比你乐观，她是长辈中最想得开的，她就是那种会写遗嘱的人……"

"你到底要说什么？"元英不高兴了，"她的事你怎么知道，我倒不知道了？"

"我……"

容美刚要回答，元英性急得又打断了话头。

"你怎么知道她留遗嘱了？"

"姨妈大殓后，我跟芸姐姐通过电话，我们聊了很多。"

"噢，她怎么说？"

"她首先再三关照这段日子不要去探望宝珠，她正在恢复……"

"为什么不在医院而在养老院？"

"中风是慢性病，医院当然不接受，养老院有受过训练的护工，还有自己的医务室。"

"宝珠中风后还能写遗嘱？"

"当然是中风以前……"

“中风以前就知道自己要中风？”

听起来元英根本不相信遗嘱的事，容美被她反复质问，不耐烦了。

“你让我把整件事情说完再问好吗？”

元英不响，这一响就会吵起来，接着两人抢着挂电话，然后她继续被蒙在鼓里，现在的容美已经不是她能控制的了。

“宝珠认为，他们家有中风遗传，她自己母亲和姐姐珍珠都中风过。你看珍珠，以前多神气多有精力的人，中风后在床上一瘫五年。家里有个老女佣，照顾她吃不消，先走了，死在她前面。之后找的保姆，都受不了，一轮一轮换。宝珠说，幸亏子女多，保姆空缺时可以抵挡一阵。可是，久病床前无孝子，更何况他们不全都是她生的，前面三个是大老婆生的都年纪不小了，哪里受得了？她自己的两个子女都去了国外，为她的病，来来回回，自己的亲生孩子更容易不耐烦。宝珠一旁看得明白，说自己只有一个女儿，不能想象瘫下来后女儿负担多重，珍珠大殓后，她就写了遗嘱。那时候，养老院刚刚兴起，她还专门去参观过，养老院供不应求，幸好芸姐姐转去街道上班，花钱托关系到民政局，留了后路！你应该知道，宝珠这个人是不会让自己受委屈的。”

元英那边没有声音，容美还以为电话断了，便“喂喂喂”地喊起来，元英叹气了。

“可怜的宝珠，这么要享福的人，嫁了背运的男人，竟然也不改嫁！她这个人，我一直也不太懂，这么多年，一直弄不懂，其实我和她，在感情上，跟我自己的阿姐没什么两样，可能比她们还让我上心……”

容美不由打断母亲，“说上心，却也没有见你们有多少来往，舅舅从监狱出来后我才见到宝珠…… “

“你懂什么，不来往是有原因的，是我们两人说好的，来来往往，居委会马上上门，她是‘反革命’老婆，我是‘反革命’妹妹。

其实我们还是经常见，在那些偏僻马路的点心店……”

“听起来像地下党在接头……”

“每次都要换地方，她家附近我家附近的点心店都去遍了……”

“为什么这么难还见面？”

“这是在他刚进监狱那两年，我们还想着找律师，把你舅舅的刑期改判……”

元英咽了口唾沫，“放弃找律师以后，和宝珠见面也越来越少，多一事不如少一事！后来是怕见她，见了就要问我借钱。家里那些值钱的，卖的卖当的当，抄家时已经没有什么东西值得抄走，便把她们赶去亭子间，前楼大房间给别人住了。阿哥第一次探亲回来，说这个家他都不认得了，都被她卖空了！”

“卖空也不怪宝珠，能活下来不容易……”

“过日脚对谁都不容易，就是因为不容易，才要算着铜钿过日脚……”

“怎么又说到铜钿呢？”容美反感地打断母亲。

元英不响。

“以前的事就不讲了，那么后来呢？八五年舅舅退休回到上海，世道也变了，你们也没怎么来往？”

“还不是因为他和宝珠吵，吵不完的架，我夹在中间，烦不烦？两个人都不想看到。”元英顿了顿，“他们吵架吵到分手，我倒是没有料到。”

容美想起发生在那个年月的一个场景：仍然是元鸿第一次回上海探亲，元鸿和宝珠芸姐姐来做客，大家坐着聊天，聊着聊着宝珠突然就讲起故事来了。她讲起去劳改农场的那次探访，火车换长途汽车，之后是一段好像没有尽头的泥泞山路，芸姐姐才十一二岁，和宝珠一起背着带给元鸿的食物衣服。天开始下雨，路泥泞，背上的东西越来越重，她们摔了又摔。宝珠和芸姐姐坐在泥地里抱在一起哭，说实在太重了，走不动了，不如把东西扔了，却又不舍得扔。宝珠说她知道，这些东西大部分到不了元鸿手里，可是他总能拿到一点吧。把这些东西占为己有的人，至少会对元鸿客气一点吧！

宝珠的脸颊又湿又亮，芸姐姐更是哭得伤心。元英去搓来两块热毛巾给宝珠和芸姐姐，她自己的眼圈也是红的，已经在搓她们的热毛巾时把自己的那把泪水抹去了。

容先生和元鸿闷声不响。容先生拿出烟，给宝珠和自己各点了一根。元鸿不抽烟，容先生劝他抽一根，他说自从生过大病就彻底戒烟了，虽然以前抽烟也并不厉害，至少没有宝珠厉害。说着朝宝珠笑笑。宝珠却吃惊地看住元鸿，元英和芸姐姐同样吃惊地看住元鸿。元鸿便说，前几年肺里感染到结核。她们几个立刻发出惊问。元鸿马上说，雷米封一吃就好了。宝珠问，怎么没有听你提起过？元鸿便笑了，要是告诉你们，你们倒是要急了，你们不晓得，坐牢的人就想生病，就盼着生这种传染病，可以住进医院的隔离病房。

屋里突然就很静。

过了一会儿，宝珠突然嗔起他来。

“有时候想到你对不起我的那些地方，就想骂你一声，活该！”

元鸿便笑了，讪讪地，“我晓得我晓得，这辈子是还不清了。”

元英说：“不要嘴上说说，要有行动。”

元鸿说：“退休后回上海再报答。”

宝珠吐出一口烟，眯眼一笑。看见她笑，一屋子的凝重就开始散了。

那天容智去了哪里呢？好像是被元英差遣买东西去了。容美在不断回想中才想起来：容智回来时，家里正摆开饭桌，容智很雀跃，自从读中学，容智开始蹿个子，变得贪嘴了！她雀跃的情绪也感染到了大家，坐到桌边时，个个脸上都有笑容了，仅剩的凝重也已经烟消云散。

元鸿每次看到容智都会显得特别高兴，他告诉她说，我们就等你回来吃饭。

容智看到桌上有一道红烧烤麸配木耳金针菇，便筷子伸过去夹起烤麸放进嘴里，鼓着两腮，说道：我最喜欢吃妈做的烤麸！元英便对宝珠说，这道菜还是你教我的。宝珠“哦”了一声，不太记得的神情。元英说，几个关键点我抓住了，首先这烤麸一定要用水煮一煮再冲洗拧干，才能去酸味，然后浸酱油再拧干进热油锅，油要多才能煎透，煎完再放作料煮，煮到收汁。

宝珠夹起烤麸咬了一口，细细咀嚼，咽下后才说话：“好吃，做得比我好，现在油凭油票，我都不敢做这道菜，伤油。”元英说她用粮票向同事换了油票，“阿哥回来了嘛！”

元鸿在和容先生碰杯喝酒，他们喝的是黄酒。容智问容先生要酒喝，容先生把自己的酒杯递过去给她喝了一口。元英说女孩子喝什么酒。宝珠说有什么关系呢，喝着玩玩，就图个开心！宝珠说着，见桌上有只空杯，便让元鸿递过酒瓶，欲给容智斟酒。容智见元英面有不悦，便挡住宝珠说，不喝了，喝一口就够了。芸姐姐解围般对元英说，容智就是好奇，她不是真的想喝酒。宝珠却说，就是真的想喝几口酒有什么关系？容智中学毕业就要面临分配是大人了，她笑着指指元鸿对元英道，你看元鸿，抽烟也会，喝酒也会，但是都没有瘾，放心吧！

元英脸色一变，饭桌静了一静。

容美很记得当时瞬间的情景：元英脸色一变，饭桌静了一静。

“你说我们的妈换成宝珠如何？”

那天晚上，元鸿一家走后，容智问容美。

“我不要换妈，但我希望妈像宝珠舅妈那样，不要老是管我们。”

容美回答说，容智便去搂住容美。

“我就是这个意思，要是妈性格像宝珠那样好说话，给我们许多自由，我会不想离开这个家的。”见容美疑惑的表情，容智补充道，“我的意思是，我现在也不想离开家，但是如果妈像宝珠那样总是开开心心过日子，我就更不想离开了。你看，宝珠教妈做的烤麸多好吃！”

说到好吃的东西，容美的眼前便是宝珠笑眯眯的样子，她已经完全忘记先前宝珠和芸姐姐哭泣着讲述去探望舅舅的艰辛。

多少年过去了，元鸿大概已经忘了自己说过的话，即使记得，想要报答也未必合宝珠心意。元鸿从劳改农场退休户口迁回上海，和宝珠一道生活了半年不到就开始吵架，直吵到分居，在他回沪的第三年。

爱热闹的宝珠选择了独居，是真正的独居，身边已没有女儿陪伴，女儿嫁人另立门户。

容美难以想象住在养老院的宝珠的状态，她怕看到养老院的宝珠。

“芸姐姐说了，等宝珠恢复得差不多了，再去看她，她爱面子，不要你们看到她中风的样子……”

“芸囡是讲客气话，你就当真了？再说，中风的人等恢复，要等到什么时候？怎么可能恢复到原来的样子？我和宝珠是自己人，我们之间还在乎好看难看？”

容美心一动。她越来越看清元英对宝珠的矛盾心理，既要推开她，又有一种很深的牵绊！不过，把宝珠当作自己人，元英从来不曾这样表示过。

容美改变不了元英的决定，便又给芸姐姐打了一通电话，无非是通知她，不管宝珠怎么想，反正元英就是不愿意推迟这趟探望，听起来芸姐姐也不像先前那么坚持了。

养老院是由一家生意萧条的宾馆改建的，坐落在闵行区，从市中心元英家附近坐地铁一号线到锦江乐园站，还要换闵行线的公交车。

她们从公交车下来走了一长段路，那段路开始甚是嘈杂，街边摆满摊位。有一段是小吃摊位，沿着人行道，列成两长排，像一条极窄的小吃街。摊主们开着油锅炸油端子臭豆腐，摊鸡蛋饼，明火铁丝架烤羊肉串鸡腿鸡翅膀，还有关东煮，吸引了一批刚刚放学的中小学生。

容美被食物的香味吸引，多年不见的萝卜丝馅油端子让她想起小时候走亲戚前，元英会买这类点心让她们姐妹先填饱肚子，以防在亲戚家的饭桌上有失斯文。容美讲起这段往事有怨言，元英却说她记不得了。从小吃街狭窄的中间走过有点提心吊胆，学生手上滚烫的食物，油锅在沸腾，元英的脸已经虎起来，容美不便和她争论，虽然对她的否定心里不悦。

拥挤的街道走着走着就变得空旷，街边简易商铺和摊位被工地替代，工地堆着黄沙水泥石子等建筑材料，元英便嘀咕：这么落乡的地方宝珠也肯来？

容美没有搭腔，她的情绪也在下沉。

养老院外观不是她们想象的那么寥落，甚至仍然有一种走进宾馆的感觉，那种装修落伍的县城宾馆。原先的宾馆空间并没有太多改变，不过是客房的双人床改为单人床，有两人房也有三人房。

走廊上弥漫着一股气味，很难形容是什么味道，令人不快是肯定的，元英说这是老人味，容美不由屏住气息。

从走进养老院开始，元英就拉住容美的胳膊，好像突然需要搀扶。其实养老院从行走上是更安全的地方，走廊上有手扶栏杆，上下楼有电梯，进楼房的台阶部分用斜坡替代，可让轮椅通过。斜坡铺着红地毯，耀眼又柔软。

宝珠这类中风老人是在三楼特护区。特护区将两间客房打通成一套，两间浴室的其中一间改建成储藏室。三位老人一间房，两间房住六个需要特级护理的老人，由一名护工日夜守候。

元英和容美进门的瞬间没有认出宝珠，三个老太平卧在床，三张脸似乎彼此相似。她们便又退出房间，去看房门口的牌子，上面分明写着宝珠的名字。护工见了从房间出来，把她们领到宝珠床前。

她们被眼前宝珠风烛残年的模样惊到了。宝珠仿佛哪个童话里的人物，被恶作剧的魔杖一点，突然垂垂老矣：她头发白而稀疏，眼角下垂，脸颊肌肉坍塌，是脑中风在面容上留下的痕迹，再加上面一排牙都拔了，嘴瘪得看不见嘴唇，难怪芸姐姐不让她们探望，但，她分明还说过，等妈好点了再来。

会好吗？

宝珠眼帘下垂，以为她睡着了，其实醒着。她朝元英伸出手，元英抓住她手的瞬间，眼泪汪在眼眶。

“会好的！”宝珠说道，仿佛在回答她们的疑惑，吐词含混，舌头变大似的，一时看不出脑子是否混乱。

“小阿嫂，我一点都不晓得啊，应该早点来看你的……”

元英提高嗓门，好像宝珠说话不利落，耳朵也聋了似的。

宝珠拉长了似有若无的嘴唇表示微笑。此时，芸姐姐的声音先进门了，“孃孃，咪豆，你们已经到了呀！”

芸姐姐进门后，气氛都变了，她也像元英，习惯提高声调说话，人显得爽快不少，还带点欢喜，一扫先前这间房的阴郁黯淡。容美立刻如释重负，长长地舒出一口气，好像呼应她似的，芸姐姐看着宝珠笑，是好笑的笑。

“看我妈，嘴巴瘪成这样，她有假牙，现在医生不让戴，牙齿戴上好很多……”

芸姐姐拿起床头柜上的小镜框，这个，之前她们并没有注意到。

“你们看，这是妈去年生日时，我带她去杭州玩，给她拍的照，跟现在比起来，至少年轻十岁不止，是吧？”

她把镜框递给元英，容美的头凑过去，迫不及待的。

镜框里是宝珠站在西湖前的半身照，她穿着淡绿高领细羊毛衫，外面罩一件同色同质羊毛开衫，头发深棕色，短而有型，她一贯的发型。照片上的宝珠仍然是那个精心保养自己，看着让人舒服的女人。

元英万般感触，欲言又止，却见宝珠蠕动着嘴，话语含混，芸姐姐又笑了。

“我妈在说，头发可以骗人。”她脸转向宝珠笑说，“你是说照片上的头发是去美发厅焗过油，所以人一下子就年轻了？”

宝珠微微点头，似乎眼睛里的笑意更浓了。容美已经从最初的震惊中恢复过来，眼前的宝珠正渐渐跟她熟悉的舅妈靠拢。

“妈以前最注意头发，什么都可以马虎，就是头发不能！”

这是真的，再怎么拮据，每星期还是要上理发店洗头做头发，这曾经是宝珠让亲戚们诟病的地方。尤其是元英，她最气宝珠“穷了还要掼派头”，可亲戚中只有元英从不拒绝借钱给宝珠。她自己各种节省，上班回来做不完的家务，缝纫衣服编织毛衣，从来不舍得到理发店做头发。她又是个要体面的人，遇上年节或出席喜宴，都是自己用卷发筒做头发。

现在容美看到元英在连连点头。

“小阿嫂你以前一直讲，发型好等于穿了一件好衣服，每天保持好发型等于每天穿了一件称心衣裳。”

今天的元英在一味讨好宝珠，好像完全忘记自己以前多么看不惯宝珠的生活方式。容美忍不住笑开来，她知道等会儿回去的路上，元英会专为这个笑来诘问她。

芸姐姐把一杯泡在纸杯里的茶递给元英，即便在养老院这么局促的空间，芸姐姐仍然在努力保持她的待客礼仪。

元英对一杯茶都要推却一番，两人客来客去地应酬。容美就有些不耐烦，明明刚才路上还在说嘴干了，要给她买矿泉水她又不干，说不想喝凉水。她从芸姐姐手里接过茶，闷声不响地塞到元英手里，倒是把芸姐姐逗笑了。

这时宝珠的手颤颤地伸出来，伸向容美。

容美赶紧上前一步抓住宝珠的手，这一瞬间，她的眼圈竟也红了。

“舅妈，等你病好了，头发焗油假牙戴好，又是漂漂亮亮的，跟照片上一样好看。”

容美指着相框，宝珠在微微点头，她蠕动着嘴唇又在说什么，芸姐姐便笑了。

“我妈在称赞你呢，说你越长越有样子，快要超过容智了。”

寂静了一秒钟，元英才回应。

“让宝珠舅妈说好看，容美最高兴了……”

这句话却让容美不怎么受用，她打断母亲，提醒她把带来的营养品拿出来。

元英拿来几大袋营养品，除了木耳红枣桂圆核桃之类，还有冬虫夏草西洋参这类补药。对于倪家人，元英向来是慷慨的，虽然她对他们的指责也是最严厉的。

于是又是一阵推让，这一次推来推去的动作更大，你一言我一语说话声更响亮，骤然带来往日人来客往的热闹。在这片陡然沸腾的应酬声里，宝珠原先半开的眸子完全合上，进入短暂的休眠。

养老院的晚餐餐车已经推到走廊，才四点半，窗对面墙壁反射的阳光刺眼。

护工从墙边拉出一张折叠小桌，从床上抱起一位老太放到桌边的椅子上，老太坐不稳，护工用布条在椅子两边的扶手绕了几圈，像个简易的栅栏，老太半闭着眼睛张开无牙的嘴，然后又抿拢做咀嚼状。

芸姐姐笑起来，拍着老太说，饭还没有来呢！

她转过头告诉元英和容美：“这老太太九十八岁了，眼睛看不见，也不会走路，但还坐得住，每天三餐在桌边坐一下！”

说话间，护工已把另一位老太从床上抱到椅子上，她一直在自言自语，刚才脸对墙在说话，没有注意到访客们。她坐到椅子上才发现元英和容美，便笑着招呼她们。

“坐，坐，别客气，今天就在这里吃饭，我跟阿姨说过你们会来，她去添菜了。”

元英和容美面面相觑，芸姐姐在一旁做注解。

“她把你们当作她家客人……”芸姐姐做了个脑子糊涂的手势，立刻转向老太，“阿婆，你真客气！”

老太笑了。

护工端来两碗馄饨，一碗放在盲老太面前，抓起她的手去握住碗和调羹，盲老太太颤巍巍地舀起一只馄饨朝嘴里送，她们都一眼不眨地看着，只怕馄饨未送进嘴便掉落。旁边那位招呼她们吃饭的老太用调羹舀起一只馄饨要芸姐姐吃，于是芸姐姐和她应酬了几下。

元英和容美闷声不响，脸上还留着一连串受惊的神情。

护工端到宝珠床边的晚餐，是一碗暗绿泛黄浓稠的糊。

“这是什么？怎么拿这种东西给老人吃？”

元英当即板下脸来，芸姐姐赶快解释。

“这是蔬菜和珍珠米（玉米）打成的糊，有营养，就是不好吃。”

芸姐姐把面糊退回餐车，她端给宝珠带来鸡汤煮的烂糊面，元英的脸色才有松弛，但是宝珠蠕动着嘴又说话了，她的话自然又是通过芸姐姐转述。

“我妈说，她今天肚子不舒服，想吃蔬菜玉米糊消化，不想吃鸡汤面。”芸姐姐压低声音告诉元英，“也不知道是我妈为了照顾我不让我老是送汤来，还是真的愿意吃那东西，每星期只让我送一次，如果我多送几次，就像今天，她要叫我拿回去，你们看到了是吗？别看她现在瘫下来，心里还是很有主见，说到做到。”

突然，宝珠急促地发出呻吟，同时，一股臭味弥漫出来，芸姐姐喊着护工，

“快，我妈拉肚子了。”

芸姐姐转身便把元英和容美拉出房间关上房门，“护工会给她换尿布洗屁股。”

“你去帮忙吧？”元英问。

芸姐姐摇摇头，“我插不上手，护工做起来很利落。”

一时静场。

“这么说，她是真的肚子不舒服，我以为她在跟我作呢！”芸姐姐笑了，“她大便总是不正常，要么便秘，要么拉肚子，便秘更麻烦，要用开塞露，有时要用手挖……”见元英又是皱眉又是摇头，芸姐姐立刻告知，“当然都是护工在弄！”

从养老院出来天已暗下来，她们依循原路坐公交车返回地铁站，一路无语。

地铁站边上有麦当劳店，容美领先，快步跨进店里，嚷着说：“不行不行，我撑不住，我得坐一会儿，喝点东西。”

元英没有反对，默不作声坐到落地玻璃窗边的桌旁。

她们先轮流去洗手间解手洗手，然后容美去柜台前排队。

元英看着玻璃窗外的街道有点发呆，暮色里人流暗沉沉，从地铁站拥到街上。容美转脸看见元英用手飞快地抹去突然涌出的眼泪。

麦当劳的柜台前晃动着无忧无虑的年轻稚气的面孔，店里弥漫着炸鸡香味。容美看出去的天空比原先亮了，高架桥上密集的车灯晃眼。

容美买了两杯加冰淇淋球的咖啡，她和元英面对面坐闷声不响，各自啜饮面前的饮品。

有个场景出现在容美眼前，在宝珠家的牌桌上，宝珠嘴角叼根香烟，在烟雾里眯着眼看手里的牌，眼角鱼尾纹给她增添的是妩媚。到了钟点，她起身去做点心，过年留下的桂花糖年糕已经发硬，她切成片，法兰盘烧热后放半调羹花生油。宝珠和元英这代人把平底锅叫成法兰盘。法兰盘里的糖年糕遇高温立刻柔软，油煎后外脆里软。出锅后，宝珠在油煎糖年糕上撒些棉白糖。元英说，宝珠就是在这种小地方大手大脚，糖年糕本来就是甜的，撒白糖是浪费，白糖是配给的。宝珠笑问，撒了白糖的糖年糕是不是更好吃？

容美看着近旁的年轻女生捧着鸡腿汉堡深深地咬了一口，突然就感到饿了，她站起身。

“喝咖啡肚子反而饿了，我想吃个汉堡。”

她询问地看着元英，元英赌气般道：“哪里吃得下！”

容美立刻冲到柜台前再次排队给自己买汉堡，她现在宁愿多排几次队，真怕元英挑起她拒绝再听的话题。

七

从养老院回来后，容美和元英有一个礼拜没有电话联系。容美刻意不给元英电话，元英也不来电话。

芸姐姐电话容美，为她们去养老院探望宝珠表示感谢。

容美问芸姐姐："宝珠舅妈有没有不高兴呢？因为你说过，等她恢复一点再去看她，我妈等不及了，她是急性子，你知道……"

"不会不会，不用担心。"芸姐姐的声调稍稍降下一些，"其实她已经忘了，我第二天问她，孃孃跟咪豆来看你记得吗？她摇头，她不记得了。年纪大本来就容易忘事，中风过，更不行了……"她顿了顿，"我刚刚跟你妈通过电话，我没有告诉她……"

"我明白！我不会告诉她！"容美立刻表明态度，却马上追问一句，"你说过会恢复的。"

容美没有掩饰自己的失望，她并未从宝珠身上看出"恢复"的可能性。

"年纪大了，脑子和体力本来就在衰退，没办法，人老了，逃不过去！"

芸姐姐这么说，并不特别悲哀。

元英沉默了一星期，之后，便隔三岔五给容美电话，养老院之行给她的刺激，好像需要通过来来回回的交谈去消化。

“宝珠怎么老成这样？如果不是门口牌子上写着她的名字，哪里敢认她？”

“床头柜上那张照片没有让你心情好一些吗？”

“心情更不好，才一年，人就变成这样……用上了尿布，控制不了肚子，当着我们的面……”

元英似乎哽咽了。

“好在她很快就忘记了！”这句话就在容美的舌尖，她终究咽下去了。

“我却是从这张照片看到宝珠没有变，精神还在。”

“她有什么精神？”元英不以为然了。

“八十出头的人还在注意自己的形象，跟着女儿去旅游，想方设法让自己的日子过得开心，这是需要精神的。”

元英不响，容美刚要说下去，却被打断。

“我一直蛮奇怪，自己养出来的女儿为啥总是跟我唱反调。”

元英突然冒出来的火气惹得容美也光火了。

“我只要一夸奖宝珠，你就不高兴，人家现在都已经瘫到床上了，你还要计较？”

“不是和宝珠计较，而是你的思想有问题……”

“嘿，怎么说出居委会干部的话来？”

容美诧笑了。

“宝珠不过是个爱打扮喜欢享受的女人，怎么被你一形容就变成‘精神还在’什么的？”元英好似被触到了敏感点，“你舅舅坐牢那些年，宝珠每个月去不同亲眷家借钱，他们说她拿了钱出门就上馆子……”

“这个你已经抱怨很多次了，可是她对亲眷们也很大方，舅舅探亲回来的日子，她天天做一桌好菜，留客人吃饭……”

元英不响，然后转移了话题。

“过八十的人，睡到床上再起来就难了，可能就一直躺下去了……”

“你总是朝坏的方面想。”容美打断元英，“你说过宝珠是不会委屈自己的……”

“所以，她才更可怜！”元英又激动了，“她做菜做得好，会吃，年轻时最喜欢的事，就是带着你舅舅……不是元鸿带她，是她带元鸿，到处找好吃的，上海那些有名的餐馆有名的小吃店，一吃再吃，没想到，老了，遭这种罪，住在老人院，吃那种猪食一样的东西……”

“猪食？也太难听了吧！”容美不得不打断元英，“宝珠不是说了，这东西营养好能消化吗？”

“那是她的说法，她这人不肯认输，尤其在我面前。”

“她又不是争强好胜的人，为什么要对你争这口气？”

元英突然沉默，然后，匆匆挂了电话。

元英隔天又来电话，接之前的话头。

“‘文革’十年，她居然还有心情上理发店做头发，还说这是她唯一的爱好，说她就是靠这爱好活下来的，你说，这是什么精神？”

元英对容美的“精神”一说，还耿耿于怀。

“我以前不理解，现在到了中年有点懂了，觉得宝珠是个人才，那么灰暗的生活，她也能努力过得像人样。”

容美等着元英反驳，元英却沉默。

“弄堂里的‘反革命’家属，个个蓬头垢面，衣衫不整，佝头缩颈，宝珠却山青水绿，其实她也没有穿什么好衣服，会有什么好衣服呢？后来明白了，她为什么看起来跟人家不一样，就是头发弄得好，有腔调，所以上海人喜欢说噱头，意思就是，头是最重要的，画龙点睛，一身行头，点睛在头上。”

“你怎么到现在还不明白，那不是讲噱头年代，那时候越邋遢越安全，弄得山青水绿遭来横祸有意思吗？”

容美怎么会不明白呢？宝珠舅妈是活在她自己营造的貌似轻快的生活里，她的同代人认为这是极端不负责任的生活态度。

可容智绝不会受长辈好恶影响，她曾说过，宝珠是用自己的方式去化解人生的痛苦。

电话那头，元英又一次像打开水龙头。

“元鸿进去后，宝珠经常脱底棺材，到了月底就来问我借钱，说是借，根本还不出。她手里有钱就要用，我们倪家的亲眷，她都去借过……”元英兀自一笑，叹息着，“来借钱还要带点礼物，又是一笔额外开销，何必呢？还不肯马虎，特地去趟老大昌，给你们两个小的买蛋糕……”

“所以我们都喜欢宝珠，总是笑眯眯的，不哭穷，不抱怨，跟她在一起最轻松了……”

“你们轻松我不轻松，伊用钞票用惯了，也不怕坐吃山空，不晓得她到底怎么想……”元英顿了一顿，突然收回抱怨的语气，“我是看在她年轻时待我不错的份上，叫裁缝做旗袍，她做几件也会帮我做几件！买大衣，毛货，贵味，她买一件，也帮我买一件！阿哥小气，给我生活费总是拖，宝珠会帮我催他，上海滩上好吃好玩的，都是她带着我……”

“那你帮她也是应该的……”

“我哪里不帮她了？不过是希望她省着铜钿用，大家日子都不好过……”

“不是在讲她的好？怎么又埋怨了？”

元英不响。好一阵才突然又说：“她这么一个喜欢热闹的人，跟她姐姐珍珠一样，恨不得天天摆台面请客，现在困在养老院，旁边一群瘫痪或者脑子有病的老人，太可怜了……”

元英咽了口唾沫，容美以为她在哽咽。

“我们去看她，还是高兴的，你看出来没有？”

元英在问。

“是呀是呀，难得有心情讨论头发，在那种地方……”

容美心里却在说，那么一个阴沉沉的气味难闻的地方，中风了，舌头大了，不戴假牙，嘴里哼哼地拉肚子了，臭……这些尴尬她也一定忘了，为宝珠想，糊涂或失忆是好事呢！

养老院之行让容美发现，宝珠如今的状态，元英比宝珠本人、比芸姐姐还不堪面对。她们姑嫂曾经一起面对世事变迁，是一条船上的难民，两人的价值观却相距甚远，元英看不惯宝珠对自己羽毛的过分爱惜，更生气她及时行乐的人生态度。可是，当疾病和老年把宝珠珍视的一切摧毁时，最受打击的也是元英。

“最近，我常常会想起她年轻时的那些事。”隔一两天元英就会电话过来，虽然电话断断续续，话题却在延展。

“珍珠二十岁不到做人家的小，从此荣华富贵都有了。她们的爹爹死得早，做娘的带大两个女儿也是要靠男人的。珍珠知道过日子不容易，她是希望自己妹妹也走她这条路，嫁个年纪大的男人，换一份有保障的生活。但是宝珠遇到了元鸿。

“听我娘讲，她是在彭浦碰到元鸿的，那次是跟珍珠夫妻一道去。伊跟姐姐去玩，姐夫去谈生意，元鸿是她姐夫的客户，当时元鸿是在外国人公司做，已经是中层主管，薪水相当不错，养个家是绰绰有余了，但再怎么好也不过是个洋行白领，是打工的，不能跟有资产的珍珠老公比。

“他的资本就是人长得英俊，当时还很年轻，三十岁都不到，宝珠对他一见钟情，元鸿已经有老婆，第一个儿子都出世了，他可能答应宝珠离了婚娶她，其实晓得爹爹不会答应。

“爹爹在英租界的北京西路用银洋钿顶了一幢街面石库门，一楼开店，二楼我们住，三楼给元鸿一家，他是长子嘛。元鸿自从跟宝珠好上后，就不常回来。

“当时在亚尔培路现在的陕西路，靠近霞飞路的那一段，有一间饭店，门面看起来不大，内里很深也很豪华，有铜钿人在里面包房间养情人。元鸿在那家饭店包了一间房，宝珠跟他住饭店，她不想将来。后来说起这段生活，她觉得是跟元鸿最开心的日子……”元英不由叹息。

“你外婆讲，她这个人开开心心，容易相处，但是，过日脚不实惠，伊是今朝有酒今朝醉！你外婆倒不怪伊，讲，是元鸿不好，宝珠这样子是元鸿带出来的，因为元鸿不给她安全感。你外婆骂元鸿太花心，讲他在公司打电话都会勾搭接线员，讲宝珠跟元鸿这种男人在一起只能每天都当最后一天过。”

“喔，外婆竟能讲出这么智慧的话来！”容美禁不住惊叹。

“是呀，你外婆没有读过书还这么聪明，家里亲亲眷眷隔壁邻居有什么事，都喜欢找她商量。开店做生意，人缘要好！每年立夏，你外婆要做几大缸桂花酒酿装在小钵斗里，送给常年照顾生意的顾客。过个年，从正月初一到十五，家里每天摆流水宴，客人不会断。你外婆跟佣人阿娟每天从早上五点钟忙到夜里十二点，脚都肿了。爹爹开了米行，杂货店就交给你外婆管，她还要管家务要下厨房，做饭给屋里这么多人吃。阿娟只会干粗话，不会做菜，大阿嫂花姐要带自己的孩子。你外婆讲，她不仅仅是正月忙，她是从初一忙到大年夜，她要是读点书，一定是个一等一的人才。别看爹爹吆五喝六的喜欢摆威风，姆妈重病住进医院，他也撑不住了，晚上睡在床上吐了两口血比姆妈先走了。”

讲到爹娘，元英就哽咽，容美没有声音了。

“姆妈就是太宠元鸿了。”元英自己又续上话题，“元鸿利用这一点，总是先把姆妈搞定。他把姆妈接到饭店跟宝珠见面，晓得姆妈会喜欢宝珠，宝珠是新式女人，有文化，举止得体，性情又好，整天笑眯眯的，不像花姐，做人硬邦邦，整天哭作乌拉，一点不讨喜。

“元鸿跟宝珠住饭店那段日子，很少回家，他要是回一趟家，爹爹就要追着他打，元鸿倒是怕他的，他是孝子，骂不回嘴打不还手。后来，干脆就不回家了。他不回家，爹爹也没有办法，姆妈就故意向爹爹透露元鸿的酒店，爹爹就寻过去……爹爹看到宝珠也就没话说了，他脾气大，心其实很软。反倒是他催着元鸿把婚礼办了,也同意元鸿在西区为宝珠租一套公寓房,平时跟宝珠过，周末回家来。姆妈讲，这总好过他不回家吧。”

过去的故事被元英用匆忙的语调讲述出来，感觉上是她一时失控而倾吐，容美不敢吱声，只怕自己的任何反应都会引起元英的警觉，而重新把过去封闭。

“她还在气我……”有一天元英给容美电话，没头没脑来上一句。

“你说什么？”容美故意问道，心下吃惊元英还想着宝珠。

“你知道我在说谁！”元英没好气地回答。

“她病成这样，气你干什么？”

容美也没好气了。芸姐姐不是说宝珠隔天就忘掉了她们曾经去探望过她吗？她很想把宝珠的真实状况告诉元英，可芸姐姐的关照让她有了障碍，要是母亲因此受刺激更深怎么办？

“宝珠把你舅舅赶出家门，元鸿后来跟阿馨重新来往被她知道后，她却上门去吵，也把我找去……”

“哦？我一点都不知道，你都没有提起！”容美吃惊，也很好奇，“为什么事呢？”

“不想讲，一讲起来就气！”

“气宝珠？”

“气你舅舅！”

“舅舅人都不在了，你还要气他？”

“所以才不想讲！”

元英便挂了电话，容美立刻又拨通电话追问。

“刚才明明是在说宝珠，我就是不明白她为什么气你，是你多心吧？哪怕她气舅舅又跟阿馨往来，跟你有什么关系？”

"她怀疑是元福把他们两人拉在一起的，她希望我出面干预，她认为阿馨怕我。她哪里知道，那女人已经不是年轻时的阿馨，简直天不怕地不怕！"

这"天不怕地不怕"的形容，更让容美好奇。

"阿馨泼辣吗？"

"那倒不是，表面上是温和的，这种人最难弄，她不跟你吵，她就按照自己那一套做。跟她连话都说不上。"

"哟，舅舅找的女人都很不一般……"

"以前不是这样，以前胆子很小，在我们面前畏畏缩缩，尤其看到宝珠，总是心虚的样子，现在她怎么变得理直气壮的？"

"所以呢？"

"所以什么？"

"问你呀，你说阿馨已经天不怕地不怕，意思是你对她没有影响力了，但不至于影响你和宝珠的关系吧。"

"当然有影响，管不了阿馨，宝珠认为我不想管，认为我毕竟姓倪，是站在元鸿一边的。元鸿喜欢谁我就帮谁，她完全忘记她以前和元鸿吵架，我都是帮她的。"

"你真的去管阿馨了？"容美吃惊。

"那次去元鸿家，阿馨没在，肯定是元福在通风报信。没想到她会来找我……"

元英突然缄口，仿佛喉咙被什么东西卡到了。

"噢，她来找你？她还是有胆，来找你说什么？"

"……嗯，这个说来话长……"

元英的话语突然就不流畅了。

"长话短说，为什么来找你？"

"我当然不理她！"

"阿馨到底为什么找你，理由是什么？"

容美觉得其中有蹊跷。

“你烦不烦？打破砂锅问到底的……”

元英莫名地不耐烦起来，让容美光火，显然，她又遇到了得不到答案的疑问，母亲究竟要隐瞒什么？

“阿馨说她见不得你舅舅一个人过日子，她要照顾他到死，我就没话说了。”

“噢，她特地来找你说这句话？”

容美“呵呵呵”地发出了讥笑声，觉得老妈也太看低自己的智商了，眼看两人又要戗起来。

但显然，元英克制住了。

“不是在讲宝珠吗？”

元英接上先前断掉的话题。

容美知道元英不想讲的话是问不出来的，她想挂电话了，却又不得不敷衍地答了一句。

“照理说，宝珠这人挺豁达的，又何必管他们的事。”

“她对别人都豁达，对你舅舅……”元英发出不以为然的哼哼声，“她就是要对你舅舅计较……”

“说明她对舅舅还有感情。”容美偏要帮宝珠说几句，“没有感情就不计较了……”

“感情不感情的，你们年轻人才讲究这个。”元英像听到脏字眼一样，厌烦地予以制止。

“好吧，我收回，首先我早已不年轻，我也早就不讲感情。”

容美语气不爽，元英就像没听见，自顾说她的。

“他们两个人活到七老八十的，已经变成冤家，在一起要吵，不在一起呢，心里放不下。宝珠虽然赶走元鸿，不过，心里是希望他不时回去看看的，没想到元鸿却跟阿馨过起了日子，她心理怎么会平衡？从劳改农场回来是她接纳了元鸿，当初顶着‘反革命’家属帽子也是她，那些年的苦都白吃了吗？”

那些年的苦都白吃了吗？容美自问，这种话可以问谁？

宝珠和元鸿分居之前来找元英倾诉。让容美印象颇深的是，宝珠虽然是来告状，但并不显得气急败坏，眼梢仍然似笑非笑地弯着，苏州口音的语调总是柔软，因此从她嘴里出来的那些争吵，显得轻描淡写。她向元英历数元鸿那些乖张的生活习惯：他突然拾起了破烂，把弄堂人家丢弃在垃圾箱外的衣服鞋子拾回来，他还把牢里认识的那些劳改犯领回家，没有一个看起来像样的，她这么描绘他们。她很奇怪他们居然一起回忆监牢里的事，难道还想念那种日子？她的语气甚至有些好笑，觉得不可思议，觉得滑稽荒唐。

宝珠轻描淡写的述说方式令容美不安，这便是打算放弃的态度。没有谁告诉容美放弃就是这种态度，但容美的第六感告诉她了。

容美内心既同情宝珠又担心元鸿。她隔天找借口去容智学校详细描述了元鸿的行为和宝珠的态度，说出了心里的担忧。容智说她根本不相信元鸿会做这种事，元鸿是心气硬的人，怎么可能捡别人的东西？是宝珠受他的气，要贬低他。容智说她看出元鸿这个人太大男人，宝珠一人生活惯了，她忍受不了旁边有一个老男人指手画脚。

容智认为，归根结底，现在的宝珠看不起现在的元鸿。容智不过是表达了自己的观点，并没有就他们夫妇间的纠纷给出什么好主意，虽然她平时好管闲事。容美从容智的反应里看出，她并不在乎元鸿，有一阵，大家都说容智和元鸿有缘分，陌生的舅舅对于她就像早就认识。

容智对元鸿可能的遭遇漠不关心，是因为她有自己的事情要操心。那时候，容智刚毕业留校，是艺术系新生的辅导员，同时是学生话剧队的指导老师，她对自己的新职业有一股热情，根本没有余暇关注元鸿家的事。容智的态度让容美觉得自己的担忧是多余的，毕竟，他是个半途出现的亲戚，且是个声名狼藉的亲戚。

宝珠的告状，元英一时吃惊，却并没有太放心上。她认为，这是从劳改农场带来的坏习惯，一时改不掉，但终究是会改掉的。

元英好像更在意宝珠对容美说的那些话。

那天宝珠对容美说："其实我和你舅舅并没有结婚证书，我们是同居关系。"

元英送走宝珠后，赶快给容美消毒。

"宝珠在说气话，他们是结过婚的，那时并不需要什么结婚证书，他们登过报摆过酒席有过婚礼，怎么可以说是同居呢？"

同居又怎样，结婚又怎样？容美心里很烦元英计较这种小节，她岔开话题。

"你倒是不担心宝珠会不会抛弃舅舅！"

容美从宝珠的话里听到的潜台词是，没有结婚证书，要分开很容易。

元英并不担心。

"怎么会呢？宝珠等他等了这么多年，当时在劳改农场都接纳他了，现在元鸿退休回上海，社会环境也不像当年了，不用那么紧张了。再说，芸囡已经结婚搬出去，两人再怎么争争吵吵，总好过一个人过日脚，宝珠又是最不能忍受寂寞的人。"

事实却是，宝珠即便是个最不能忍受寂寞的人，仍然坚持与元鸿分居。

"喂喂……"元英对着电话喊了几声，"容美，你听到吗？"

"我在听呢！"

"突然没有声音，以为电话断了。"

容美不响，急着挂电话。

"宝珠来找我，要我去骂元鸿，要元鸿停止这种荒唐的往来。我一急，也对宝珠说过气话。我说，你已经把元鸿赶出去了，又何必管他跟谁往来……"

"所以，也生你气了？"

"当然是不高兴了，之后就不来找我了。她不来找，我也正好图清净。一晃又是几年过去……唉，亲戚之间……”

元英沉吟着，好像一时找不到合适的语词来形容这般复杂的关系，便挂了电话。

容美放下电话，记忆深处突然冒出一个细节：有一天，她一个人去宝珠家——她想不起来这个临时决定的原因了，近中午了，宝珠还未起床，她坐在床上披一件棉袄，怀里焐着热水袋，正在抽烟。

宝珠告诉容美，这口烟是在生女儿后坐月子时抽上的，月子还未出，元鸿就在外面找女人，胃气痛，抽了烟才缓过来。月子里抽上的烟就戒不了了。

宝珠说这段话并没有太大的情绪，甚至她的眼梢仍是弯弯的，好像在微笑。宝珠心平气和讲出元鸿对她的背叛，对于还是少女的容美是一次打击。

宝珠起身穿上披在身上的棉袄，棉袄看起来薄、旧，但面料和做工考究，淡褐色底浮着同色花朵的织锦面料，袖口领口绲着丝绒边。容美的心情还在宝珠的“这口烟”上，话题却已经转到了衣服上。宝珠说这是件丝绵袄，看起来薄其实比棉花暖，穿了二十多年。隔两年让裁缝重新翻一下，丝绵要经常翻，否则不保暖。丝绵的好处就是又轻又薄却很暖。说她个子不高，穿棉花做的棉袄胖乎乎很难看。容美不由地伸出手去摸她身上的棉袄，触感的柔软轻薄给她很深的印象。

宝珠提出要带容美出去吃饭，去“红房子”，容美哪里会推辞，简直喜不自禁。

七十年代末的“红房子”，中午客人不多，宝珠点的所谓西餐，其实就是红汤、土豆色拉和炸猪排加上奉送的小圆面包配黄油。简单却让容美有酣畅淋漓饱餐一顿的记忆。以后自己去“红房子”，也依然点这几样。印象深刻还不是因为物质匮乏的年代却去了一趟西餐馆？所以吃什么并不重要，重要的是时间和地点，以及当时的心情。

那天回家时容美有一种做了犯忌的事的亢奋，同时心也是虚的。首先没有经过母亲认可就去找宝珠，亲戚间是可以随便串门的吗？何况宝珠不是一般的亲戚，她是被亲戚们诟病的亲戚。平时去亲戚家串门，他们馈赠的糖果之类的零食，不经过母亲点头是不可以接受的，更何况被请去餐馆，而且是“红房子”这样的著名西餐馆。

容美打算对家人保密，但是元英却从她不安又兴奋的表情发现了端倪，问了她几句，容美就憋不住了，说出实情后，果然就遭到一顿斥责。

“宝珠请你吃饭的钱不就是从我这里拿去的？她是喜欢请客，可是，她花得越多，从我们这里拿得也越多。你越来越不像话，居然自说自话去宝珠家，还跟她上馆子东吃西吃……”

“哪里东吃西吃了？就去了一个馆子……“

“这一个馆子抵过我上十趟点心店。”元英越说越恼火，“我平日下班回家路上肚子饿了，都不舍得买一块点心，更不舍得去点心店坐一坐。”

元英的生气已变为自怜自艾，容美赶快安慰道：“宝珠说不贵的，就红汤猪排，简单得很……”

“呵，派头真大，就红汤猪排简单得很。”元英冷笑了，“她当自己是什么人，可以一路享受下去？”元英莫名其妙就红了眼圈，“这么多年下来，也吃了不少苦，怎么好像还在梦里厢？要么还在自己骗自己……”

这番话容美当时不怎么明白，觉得不可理解，怎么去一趟红房子就弄出这么多是非？

容智知道后笑说：“妈这个人，活得太紧张，以后这种好玩的事不要告诉她，被你这一说，我倒是很想去看看宝珠，还有芸姐姐。”

于是在某一个星期天，容美和容智又瞒着元英去了一趟宝珠家。

八

蚕豆分“客豆”和“本地豆”，相比较，“本地豆”皮薄豆糯。妈认为，“本地豆”煮得不得法也会“老”。每年的蚕豆季节，为了煮一碗合格的“本地豆”，妈对于如何剥豆洗豆炒豆，是有一套规定的，几近神经质，以至于后来我自己煮本地豆也会紧张。首先，豆在煮前才剥，剥出的豆子立刻盖盖子隔绝空气以防“老”；洗豆放淘箩直接龙头冲忌用手去掏洗；热油下葱然后下豆，铲子稍稍铲几下，不能大力翻炒，豆子越多接触铲子越“老”，喷洒一点儿水盖锅大火焖，豆子起锅时才调味，盐和少量糖。妈煮的蚕豆油亮鲜绿，口感的确是嫩而糯。同样的豆子，为何我依样画葫芦，却煮不到同样的色味？当然又是：手势的问题！

那天元鸿告诉阿馨，等你男人死了再来找我。在阿馨听来更像一句赌气话，冷酷而又充满男人味。在他，却是一种现实，他知道和阿馨只是一次偶遇，他对阿馨没有期待。那时候他对她心里涌起的恨意更多，她是他生命中背叛他最彻底的女人，因为她的离开，使他在后面漫长的日子里一直无法真正忘记她。

阿馨比元鸿年轻一轮，两人相差十二岁，有个女人又比阿馨年轻十岁不止，她就是七宝镇上卖蹄髈的老板娘。八十年代元鸿在七宝镇上偶遇阿馨，两人鱼水欢后，元鸿就像烟民戒烟后复吸，女人突然又变成了无法抗拒的诱惑。能够得手的女人就在身边，既然可以和阿馨做，为何不能和其他女人做？终究阿馨老了。

七宝镇的偶遇，是他对阿馨念想的终结，床上的事并不重要，重要的是他又感受到的征服欲，他征服了才能抛弃。

他并没有马上和蹄髈摊老板娘往来，虽然想与她做什么倒是相当方便，都在一个镇上，但也最容易走漏风声。况且，老板娘的男人是个酒鬼，元鸿自己不喝酒不吸烟，他不会给酒鬼耍酒疯的机会。他首先得为生存考虑，对于他，没有什么风险值得冒，除了生存这件事。

他搬去杨浦，临走前把地址留给了蹄髈摊老板娘，借口是万一有人找他，她可以帮助中转。不出他所料，这个女人果然来找他了。

这里空间逼仄，与另外四户人家住在一层犹如一家人。女人上门他必得对邻居有个交代。他竟然介绍说这是他的老婆，女人欣然接受这个未经她同意便赠予的身份，她补充说明，因为经常去女儿家照顾，所以时不时要离开一阵。

后来，蹄髈摊老板娘真的要去女儿家帮忙照顾新生儿，两人疏远了一阵，阿馨上医院探望元鸿就是那段时间。

这一年里，原来几户上海邻居搬走了，住进来的多是外来打工者。这里变得更乱了，但没有了本地老住户窥探的目光，元鸿觉得自在了。阿馨也好，蹄髈摊老板娘也好，或者其他某种机会搭识的女人也好，谁管你！

经过一场急性肺炎，元鸿大伤元气，所幸有阿馨照顾。病中几天，阿馨天天上门。她向自己老公谎称去玩麻将，虽然以前从不玩麻将。当然，圆这种谎不难，她可以说自己正开始学，作为新手兴趣盎然诸如此类。

问题是，和元鸿相处并不容易，过去留下的疙瘩没有机会解开，他生性又是个坏脾气的男人，为了一点小事会大发雷霆。

有一天阿馨买来刚上市的蚕豆，元鸿开始是高兴的，说青葱炒蚕豆是他百吃不厌的小菜。两人欢欢喜喜把蚕豆剥了，待阿馨炒蚕豆时，元鸿跟到厨房。当他看见阿馨用铲子大力翻炒蚕豆时便发火了，说阿馨把蚕豆炒老了，让她即刻盖锅闷。阿馨盖锅时加了半碗水，她手太快元鸿没有来得及阻止，急得跳起来，嘴里直嚷“完结完结”。果然，蚕豆出锅时汤水太多，没有他想象中油亮而鲜绿的感觉。元鸿拒绝吃这碗蚕豆，要她立刻带着这碗豆滚回家。阿馨当即扔下锅铲解下围兜哭着回家了。

自那天以后，阿馨渐渐减少了来探访的频率，从几天到几星期来一次。她发现，她来的次数少，元鸿反而倒客气一些。再说，她有自己的家要照顾，每天换几部公交车，天越来越热，身体吃不消，元鸿病一好便又开始寻齁势，精神上也吃不消。

心理上，阿馨还要对付自己的道德观，这是她婚后第一次出轨。虽说，他是她第一个男人，但已婚女人与前夫来往，也算是轧姘头吧？被人知道，背上“破鞋”污名也太丢人了！

元鸿住的“两万户”工房生活设施简陋，楼房里没有卫生设备，这里人家的房间必备马桶。现在不再有早晨马桶拎到后门口，环卫局的粪车来收粪这种事了，各家自己拎马桶将粪便倒入统一的粪坑里。元鸿不喜欢房间里放马桶，他宁愿去新村一里外的公用厕所大解，小解就用家里的痰盂。元鸿生病的日子，阿馨来照顾他顺便帮他倒痰盂。她要是大解，也只能去新村门口的公用厕所。

看着元鸿落魄得住到这种地方，阿馨为自己觉得没面子，她得把他的窝弄得像样一点，潜意识里这是他们共同的窝。她希望不要走得太勤，但如果他病了需要她照顾，也不用长途跋涉。和元鸿之间，她是希望细水长流地来往下去。

她开始动心思把元鸿的窝挪到她住的浦东一带，至少要有卫生设备。这么多年过着小康日子，她无法忍受缺少基本设施的生活，租条件稍好的房子无非多出点钱，她掌管家里经济，挪点钱贴补元鸿租金不难办到。

1987年的上海还未出现商品房，市民们住房拥挤是这个城市一大特点，所以租房并不容易。没把握的事她不想告诉元鸿，弄不成反而让他失望。

阿馨在想办法通关系，她相信总会有空房。上海一波又一波出国潮，有些人家有空关的房子，难的是如何找到这类人家。

自从离开元鸿重新嫁人找到一份供销社工作，阿馨开始积极融入社会，也越来越懂得这个社会是靠人际关系来维系的。从宝山供销社到后来搬到浦东进食品店做营业员，她积累了不少人脉。她七转八弯，终于打通关系，认识了附近地段的房管所被人称为“房老虎”的管理员。她送礼请吃饭，让管理员为她找到了一户人家。这家子女都出国了，家里只剩一个孤老太。老太有一套六十年代造的两室户工房，厨房浴间独用。管理员跟老太打了一番交道，老太同意出租其中一间，条件是先付两个月的定金。阿馨打算付钱时，突然对元鸿是否愿意搬来此地不那么有把握了，她要求先付半个月定金，让租客元鸿本人去看一眼，再把两个月的定金付清，老太倒是同意的。

她忙着这件事，好几个礼拜没有去元鸿那里，也没有给他电话，只想着事成后给他一个惊喜。

她兴冲冲赶到元鸿家，脚步飞快上楼走过走廊去推门，可房门锁上了。她当即知道不妙，果然房间里有女人声音，她用力敲门只差没有撞门了。元鸿来开门，她推开他，冲向坐在床边的女人，两人迅疾抓住对方头发，她很快被蹄髈摊女人按倒在地，这时元鸿才出手阻止，好像他很乐意欣赏前面的一幕。

她哭着离开元鸿住处，换了三部公交车还没有让她停止抽泣。脸上带着女人的指甲抓痕回到家。她发狠地想着，如果丈夫问起来，就把实情说出来。她有一种强烈的惩罚自己的愿望，谁叫自己这么贱，和劳改释放人员偷情，为他花钱花力气，还为他和野女人打架，打又打不过人家，让他在旁边看笑话。他竟然不心疼她，连一句道歉都没有，她走时他也没有阻拦，因为那个女人更年轻？是的，没有道理可讲，谁年轻谁占上风，她心里充满悔恨，恨自己……

她一心沉浸在自己的情绪中，没有意识到家里没有人。她丈夫今天上午去参加一个老同事的午餐聚会，现在应该回来了。已经傍晚，自从丈夫退休，晚饭都是他煮，这个时段他从来不会不在家。

她的BP机放在桌上，不时地叫上一声，BP机上的信息不查看，就会一直呼唤你。今天出门太兴奋，都忘了带上，她不耐烦地拿起BP机，看到十几条留言，是丈夫同事发来的信息，让她快去医院。

他丈夫参加聚会喝了酒还未离开餐馆便晕倒了，送到医院一直未醒。他被诊断出脑中风，等他苏醒后，半边身体瘫痪了。

她原先发烧的头脑立刻被冰水浇清醒了。此后七年，瘫痪在床的丈夫便把她绑在家里。她没有怨言，觉得这是上天对自己的惩罚。她相信和元鸿的缘分是孽缘，如果不是因为他，她不会匆忙嫁给不爱的男人，也不会抛弃自己的女儿。她在那七年里，常常试图通过自我忏悔来平衡看不到希望的日子，但忏悔的力量越来越弱，不如说，随着时光流逝，她那天从元鸿住处带回家的羞耻和悔恨也越来越淡了。

丈夫去世这天，阿馨得承认自己松了一口气，是如释重负。为了平复心中升起的不安，她又要告诉自己，七年与保姆一起服伺瘫痪病人，也算报答了早年他对她的救赎。

她为老公守灵的那晚，就在想元鸿。事实上，并非这时才想到他，这几年，经常会想。对于那天发生的事，她是这么宽解自己的：因为元鸿的确说过不止一次，等你老公死了再来找我。他并非咒她老公死，他的意思是，有你老公在，我们的关系长不了。她后来找过元福，听元福讲，与他往来的那个比她年轻许多的女人，也是有老公的。按照元福的说法，那个女人不过是用来填填空当。元鸿说他跟那个女人没有什么感情，阿馨不一样，除非她离婚，才能好下去，否则，不再往来可能对两人都好。元鸿绝不想为这种风流韵事惹上麻烦。

元福的解释让她心里舒坦了一些，她认为这是元鸿说给她听的，他晓得她肯定会去找元福。她认为她了解他，就像他了解她，尽管他们才共同生活了三年。

守灵时想着元鸿，阿馨对自己在这种时候竟思念一个劳改释放人员而产生了强烈的罪恶感和自我厌恶。自从那次和蹄髈摊位女人厮打后，她便在心里恶狠狠地称呼元鸿为劳改犯。她只有用这样的称呼，才能一解心头恨，也只有这样的称呼，才能让自己头脑清醒并有廉耻心。

把丈夫送走，过了七七，她便顺从儿子的意愿去了美国。儿子在美国成家，住在芝加哥郊区。她住了几个月，忍受不了寂寞，又回了上海；在上海住了半年无法忍受一个人的生活，便又去儿子那里。两年里阿馨在芝加哥和上海之间来来往往，人有些恍惚。她的心仿佛被一撕为二，一面常常怀念与亡夫过了几十年习以为常的安稳人生，一面在压制蠢蠢欲动让她突然振奋的愿望，她有难以克制的去找回元鸿的愿望。

有个晚上，熟悉的梦又来惊扰她：她和元鸿站在蹄髈摊位两侧，她抬头看见元鸿便去招呼他，元鸿却像听不见，他正和卖蹄髈的老板娘调笑。仔细看，发现老板娘长得像宝珠，再一看就是宝珠。当她把香烟点燃含在嘴角时，那样子很撩人。他们俩看起来年轻般配。蹄髈摊旁另有摊位，在卖镜子，大大小小的镜子冲着阳光闪闪烁烁，每一面镜子都映现她年老的模样：白发凌乱在风中飞得更乱，体态臃肿。她羞惭地闭上眼睛。她闭上眼睛后倒醒了，想起自己有个丈夫，用手去摸身边人，却摸个空，心一慌才彻醒。

她开亮台灯，这屋子摆设总是让她不习惯，这里是儿子的家，此刻她离上海很远。

她起身去浴间，打量镜子里的自己。虽然没有白发凌乱，因为已经染了发。脸仍然圆，但不是圆润，两颊的肉略有松弛且肤色黯然，眼睑微肿，一张上了年纪的脸。她赶忙给自己化妆，涂上儿媳买给她的 DIOR 粉底霜，皮肤即刻有了润泽感；稍稍画浓一点眉毛，人就有精神了；她知道怎么用口红，手指沾一点涂在唇上就很自然。经过化妆的自己，好像又回到了多年前。

她自我安慰，只要化个淡妆，还是可以讨回几年岁数的。再说，连她都上了年纪，元鸿就更老了。无论如何，应该去看看他，要是他有女人一起过长日子，自己就死心吧！要是他还是像野狗一样，乱七八糟找野食，她可以把他收到身边，毕竟她心里很难把他放下，尤其现在。

离清明还有一个月，她跟儿子说，她要回去给他父亲扫墓。儿子正在帮她申请绿卡。她说，反正等移民要排一阵队，不如回上海给自己一个过渡阶段，不能说离开就离开，和上海之间总要来回几次，才能把上海放下。心里的打算却是，假如与元鸿关系顺利，她就不怕寂寞了，可以在上海生活下去。她实在过不来整天眼面前见不到人的美国生活。她对儿子发牢骚说，住在这么静的地方像吃官司，当然是高级官司。

她有一个更隐秘的愿望。这些年，自从儿子立业成家，自从他不用她操心，她突然就惦记起了自己的亲生女儿。先前只是偶尔想想，和元鸿相遇后，这念头变得愈加强烈。她似乎通过元鸿在接近自己的女儿，可又意识到，寻女儿比寻回元鸿更加渺茫。她当时已经答应元英，送走女儿就是永别，她不可以去打扰女儿的生活。然而，越是告诉自己不可能见到女儿，就越是思念她。

她回上海后，休息了一个多礼拜，便去买来锡箔纸，给亡夫叠了几大盒子冥币。等不及清明节到，便去给亡夫扫墓。亡夫的墓地在郊区南汇，她预先买了清晨第一班长途汽车票，准备了鲜花青团米糕馒头和各样水果以及线香跟红烛，一个人去了墓地。

还未到扫墓季高峰，也不是周末，早晨的墓园空旷清寂。墓园深处几乎见不到人。她用抹布仔细擦净墓碑，亡夫的墓旁留着她的墓穴，作为未亡人，碑上她的名字是红色的。将鲜花紧靠着亡夫的照片，照片上的亡夫戴着厚镜片的眼镜，唇上的胡子好似没有刮干净，一看就是个书笃头，没有魅力但忠厚可靠。她当年嫁他就像轰炸期间躲进防空洞，她跟着他过上安稳日子，那年月有安稳就是幸福了，她对他没有一丝爱意但有很深的感激，他是亲人不是爱人。

她点燃线香和红烛，给他鞠躬，把带去的糕团水果分放四个纸盘子，将自己亲手叠制的锡箔点火烧成灰烬，让他在那个世界可以好吃好用。

仪式性的事完成后，她对着墓地里的丈夫说了许多他活着时她没有说过的话。她说，我以前的男人一直活着，和他的事不敢告诉你，因为他戴上“反革命”帽子关监牢了，我不是他正儿八经的老婆，只是他外面养的女人，这种事在新社会是不光彩的。只怪我那时太年轻，走错路了！对你隐瞒是为了不想让你嫌弃我，为了嫁给你过太平日子。后来有一天遇到他了，是个意外，这个人，我看见他就没有办法了！不过，我马上就又离开他了，再也没有去见他。和你做四十年夫妻，你也知道我们不是正常夫妻，我就一直念着你的好处，不再有其他想法。我们两个总算和和睦睦过了大半辈子，除了那天见到他，我再也没有做过其他出格的事。家里井井有条，儿子规规矩矩也有了出息，我是用心用力的。你走以后，我想我这辈子也差不多了，以后得过且过吧！儿子接我去美国，在那里住不惯，脾气都变坏了。我知道我成了儿子的包袱，他有自己的家庭，我不想干扰他们的生活。得过且过，其实不是那么容易的，我还是想回来自己过。你应该知道，我是怕一个人在家的，总要找个人说说话，我不可能再去找什么陌生人说话了，现在能够说说话的，只有知根知底的人了。你想，除了你以外，还有什么人对我知根知底呢？大概就剩他了，就是这个冤家，我第一个男人，因为是第一个男人，再怎么让我生气，还是忘不了。他从劳改农场退休回上海，也没有过上像样的生活，近八十的人，孤孤单单住在杨浦的破房子里，以前是个多风光的人，落到这个地步，想到他心里就牵挂，就想去照顾他。其实，他又没有对我特别好，为什么我要想着他？是孽缘啊！算命师说的，这个人是我克星，我挣脱不了。你一向体贴我，这件事希望你也体贴一下，如果你不高兴，我也没有办法，我其实是对我自己没有办法……你说，命里注定有什么办法？

她絮絮叨叨，直到点燃的线香和红烛都燃尽。折磨过她的罪恶感也一齐放下了。从墓地回来后又过了好几个礼拜，清明的气氛完全消失了，她才设法联系元福。

自从那次在元鸿住处撞到蹄髈摊老板娘，她和元福也很少联系，但他家的地址还是仔细地保存着。只是，元福当年没有装电话，没有他的电话号码，她只能直接找上门，却又不好意思去他家，记得元福曾经说过他在威海路一带的五金店上班，却不知哪一家，好在威海路不长，她一家家打听过去，竟把元福找到了。

九

容美回想，三年前元英和元鸿唯一一次撕开脸吵，她也在场，却被近距离地隔开了。

那天元英电话容美，说元福病了，让容美陪着去探望元福，因为元英很担心找不到元福的家。如果那天知道会遇见元鸿，她是不会去的，至少，不会让容美相陪。

元英实在怕去元福家——路途遥远，周围环境年年都在变化。元福住的房子是五十年代郊区农民造的私房，也称本地房，紧傍农田。因房主姓刘这片私房就被称作刘家宅，地址便是某路刘家宅某号。城市一直在扩建，农田被工厂收购。同时工厂本身还在变化，从小厂变成有规模的大厂，周边造起了工人新村，商店越来越多。从容美记事开始，一家人跟着元英去元福家，没有一次顺顺当当，定会经历一番到处询问几番寻找的曲折过程。

平时，元英不会无缘无故去元福家串门，只有到春节亲戚们互相拜年，元英才会带家人去元福家。每一次寻寻觅觅后，元英总是试图记住，也要求女儿们一起记住刘家宅的地理特点。当然，容智粗枝大叶记不住任何细节，全靠年幼的容美记忆。可是，隔了一年，这里又会变得面目全非。

这些年，长辈亲戚们老得走不动，春节的互相拜年突然省略，元英连一年一次登门元福家都做不到了。

容美预先电话元福问了详细的方位，仍然心中没底，便央求他等在刘家宅门口的传呼电话间。这一路上她至少打了五通电话才找到。

刚生了一场肺炎的元福裹着单位发的蓝布棉大衣，他把她们母女带到自己家楼房时，把元英拉到楼梯口，耳语了好一阵，然后元英气冲冲上了楼。

原来，元鸿在楼上。

欲跟着上楼的容美却被元英挡住，她让容美在楼下等她，然后回过头狠狠瞪一眼元福，那眼光分明在警告元福不要对容美多嘴。

元英上楼后不久就传来争执声，虽然两人压低了声音，但这农民建造的私房是砖木结构，不隔音。元福在厨房忙着找茶叶给容美泡茶，一边找话聊，好像在试图转移容美注意力，或者说，试图从尴尬的气氛突围。

这些年元福私房做过几次改造，总算和邻居分门独立。他拥有楼上一层和楼下半间厨房，一楼邻居将前门院子改造成厨房，进出走道也在前门，通向后门的半间厨房改成小书房，用一堵墙和元福的半间隔开。

这片私房才安装煤气，元福的厨房因此做了简单装修，冰箱八成新，买的二手货，里面几乎是空的。元福老婆的父母以前是农民，住在刘家宅附近，早些年征地后搬到附近新造的公寓楼，那里煤卫设备齐全。元福的私房没有卫生设备，他老婆每天带孩子们去娘家吃饭顺便解决洗澡洗衣等卫生琐事，元福这边只是来睡个觉。所以，元福一直过着半单身生活，随自己兴致去丈人家蹭顿晚饭，或者就在外面小店吃一碗面。

元福家的厨房更像小客厅，放了一张方桌，两边各一张靠背木椅。这一桌两椅是老家具。元福是淘旧货的老手，按照他的说法，这私房内没有一件新家具。他有足够耐心一点点淘，好容易拼成一房家具，又会卖掉其中一件，赚点差价钱。因此他家的摆设总是有某处空白需填补。

元福的这些实木家具并非名贵木头，红木柚木太昂贵买不起。但他有眼光，买的都是年代久远算得上古董的家具。他保留最久的是一只民国前存放画卷因下宽上窄称为“大小头”的实木橱，榉木材料，整橱不用一颗钉子，橱门上有小门闩，也非常实用，可存放大量书和其他杂物。容先生特别喜欢这只民国橱，关照元福，想卖时直接卖给他，但只有这件家具元福一直不肯易手。

元福结婚时，丈人家见他不为新房添置新家具很不满意。不满意可以不结婚，元福当时就是这个态度。丈人家急着把女儿嫁出去，买了新床和新衣橱，把新房按在他们自己家了。不出钱又不出力的事元福当然非常乐意，新房安在哪他并不在意。

“除了他老婆，谁会要他呢？”元英在这件事上是这么评价元福的。

容美打量着焕然一新的厨房。以前，她和容智都很喜欢来元福家做客，只有在元福家可以无拘无束，他虽有职业却喜欢和社会闲杂人员混。和元福在一起，立马就有“冲出家族大门进入社会的轻快感”，这句话好像也是出自容智。

见元福坐立不定东寻西觅的，容美问他找什么，他说在找吃的东西。容美觉得好笑，这小厨房干净简洁，一眼就能看出没有什么地方可以储存吃的东西。

她想起带来的水果，便从放在脚边的马夹袋里拿出葡萄苹果和新鲜桂圆，都是在门口的水果摊上买的。容美说，我只想吃几颗新鲜桂圆。

元福便从橱柜拿出一只花样古典的瓷盘装桂圆，一边得意地告知，这也是淘来的。容美便笑了，正要说什么，但楼上突然上升的争吵声让他们安静了片刻，声音随即又低了下来。

“是为了阿馨的事吧？”

容美紧皱眉头，恨不得上楼把元英拉走。

“你说，还会有什么事？”

元福一笑，反问道，一股子八卦的劲头。

“你要是刚才在电话里告诉我舅舅也在，我们就不来了！”

容美有责怪的意思。

“阿哥也是刚刚进来，这两天在躲阿馨……”

“为什么躲，想分手吗？”

元福笑笑，表示默认。

“那他们为什么还要吵？”容美指指楼上。

“事情没有那么简单！”元福压低声音，窃窃私语般，“首先，阿馨和他也不是说分就能分，她现在一个人过，缠住你舅舅，要甩也不是那么容易甩。”

“舅舅外面有其他女人了？”

“你怎么知道？”元福笑了。

“他没有其他女人为什么要甩阿馨？男人没有外力是不会把身边的女人推开的。”

“哪还是女人，老太婆了！”

“听起来是舅舅的口气，他开始嫌弃她了？”

容美为阿馨感到不平。

“不是那么简单！”

元福重复道，却也没有说出更多的缘由。

“你还是没有告诉我他们两人到底为什么吵。”容美指指楼上，“舅舅要甩掉阿馨，我妈求之不得，还有什么可吵的？”

容美问道，一脸的不耐烦，却又想打破砂锅问到底。

“阿馨好像去找你妈……”

“为什么？太奇怪了！妈从未说起！”

容美大吃一惊。

“她不会跟你说的，有些事我也不晓得，但我知道，一定有什么事，他们三人知道，我们不知道！”

元福神神秘秘的。

楼上突然安静了，接着元英下楼，虎着脸。

回家路上，容美识相地闭住嘴巴。

经过熟菜店时容美买了一些熏鱼、糖醋小排骨等熟菜，考虑到元英的心情，也等着她诉说些什么，容美打算陪元英回家吃了晚饭再回自己家。

他们三人到底有什么事要瞒住我们？容美非常奇怪，却又不敢问元英，问了也白问，她不仅不会回答，还会发火，并迁怒于元福。

见母女俩一起回来，容先生还以为她们去兜马路了，笑问：“今天怎么兴致这么好？”元英说她要洗个澡便进了浴间。容美说今天她来做晚饭。容先生似乎已经习惯这类答非所问，继续看他的报纸。

容美淘米煮饭，炒了一盘菠菜，煮了番茄蛋汤。元英让容美给她盛半碗饭，她没有去动容美买的熟菜，她一向嫌弃熟菜店的小菜。不过，这两款熟菜是容先生的下酒菜。容美明白，只要是合父亲胃口的东西，元英是不会反对的。元英用番茄蛋汤淘饭，很快就吃好，放下筷子，不由得叹了一气，容美忍不住相劝，她本来是想好不劝的。

“你得为你老哥想想，这把年纪一个人住，多孤单呀！”这么一声感叹，容美把自己的眼睛感叹湿了，“你没有过一个人过日子的经历，呵，这种孤单你是不会有体会的。”

元英一声冷笑，“你知道什么？“

果然，一劝就劝成争吵。

“你以为我不知道？十年前他们有往来是不太合适，因为阿馨老公还活着，现在阿馨也恢复单身了，他们两人以前做过夫妻，能够重新复合是好事。不过，他们好像也未必能复合！”

“元福这只大嘴巴，他跟你说什么了？”

元英严厉的口吻，让容美顿起反感。

“你又不是老祖宗，管东管西的干啥？大家都是成年人，各过各的日子。”

“他是过不得太平日子，哪天被当作老流氓抓起来都有份！”

“舅舅做什么事了，让你这么咒他？”

“不要管长辈的事！”

元英凶声凶气地斥责，惊动了耳聋的容先生。

他朝母女俩打量一番，容美不想在父母饭桌上掀起风波，强咽下火气。

容先生脸有不悦，却克制着。他的筷子已夹起一块熏鱼，他对着这块鱼踌躇一番，咬了一口，专心致志地吐出一根骨刺，再吐出一根……容先生的鱼骨是吐在面前的小瓷碟里，所以他面前的桌面总是干干净净，哪怕是小瓷碟里的鱼刺也是仔细地堆成一撮，使这用来放菜渣的碟子看起来还是干干净净。

容先生的干净体面是出了名的，所以邻居们都尊称他“先生”。他衣着得体，退休后也是每天认真穿戴，衣服颜色经过搭配。现在刚进入五月，他的家居衣服是：全棉灰白细条衬衣配深灰色羊毛背心，下面是深色西裤，脚上是黑色猪皮拖鞋。头上永远戴着紫红色的压发帽，帽子里是三七开的西式分头，七十开外的人，头发才刚刚花白。

容先生终于吃完这块熏鱼，碟子里码着一堆鱼刺。他放下筷子，用纸巾擦擦嘴，才说话。

“这话我不是随便说的，当初你结婚我不同意，因为太匆忙，现在两人闹矛盾，随随便便的就要离婚我也不同意，为啥？”他看着容美，容美就像没有听见，她给自己舀了一碗汤，待要喝，只听容先生的语气严厉起来，“因为，婚姻不是寻开心的事……”

容美放下碗，“噌”地起身离桌，听得元英在身后对容先生说：“你不要七里传到八里，在讲元鸿的事。”

“元鸿的事你就不要管了，他监牢都坐过的人怕什么？”

容美“噗嗤”一声笑了出来，“我有时真的怀疑老爸的耳朵是真聋还是假聋。”

容美被父亲一句话惹火，现在又被他逗笑，连元英的嘴角都咧了一咧。

容先生一句话，算是点到位了，眼看元英即刻放松的表情，容美就不想再多话了。

她不再有兴趣和耐心去探究下午在元福家发生的争执。元英大半生在扮演道学家角色，却无法改变自己兄长的为人处世，也无法让自己的女儿走她安排好的人生道路，容美对母亲既同情又无法忍受。

她匆匆吃完饭，借口还有事，便回家了。

容美有自己的心事，她暗暗惊叹父亲的感应能力，自己的婚姻触礁，并没有向任何人倾诉。

曾经有一度，容智常常告诫她，不要辜负自己的生命！可是，容美要到很久以后才会发现，她一直在辜负自己，无法不辜负，因为，你无法和自己的命运抗争。

容美从未经历过容智经历的爱情，一场称得上爱情的爱情，让自己形销骨立、让他人瞠目结舌并因此与全世界为敌的爱情。至少，在她的生活经验里，看得到的情感关系几乎都是平庸的，或者说，并非她认同的爱情。

不管是什么类型的爱情，都不是你想追求就能得到的。这是容美的无奈。

晚了！无论多么后悔，无论多么渴望和容智对话，向她反省自己的愚蠢负疚，容智都不给她机会了，她终究是个狠心的、无情的姐姐，容美有时真是恨她。

容美和丈夫肖俊的关系好好坏坏。两人最大的分歧是两地分居。结婚时在北京一所大学任教的丈夫承诺要找机会转来上海，可他却在北京学校办起了公司，不但没有回来，还越走越远，去了辽宁。丈夫和他姐夫在大连的外企联手，以为是暂时的，结果一待就待了好几年，两人聚少离多。

在从北京回上海的飞机上，容美与身边的陌生年轻男子共同经历了惊险一幕：他们乘坐的麦道飞机，起落架产生机械故障而无法正常降落，紧急迫降时，面临生死临界点，他们互诉衷肠。他告诉她，他是保险公司推销员，结婚两年，妻子漂亮，有个一岁的男孩。他的皮夹里有这对母子的照片，一个年轻清秀的女子抱着肥嫩可爱得像奶粉广告小模特的婴儿。他说他不能就这样丢下年轻妻子和婴儿离开人世。她告诉他，她有个姐姐多年前和老外男友在宾馆被公安局查房，因为没有结婚证书而被当作卖淫判了劳教，出狱后她嫁去国外再没有回来。她说，她现在这一刻最丢不下的是这个被母亲斥责“没良心”的姐姐，希望有一天姐姐回家时自己在机场大厅迎候她。

飞机是在一条火光里降落的，全城的消防车都来了，追着飞机喷射泡沫，全城的医院派出了急救车。没有用到起落架的飞机迫降竟然成功,一飞机的人九死一生。当人们从逃生滑梯滑下去时，容美因为害怕而犹豫了几秒钟，是这位年轻的保险推销员把她推下滑梯，他还帮助其他女子使用滑梯。轮到他时，滑梯漏气，他和后面的乘客因此从几米高的漏气滑梯上掉到地上而受了伤，她去医院探望他，这时候他们算是患难之交了。

他出院后，他们开始了往来。他腼腆内向，并不适合推销员职业，她向他买保险，还介绍身边的同事，为了给他业绩。

对这个比她年轻好几岁的男子，她生发出从未有过的温柔，对他的关心远远超过了对自己的丈夫，虽然他们并不在同一个文化层面，或者说不在同一个阶层。也许恰恰是这种不同，让她曾被压抑的个性获得了释放。

有些夜晚，他们约了出去吃饭。有一天他们喝了一些酒，他把她送回家，他们上床了。

并非一次偶然，他们彼此克制了一段时间，心里都有强烈的罪恶感，他问她，更像问自己：我该怎么办？

她很明白，这是自己的一次失足。她发短信告诉他，他们不能再见面，假如还想回到各自的家，虽然她并没有特别想回到自己的家庭。之后，他的任何电话她都不再接。

这样的戛然而止不是没有痛苦，和他在一起，她觉得自己回到了本真，像女人了，或者说，有自信了。她一直认为自己没有女人味，是从很久以前就有的自卑，身边有个优秀的姐姐，令她常常自惭形秽。

与年轻推销员的婚外情，容美的罪恶感不是针对自己的丈夫，而是针对对方家庭，她为自己再一次成为所谓的第三者而感到不可思议。因为，她心里一直有容智谴责的目光，当年和有妇之夫的秦老师暧昧，容智曾给过她巴掌，容智用巴掌教了她做人的底线。容智个性叛逆，却有她自己的道德准则。

“底线”这个词从容智嘴里出来，好像格外有分量，更能让容美为自己感到羞耻。在校园，你很容易被另外一个辞藻和以那个辞藻为核心的小世界吸引，那是一个崇尚“爱情是超越道德的”的小世界。她原来以为，容智应该站在“小世界”这边。

比容美更有道德感的容智却触犯了治安法。

在和推销员往来那段时间里，她和丈夫讨论过离婚的事。离婚不是为了和另一个人有未来，却是因为这段关系本来出现了问题，容美突然不能忍受情感冷淡的婚姻。

那时，丈夫被企业的各种问题弄得焦头烂额，他是个工作狂，家庭问题对他来说是次要问题。他说需要好好想想，同意两人暂时分居。

直到那时候，容美才发现自己对丈夫这个人其实毫无了解，他在北京和大连是如何度过他的日常生活的？他真像他说的那么忙吗？他是否也有一个无法真正在一起过日子的外遇？

她并不追问，因为不想知道，丈夫也不追问，也是因为不想知道吗？还是，他对于一份几乎容不下私人生活的工作十分着迷？

关于她的如同鸡肋的婚姻，容先生偶尔会表示意见，元英却很少关注，或者说，知道了也装作不知道，她一向对肖俊不冷不热。容美认为，她假若真的去离婚，元英也不会表示反对。容美觉得元英从不去操心她的事，她三十二岁才结婚，之前元英也不催，结了婚，不生孩子，元英也不问。容美不知道自己到底应该感激她对自己放任自流，还是质疑她把所有的操劳都给了容智？

十

切成2分币大的四方肉丁，是呀，这肉丁是有点大，不过对于容智已经够小了，她这么喜欢吃肉，我们家的肉师傅，这点随元鸿，哦……妈突然停顿，思绪仿佛开了小差。她皱皱眉，我是说，三代不出舅家门嘛。妈莫名地解释了一下，当然你爸也喜欢吃肉，但是没有那么要吃。肉要凭肉票，不能尽她吃，跟花生和豆瓣酱炒在一起，咸，下饭，可以吃一个礼拜。妈苦笑，好在你随我，喜欢吃鱼，我们两人省下的肉，容智才能每星期带一罐肉丁花生豆瓣酱到学校。味道好还要放得长，肉丁一定要煸炒透，炒透以后就像在油里炸过，外层有点硬壳的感觉，脆、香、有嚼头，放一个礼拜都不会坏。煸炒时放姜不放葱，葱放久了会变味。姜要多放，去腥，对女孩子是好的，活血嘛，痛经时喝姜茶不就是为了活血？肉煸炒到肉里的油滋出来，才下豆瓣酱，豆瓣酱和肉一起煸炒，火小，一直翻炒不能停，否则豆瓣酱要贮底。炒到出香味，可以放些糖吊鲜味，不能太甜，容智不喜欢甜，完全是宁波人的种，这一点也是随元鸿。我是说，她像我们倪家人，吃咸不吃甜，直到起锅前才下花生，花生预先炒熟凉透，花生下锅后不能盖盖子，会变软，稍稍炒一下就起锅。凉透了再装饭盒，这花生是脆的，和肉丁一起嚼，嘴里的香味旁边人都闻得到！

这天容美从学校出来时辰还早，便想去娘家看看，元英现在的状态让她担心。

一路堵车，到娘家时已暮霭沉沉。元英坐在阳台上织绒线，容先生还在外面兜圈子（散步），容先生每天两次上街兜圈子。平常这时候，元英已经在厨房忙得热火朝天，看见容美回来，立刻要添菜，更显得忙乱。看到她忙乱，容美就很不耐烦，去帮忙心里又不情愿，两人在厨房相处不到半小时就会有争执。

这些日子，元英不忙厨房忙织绒线，一星期可以织一件绒线衫或一条绒线裤。容美每次回娘家，看到元英手里织的是不同颜色的绒线。

从元凤葬礼回来，元英变得委顿，她一贯理直气壮的姿态被疑虑和歉疚替代，她的目光常常凝神在某处，仿佛正尽力看清某样东西。

元英的消沉，让容美不安。她现在宁愿元英满腹怨言，以她那种负面的能量宣泄生活对她的不公。

元英和元鸿断绝往来的这两年，按照她的说法，耳根清静了，不再听到让她深感耻辱的某些传闻。然而，元鸿的去世似乎让她意外至极，就像遭受了重击，这让容美感到不解。好像元英对此没有任何心理准备：讨嫌的人也会病也会死？

现在元英停止发元鸿的牢骚，变得异常沉默。

元英给容先生织了一件绒线衫、一条绒线裤。给自已结了一件绒线背心、一条围巾。她说要给容美结一件粗绒线开衫大衣。

元英是个有想象力的编织高手，她编织的绒线衫，花样复杂，颜色搭配协调，完全可以外穿。但是，那是一种过了时的风尚。

容美已经多少年没有穿过粗绒线衫了？现在的人都买现成的羊毛衫穿，事实上，她连羊毛衫都很少穿，她喜欢西装配衬衣，上讲台有型。温度下来时，西装外面可以套长风衣；冬天时，衬衣里面有保暖内衣，西装是毛料，在教室上课足够暖和，出门只要加一件羊绒长大衣便可抵寒。

容美对于元英要结粗绒线开衫给她，不忍心拒绝。她知道，元英心绪不宁时才会没完没了结绒线。容智刚离家那两年，元英也是结了一堆绒线衫绒线裤。现在她结的绒线，就是把那些年结好的绒线衫裤重新拆洗了再结。

元英坐在阳台织绒线的黄昏，家里特别安静，安静得令人不安。

容美走进厨房，看到灶头冷清，没有煮饭的迹象。疑惑间，元英在阳台上喊道："你爸爸会带熟菜回来。"

容先生喜欢去"茅万茂"买些下酒菜，现在"茅万茂"酒馆改名"茅山"酒家。容先生买来的下酒菜，元英碰也不要碰，"不卫生，味道也不好"，这是她的批评。

容美溜出门，去附近的菜市场买了一堆蔬菜和活鱼活虾。她再回来时，容先生也已经到家，带回来的熟菜有酱鸭五香豆腐干和红烧烤麸。容美想，妈最拿手的菜就是红烧烤麸和酱鸭，她怎么会接受熟菜店的这两样小菜？她现在过日子已经马虎到吃点熟菜店的菜就打发了？

容美怀着疑虑把虾放进蒸锅蒸着，已经剖膛开腹的鱼放进冰箱，元英却在那里提高嗓门："你把鱼拿回去，我这两天不做菜。"

见容美发愣，她又道："我在吃粥，这两天胃不好。"

"噢……怎么会呢？要不要我……陪你去看看？"

"不用看，老毛病了，你又不是不知道，我一向自己调理……"

这句话带了点怨气，容美没吭声。她现在不再烦元英的抱怨，她的默不作声才让她更担心。

是因为元鸿寂寞离世让元英心有悔恨？

仔细一算，元鸿去世时已年过八十，属于高寿。高寿人离世算白喜事，人们来送葬都不会那么悲伤。按照习俗，葬礼后家人要请亲友们吃豆腐羹饭，并赠送每户人家一只印有寿字的红色印花瓷小碗。

元鸿没有给亲戚们这个机会。

容美很怀疑，假如有元鸿的葬礼，亲戚们是否愿意分得他的寿碗。元鸿虽然高寿，但他人生坎坷，生命的大部分岁月活在屈辱中，一个倒霉的却活得长久的人，他是否已经考虑到送葬的人们心中的疑虑，而预先关照不用为他开追悼会？

容美很想和元英讨论这个话题，假如她不是表现得这般消沉、拒人千里。她本来以为元英应该如释重负，虽然同时会有悲伤。

这晚，元英让父女俩先吃晚饭，自己继续结绒线，从阳台移到餐桌旁的沙发上，正好坐在容先生的身后。

容美陪父亲喝了一杯黄酒。容先生喝酒后话就多起来，他今天有些郁闷，正在举行世界杯，他酷爱的巴西队输了，因为罗纳尔多突然在场上昏厥。

容先生认为，是法国队做了手脚。容美觉得父亲在足球这件事上太感情用事，也不管事件真相，总是以自己的好恶来评判。

容先生正评说得起劲，元英却突然插话进来。

“人走了还不让我们好过，是他提出不让我们参加他的大殓，我后来给芸囡打电话详细问了当时的情况。”

就像脑中的思绪自行发出了声音，元英自己都没有意识到，继续结着绒线，容美无从答话。

“这个罗拉尔多是火星人，谁能挡住他呢，所以法国人是要弄点小动作……”

容先生完全没有听到他身后传来的声音，继续他的评说。

容美敷衍道：“听起来这已经不是小动作。”

“当然，小动作的后果都是大的。”

元英在容先生的背后突然叹息了一声：“你爸爸现在什么都不感兴趣，除了足球。”

容美便有点后悔。这两天肖俊说过要和她一起过来，陪老丈人聊聊足球。肖俊和容先生都是球迷，两人相处不仅融洽，简直其乐融融。如果要让容先生忘记忧愁,聊足球最有效。而这个话题，不是什么人都能聊起来，亲戚中几乎没有谁像肖俊这样对足球不仅兴趣盎然且懂球技能和容先生聊。所以，肖俊是个可以给老丈人带来快乐的女婿，虽然容先生从未直接表达他的感受。

原先，肖俊不在上海的时间，元福常上门陪容先生喝酒聊足球。自从元英和元鸿彻底断绝往来,也迁怒于元福,元福这三年不再出现。

元鸿和元福突然不上门这件事，容先生并不做评论。他对于元英家亲戚们，保持着一贯的置之度外，他看不上元福，却并不讨厌元鸿。元鸿的那些男女麻烦事，他不是很清楚，或者说他不那么当回事。他是有点欣赏元鸿的，坐了这么多年牢，在为人处世上元鸿并没有向谁服软，还是那么自尊的样子，就这一点，很得容先生心。

“人活到这把年纪有什么意思呢？”

球赛让容先生郁闷，他喝着酒莫名地讲出这句话，杯里的酒已干,他拧开酒瓶又倒了半杯。这种时候,明明知道他有点喝多了,却不能劝,一劝他会火大,平时温和的容先生,酒喝多了会有脾气。

“你以为我心不痛，容智走了这些年，每年发个卡片就算交待了？”

怎么突然扯到容智呢？元英和容美都有些吃惊。

容美凑在他耳边放低声音说：“她是想回来的，没有办法！”

“为了美国连家人都不要了！我们这么待她，不让她受一点委屈，为她操的心远远多过容美……”

容先生转头去找元英抱怨。

“老头子……你……酒喝多了……”元英从容先生身后站起来，在他耳边嚷道，“你不是在跟容美讲足球吗？怎么就扯到了容智……”

容先生一把推开酒杯，打断元英。

“你们以为我看看足球就够了？就可以忘记容智了？她也是我一把屎一把尿照顾大的，跟容美一样，是我们家的女儿……有些事讲出来……”

“一把屎一把尿是我在弄！”

元英突然在容先生耳边嚷道，打断了他的话，她没好气地扔开绒线，回到桌边，给容先生盛饭。

容美一惊，然后凑到容先生耳边笑说：“爸你很奇怪，说什么容智是我们家的女儿，她本来就是你们的女儿！她看不到你们也很伤心！”这么说着，容美就有些哽咽，“可是她太硬气，不会把难受的话说出来！”

容美的话让容先生一愣，看了一眼容美，突然就不说话了。

“老爸今天怎么了，酒喝多了吧？”

容美问元英。元英便去拿开容先生的酒瓶，板起脸来。

容先生看见元英脸色，抱歉地笑笑，先前的火气突然消弭。他接过元英递来的饭碗，从砂锅里舀了两勺汤在碗里，用筷子仔细地将饭团夹碎在汤里。容美以为他要说些什么，可容先生接下来的动作是把淘了汤的饭朝嘴里扒，哗哗哗的，吃得很爽。

直到把一碗饭全吃完，他才回答容美。

“上一辈人都过得不容易，走也是走得不称心。你舅舅连个追悼会都没有，到现在为止容智离开中国已经快十年，你妈非常不开心，所以胃病发作，这几个礼拜天天吃粥。”

元英一声不吭，收拾着桌上的杯盘碗盏。

元凤的大殓已经过去半年。

“你刚才话说到一半，你说有些事讲出来，有什么事你们没有讲出来？”

容美凑着父亲的耳边问。

“啊？你说什么？”

容先生问道，眼看父亲又开始装傻，容美烦躁了，便去朝元英撒气。

“爸爸故意装听不见，因为你不让他说……”

“你不要在这里烦了，时间不早，可以回去了。”

元英打发容美回家。容美大声道，

“赶我走我就不走，我要知道，到底什么事没有讲出来？”

“你爸爸酒喝多了！”

“他是酒后吐真言。”

“那么你去问他。”

说着，元英走出房间把自己关进了浴间。

“爸，你刚才说有什么事讲出来，是什么事？”

容先生笑笑，“噢，这跟你没有关系。”

“跟我没关系，跟容智就有关系了？”

容先生不解地朝容美看看，“你不要生在福中不知福，好好的，发什么脾气呢？”

“我还生在福中不知福？我有什么福？我在这个家里一直就是个多余的人。”

“在说什么莫名其妙的话？”

不知何时，元英又出现了，她站在房门口，冷冷地指责。这一下，容美的脾气被点燃。

“莫名其妙的是你们！刚才还说，跟我没有关系，我在这个家，就是外人，从来就是外人，从小到大，你们只关心容智，你们自己是看不到的，你们偏心成这个样子！小时候我们两个人吵架，总是骂我，我比她小那么多，却要我承担责任，我那时就怀疑，我不是你们生的……”

这句话让元英脸色大变，她冲到容美面前，手伸到她面前，好像要揍她，却又垂下来变得有气无力。

“你……你没良心，说出这种话来！”

“呵呵，没想到吧，你们最喜欢的女儿离家出走，”容美冷笑，泪水却涌出来，多少年的委屈涌上心头，“你们放了这么多心思在她身上，还不是白白浪费？容智她就是不肯按照你们的心愿做人，她不能忍受你们，所以一走了之！我本来也是要走的，因为她走了，我不忍心，我留下来受你们的气，你们还不满意，还还一天到晚说我没良心……”

说着，容美哭了，越哭越伤心。

容美曾经一直担心自己是捡来的。她看到别人家父母和自己的孩子开这类玩笑，“你是捡来的，从垃圾箱里捡来……”她非常痛恨，她认为这玩笑的残酷在于，也许这是真的。

因为容智也向她开过这类玩笑，她告诉容美的语调太真切，真切到斩钉截铁。

“你不是妈生的，你是捡来的，是我发现了你，去告诉妈，才把你从垃圾箱里捡出来。我本来要自己把你捡起来，垃圾箱太高了，毕竟我这么小，我只有八岁，你还是个小毛头，所以，我们两人相差八岁。”

容智十三岁，编起故事来头头是道，因为有细节支持，没有任何破绽。

“我五岁就开始帮妈妈做家务了，哪像你呀！”容智用食指去刮容美的脸颊，“老面皮（难为情）！老面皮！什么都不会，吃饭还这么慢，我要是不喂你，一小时也吃不完。”

容智在给容美喂饭，顺便承担教育妹妹的责任，这令她讲述的故事更有真实感。

“那天晚上，我端了簸箕去垃圾箱倒垃圾，还没有走到垃圾箱旁，就已经听到垃圾箱里发出咿咿嗯嗯的声音，我以为是野猫，便使劲跺脚。要是在平时，野猫听到人的脚步声，会从垃圾箱里跳出来，可是这一次，我的脚跳出再响的声音，都看不到野猫跳出来，垃圾箱里咿咿嗯嗯的声音变成了哭声。”

容智绘声绘色地描述，还学起婴儿的哭声，她憋细了嗓音“啊啊啊”地“哭”几声，惟妙惟肖。

“你听，小毛头哭起来也很像野猫叫，是吗？”这时，容美瘪瘪嘴已经想哭了，“所以，我还是以为野猫在里面，我不敢把垃圾倒进垃圾箱，怕它跳出来碰到我，野猫最腻心了！”

容智说到这里，“嘶嘶嘶”地在牙缝里抽冷气。接着，她又笑开来，“还好我没有把铁簸箕里的垃圾倒进垃圾箱，否则就倒在你的脸上了。”

容美开始抽泣了，一边问：“后来呢，后来我怎么办呢？”

容智用气声回答，煞有介事：“后来嘛，就被我发现了，原来是只小毛头，是我们容美呀！”

容美又追问：“你是怎么发现的呢？”

容智想了想。

“我很奇怪野猫在里面干什么，我就蹑手蹑脚地掀开垃圾箱盖子朝里看，我看到一只小毛头睡在里面，我吓得哭了，跑回家去告诉妈妈，妈妈就来了……”

于是容美号啕大哭，哭得不可收拾，容智不得不告诉她，这是骗你的。可是容美不相信，这时，元英下班回来。

容美对着元英又哭又嚷，说自己是垃圾箱里的小毛头。元英好气又好笑，她下班回家事情一大堆，没有耐心跟容美多解释，骂了容智几句，叫她自己去收拾谎言。

容智需要向容美讲述另一个故事，讲她如何和爸爸一起到卢湾区妇产科医院把刚刚生完孩子的妈妈和才从妈妈肚子里出来的容美接回家。然而，比起垃圾箱的故事，这个故事过于简单潦草，更像编造的。

此时，容美也已经失控到号啕大哭，完全回到小姑娘时。以前和容智吵架，元英却责骂她，假如她顶嘴，元英会打她嘴巴，她因此不顾一切地大哭大闹。最后总是容智来收场，只要容智稍稍说几句好话，她就会平静下来，她会怨恨元英几天，却不会记恨容智。

元英去浴间搓了一把热毛巾给容美，容美把脸埋进热毛巾。良久，她抬脸看到容先生点了一根烟，走到窗前吸着。他每次抽烟都会走到窗前，从窗口可以一直望到弄堂口，他看上去不是为抽烟，而是以抽烟的名义，到窗口瞭望，那远远的弄堂口，也许会走进容智。

她突然想起很久以前的一个场景：她和容智躲在床底下，那是容先生下班后进家门一刻，她们在床底下等候时机跳出来吓唬老爸，当然这个时机由容智决定，到时她会拍容美的屁股作为暗号。

她们透过从床沿下垂的床单缝隙看着容先生换拖鞋，脱下外套挂进衣橱仔细撸平领子和衣袖，然后去浴间解手洗手。隔着浴间门听到抽水马桶的声音，容美说她也想小便，容智要她忍一忍，等爸爸出来坐到沙发上抽烟她们就可以跳出来吓唬他！容美想到这一情景，便“咯咯咯”地笑，容智用气声警告她不许发声，这时，容先生正从浴间走回到房间，容美越是不敢笑出声，就越是想笑，容智就用手去捂住她的嘴。

她们焦急地等着容先生坐下来，可是容先生慢条斯里，他找出茶叶罐倒出一撮茶叶在手心里看了几秒钟才放入杯子，又去楼上煤气灶旁拿热水瓶泡茶，他走开的半分钟里，容美说她小便急，容智说她更急，爸爸怎么动作这么慢，说着，容智就莫名地笑起来，于是容美笑得更疯，听到容先生下楼梯的脚步声，她们立刻互相用食指放在唇边，表示不能有声音。

现在容先生终于把茶杯放到沙发旁的茶几，他坐下来了，容智准备爬出去了，正要拍容美的屁股，容先生说话了，他说：“快出来吧，床底下的灰尘都粘到身上了……”容智和容美大喊大叫着从床下爬出来，容智笑着在容先生耳边喊：“爸爸你坏你坏！你知道我们在床底下，故意慢腾腾……”容美也跟着喊“爸爸坏爸爸坏”，一兴奋，小便尿到裤子上了。

是容先生先发现，他本来也在笑，突然就撮起嘴唇，眉尖扬起，两道浓眉就有些倒挂，这表情太滑稽了，两姐妹看着爸爸笑个不停，然后爸爸说："咿，容美的裤子怎么是湿的？撒水出了（尿裤子）？"于是，容美才意识到自己尿裤子了，哇哇大哭，却听见爸爸和姐姐都在笑，她又转哭为笑。

第二部

一

百年校庆的大学足球场挤满各年龄层的校友，猛然看过去，仿佛年长的占多数。偌大的球场，跑一圈一千米，容美很记得这一千米，如果她的青春有什么刻痕留下，就是这一千米了。

时近中午，人越来越多，站着聊天的人群被流动的人潮挤来挤去。操场虽然拥挤，但容美班级的同学才聚拢十多个。全班三十九人中有三分之二同学来自全国各地，这三分之二中只有三分之一专程来上海参加校庆，十多个上海生里又有一半出国了。

“为什么今天看到的校友都这么老？”

“听说半世纪前毕业的老校友都回来参加百年校庆。”

“学校从清末就建立了，清代的人活不到现在，民国学生总会有个把……”

“喔，原来是和民国学生挤在一个操场！”

容美和她的同学挤在人堆里，望着操场临时搭建的讲台上一排颇有年岁的老年校友，说些冷嘲热讽的话娱乐自己。

离他们不远，一群五十岁左右的中年人高谈阔论气场强大，她和他们的注意力被吸引过去。

“看年龄至少是老三届的。”

“老三届里不少人当过红卫兵，红卫兵用皮带抽过老师……”

“不会吧，如果打过人，还好意思回来吗？”

“反正他们就是传说中的插兄插妹，毕业时上山下乡去农村插过队，后来去了国外，没有钱穷打工跟当年插队一样苦……

“好像还蛮有力气的样子，看他们慷慨激昂，还在指望改造江山……”

容美的感叹引出响亮的笑声，笑声里有老同窗们对如今的容美的几分刮目相看，当年的她矜持紧张没有幽默感，就像她的体育过关跑，卡着秒表气喘吁吁体力透支。

秋天的阳光虽热力大减却更加澄澈也更耀眼，她戴上墨镜才能看清周围的面孔。站在光线强烈的操场，她有一种暴露在强光下的忐忑，因为那段不敢见天日的恋情，她曾经心虚得不敢参加毕业时和毕业后一系列纪念活动。她也从不参加校庆这类活动，这一次破例参加，也是因为前两年校庆把同学会给搞起来，同学会通过电子邮件串联，她被邮件上的气氛影响。

“发现没有，我们这个年龄的校友来得并不多。”

“因为还不够老到要怀旧……”

“你们不是吵着要来看民国学生吗？”

“喔，是来敬老的？”

“是来找某个心上人吧？”

这句话引起哄笑，容美朝他们摆手，保持住了镇静。

“给点想象力好吗？”她的眸子闪过狡谲的笑意，“我是来看鬼！说不定混乱中会出现个把清朝鬼魂，不是一百周年吗？一百年前这学校是建在乱坟岗上，听说晚上常有鬼魂游荡在教室……”

“哟，我还是第一次听说，当年我在自修教室总是弄到最后只剩一两个人才走。”

站在她身边的女生后怕地惊叹着。

“你不可能最后一个走！”

“有些晚上，真的只剩我自己……”

“我说你一定不会是最后一个！因为……最后那个肯定不是人，是鬼魂……”

“嘿……你别吓我！”喜欢孵夜自修教室的女生惊叫起来，“我……我……汗毛都竖起来了。”

“为什么鬼魂要留在最后一个？”

男生嬉笑发问。

“因为，一晚上教室都属于他的。”

“你说 ta……ta……的，像真的一样。”女生惊恐的双眸瞪着容美，“你倒是告诉我，这个 ta 是男还是女？”

“那就不知道了，鬼魂没有性别，有时扮男有时扮女，高兴起来还跟人谈恋爱……”

容美装得若无其事，身边的笑声里有着受惊的夸张，女生执着追问。

“我们那时不是一个寝室的吗？从来没有听你说起过。”

“那时……我还是学生，关于鬼魂是敏感话题，一不小心就会被戴上迷信和造谣的帽子，开除都有份……”

说着容美笑开来，那女生才知道受了捉弄，过来捶她，容美连连说对不起，却又道：“今天这么多人，还是要小心。说不定会混进一两个鬼，他们总是趁着人多混进来。”

容美见怪不怪的态度制造了惊悚效果。旧日同窗并不知，容美的特殊爱好是用化名给社会杂志写些悬疑鬼怪故事。

他们嘻嘻哈哈笑着，禁不住东看看西瞅瞅，接着她听到有人在说，这不是秦老师吗？

她看到秦蓝滨站在几米开外，肩上背着长镜头的尼康相机，他微微笑着走近前。

好像才一两分钟，她身边的人都散去，只剩下他们俩。她此时才确认，当年，她与秦蓝滨的关系，她的同学都知道，虽然已经毕业了。

某个场景此刻又重现脑海，触目惊心：他们在一条僻静的马路上散步，一个女人突然拦住他们，她指着秦蓝滨向她喊，我是他老婆，惊呆之际容美的长发被她揪住。容美并不示弱，虽然跑步不行，但打架有一手，因为容智喜欢打架，来不来就动手，容美不得不成为容智的对手。容美三下五除二便从向她突袭的女人手里挣脱，在行人刚刚开始聚拢时，她已经逃离了现场。

那时，她的角色被称为第三者，不过，她正在结束这个角色，她希望通过电话了断，秦蓝滨要求见一次面，在他们最后一次见面时，遇到他妻子。

她听到身后的叫骂声和追赶脚步，是看热闹的行人吗？她没有来得及弄清状况撒腿就跑，那是一次真正的逃跑，还得感谢秦老师，体育过关考让她有资本逃离陌生人的追击。

虽然甩开了追击者，她却被人行道一条水泥坎绊倒，当时痛得站不起身，另一群不明就里的行人帮她叫了出租车把她送进医院，这一跤竟把她摔成骨折，她对自己说，这是现世报。

她报名参加研究生考试，养伤给了她足够的时间复习，她被北京一所大学录取，即使两个月不够时间斩断一段关系，两年应该够了。

大二结束前体育课有过关考，过关考及格，才算完成体育必修课。因此，凡深恶痛绝体育的学生必然难以通过这场考试，容美是最后通过的一个。

虽然，各门必修课的过关考，体育这门听起来最简单，不过是在规定的时间里到足球场跑满两圈，一圈一千米。两圈就是两千米。有晨跑习惯的学生，这过关考可以一次过，对不爱运动的容美，在规定时间跑完两千米是一场磨难。

起先，不计时间她都无法跑完两千米，一千米后已经上气不接下气。体育教师秦蓝滨要求她自我训练一段时间再来考，并指出体育过关拿不到成绩，以后将拿不到毕业证书。容美当时又急又气，谁会预料这种最不放在心上的课将成为她以后毕业的拦路虎？秦蓝滨安慰说，他会帮助她训练，直到她拿到成绩，却不知她心里的恨意，在这个校园，他是她最最不想看到的人。

直到大三，他到教室找她，她才不得不和这位似乎过于认真的体育教师制定了训练时间表。这件事情成了寝室女生的笑柄，每次她晨跑回来，她们都会问候一句，今天又去被他虐待了？的确很像受虐，每星期有两个早晨的六点钟，她必须用闹钟把自己闹醒。

一年多时间，她断断续续练晨跑，期间有过数次试考，却到大四结束才过关。如果需要读五年大学，这场过关考，也会延续到第五年，因为她和这位叫秦蓝滨的体育教师都希望这场考试延续下去，在秦蓝滨陪她晨跑的过程中，他们之间擦出了火花。

她心里并不能确定这算不算恋爱，她对爱情，有着很高的期许，然而，属于自己的初恋，却笼罩苟合的阴影，秦老师已是别人的丈夫。

她想斩断这关系，却断断续续拖延了近一年，秦老师说过要离婚，她并没有期待。她在这段关系中各种纠结是对自己，在自我谴责的同时有偷食禁果的刺激。她在毕业第二年报名考研，填的志愿是北京的学校，她下决心摆脱这段关系。

考去北京后，她没有再回校，直到这次校庆，距离这段往事十五年。

“今天来就想可能会碰到你。”

秦蓝滨目光灼灼看着她。

“你不是已经离开学校了吗？”

她平静发问。

“我也是校友啊，正好回国，想来见见老朋友，你……比做学生的时候更好看了。”

她点点头，似乎表示赞同。她把架在额头上的墨镜拉回到眼前，阳光刺眼，他的目光也是她想回避的。

她看出秦老师有些慌乱，她知道自己比年轻时更有气质也许还有了魅力。人靠衣装，事实就是这么浅薄，她不过是用品牌武装了自己。对形象没有要求的旧同窗会说，你一点没变，连头发都跟过去一样。她笑笑，这头披肩直发怎能和那时的直发比？那时是原生态，现在是经过发型师的设计修剪；她也没有必要告诉同学，她的棉麻上衣和皮鞋、她衣橱里那些品牌服装，是出国旅行时购买。前些年出国还不那么容易时，圣诞前后，她会专门去一趟香港“血拼”。她一年的大部分收入都在身上，过往的岁月充满缺憾，她现在能够做的只是补偿和修饰。

容智远离的意义不是只有失去，至少，容美不再是那个出色女生的影子，她做回了自己，可以表达自己的人生态度、释放自己的性情，这是她在思念容智时，给予自己的解脱。

秦蓝滨看起来并没有太大变化，同样的短平头，肤色黝黑牙齿洁白，中等个子瘦削结实，服装上也跟她一样与时俱进，豆沙绿棉麻休闲西装衬着黑色圆领体恤。他的小心保养，使得岁月催老那部分痕迹并不触目，他一向很知道如何让自己富于吸引力，在这点上，应该是他启蒙了她。

所以，秦蓝滨即使比她同龄男生年长十岁以上，仍然比他们更有男人味。她此时才算明白，当年是被他的性感所吸引。

“喔，好久不来学校，觉得这个地方都变小了。”她四周看看没话找话，“毕业后今天是第一次回学校。”

“以为你读完研究生会出国留学。”

她笑笑摇摇头。

寂静片刻。

“不过，你现在也不错，听说在大学教汉语……”

“混个生存罢了，”她打断他，“你呢，刚才你说回国，去了哪里？”

“去了美国，记得吗？那时就在为这件事情忙……”

她“哦”了一声，那时的事不提也罢。

又是一阵冷场。

手机铃声响起，格外震耳。

同学电话来问："中午聚餐你来不来呢？我们班级被安排在校河边新餐厅的二楼。"

他们匆匆交换了名片。

她走过足球场，穿过校河，这校园还是够她走的，虽然如今看起来变小了。

他们班的同学在餐厅旁的河边互相拍照，楼上餐厅太拥挤，一时还吃不到饭。她自告奋勇要帮他们拍合影，他们说，刚才已拍过合影，集体照里缺的就是你，现在得找个随便什么外人帮着按快门。于是有人说，刚才秦老师在的时候应该请他帮忙拍几张照，看他挂着尼康照相机，显然是摄影好手。另外的声音说，谁让你们跑得这么快？便有七零八落的感叹声，是啊是啊，还不是为了成全他们俩……

八卦的目光。容美镇静指着往来的校友说，你们看，挂尼康相机的发烧友不在少数。于是众人朝校道上看去，果然有人颈上挂着长镜头的尼康相机，一位女生上去拦住他，他戴着墨镜，近前时看出是个有点年纪的中年人。

中年校友接过某个男生递上的相机，在对镜头时稍稍背过身取下墨镜换上眼镜，是个顶真的人。这边，他们排着复杂的队形，因为谁说了一句，千万不要这种“哆唻咪发唆”的队形。容美站到边上，却被拉到中间，他们说因为她看起来比较有腔调。

中年校友先用一位男生的尼康相机，熟练地对完焦距，按快门前，他看着镜头说："这位女同学，能不能把太阳眼镜取下来？"

大家彼此看看，只有容美戴着墨镜，他们便“容美”“容美”

的叫着，她才恍然大悟般地取下墨镜。那位校友的脸突然从镜头后移开，看着容美。

容美问：“有什么不对吗？”

没有回答，那张脸又回到镜头后。

快门按了几次，男生拿回相机，其他人轮流把自己的相机给陌生校友，请求他帮忙按快门，容美是最后一个，她上前递上自己的数码相机，轻声说：“你帮我多按几张，我第一次参加校友会。”

中年校友拿开眼镜看住容美说：“听到他们在叫你容美，没错，是我妹妹容美，你跟你妈妈长得太像了。”

操场挤声音闹阳光耀眼，听不清也看不清，容美表情昏蒙。

“对不起，对你来说太突然了，我是知成，倪知成。”

他拿去眼镜那一瞬间，她很震动，她看到依稀熟悉的影子，不是她记忆中的表哥，而是七岁那年她第一次见到的元鸿舅舅。

泪水涌出眼眶，她别开头，奔跑着，扔下表哥和同学，一个人穿过校道，朝着河对面的杉树林奔去。

她一边沿着树林的小路狂奔一边流着眼泪，就像多年前被人追赶。她已经很久不跑步了，其实，也只跑了两百来米便气喘吁吁。

她停下来后才仿佛大梦初醒，她擦去泪水和汗水，转身从原路慢慢走回去。

她看到知成表哥站在有浓荫的林中小道上。

“对不起，我刚才……想起有东西掉在那里。”

她胡乱朝刚才奔跑的方向指了一下，他微微一笑，她也笑了，突然就变得很平静。

“你拿掉眼镜以后，很像元鸿舅舅。”

他脸上的笑容骤然消失。但他立刻从随身带的地址本上撕下一张纸，写上他的电话号码塞给她。

“我刚从机场过来，我同学都在物理楼等我，我在上海只待三天，你有空电话我，我晚上十点以后回酒店，我们好好聊聊。”

他已经走开了，又转身问："你妈妈还好吗？"

她迟疑了片刻，咽下了马上又要奔涌而出的泪水。两个月前，元英突发心肌梗塞，在急救室躺了两天，病危通知都下了。元英心血管阻塞，装了支架，人是救回来了，却大伤元气。曾经强大的母亲如今拖着虚弱的身子，时不时要去医院检查。

"你妈妈还好吗？"他又问，声调里有了不安。

"你真心想见我们很容易，妈妈家没有搬过……"

这句话她并没有说出口。她向他点点头，不想让他担心，终究他们才刚刚见面。

他又问："你爸爸还是……耳朵不好？"

她想说，你问来问去，为何不去看看他们？但她忍住了，好像怕自己言语不当，这个人就会在眼前消失。

二

知成表哥：是这样，虾肉不脆，不是你的错，是虾有问题。要买那种去了头、虾背已经划开抽去肠子的虾，油不要多，半调羹够了，黄油首选。当然必须用不粘锅，不用担心吃下肽富龙，比起吃油，宁愿吃些肽富龙！蒜要多，我通常会用一整只蒜，蒜瓣连皮刀背拍碎，皮自己脱落，刀背把蒜汁也一起拍出来，煸炒时有香味呀，刀切出来的蒜片没有这个效果。蒜和油一起下锅煸炒，先放盐再放虾，中火翻炒，颜色变红，开大火，但愿这时候虾不要出水，虾不能出水，有些虾会出水，你看清牌子，以后就不要买这个牌子的虾。还有一种做法，用大平底锅，虾可以铺平，虾红两分钟，翻面再两分钟就起锅。虾肉应该是脆的。是的，虾肉应该是脆的。

他们坐在西区安静的私营餐馆，是校庆后的次日晚上，秦蓝滨把容美和知成约在一起。

校庆日当晚她并没有电话表哥，她需要时间消化这一个突如其来的相遇。

在没有任何知成表哥消息之前，他对于她更接近一个幻觉，假如身边没有容智，她可能已经把他忘得一干二净。他最后一次离开他们家，她才四岁，有关他的画面模糊而摇晃，就像存放太久的电影旧胶片，模糊摇晃的画面因为用力注视而把自己弄得头昏脑涨。

她毕业后才知道知成表哥曾与她同校。在非常偶然的机会中，几乎像是命运安排，她和容智一起获得知成表哥的消息：在秦蓝滨的办公桌的玻璃台板下有一张和知成的合影，她们认出了他，应该说是容智认出他来。

毕业那年暑假，容美打算来年春天考研究生，她去学校打印成绩单，容智相陪，她们在校园遇到秦蓝滨，他把她们请到他的办公室，容智不仅认出了知成表哥，也看出了容美和秦蓝滨之间的暧昧。

秦蓝滨和知成表哥曾在云南同一个村子务农，两个人都酷爱打羽毛球，在村子里打羽毛球带出一帮乡民，组成羽毛球队，代表县城出去比赛拿到奖。1976 年上海这所知名大学到当地招收工农兵学员，两人都被推荐，知成因出身问题被淘汰，秦蓝滨成为这所大学体育系最后一届工农兵学员。意外的是次年恢复高考，知成考进该校物理系，两人相遇在校园，又成为搭档，组建了校羽毛球队。秦蓝滨毕业后留校，知成去了昆明，他进大学时和一同插队的昆明女孩结婚了。

从时间表上可以发现，她和知成表哥有过一年同校期。她 1981 年从中学毕业，同年秋天走进大学校门，次年夏天，知成表哥才从大学毕业。知成表哥在物理系，容美是英语专业，文理科之间被一条校河阻隔，相遇概率很低。

知成表哥进校前十年是在黑龙江平原和云南山区以及云南县城的小厂度过。容美进大学时还不到十八岁，那时知成已经三十三岁，他们之间年龄相差十五年。他们即便在校园相遇，面对面走过，也未必能相认。

这些年里，容美一直在后悔带容智进入秦蓝滨的办公室，自从知道知成表哥的消息后，才发生了后面一连串的剧变，才会导致容智远走高飞。

她并非没有期待某一天和知成表哥重逢，但这也是很久前的期待了，久得让自己忘了这期待。以至她站在校园时，连“知成表哥是否会参加同学会”这样的念头都不曾闪过，她差一点忘了他们曾经同校这件事。

太不可思议了，她竟然把这么重要的可能性疏忽了！或者说，她其实并没有真正记住这位表哥。

容美后来回想，这是自己毕业后第一次参加校友庆祝会，怎么会有兴趣参加这类活动？除了受到邮件里群体气氛的影响，也因为母亲病危住院那些日子，她天天跑医院，深感人生无常，突然就对曾经的旧日同窗有了珍惜之情，对青春时的校园与阳光有了怀念。

对自己的“忘记”，她觉得不可理喻，他在容智的生命中留下如此深的划痕，也在自己的生命中留下阴影。

也许，容智离开得太久，再没有人和她聊知成表哥？知成更像是容智的表哥，容美对他的存在缺乏有血有肉的感知。

很多年前，从秦蓝滨的办公室看到知成的照片以后，命运在暗处发生了转折，她一直深感疑惑却又没有勇气去追究。让自己“忘记”，是最顺理成章的逃避。

校庆次日早晨，她接到秦蓝滨的电话，他说他约了知成一起晚餐，希望她也参加。她感激秦蓝滨的邀约，她同时在想象和表哥单独相处时可能出现的冷场。

秦蓝滨在电话里还想说什么，但她打断他说，见了面再聊吧。她其实应该有许多话和他聊，她后来的情路乏善可陈，假如对比最初那一段秘密恋情。

可是，她没有心情和秦老师叙旧，她的思绪和注意力已被知成表哥吸去。

她晚到十几分钟，为了避免和他们中的任何一位单独相处。

这家餐馆有四人位小包间，她进去时，他们正谈得热火朝天。见到她，他们立刻安静，知成表哥站起身，等着她坐到位子上。

他站在她面前，仍然像个陌生人令她局促。

“咪豆，真的很高兴在学校见到你。”

她愣了一愣，很久没有人叫她小名。咪豆！想起了豆腐羹饭席上唤她小名的芸姐姐，芸姐姐和眼前的知成表哥是同父兄妹，他们之间应该从来不曾交集。

知成又道：“事情有这么巧，我被你的同学拉去给你们拍照前一分钟，收到蓝滨的电话，说在校园遇见你，说要帮我找你。没想到立刻就看到了你，简直像蓝滨特意安排的。其实，你身上已经没有小时候的影子，你像极了你妈妈，我当时……你拿去太阳眼镜的时候，我以为是看到你妈妈了……”

他戛然而止，需要平稳情绪似的，虽然之前的语调相当平静。容美用平静的语调接上他的话。

“你要是真见到我妈，肯定认不出来了，她已经满头白发。”

知成表哥的声音就低下来，像在嘀咕：“想象不出孃孃有多老，那时她比同龄人显得年轻。”

要是惦念就抓紧时间探望，怎么会想到妈妈说倒下就倒下？

这句话此时就应该说出来，但她沉默了。

冷场了几秒钟。

秦蓝滨扬起桌上鲜红缎面的菜单，“你们快坐下，先点菜吧！这家店上菜有点慢，因为菜做得好，所以值得等候。”

值得等候！这句话竟在她心里回响了一阵，她没有看到自己的嘴角有一抹苦笑。

进餐的前半段差不多都是在听秦蓝滨聊，她才知道他出国十年，用五年的时间一边开餐馆一边考高中老师执照，想不到他在美国高中教数学而不是教体育。

他述说这些年的经历，眼睛看着她，好像现场只有她一人。

她有些担心表哥是否知道她与秦蓝滨的那段关系，这件事情当时虽然闹得昏天黑地，但家人却毫不知情。

她的注意力很快又回到知成表哥这边，他很沉默，她不时撇一眼表哥，以确认他的存在。

她一边努力跟随秦蓝滨的节奏，为了不冷场而变得有点多话。饭席后半段是她主讲。她告诉他们，她读研究生的专业是比较文学，回到上海的大学却教起了对外汉语，但最喜欢的事是写悬疑故事，向往的职业是自由职业，假如有一天，写故事可以维持生活，就把教书的职业辞了。

她和秦蓝滨一样，没有聊个人生活，这有点像在校友会，彼此只聊事业志向和目标。在校友面前，人生最重要的是职业生涯而不是情感生活。

知成表哥几乎没有讲述，他倾听，神情专注，似乎在他的人生里他经常是个倾听者。容美不由想象他和容智在一起的情景，他在听容智述说，容智讲得眉飞色舞手舞足蹈。容智从来没有耐心当倾听者。

小包房里的知成表哥形象清晰，戴着眼镜头发花白，下眼睑的眼袋明显，这眼袋比发色更显年龄。容美在心里重新组合他的形象，他已经不是她记忆中的知成表哥，那个俊朗的男生才是她心里的表哥。

他抬起一条腿跨上脚踏车骑出弄堂，消失在马路上的脚踏车车阵里。表哥果真不再出现，生活却还在继续。以前，知成表哥陪容智打三毛球，后来，只有容美陪她玩了。她们用乒乓球板当三毛球拍，廉价的光面球拍，上面没有覆海绵，正是光球板才可用来打三毛球。三毛球是三根羽毛插在橡皮头上，不同的羽毛颜色，使三毛球看起来色彩缤纷。

四岁的容美拿不稳球拍，她拍过去的球在半空中就掉落了，换容智发球，容智发出的球准确地落在容美鼻子面前，她永远接不住球。

容智很快就不耐烦了，她扔下容美，拿着球拍一声不响奔回楼里。容美拾起球追她。

元英在晒台旁的煤气灶上煎带鱼，油烟缭绕，满栋楼的鱼腥气。容美尾随容智奔上楼，看见她站在元英身边像搭讪陌生人般带点讨好的笑，欲问又止。元英皱着眉眯着眼被油烟气弄得没有好气，容智终于没有问出口，她不问，容美也知道她想问什么，并且已经知道母亲的回答：没良心没良心没良心……

知成表哥走的那年容智一定问过许多次，才会在容美的耳边留下持续不断的回响：没良心没良心……

晚餐结束后，秦蓝滨提议去茶馆或酒吧坐坐，他问他们是喜欢喝茶还是喝酒，容美说她不喝酒也不喝茶，她非常干脆地告辞了，“你们是老朋友，有许多话要聊。”

秦蓝滨显得意外，却又似乎一时找不出合适的言辞挽留她。

第二天午后，她是在去学校路上接到知成表哥的电话。

“饭店里只剩我一人，很安静，可以在电话里讲讲话……”

知成表哥电话里的声音甚至有了喜悦，容美眼前铺展的却是落寞，排排空桌椅，一个人的背影。

“我一直喜欢这栋红砖小楼，每次走过会忍不住停下来，以前的百代唱片公司，是吗？”

知成表哥问道，他以为容美应该知道，容美不是从来没有离开过上海？可是，容美不知道，容美不知道的上海远远多过知道的上海。

对于此类殖民风的红砖小楼，容美当然也偶尔驻足，她看到饭店装扮得像豪门里的客厅，旧硬木地板，木质护墙板，层顶四米以上的天花板的石膏装饰线细致优雅，那些小楼的门廊通常摆放仿明代风格的黄花梨条桌，沿侧墙是翘头案，桌面或案面上放一台西洋老式打字机或拨盘老式电话机，墙上必挂旧时代的月份牌，硬板纸上印刷着水粉画风的平面圆脸美女像，与对面墙上四十年代的好莱坞男星遥相呼应，于是菜单上的青菜萝卜卖出海鲜价，怀旧是不标价的昂贵商品。

眼看着，小楼里的精致被更年轻的洒脱抛弃，咖啡馆开到了弄堂里，客堂间的一半面积被吧台和吧台后的料理台橱柜和瓶瓶罐罐占去，剩下的空间能放的桌椅就很有限，于是摆不下的桌椅延伸到前门的天井，天井在室外，放了咖啡桌后，喜爱坐在天空下的老外们就来了，异族面孔是这个城市的时尚标志。

容美在用心挑选信息与表哥分享，为想象中的寂寞背影而呼应他，差不多在取悦他。她告诉他，弄堂咖啡馆的咖啡更贵，号称每一小杯咖啡都是手工磨出……她话锋一转，我们不就是从手工年代过来的，手洗衣服、手编毛衣、手写钢笔毛笔、手刻蜡纸？印象中的手工是体力活，所以我们曾经都很崇拜机器。她对着知成表哥感叹，谁会想到，有一天手工成了时尚！她听到自己的感叹是那么陈旧。

世事轮转中，自己肉体的一部分仿佛也跟着消失了，这种痛楚隐隐约约，无法表达。

她告诉表哥自己有偏头痛，需要咖啡因扩张微血管止痛，所以，她每天起床必喝一杯咖啡，却是最没品的咖啡消费者。她用开水冲泡速溶咖啡，因为懒得蒸煮咖啡。她说最近发现更昂贵的品牌咖啡，敢在只有两三平米的街边铺位出售，小店的柜台前只放着几只木方凳，没有空间放桌子，但研制这款品牌咖啡的咖啡师重复了千次以上的冲煮训练，喝了至少十万杯咖啡。容美说她是为了平衡喝速溶咖啡的低品位，才会去这家没有桌子的小店喝咖啡。她形容，坐在店里随便放置的方凳上，就像坐在弄堂的后门口。知成表哥对着电话笑了，听起来是这句描述吸引了他，而不是咖啡师的十万杯咖啡，他说只能等下次回上海，问容美可不可以陪他去那家街边小店。

是的，当然……容美有些怔忡，她已经在表哥的想象里看见自己和表哥坐在那间店：那个小地方，只能见缝插针，他们并排坐，脸对着门外的街道，眼前的视线常被来买咖啡的顾客遮挡。来来往往的客人，多是买了咖啡 to go。那两三只方凳是店主为赶远路的顾客准备的，脚走酸了，也许想歇一歇。

真有人为了喝这家小店的咖啡而特意赶来？容美很怀疑。这么现实这么缺乏诗意的大都市，谁会为了一杯咖啡坐地铁坐巴士或者坐出租车专程来此？坐私家车的人更没有可能，在市中心找停车场这点工夫，不如自己去研磨一杯咖啡。

容美举着电话突然失语。她已经走在自己学校的林荫道上，却像是那天校友会的延续，心里仍然在惊叹：他是知成表哥吗？这难以置信的现实。她和容智曾经追寻他太久，事实上，是容智在追寻。是容智的思念，把一个不再出现的人变成了幻觉。然后，容智也消失了。

她的沉默，让知成表哥的话多起来。

知成告诉她，他这次回上海时间很紧，明天下午就离开了，下一次来上海要去看望元英。

“到了现在的年龄对过去有许多后悔，一直想着要去看孃孃，却拖延着，我是个懦弱的人。”

这句话让容美心一动。为了不让他太尴尬，虽然隔着电话，她转移了话题，问起了他的家人。

说起家人，知成表哥是坦率的。

毕业时他为了妻子回昆明并接受分配，却又怀疑这决定可能是错的。他已经知道妻子有外遇，回昆明是去挽救婚姻，这个努力失败了。他离婚后去了日本，在那里有了第二段婚姻，和第二个妻子生了两个孩子。“她叫玉玉。”他说，容美便笑了，他用上海话发“玉玉”这个音，就像在说“肉肉”。

她的失笑让气氛轻松了。

“咪豆，你那时太小，应该不太记得我。”

“我记得，你的脸、你骑脚踏车的样子我都记得，不过，反而是现在，看到现在的你，过去的你我就记不起来了。”

她直率得近乎无礼，他却笑了，呵呵呵地笑出了声。

她是否应该告诉知成表哥，他骑上脚踏车冲出弄堂，她们追出去，他和他的脚踏车已经消失在源源不断朝前滚动的脚踏车的车阵里，容智的哭声撕心裂肺，她后来再没有那么哭过。很长一段时间，容美在梦里，常常被容智的哭声惊醒，她醒来时，看到容智在呼呼沉睡，而她自己的眼眶却是湿的，难道，容智的痛也伤到了她？

有个话题她以为是必然触及的，他是否知道他父亲去世了？那个没有亲戚参加的大殓，他在吗？可是，他不提，她又何必提起？毕竟，这些话题论重要性，于他远远超过她。

他们也没有聊到容智，容美没有提，因为知成表哥没有提，他不提她也不提，也许是，他看她不提，他也不便提了。

关于容智的话题，亲戚们是要避讳的，就像当年避讳关于元鸿的话题。发生在容智身上的那些事，亲戚之间有各种传说，知成不会不知道吧？他又不是生活在真空中。

有那么一两个片刻，她忍不住想告诉表哥容智对他的依恋，容智认为容美应该跟她一样将表哥时时挂在心上，当容智谈论起知成表哥她却没有反应时，容智会很生气。

容美年幼时就难以入睡。容智曾经描摹的垃圾箱里小毛头的画面，折磨了容美好久，夜里睡不着时，她便想象自己躺在垃圾箱里的情景。那时候容智已睡得东倒西歪，她睡熟后，身体就像圆规似的在床上画着圈，有几次把容美蹬下了床。容美想象自己躺在垃圾箱里，又臭又暗，然后听到容智响亮的带着跳跃的脚步声，容智来到垃圾箱面前，毫不迟疑手脚很重地掀开垃圾箱的盖子，把满满一畚箕的垃圾倒下来，倒在自己脸上身上，她被垃圾淹没了……

于是自悯的泪水流下，从眼角滑落到枕头上，并阻塞了鼻腔呼吸，她抽吸鼻涕的声音吵醒了容智，于是容智也哭了。容智抽泣着用气声说：“我也会在半夜想起知成表哥，大概他已经死了也说不定，我想梦见他也梦不到。”容智说到知成表哥的时候，有一刹那，容美有点茫然，她只抓到表哥两个字，对于知成这个名字，几乎没有反应。她问道：“你在说哪个表哥？”于是容智伸出手臂，给了容美一拳，“你没良心！你忘记了？你什么都记不得，我以后就叫你小白痴。”隔着被子的一拳还是相当有分量，加上小白痴的贬斥，这下容美哭出了声，“我就知道你不是我的亲姐姐，我是垃圾箱里捡来的……”

半夜三更的哭闹吵醒了元英，她起身抓了一件毛衣披在肩上，来到姐妹俩的床边问究竟。容智立刻头钻进被窝装睡，见容美一个人在哭，元英便问：“半夜三更哭什么呀？做噩梦了？”容美不回答只是哭，便惹恼了元英，她每天冲进冲出赶上班忙家务，性子越来越急，不再问缘由而是厉声制止：“不准哭，再哭就打！”容美哭得更伤心了，元英举手欲打，容智头伸出被子喊：“是我不好，你打我好啦！”容智这一喊，容美的哭声随即停止，元英吃了一惊：“半夜三更的，你惹她干什么？我明天收拾你！”

元英瞪了一眼容智转身回床上。容美大半张脸已经缩进被子，留出一双眼睛瞄容智，容智的眸子正对着她，清澈得锐利。“你真的忘记我们家有个叫知成的表哥？”容智用气声问。“我没有忘记。”容美用气声回答。“你刚才还问我，他是谁？”容智不依不饶地。“不是这样的，我没有听清，我只听到表哥两个字，可是我们家不是还有其他表哥吗？”这是容美的辩解。

她那时太服从容智了，岂止是服从，还惧怕。她更惧怕元英，不明白自己为何总是做错事！她觉得自己更像是姐姐和妈妈的出气筒，她们常常将一腔怒气撒在她的头上。可她现在回想起来并没有怨恨，她愿意做她们的出气筒，如果能换来容智回家。

容美很想把这些点点滴滴的琐碎往事，还有心情，告诉知成表哥。她渴望向知成表哥发发牢骚，他要是从未远离她们，她的童年是否会有些不同？至少容智会快乐一些，而容智快乐也会给她的童年带来不同色彩！

她需要告知知成的事情太多了。她已经分不清哪些是幻觉或者想象，哪些才是现实。

和知成表哥的重逢，更像是两个陌生人的邂逅，她需要通过回忆，通过她和容智共同的过往，去接受这一刻的真实性。她试图感受血缘带来的与生俱有的亲近感，却发现记忆中的表哥更加真实，让她眷恋。她从前幻想过也许有一天会和知成表哥相遇，当这一刻真正到来时，她竟有莫名的失落感，她想象中的激动并没有出现，连喜悦都谈不上。

和知成表哥的距离是一步之遥，也是咫尺天涯，容美不想一步就跨过去。他和容智一样，亏欠家人太多。没良心没良心……当年元英这般指责知成表哥，后来用同样的语词和语调指责容智。当然容智的“没良心”要严重得多，她是父母最疼爱的女儿，她却抛弃了他们，成了他们后半辈子的伤心源……

没良心没良心……现在的容美也常在心里怨恨着容智，不知不觉用上了元英的口吻。

三

知成回日本后，容美更郁闷了，憋住的话题，没有谈论透彻仍然半明半暗、变得更加虚幻的往事。

秦蓝滨来约她了，在他去外地城市出差一个月后。

她并不意外，隐隐约约好像在等他来联系她。

他们在电话里讨论在哪里见面，容美说富民路有一家私人开的小咖啡馆，楼上的阁楼也被开放出来，斜斜的天花板，虽然有些低矮却有味道，这味道到底是什么她想了想却也难以描述。

秦蓝滨欣然回应："富民路也是我喜欢的马路，上海就剩那么几条马路让人觉得这里还是上海。"

不至于吧！你们这些新华侨弹这种老调调只会让人觉得沮丧，难道我们这些从不离开上海的老居民就这般可怜，眼看自己的城市在脚下移开了，然后在自己城市成了异乡人？

容美当然只在心里嘀咕，她对回来探亲的旧人这里那里发些无谓的感叹非常不以为然。

他们在常熟路富民路的转角碰头。

她到达时，秦蓝滨已等在路口，看到她便举了举手里的牛皮小纸袋。

“马路对面这家小西餐店还在卖咖喱包，我忍不住买了几个。”

容美看到纸袋凸出的几个棱角已渗出油渍。

“你从美国回来还会想吃这咖喱包？”

“在美国的中国自助餐馆吃到过，太难吃了！当时就想起常熟路这家卖的咖喱包，非常想念，今天看到忍不住买几个。”他摸着纸袋，“现在还热着，趁热吃最好。”

他看了看周围，为难的神情。

“去咖啡馆吃吧，就在前面，两三分钟的路。”

“带东西进去吃不太好吧？”

“没关系，认识老板，再说他的店只卖咖啡不卖点心，不算抢生意。”

秦蓝滨的目光仍然停在马路对面。

“看到没有，这爿店旁边是一家服装店。”

容美不经意地望过去，一边道：“这附近服装小店铺很多，从这里走几步拐进去便是五原路，有一家店经常卖名牌水货，衣服的商标都剪去，我这条裤子便是在这家店买的。”

“我已经注意到你这裤子的喇叭口真的很特别，像开在脚踝的两朵喇叭花。”

喇叭花的比喻让容美失笑，提起腿给他看，“你瞧，裤脚收口处用了松紧带，裤脚管放下时松紧口便收进去，这喇叭部分就蓬出来。”

容美的喇叭裤藏青底色细白条纹，配一件起皱有弹性的象牙白短襟扣腰衬衣，外套是蓝灰手工编织毛线开衫，左胸处绣了一小朵指甲盖大小的玫瑰。他对她的衣着搭配暗暗赞赏，却也不便说出口。

“咿，怎么在这里聊起衣裳？不是要趁热吃你的咖喱包吗？”

容美笑起来，她转身朝富民路走，秦蓝滨跟上她，这短短一路，他讲了一段小故事。

"刚才让你看对马路那家服装店，之前，是一家教授钢琴的私人教馆，当然，是很久以前，我还在读小学时。这店的店门口有一块小牌子，写着教授钢琴几个小字，不注意的话是看不到的。记不得教钢琴的老师样子，学钢琴的小姑娘印象太深刻了，大概也是她让我疏忽旁边的老师。这小姑娘短头发，扎了个粉红蝴蝶结，穿一件绣花白衬衫，领口和前襟有尼龙花边，尼龙花边也是白的，却用缝纫机的红线连接到衬衣上，那红线画龙点睛，裤子是格子花呢小裤脚管包腿裤。"

容美笑起来。

"你一个小男生怎么会注意这些衣服细节？"

"每天放学经过都要站在外面看一下，是我的橱窗偶像，想来那时她还没有上学。不好意思对着她的脸看，眼睛一闪，躲到衣服上。不知怎么就知道了她的名字，名字也很好听，叫雪丹，后来，在上海之春的演出现场，她出来钢琴独奏。"

容美啧啧称奇。

"喔，橱窗里的小仙女！"容美脱口而出，自己被自己的话打动，"好有画面感，是你的故事好，有一天我要用这个标题写一本书。"

"听起来是本童话书。"

"童话侦探！"

"很别致！"

他们一起大笑。

可是，富民路上这家阁楼上的咖啡小店消失了，沿街房子拆了半条街。容美才想起感觉上的"眨眼工夫"其实有一两年。

"别说你们，我这种上海居民也禁不住这接连不断的搬迁，一家餐馆或者咖啡馆你觉得好，再去就没了，这城市就像临时搭建用来拍电影的片场，看到的场景都是临时的……"

容美因为扫兴而发起牢骚，更像是为秦蓝滨和知成表哥发，秦蓝滨不得不提着被油渍渗得几近透明的纸袋，跟着容美坐上出租车。

“只能去衡山路那家咖啡馆了！”

“衡山路不是更好吗？听你口气好像退而求其次？”

秦蓝滨笑问。

“那家咖啡馆的咖啡不会合你意，知道你对咖啡有要求。”

“这个不重要，找个地方说说话。”

这是个多云天，在常熟路口还有淡淡的阳光，到了衡山路阳光被云遮住，也因为梧桐树叶茂密，或者，一些阴郁的回忆浮上来。

她顺从秦蓝滨坐在户外的位子，立刻，两人都感觉有蚊子咬，又换到里面。

坐在店内隔着玻璃墙能看到笔直的衡山路的，只有两张桌子有这个视角，是这家咖啡馆最好的位置。幸好，其中一桌客人刚离开。

“看起来我这包点心只能带回家了。”

秦蓝滨把浸油的牛皮纸袋放在咖啡桌上，目光里是欣喜。

“好地方呀！有机会会经常来。”

果然，爱怀旧的秦老师感叹了。他看着窗外的街道，十一月中旬秋意浓，落叶铺在街面，潮湿的落叶，夜里下过雨。

因了秦蓝滨惊叹的目光，这一角的上海值得珍惜了，他的怀旧是阳光型的，想来知成的“旧”一定是沉郁的。

“你说过容智有段时间来找你打听知成的消息，是什么时候？”

容美坐下后突兀地提出她急着想问的问题。

“噢，很多年前，具体哪一年我有点记不清！”

“有一次我和容智一起到你办公室，这，你应该记得……”

“对对，那以后不久……”

“从你办公室回来之后，容智便去云南找知成，那时是夏天！”

“她来找我也是夏天，应该是同一年，开学之前，我记得学校停电，办公室很闷，我们到河边坐了一会儿。”

"那应该是她从云南回来以后，暑假还没结束，你怎么在学校呢？"

她很自然问出最后这句话，听起来有点越界，可她点点滴滴的细节都想知道。

"是在给校队做训练吧！"

他想了想才回答。

容美沉吟着点点头。

"容智去了云南，之后，知成仍然没有和你们联系让我奇怪！容智也出国了是吗？"

秦蓝滨问道。他直截了当，对他来说这是个自然而然的问题，容美听来却略受惊。好久没有机会和什么人聊容智。

"你知道她出国了？"

"我以前听知成说过……"

"以前？喔，他们有联系？！"

容美有些吃惊，更多的是不快，容智竟然只和知成表哥联系？

侍应生送上咖啡单，秦蓝滨点了黑咖啡，已经是晚上，她不能再喝咖啡，便要了一壶果茶，虽然她实在不喜欢在咖啡馆喝果茶。

秦蓝滨起身去洗手间。

容美怔忡着，脑海里布满那个夏日下午的情景，她已经很长时间不去回想，想起来心里会烦。

秦蓝滨回到座位，和容美隔着咖啡桌面对面坐下，他们互相笑望一眼，又立刻把目光移开，移向玻璃墙外的街道。

这情景很像多年前，他们坐在灯光黯淡的小饭店或宾馆的咖啡吧，隔着小方桌面对面坐，似远似近，那时的坐姿是顾及旁人的目光的。八十年代中期还没有星巴克这类咖啡连锁店，除了老大昌、凯司令等国营的老西式点心店，便是一些私营小饭店、时尚酒吧和酒店咖啡吧。如果不是跟着秦蓝滨，她并没有机会也没有经济能力去那些地方。校园生活拮据，住校时，她和同学只去校门口那些邋遢的馄饨店或街边摊，她是跟着秦蓝滨提早享受到了成年女性的待遇，那便是年长男性给予的吸引力吧。

想起往事，容美并无太多感慨，眼下的一些变故和悬念正在消耗她的情绪。

“你姐姐很特别，来去匆忙，就好像走错门……”

她对秦蓝滨的说法感到奇怪。

“你说走错门？”

“我当时觉得她本来是要去另一个地方，一念之差来找我，然后又想起自己要办什么事，又急着走。”

秦蓝滨的述说充满当时场景的节奏，容美想象着，更加好奇。

“容智从昆明回来后，我们没有机会仔细聊，我感觉到她在躲避我，我猜想她从知成那里知道了一些家里的事，却不愿让我知道，我觉得她是为我好……”

秦蓝滨探询地瞥了容美一眼，然后道：“去了一趟云南，她看出知成的家庭生活不幸福，她希望我劝知成离婚……”

“怎么可以？”

容美禁不住阻止道，声调里有难以克制的反感。她的反应让秦蓝滨有些意外。

“我看出她很爱知成……”

“不要乱讲……

容美不客气地制止道，无法掩饰的反感。

秦蓝滨笑笑，并不见怪，保持着他处变不惊的风度。

“你姐姐对你表哥的感情我觉得很正常！”

“并不是你想象的那样……”

她态度激烈，立刻又戛然而止。

“我倒是没想到你这么排斥！”

秦蓝滨表示不解，夹杂一丝责备。

“并没有到爱的程度，只是依恋罢了，容智十二岁之前，只有知成表哥陪她玩，我出生时她已经八岁了。”

他点点头，专注的神情，令她有倾诉的欲望。

“我四岁那年也就是一九六八年，知成去插队前来我家告别，他说要和倪家划清界限，再也不和倪家任何人往来，这个……受到打击最大的是容智！”

容美有一种想要哭泣的冲动，是秦蓝滨的反应触动到她了。他眸子里隐约的笑意突然消失，这使他的眼睛变得深邃。

“我不知道知成是否晓得容智出国前发生的那些事，我想，他知道了也不会告诉你吧？”

他沉默摇头表示不知，等着她说下去。

“容智在旅行途中认识一位德国青年，他们一见钟情，容智带他到上海是要和他结婚的。她担心父母不同意，让我偷出家里的户口本，约好次日见面。可是我们通电话的当天晚上，她和男朋友在留宿的宾馆，遇到公安人员突击查房，因为没有结婚证书容智被当作卖淫嫌疑人抓起来了！”容美咽了一口唾沫，“她被判劳教一年……”

静寂片刻，秦蓝滨才说话。

“喔……很难想象……发生过这种事，她……出来后，身体方面还可以吗？我是说，各方面，包括，包括心理方面。”

她不响，好像在思忖如何回答。

“劳教出来，她没有回家……”又一阵哭泣的冲动，她只能用沉默克制着。

秦蓝滨深深叹息。

她点点头，两人都不作声。

“什么时候回去？”她转移话题。

“快了，后天就走，赶回家过感恩节。我去年应聘一家刚成立的私立学校，这次为学校的事回国一趟。接下来的寒假孩子要考 SAT，秋天开学就要开始申请大学，冬天如果考得不理想，夏天还要考一次，拿最理想的成绩申请大学，暑假不一定回上海。”

秦蓝滨有些啰嗦，似乎还在平息先前受到的震动。

“是个操心的爸爸！”

她嘴上敷衍道，情绪还在刚才的话题中。

“等孩子上大学，我们就正式离婚了，这是几年前就约定的。”

她一惊，欲言又止。心里闪过的念头是，也许这桩破损的婚姻和自己插足有关。

他好像听到了她的心声。

“这是我第二个婚姻，前妻先去美国半年，我到美国第二天便和我谈离婚，她嫁给了过去的中学同学，其实两人一直有联系。现在的妻子是我在美国大学读学位时的同学，我们是先有了孩子再结婚，工作在不同的州，分居是离婚的主要原因。”

她心里有些羡慕嫉妒，看他比自己年长十几岁，结婚离婚并非难事。

关于容智的话题就这么被另一个似乎也不轻松的话题给替代了，没有完成的话题停在半空，像没有收回线的风筝。

“没有孩子也挺好！不用为了孩子委屈自己的人生。”

她沉默时，他发议论，更像是婉转发问她为何没有孩子。

“觉得自己不成熟，心理不稳定，这一拖延就朝四十奔了。”

她算做了解释。

“哪有？看起来还像个孩子！”

这算是奉承吗？她心动。当然，她比他小一轮，在他眼里也许一直有“还年轻”的错觉。

“有个孩子，婚姻就不那么脆弱。”她这么想着，脱口而出，“现在再想生就晚了！”

“不晚，我有个朋友太太，四十三岁生出健康宝宝。”

他仍然保持当年体育教师的“励志”态度，总是告诉她：“可以的。”“没问题。”“不要放弃。”诸如此类……她的眸子里便有了笑意，点点头，好像接受了他的鼓励。

已过黄昏，咖啡馆外的天空被暮色笼罩。秦蓝滨提议找个餐馆一起吃晚饭，容美没有拒绝。

她现在和秦蓝滨坐在一个空间，有陡然轻松的感觉。以现在的关系，已婚的双方，一起喝杯咖啡吃顿饭并没有什么可愧疚的，但如此无牵挂地和他在一起确实是一种新鲜的体验。她发现，此时对他并无未了的情愫，面对面没有类似于羞涩、矜持、克制那种“心理障碍”的障碍。激情这东西，就像气候，电闪雷鸣狂风暴雨，说没就没了。现在的状态，可说是晴空万里，明净疏朗。

和他一起离开咖啡馆去餐馆的路上，他们说说笑笑，先前略显沉郁的话题，两人都放下了。在拥挤的下班时段，衡山路的行人仍然不多。她却想起一个画面——在拥挤的某条街，两人并肩的身体，不时被挤开，于是他们各自试图越过人潮，互相挨近，那时觉得这种感觉很美妙。

他们去了衡山路附近的本帮菜餐馆，饭店门口已经坐了一排人。

这家饭店很小，店门窄而矮，因为三分之一陷在地下，如果不是因为门口等候的顾客，经过店门时很容易忽略。店门外的人行道沿墙放着一排凳子，就餐时间门口永远坐着一排人，经过的行人会有些好奇，为何人行道上坐着一排人？这一排排等候的顾客多是来自港台的吃客，女客为多，且上了年纪，化浓妆戴首饰，珠光宝气，也因此更吸引行人的注意。

秦蓝滨见这景象却兴致颇高，说这里的菜一定非常新鲜，想来口味也一定正宗，所以他说他不在乎排个短队。

容美明白了，他是想吃正宗上海菜。便告诉他附近还有一家本帮菜馆，心里说他和知成表哥是一个路数，怀旧一路，离家多年，喜欢家乡菜。此时想到知成表哥，心里多了别扭，因为秦蓝滨用爱来形容容智对知成的感情，容美无法接受。

他们后来去了两条马路之外的另一家餐馆，因为坐落在人口稀少的市府官员住宅地段，且是国营餐馆，菜肴卫生有保障，这一点她早就听人强调过。餐厅面积够大，并不存在人满为患的问题。事实上，这家餐馆是面馆，白天客人吃面为主，晚上添些菜肴，但晚上客人也多是为面而来，客人流动快，他们几乎没等候便得到空桌。

他俩坐下后朝四周打量：这些食客多半上了年纪，有些面熟，携带着文艺气息，没错，他们是住在附近的演艺界人士。两人轻轻议论了一阵，秦老师似乎比容美更熟悉这里，他告诉容美，住在这一带的不仅有高官，也有曾经出过名的老演员。

他年轻时就离开自己的城市，但他比她了解这座城市，或者说，比她爱这座城市。是因为他住在异乡患过乡愁，比她这个常住居民更珍惜自己的出生地？

点菜就交给秦老师了，今天的秦蓝滨重新回到老师的地位，容美从他那里学到了不少。此刻，她很庆幸和不需要她点菜的人一起吃饭，心下认为会点菜的人不仅富于决断力且是注重生活品质的人。她丈夫根本不愿点菜，你让他点菜，他会说吃一碗面就可以了。她自己点菜，总是让自己后悔，结果变成失败的一餐，就像宿命。

他翻阅菜单很快就决定要哪几个菜，容美闪过一个念头，跟他过日常生活一定轻松舒服不用太操心。这样的前景也不是没有可能，他们各自的婚姻正破碎和将要破碎，但她现在却没有与他结合的热情，当年的感觉烟消云散，心下不由得空虚。

他点了烤麸、熏鱼、油爆虾、糖醋小排几样冷菜，容美便笑了。

“这像我妈的菜单，过节请客，这几个冷菜她是一定要准备的。”立刻补上一句，“我也已经很久没吃到这几样小菜，妈现在几乎不招待客人。”

“你没有跟你妈学做菜？”

“学了，有一阵还特别热衷，偶尔出国做交换老师，做中国菜招待外国学生，我是个受欢迎的老师。”

她略带自嘲的口吻让他失笑。

“听说你丈夫也在大学工作？”

她点点头。一时寂静。

“你不会想到我在写侦探故事，用笔名发在网上，有出版社在联系我，要出书呢！”

她的语调变得活跃。

“噢，这太让我 surperise！”他眼睛亮了，“怎么会想到写侦探故事？”

“小时候觉得家里有许多秘密，便偷听猜想，自己编故事……”

“很多事做大人的不愿向孩子说穿。”

她心想，所以要等孩子上大学才来离婚？

她笑笑，无论如何，算是找到可以聊聊家事的人了。可惜，他们不再是同城人。

菜上来了，很快面也上来，秦蓝滨点了葱油拌面。拌面好吃到让她惊艳，她说她是绝不会到餐馆点拌面这样的家常食物，可见住异乡的人更懂如何享受故乡滋味。

对她的略带讥讽的议论，秦老师直笑，话题便转向他更热衷的方面。

“这拌面是一定要用猪油拌，葱另用热锅炸脆，拌面的佐料也有讲究，他们一定有自己的配方。此外，这面既要有嚼劲又不能硬，所以下面时一定要水多火大，水滚后放面，面在水里滚后加半小碗冷水，滚了再加一次。”

“哇，回去要记录在我的食谱笔记里。”

于是聊起她收藏的食谱。

“都是家里人或者亲戚聊到的做菜方式，我把我感兴趣的菜记在本上，这笔记从我十岁那年开始记。”

他面露惊喜，“很想读你的食谱笔记！”

“都是些老菜式，那年月食物都凭票证，所以越匮乏的东西越让人贪恋。”

秦老师眼睛亮闪闪，被她的话语点燃，他一个劲地点头。

“最好不要当作食谱，可能你会失望，这些菜上海人都会做，可能中间某个细节有点意思，我一定是当时觉得有意思，之后忘不了，才会记下来！”

这么一解释，秦老师更想看了。容美答应把食谱从笔记本搬到电脑，再从电子邮箱发给他，于是便互相写了电子邮箱的地址。

“我喜欢煮菜，真奇怪，在美国发现爱煮菜的男人多出生上海。”

秦老师忍俊不禁，似乎为自己爱煮菜而觉得好笑。

“知成表哥也是厨艺好手，最近刚记了他的两个食谱。”

“喔，说来听听……”

他很感兴趣，她却沉吟了。

“其实都不是我会去做的菜，是他讲述做菜的方式让我觉得不平常。”

“是什么？”

“我不知道，你不如直接看我的笔记。”她一笑。

“上海男人这么喜欢煮菜，怪不得被称为‘小男人’。”

他自嘲着，轻而易举便滑去另一话题。

“不喜欢大男人！”

她口吻坚决，似有所指。

“中国这个社会既离不开婚姻却又轻视家庭，在美国，婚姻也许只属于部分人群，但是婚姻里的爱家男人备受尊敬，被视为优质男人。”

秦老师仍然有一股认真劲，从前因为他过于认真，才会盯着她过体育关，为此他们有了比别人多得多的相处机会。

“相信任何社会里，女人都爱爱家的优质男。”她的语气尖锐了，

"只是，中国社会，男人的声音远远大于女人，中国大部分男人并不爱家。"

她克制着没有继续抨击，是不想发出心里的牢骚，她对丈夫最大的意见便是他对家心不在焉。他的所谓事业心成了他们两人上空的乌云。

这顿饭吃得有点匆忙，因为店要打烊，服务员已经开始扫地，将围着空桌的椅子都翻到桌面上，秦蓝滨便叹息："到底还是国营店作风！"

容美笑，他也笑了。

"什么都变，就是国营店不变，打烊时间不变，赶客人的方式也不变。难得，虽然这个城市其他东西都难保住了。"

这句话让她心一动。是的，他们过去能走在一起，一定是精神上有相通之处，但当时太年轻，只感受到情欲那部分。

走出饭店才九点，他提议再去酒吧坐坐。

"找个安静的地方说说话。"见她踯躅，又立刻问，"要紧吗？晚回家？"

"当然不！"

否定得也太快了，是否会让他有联想？在婚姻中，周末和节假日并没有特别节目，丈夫回到家也是杵在电脑前，或者看体育频道。他们很少一起出门消遣，她不愿向丈夫提议去哪里消遣，知道他会拒绝，拒绝后自己就很败兴。

"今天应该请你丈夫一起出来。"

"那倒不必了！"

她笑了一声，像冷笑，他却尴尬起来。

他们漫无目的地走在西区静寂行人寥寥的马路上，互相感叹在人口密度超高的上海，竟然还有这般寂静的街道。

为了结束气氛渐渐暧昧的漫步，她扬手招来出租车，让司机去靠近淮海东路的新天地。

秦蓝滨并不知道原先破旧的卢湾区东南面还有这么一个时髦的空间，因之对上海的变化又发了一阵感叹。

“两年前刚开张时我来过，那时有惊艳的感觉，后来只来过一两次，都是陪旅游者……”

“我这个老市民，也成了旅游者。”

他在苦笑，她能感受他的失落。可失落的何止这些漂泊他乡的同乡，她想告诉他，她也失落，每每来到这些豪华场所，便觉得自己是异乡人。

此时，她带他在青砖铺就的新天地广场旁的窄巷子里穿行，看起来两边都是石库门门面，却是假门面，原先的石库门房子都推倒了，用原来的材料搭了石库门的门面，内里却是装潢豪华的餐馆和酒吧，这是新天地成功的商业策略。

秦蓝滨很沉默，像失语。

“不要说你们，连我也成了旅游者，虽然我从来没有离开过上海。你知道，我父母家离这里才一两站路。”她说道，以安慰的口气。

“我们这代人付出太多代价！”他的语气有些激动，她不响。

他们走进曾经的台湾著名演员杨惠珊的咖啡馆，二十年前他们一起去看她主演的《玉卿嫂》，当时并不知电影后面的故事。

咖啡馆的灯光太暗，对于容美还充满太多暧昧的提醒，她说，还不如找酒吧喝啤酒。

于是在旁边的酒吧，一人拿起一瓶昂贵的墨西哥啤酒。

“这便是我很少来这里消费的缘故，东西贵得离谱，这些石库门房子又那么假！”

她又用上了抨击的口吻，他笑了。

“假到我以为是个露天剧场。不过，还是值得来一次，这里原先人口拥挤房子破旧，拆迁是个大工程，许多故事自生自灭。”

秦蓝滨落入沉思般，微微点头。她想，他心里也藏着他家的故事。上海的资深市民，怎么可能对城市的变化无动于衷？

但也没有必要变成九斤老太，她暗暗告诫自己。秦老师的克制让她警醒。

“谁没有经过那个时代，为什么我家表哥要这么极端？”她一惊，被自己提起的话题，“他不认自己爹，不认倪家亲戚！他这么做伤了很多人的心，除了他爹。我倒是觉得我舅舅也就是他老爹，并没有太在意，他有过至少三个老婆，也不知到底有几个孩子。知成表哥他最伤害的是我们家容智，还有我妈，她一直怨他没良心。他成年之前每个周末到我家，妈妈总是好菜好饭招待，他就像妈妈的长子。他离开后的那些年，容智常念他，她是把他当作自己的亲哥哥。”容美辩解般地强调，“我当年太小不懂得牵挂，成年后才明白，容智人生里的第一个伤害是他留下的。”

“太年轻的时候，容易走极端……”

“可是，以后呢？三十岁，四十岁，如今他已超过五十，他明白自己很过分，可是也没有在行动上有表示！”她才发现她对知成表哥的怨气远超过对他的想念，“如果不是因为以前容智常常念叨他，我早就把他从记忆里删除了。说真的，家里有那么多亲眷，又有几个被记在心里？”

“也许还有其他原因，毕竟你那时还小……”

秦蓝滨戛然而止，见容美不作声，便又道：“听他提过那么一两句，说到家里长辈那些关系复杂，说自己当时觉得羞耻，只想逃，越远越好，现在是回不去了。羞耻也好，亲情也好，都淡了，甚至已经忘记了！”秦蓝滨顿了顿，补上一句，“是他的原话。”

“忘记了！真轻松！”

秦蓝滨沉默。

她调整自己的说话语气，“容智去了一趟云南后，回来就疏远了家人……”

“你应该问知成……”他打断她，“现在，你可以问他了……”

“不敢乱问，怕他又玩消失那一套。”她急忙告知。

“他现在消失不了，我有他的永久联系方式。”

他笑笑，她也笑笑，竟要通过外人找自己人并不值得欣慰。

“我希望他下次回来会去看望我父母，我没有告诉我妈我们已经联系上了。”

秦蓝滨点点头，她心下还是希望他能把这些话传给知成表哥。

这晚他们成了酒吧最后的客人，两人在街口告别，秦蓝滨为她拦了一部出租车，并为她打开车门，她对他道再见，他却说了一句：“真有点舍不得！”

她一愣，身子已进车子，驾驶员踩油门，一个右转，即使回头也看不到他的身影，当驾驶员问她去哪里时，她怔忡着一时无语。

四

元英：酱鸭在煮之前，也要生煸，才能煸出香味。

铁锅烧热油，油不用多，一调羹够了，鸭子本身也出油，先煸葱蒜姜，香味出来后鸭子进锅，热油均匀在铁锅四周，鸭皮便不会粘在锅上。为了整只鸭身都接触到油锅，铁锅要在灶上不停旋转倾斜，待鸭身煸出香，料酒洒上，锅盖盖一下，再放红白酱油糖八角桂皮，水要多，几乎和鸭身平，小火煮到八分熟，开锅中火开始收汁，为了让汁水遍布鸭身，这时要用铲子不断盛起汁水浇遍鸭身……直到汁水只剩小半碗左右，鸭子的颜色也已经成深酱色。鸭子斩小块后，浓汁再浇在鸭块上。做酱鸭的关键是，不能把鸭子斩开来，鸭子身体没有刀口保持光整，连鸭屁股都保留，整只鸭子煮，才能保持鸭肉鲜嫩。鸭子斩开来煮，肉身就要缩，肉身一缩，肉质便紧，口感就老。

容美笔记本里的食谱充满年代感，大半食谱记录于七十年代。

食物配给年代，单单一个粮食便有不同的配给标准。每户人家都有购粮证，记录了家中人口数，并按照性别年龄职业给予每个人不同的粮食定量标准。去米店买米买面或其他粮食类需出示购粮证，并严格限制大米购买数，每月每人大米购买数在五斤到六斤不等。去点心店、饭店或食品店买面包、馒头、糕点等食物都要付粮票。此外，食油、食糖、肉鱼蛋等要凭票，鸡鸭鹅等家禽以及海产到春节才供应，也会发票证，这些票证是根据户口本上人口分大户、小户两个等级分发。四口人和四口以下人家属于小户，五口和五口以上人家属于大户。像容家这种四口人的小户，是小户里的大户，食品的短缺感最强烈。然而，在元英变戏法一般的操持下，这年竟也过得有声有色，容美在笔记本首页把母亲称为“过年女英雄”。

元英终日板着脸不苟言笑，但在经营家庭生活方面，却是个天赋极高的主妇。容智说，主妇最辛苦最不容易，国家应该设立主妇奖，我们的妈妈可以拿大奖。

配给年代，过年摆家宴的冷盆热炒是从嘴里省下来的。年前两个月最不好过，每月配给的肉和鱼全部被元英腌制了。元英是腌制好手，提前两个月把肉和鱼腌制起来。腌制的咸肉、酱肉、鳗鱼干、黄鱼鲞比南货店卖出的腌制品咸度低，更好吃。

腌制鱼肉的日子,饭桌上荤菜严重匮乏,便由容先生来“救荤”。

容先生常光顾的酒馆叫“茅万茂”，坐落在淮海路。酒馆大堂门面和店堂一样宽，摆放着粗腿八仙桌和骨牌方凳，互不相识的酒客可在一张桌上喝酒，用的是厚玻璃的啤酒 mug 杯。“茅万茂”每天供应新鲜生啤，有啤酒车送来。啤酒运输车的外形很像洒水车,车子停在店门口,伸出一根管子,啤酒通过管子输送进啤酒柜，再从啤酒柜的龙头放入啤酒杯。

酒馆面街一角是冷菜间，陈列着卤蛋、豆腐干、发芽豆、肉汁百叶结、猪头肉、猪耳朵、肺头、白切羊肉等下酒菜。元英对这类熟菜没有好感，菜品不及她自己烹煮的好，还担心“不卫生”。但“茅万茂”的猪耳朵和猪头肉不用凭票证，可以补缺饭桌上肉食的匮乏。有些更是良心菜，价廉物美。像肉汁百叶结，一角钱十只百叶结带半碗肉汁，用肉汁淘饭，都不用下饭菜了。三角钱的白切猪头肉装在盘子，也有浅浅一盘，足够安慰爱吃肉的容先生和大女儿容智了。

十岁开始，容美也参与到忙年的家务事中。这一年，元鸿因为前一年主动放弃探亲假而换得春节期间回沪探亲。元鸿近二十年未在上海过春节，元英难掩期待，早早开始准备年货，她打算请元鸿一家来吃年夜饭。元英说，元鸿“进去”之前，她是和他们一家过的年。

即便凭票证，每一样年货都要排队购买，清晨去菜场排队买菜，一个人真有点兜不过来，元英让容美帮忙排队。

容美和弄堂女孩子们相约一起去菜场，这有点像结伴外出玩乐，容美很兴奋。可是进了菜场，女孩们必须去不同摊位分头排队。凌晨四五点，仍在夜色里，菜场已经像昏暗汹涌的河流，梦咚咚的，却是个噩梦，女孩们被吞没在黑色河流里，容美即刻变成孤单一人，孤独又胆战心惊地站在某条队伍里。

此时，所谓队伍并没有几个人，只能算影子队伍，地上放着砖块、破篮子、破搪瓷碗、草绳、报纸、小石子等等各种像从垃圾箱里拣出的物件。营业员到来时，物件的主人们也出现了，队伍变得臃肿并被迅速拉长，容美被前面人的屁股推撞不断朝后退。元英从其他摊位过来找她时，容美的前面已有上百个人挤挤挨挨。元英就很恼火，问她怎么会落在这么后面，去哪里玩了？她为自己申辩，后面的人也在为她申辩，说前面突然插进一大帮野蛮小鬼。一有人帮腔，容美反而委屈起来，瘪瘪嘴快哭了，但元英塞给她一块刚从热油锅里出来的粢饭糕，她又含泪笑了。

常常遇到这种状况，小菜场才开秤，队伍才走了一小截，菜便卖完，营业员收摊了。于是后面的人拥上来，围着摊位大吵大闹。元英绝不会加入无谓的争吵，她拉着容美迅速移去其他摊位，脚步飞快地在不同摊位转悠，她在那些摊位的队伍里也放了篮子，在某一条队伍挂了号，藏青色棉袄罩衫的袖子上用白粉笔写上的号码是凭证。

此时容智已是卫生学校学生，半年后便面临分配，寒假在医院实习，不再住学校宿舍。虽然她每天回家，却几乎不参与年前繁忙的家务。容智一向讨厌家务，读卫校住宿舍以后，更是远离家事。为此容美心中不平：妈妈不也要上班？除了买菜做饭，夜深还要踩缝纫机做姐妹俩的春节新衣裳。

春节票证多而复杂，节日临近排队人手不够，容智也不得不加入排队行列，但很快又退出了。容智说她早起排队会头晕，有一两次即使去了菜场也会提前回来，说头晕得像要昏过去，那时她的脸的确是苍白的。她向元英诉说，为了早起，她一晚上睡不着。

容美根本不相信容智睡不着的自诉，常常，她是听着容智熟睡后的均匀鼻息声，自己还在床上翻来覆去睡不着。但元英是相信的，容智苍白的面容也足以让她相信。

元英似乎看出容美的小心眼，她告诉容美，容智是以她的方式在孝敬母亲。她是学生，没有收入，在医院值夜班，发下的值班津贴不过是点零钱，却一分不用，全部交给妈妈。元英还常常提起一些往事：说容智小时候就懂事，知道妈妈早晨买菜耽误时间，常常来不及吃早饭就赶去上班，于是把幼儿园或者父母给她的饼干糖果等零食，偷偷塞在妈妈口袋里。元英在上班路上饿极时竟摸到口袋里的吃食，她说任何大餐都比不上这些小零食给她的安慰。容美于是有了内疚，认为自己找到了妈妈为何特别护着姐姐的原因。

元英在为元鸿缺席了二十年的年夜饭忙得不亦乐乎，临过年前，宝珠却来告诉元英，说元鸿要到初五才回上海。元英就有些生气，不是说好回来过年吗？宝珠说，这就算是回来过年了，抓到了春节尾巴。要知道春节期间治安管得紧，他这种劳改农场来的人，居委会第一个不欢迎。

元英很郁闷，却忍住没有再啰嗦。一讲到劳改农场，她立刻有矮了几分的感觉，反而宝珠比她更无所谓一些。

也许容智为了劝解母亲，说出的话却不好听。

“我不喜欢年夜饭有外人参加！”

“你把舅舅当作外人？真是没良心！”

元英表达的吃惊和谴责让容智既不满又不解。

“你以前一直骂舅舅没良心！现在突然又对他好，变成我没良心！”

元英一时语塞。

容美背着元英对容智说：“你以前也喜欢家里来人客。”

容智回答说：“现在不喜欢了，我们家的人客很无聊！”

容美说：“舅舅一直很喜欢你！你以前也很喜欢他。”

容智说：“舅舅喜欢我是他的事，我可没有说过喜欢舅舅。”

“你以前很喜欢和他说话。”

“那是好奇，不是喜欢。”

“为什么不喜欢舅舅？”

“我越看清舅舅越不喜欢他！你看，妈妈对他好，舅妈对他好，却看不到他对她们好。”

比起她的话语，容智的目光里的蔑视给容美很深的印象。容美因此认真回想了一下，点点头，觉得容智的话有道理。

可容美心里没法不可怜舅舅，知道容智会不耐烦，还是忍不住嘀咕：“舅舅二十年没有回来过年呢！”

容智朝着容美摇头，说：“你不懂，比起舅舅吃过的苦头，过不过年对他算什么大事？”

虽然听起来，容智是为了开解她，容美却更难过了，眼圈都跟着红了。

容智便说：“小孩子才喜欢过年，我呀，最讨厌过年，为了过年平时都不要做人了，这个不吃那个不吃，都熬到过年吃，再好吃的东西放在一起吃就不好吃了！真不懂妈妈，为什么把过年看得这么重？”

“妈妈说她不喜欢过年，她说没办法！”

容智便笑了，用手指刮容美的鼻子，表示对容美的话赞同。

小年夜晚上，元英闷声不响烹煮酱鸭。这年的鸭子肥硕，是元英用粮票和单位同事换来的大户家禽票。容美见元英脸色不好，便乖巧地陪在元英身边问长问短，当然，问的都是与烹调有关的问题。元英因此就有了兴致，她一贯的口头禅是：你们什么都不会，以后嫁去婆家怎么做人？见容美想学家事怎不高兴？为了报答元英难得的耐心解答，容美便去拿本子做笔记，把煮酱鸭的细节一五一十给记下了。

正是从这一晚开始，容美给自己感兴趣的菜肴做起了笔记，并暗暗发誓，长大后，不过年也要给爸爸妈妈姐姐煮好吃的菜。

元英说：“你们现在也没有书读，学点做饭的本事，说不定以后靠这吃饭！”

说这话时，容智不在场，过后容美把元英的话传给她听，容智大为反感，说：“我才不要学，死也不会去给人做饭。”接着又更正说，“我宁肯去乡下插队落户，也不要在家里做家务。”当然这种赌气话，容美是不会告诉元英的。

配给年代过个年不容易，却又过得格外隆重，亲戚们互相拜年，从初一到初五，每天要走两家以上亲戚，不走亲戚这一天的中午晚上都要请客，容美很兴奋，容智却一年比一年不耐烦。

为了让密集的拜年活动有条不紊，年前，亲戚之间便要沟通并做邀请。由于拜年不能空手，必须预先准备礼品。盒装的麦琪琳（人造奶油）圆蛋糕和竹篮装的水果是最流行的春节礼品。临近节日，食品店里都是这类贴上喜庆红纸的礼品盒礼品篮，红红的堆积在店门口的台子上。

元英抱怨元凤精明，因为每年春节，元凤总是坚持初一晚上请客。初一白天亲戚们都去给长辈们拜年，元凤已经预先约好了客人，所以他们一家可以借故在长辈们的家里点个卯就离开；元凤的精明在于，春节第一天她家便收到客人带来的礼品，之后几天，他们可以带这些礼品去其他人家拜年，不用另花礼品钱。

由于收到礼品的人家会把礼品再转送给其他人家，这循环送的礼很有可能又回到最初送出去的人家。容家就遇到过这种事。元凤和倪家人一向关系疏远，因此初一去元凤家送的礼反而格外让元英上心。元英知道元凤和她女儿都特别喜欢老大昌的纯奶油蛋糕，也为了和别家有差异，元英特意节前去老大昌买纯奶油蛋糕。元英很清楚亲戚们送礼的特点，他们更喜欢送水果，节省的人家会送清蛋糕（不敷奶油的蛋糕），她送元凤家的礼不会和别家撞车。那年春节，元英家请第二轮客时在初五，老大昌的奶油蛋糕竟然回流到自己家。这天来了好几家人，也不知是谁送的，但肯定不是元凤家，她们前两天才来过。

送走客人，元英打开蛋糕，奶油下层的蛋糕坯已经有了霉点。那年月没有冰箱，这年春节天气又特别暖。这件事给容美留下很深的印象，当时容先生“嘿嘿嘿”笑着一个劲地摇头，显然有讽刺的意味。因为容先生的两个哥哥都不在上海，两个弟弟还单身，他们家没有这么复杂的礼尚往来。元英当然火大，却也只能隐忍，女儿们一旁看着呢。

这件事让容智抓到了把柄，以后过年她更有理由缺席亲戚间的往来。

从嘴里省出来的家宴热闹又空洞！圆台面上充斥着“缺呐缺呐”的寒暄。“缺”是宁波口音“吃”的发音，“呐”是语气词，连劝带求，十分诚恳。“下饭毋糕饭缺饱（菜没有饭吃饱）！”宁波人把饭桌上的菜肴称为“下饭”，明明满桌菜还在说“下饭毋糕”（没有）。以前的容智会哈哈大笑觉得好玩，现在却教训容美道：“你长大了出去做人客，不准说这种话！人家会觉得你很无聊！”容智口中的“无聊”充满轻蔑，从容美的耳朵听来，是很严厉的指责。

元英和容先生的祖籍都是浙江宁波，来往的亲戚清一色宁波籍，过年请客家家菜谱雷同。“缺呐”了半天，餐后桌上的菜仍留存大半，有些甚至没有动过筷，说是请客，被请的客人不过是象征性地搛一两筷子菜而已，他们并没有真正地在吃。所以容智总是向元英质疑：既然每家人做的菜都差不多，何必请来请去？元英便要叹气，说春节拜年是习俗，拜年留饭也是亲戚间约定俗成，她也不喜欢这一套，但人生就是这样，得做许多不喜欢的事。

过年时每家每户有一只配给鸡。节日期间，亲戚们互相请客，餐桌上八道热炒之后，为表示新年请客的隆重，必然要用砂锅端出整只鸡。亲戚们彼此有默契，做客人的都有义务为东道主保留餐桌上唯一的整鸡，绝不会用筷子去碰这只鸡，以保证这只整鸡在下一次请客时还能端出来。

为了让女儿们在亲戚家的餐桌旁保持斯文的吃相，出去做客前，元英让她们先吃点心，点心多是汤圆或八宝饭等糯米类难消化的食物。

这时容美也渐渐懂事，她发现亲戚们吃来吃去地招呼，把餐桌时间打发了，亲戚们之间是不聊天的。容智告诉容美，亲戚之间最没有话题聊，亲戚和朋友不同，是血缘关系把他们拉在一起，他们其实并不了解彼此，所以话不投机半句多。再说隔墙有耳，他们担心，万一自己说错话，被紧邻的外人听见，也怕亲戚们把错话传出去。

容家姐妹性格迥异，人们总是说，容智多么活泼多么讨人喜欢。讲到容美，他们的神情就有些犹疑，容美的特点不明显，她有点早熟，或者，不如说有点内向。她的眸子不如姐姐亮丽，也许是单眼皮的缘故吧，总之，无论在哪里，受人注意的是容智，容美就像她的影子。家中老一辈的亲戚们，甚至叫不出容美的名字，他们对着容智叫容智，对着容美也叫容智。

你怎么能对老亲戚们计较？容智这么安慰容美。容美并不计较，她不太认识他们，对不太认识的人容美不会计较。

对于父母更加庇护容智这件事，她是计较的，遇到她觉得不公平的事，便忍不住怀疑自己是从垃圾桶里捡来的孩子。有时夜半醒来，容美想象着自己亲生父母的模样，却实在不容易想象，流了几滴自怜自悯的泪水，便又睡着了。

五

容美更愿意把自己和容智看成同一阵线的人，她们并肩与父母对峙。可事实上，当她看到个子和母亲一样高的容智，却要做出让父母失望的事，禁不住为父母不平，他们一直这么呵护她，尤其是母亲，早起排队买菜这种辛苦事都没让她参与，她为什么不能做些让爸妈高兴的事？

有一件事比不排队买菜更让容美耿耿于怀。

高考恢复那年，容智已经从卫生学校毕业在一家区级医院当护士，她想报名参加高考，却遭到元英反对，元英说大学毕业还要经历一次分配，她担心容智被分到外地。

容智中学毕业时，作为长女按照分配原则应该去郊区农场务农，为了让她留在上海，元英托人送礼找医生，给容智弄了个心脏有三级杂音的证明，于是被放在上海技校一档。元英说服容智班主任，让她进了卫生学校。容智卫校毕业后，为了分配时能让她留在上海市区而不是郊县的卫生所，元英又送礼找后门，容智才被分到离家不远的区级医院。

容先生劝说元英让容智更上一层楼，他说，容智心气高，不甘心一辈子当护士，如果能通过高考上医学院深造，有望成为医生。

可是容智告诉容先生，如果报考医学院定会被淘汰，她读中学时大部分时间在学工学农学军，数理化基础不好，要拿数理化高分完全不可能。

容先生要为容智请家教老师，说，坚持复习一年，哪怕两年，直到考上医学院为止。容智不得不说出实话，她说她其实根本不想上医学院，她讨厌去医院上班，她要报考艺术学院。

艺术学院？父母吃惊地瞠视容智，好像这是个闻所未闻的语词。在这个家里，现实考虑充斥在每一寸空间，每天的吃喝拉撒具体而重复，起床用餐睡觉的时间表不会更改，生活平淡无聊却在掌控中，怎么会突然冒出报考艺术学院这种念头？听起来像在说梦话。

好像他们都没有注意到，从中学开始，容智就热衷于参加学校宣传队的唱歌跳舞演剧活动，中学毕业时她已经瞒着家人和同班要好女生一起报考过部队文工团。她唱歌跳舞都合格，容貌姣好性格活泼，面试很容易通过，但一到政审关便被淘汰：父母不是工农兵，社会关系复杂，亲戚中“反革命”、逃台湾的都齐了。她曾被告知：各种报考都是浪费时间，老老实实接受分配，当个工人或农民，改写自己的身世。

容智说她厌恶医院，更不愿当伺候病人的护士。元英首先要纠正她，伺候是贬义词，应该是为病人服务。

“从我们这种家庭出来的孩子没有资格挑三拣四，护士这个职业任何时代都需要，至少你不用下乡，也不用去工厂和机器打交道，弄得不好，手指头都会被机器轧掉。”

容智行医，是容先生的愿望。但是，他不直接劝说容智做这做那，他顶多说一句，行医也是做善事。

容智中学毕业时更想进工厂，她后来同意进卫校，总有点看在父亲面上的感觉，她和元英拧着，却不想让容先生失望。

“因为爸爸总是尊重我的想法。”容智对容美解释。

容美觉得容智对元英不公平，“我们两人吵架，妈妈总是帮你！”

“她表面帮我，暗地里更喜欢你。”

容智的回答让容美吃惊，她又是怎么分辨表面和暗地的差异？

“每个星期，妈都要炒肉丁花生豆瓣酱给你带到学校，我和妈不吃肉，都省给你吃。”容美想了想，举出新的例子。

“妈不喜欢吃肉，你也不喜欢吃，你才是妈的女儿。”

容美很吃惊容智的不讲理。

“我是妈的女儿，那你是谁的女儿？”

“我嘛，只能是我爸的女儿了。”

“但爸爸生不出你，生出你的是妈。”

容美越辩越生气。

容智嘻嘻笑了，“我跟你开玩笑呀，你为什么总是这么紧张？”

“你总是把我弄得很紧张，你以前说我是垃圾箱里捡来的，现在又说自己不是妈的女儿，我不喜欢你开这种玩笑。”

容美眼圈红了，她的确很不喜欢，可以说是痛恨容智没心没肺开这种玩笑。

有一次容智告诉容美，“你小时候，我一直要相（吻）你的面孔，你的面孔很香，嘴里哈出的气也是香的，是奶香。”

“现在不香了吗？”刚满八岁的容美追问。

“不香！当然不香！”容智回答，语气决断，“过了六岁，就不香了，以后，渐渐地，还会……会发臭！”容智毫不留情，“最先臭的是嘴，嘴里的臭气是从内脏里出来，所以，不要活得太长，活得越长人越臭。”

容智嫌弃地皱起眉尖，好像已经闻到一丝臭气。容美哭了一场，为了这“未来之臭”。容智安慰容美，“不是你一个人臭，所有的人都会臭，除了我自己，因为，我闻不到自己。”

容智的这番安慰让容美更加心烦意乱，终有一天你会发臭，你对自己的臭却不知情，因为你闻不到自己的臭。

“到了那时候，你会不理我吗？”

“我不喜欢臭人，所以我会走得远远的，因为那时候，我也是臭人，我也不想让你们闻到我的臭。”

容智的回答不无恶作剧的意味，容美却当真了，那些日子，她害怕长大，关于未来的想象有了阴影。

现在看见容智只按照自己的意愿行事，完全不顾母亲之前为她付出的各种努力，她感到不平。容智这次掀起的风波，反应强烈的虽然是元英，更失望的却是容先生。

“去艺术学院学什么呢？”容先生心平气和地问容智。

“学表演。”

“学表演之后呢？”

“当然是当演员。”

元英大声问：“当演员？说得这么轻松？你以为阿狗阿猫都能当演员？”

“所以才要去学嘛！再说我也不是阿狗阿猫……”

“我这是比喻……”元英声音突然轻下来，不掩她的歉疚。

容智反而火大了：“你心里就是这么想的……”

“这是什么话？”元英喊起来，“你有没有良心？就是因为太宠你了，你看容美敢不敢这么说话？”

于是容智闭嘴，容美不爽了，她一向认为父母偏心，他们以前还不承认呢！她不敢直接指责容智，而是写在纸条上。

“他们这么偏心你，你还要和他们闹，你生在福中不知福。”

她把纸条递给容智，容智心不在焉，瞄了一眼就扔在边上。容美越发丧气，觉得自己人微言轻，是家里可有可无的角色，她的意见从来是最不重要的！在自怨自艾的同时，对他们争执的事情本身，她有几分好奇，她倒是想看看结果，容智到底能否如愿以偿。

报考艺术学院初听来像说梦话，但讲真心话，这个志向也很让容美向往，虽然她自卑地认为自己没有资格做这种梦，只有容智敢这么做。这时的她心情很矛盾,既同情父母却也希望容智如愿。

“你知道吗？做演员是吃青春饭。”父亲认真发问，声音并不高。

“我不觉得是吃青春饭，老了可以扮演老太婆。”容智回答，她扮了一下鬼脸，这在元英眼里是轻浮。

“做父母的总是希望自己的子女有一份正当有前途的职业。”

对比容先生有点低沉的声音，元英的语调是高亢的。

“辛辛苦苦把你养大，从来没有想过要让你去吃开口饭。”

容智咬住嘴唇，容美看出她正强忍与元英争辩的冲动。

“你知道吗？当时的政策是，你留在上海，你妹妹就要去乡下，虽然后来取消了‘上山下乡’，但当时，我是做好准备让你妹妹去农村……”元英说到这里有点哽咽。

容智垂下头，但口吻坚决，“我知道，但是，我也没有办法，我不能为了让你们不失望，去过我不愿意过的生活。”

静默。

容美明白，一切已成定局，父母没能说服容智。她佩服容智，更同情父母。

容智与她的第一志愿，上海戏剧学院表演系失之交臂。按照她的说法，跟这个圈子没有一点沾亲带故的关系根本进不去，他们都找过本校老师训练……诸如此类的牢骚容智只能向比自己年幼八岁的容美发发，那年容智自己也不过二十二岁。

元英因为对容智生气，在家里搞冷战，表面上对谁都不搭理，却在知道容智要去参加专业课面试时，背着容智关照容美陪姐姐去学校。

“别看她嘴巴硬，心里很慌的，上考场是大事，你陪她总比没人陪好。但不要告诉她是我说的，她这么做真的很伤大人的心，她怎么就不明白我们是为她好？”

容美把母亲的话偷偷告诉了容智。容智回答容美说，她其实更愿意一个人去考试，家人陪考不是她的风格。既然是妈妈的好意，她同意让妹妹陪去考场。

因此，考场外的情景容美也看到了：那些应考生彼此认识，他们一堆堆地站在教学楼走廊中间，谈论起那些耳熟能详的演员就像谈论家中亲戚。容智和容美被挤到角落，像已经被预先排挤了似的。容美只能紧紧挽住容智的胳膊，她有一种和姐姐共患难的悲壮。

容智却不领情，她有些不耐烦地催容美离开，说面试时家人在教室外边有心理障碍。容美走出学校大门，竟想落泪，觉得容智一人在里面很有点孤身奋战的寂寞，心里就有些怨尤，觉得自己的父母无法给容智具体的帮助，只会说些大道理。

容智最终被上海师范大学艺术系录取，虽然是退而求其次，父母反而更接受。容先生对元英说，毕竟这是一所正规大学。容智听见这一说，觉得好笑，她问容美，难道他们以为戏剧学院不是正规大学吗？容美说，他们毕竟离这个圈子太远，如果没有高考，他们可能都不知道上海有这样的大学。容智鼻子哼哼了两声，容美便问，你恨他们吗？容智没听懂，恨他们？他们是谁？容美说，我们的爸妈既帮不了你，又不懂你。容智大摇其头，苦笑了。

“咪豆，你心是好的，脑子缺根筋，我怎么会恨爸妈？我可怜他们都来不及，辛辛苦苦养大女儿，一腔希望，却都落空。你不要再让他们失望了。”

容智说这话时眼眶红了。拿到大学通知书，应该高兴而不是忧伤。容智好像听到了容美的心声，她立刻又笑了。

“其实，能够进师范大学的艺术系我已经很满足，奇怪的是，当你实现了心愿以后，会觉得空虚，现在我在问自己，这个选择对吗？假如爸妈为我高兴，我才会真正高兴起来。”

容美找机会把容智的这些话告诉元英，元英很意外，她又把这些话告诉丈夫。隔了几天，他们告诉容智，要去饭店吃饭庆祝她被大学录取。

那些日子，容智在忙着和卫校的同学以及医院的同事聚会，家人上饭店的事搁下了，但容智的心情是轻快的，容美暗暗高兴，相信自己成了家人关系的润滑剂。而以前，她只是家庭纷争的旁观者。

容智那一届是十月入的学，搬去学校那天，元英和容先生都跟单位请了假，容美也趁机旷了一天课，全家人提着容智的被褥衣物书籍，几乎是过于热闹高调地将容智送进大学校园的宿舍。

宿舍里放了四张上下铺的单人床，门口靠墙有书架，房门口贴了七个女生的名字，因此其中一张床位空置可放行李箱。元英和容美帮着容智安顿行李整理床铺，容智选了上铺。元英认为上铺上下不方便，容智说上铺很安静，不由分说，爬到桌上，就把自己的铺盖放到靠窗口的床上，元英赶紧过去把窗关上。容先生便到走廊的窗口吸烟，容美在书架前帮容智整理带来的书籍。

这时元英告诉容智，“你元鸿舅舅已接近退休年龄，本来不打算回来探亲，一方面在那里有小职位走不开，另一方面也是要省钱，这两年离回上海的日子越近越想节省钱，他这种身份没有退休金，退休以后要靠积蓄过日子。不过，知道你考上大学，他想回来一次，说这也算是倪家的大事，我们倪家门里还没有人上大学……”

元英戛然而止，她的突然缄口家人都明白，是因为知成的哥哥知功。知功六五年考大学得高分却落选，正是因为元鸿的“反革命”身份，知功因此想不通而精神失常，进出精神病院几次。关于知功的遭遇，近两年元英才告诉容家姐妹。对于这位表哥，不仅容美没有印象，连容智都想不起他的面容，可是元英说，以前，他经常和知成一起来容家过周末。

元英停顿片刻又道：“他说，可能会在元旦后春节前回来几天，要为容智庆祝。”

“庆什么祝呀！干吗要浪费钞票和时间在我们家，他还不如去看看自己的儿子……”

容智不耐烦的回答，让元英和容美都吃了一惊，元英一时竟说不出话，却见容智已快手快脚铺好床，从上铺爬下来。

容先生抽完烟回来，觉得气氛有点僵硬，便笑问：“在讨论什么，这么严肃？”

没人回答容先生的话。

然后，容智对元英说：“我要去新生办公室办报到手续，你们回去吧。”

容智就这么把家人打发回去了。

回家路上，元英脸色难看一言不发。

“你妈还在为上下铺这点小事生气？”

容先生似乎故意对着容美发问。容美摇摇头，瞥了一眼母亲，她不想当着元英的面重复容智说过的话。她向父亲使了个脸色，容先生便不再问，三人坐上公交车，一路沉默。几小时前一家人坐在公交车上还那么快乐，容美心里很不是滋味，开开心心的报到日被容智一句话搅得郁闷。她很不理解，她以前还妒忌过舅舅对容智厚爱，而容智也特别维护舅舅，怎么突然说出这么不客气的话？她觉得姐姐变得越来越难相处。

“我倒是蛮想把容智的话传给元鸿听的……”

一走进家门，元英便冷笑着大声对容先生说。她这一路憋着，是因为不想在公共场所跟耳聋的丈夫讨论家事。

元英把她与容智的对话重复给容先生听，容先生不响。

元英说：“我一直以为，容智和元鸿还蛮亲的，没想到，人还没进大学，就变得这么势利，我知道，她是嫌弃元鸿。”

“未必是嫌弃吧，容智今年二十二岁，有自己的判断力了……”

“你想说什么呢？”元英打断他，火气很大，“什么判断力不判断力的，她又能判断什么？”

容先生笑笑，拿起五斗柜上的热水瓶倒了两杯水，一杯给容美，示意她递给已坐到沙发上的元英，他自己喝了半杯水，才答：“你自己平时说的话都不记得了，是你告诉她知功的那些事，还嘀嘀咕咕埋怨元鸿不关心那个有病的老大，上次回来探亲都没有去看他。”

“我看，他是不敢去看，怕刺激到那个儿子，也怕刺激到自己……”

“噢，这个……我也是第一次听你这么说……”

“好吧，即使我说过元鸿的不是，容智是小辈，也不可以用这种口气指责大人……”元英顿了顿，重重叹了一气，“我放一句话在这里，容智这孩子，以后有的气让我们受了！”

不等容先生回答，她猛地起身走洗浴室，砰地关上门。

元英的这句气话几年后犹在容美的耳边回响。

容智毕业后留校，在大学的话剧队当表演辅导老师，显然这份工作与容智的愿望有相当的距离，但容智是乐观的，她认为远远好过在医院当护士。

容智毕业那年，容美已经是大二学生，虽然她俩相差八岁，但容美这个年龄群中学毕业时，可以直接从中学考入大学。容美其实也没有顺遂父母的心愿，她的数理化成绩上不去，无法报考医学院，只能考文科。元英给她找了英语老师辅导，容美恶补英语后，考进了大学的英语系，对于父母也算是差强人意，当不成医生，就当翻译吧，这是容先生可以接受的。

容智毕业后留校，让父母如释重负。这样的结果安慰了他们曾经失望的心，其实已经远远超过他们已经低落的期待，在他们的观念里，无论如何，她是个大学老师，职业正当且高尚。

两年后，容美大学本科毕业进了某研究所资料室当翻译，同时在准备考研究生。姐妹俩都有稳定并且听起来体面的职业，那个夏天对于容先生和元英夫妇原本应该是个快乐的夏天：元英五十四岁，容先生五十九岁，两人都面临退休，他们计划来年夏天全家一起外出旅行。

六

宝珠：糯米饭蒸出来才会弹牙，糯米不吃水，水煮虽糯但不弹牙没有嚼劲，要放在竹蒸屉里蒸。米先泡水一晚，蒸屉底垫白纱布，米粒铺在纱布上。至少蒸一个小时以上，中间洒两次冰糖水。蒸熟后的糯米饭立刻开盖，掏松，风扇吹干。假如拌些猪油，米粒就闪闪发亮。煮绿豆汤要当心绿豆不能糊，汤一滚就放冰糖，绿豆开花时立刻关火，开盖，将绿豆汤连锅子一起浸在冷水盆里，换两次水，汤凉得快，汤里的豆就不会糊，这时才放一点糖桂花。元鸿惦记春园的糯米绿豆汤，冬天回来，春园不卖这道甜点，这是夏天的点心。一道小点心做起来却麻烦，还是给他做了，在里面想了这么多年，探亲假却在冬天。

容美大学毕业那年暑假的一天下午，她去学校拿成绩单，是为冬天的考研做准备，那天容智一时兴起要陪容美去她的学校。

她们在学校的主干道上遇见了秦蓝滨。那是个高温天，虽然她们走在树荫下，却仍然像走在蒸锅上，两人的脸蒸得通红，满脸是汗。秦蓝滨邀请她们去他的办公室喝酸梅汤，于是她们在秦蓝滨的办公室看到秦老师和知成表哥的合影。

容美后来常常忍不住假设，假如那天没有去学校，或者去了学校没有遇见秦蓝滨，后面发生的一切还会发生吗？她这样假设的时候，心会发闷，有短暂的窒息感，她觉得自己对后来一切的发生是有责任的。

秦蓝滨的办公室照片拥挤，办公桌，书架，墙上，各种合影照。容智一眼就看到秦蓝滨和知成表哥的合影，这张合影照是两个人的近影，假如对比其他那些人太多距离太远的集体照。这是两个身穿蓝色运动汗衫手拿羽毛球拍，可以用意气风发来形容的两个年轻男子，容智指着照片不容置疑地指出："他是我的表哥！"

容美吃惊地看看照片又看看容智，你的表哥不就是我的表哥吗？

"你不记得他了，他走时你还小……"

容美的确不记得他了，即使看着照片，她也无法认出他来。事实是，她进出这间办公室多次，却慌张心虚，从无心情去注意那些似乎与她无关的照片。

离开秦蓝滨的办公室后，她们两人应该很激动，尤其是容智，曾经没有踪影的知成表哥突然近在咫尺。真实的状况却是，从秦蓝滨的办公室出来，容智的神情恍惚，有关知成的消息带给她的更像是休克而不是惊喜，她要容美陪她在学校河边的绿漆长椅上坐会儿，说要消化消化。容美的脑子却有点放空，心不在焉地问道："消化什么呀，肚子正饿呢！"

容智白了她一眼。

"以前以为你缺心眼，没心没肺，其实，是装傻。"

容美一惊。

"奇怪的是，你好像也不是第一次进你体育老师的办公室，怎么就没有发现知成表哥的照片？"

"我来过一两次为成绩的事，都是匆匆忙忙，没有注意……"

容智漆黑的眸子看着容美的眼睛，容美转开脸对着校河，已近黄昏，校河罩在仿佛更加炽热的夕阳里，波光刺眼，热气蒸腾。

容美在书包里翻腾，从一堆杂物里挖出太阳眼镜。这副眼镜是从校门口的地摊上买的，太廉价，戴起来总有点头晕，所以很少戴。不过此刻，容美宁愿忍受晕，也好过来自侧面的容智刺目的眼神。

“不要再戴这种地摊货了，看起来很低档。”容智突然伸出手从容美脸上拉下墨镜用力扔进了河里，“叫你的秦老师买副像样的……”

容美的脸涨得通红，泪水立刻飙出来，狠狠推了容智一把，嘴里嚷着：“你赔我……赔我……”

容智几乎被她推翻在地，她一个趔趄让自己重新坐稳，回过身也推了容美一把，容美已有准备，未被推倒，但两双手已抓住彼此的胳膊。可容美哪是容智的对手，容智一巴掌甩到容美脸上，容美没有反抗，容智的一句话让她泄气，“咪豆，这记耳光是警告你，不许和已婚男人搞，做人要有底线！”

容智这句话，让容美以后想起来还会气虚。

容美捂着脸哭着辩解，“我没有做什么……”

“不用赖，你自己心里明白……”

容美的哭更像是为自己感到羞耻，她后悔已经没有机会告诉容智，自己一直有彻底了断和秦蓝滨关系的念头，心里却又一直隐隐约约怀着希望，他说过他会离婚。

爱上已婚男人，且是学校老师！容美早该把心事告诉容智，向她求教，而不是抵赖。但这两年容智住在学校宿舍，与家人关系变得疏远，她也很少有时间和容美相处，像过去那样教训容美。容美更小的时候，容智经常代替母亲揍她几下。容美青春期时会反抗，会和容智对打，不过从来就没有打赢过，可容美觉得这样的姐姐更亲。

“我实在是太吃惊了……”容智戛然而止，她咬咬嘴唇，“我很气，真的……太气了。”

容美哭泣着说："我……我也很后悔……"

"不是说你！"容智站起身，"你的问题容易解决，你只要和秦老师断我就不告诉妈妈，否则，你看吧，她不打死你才怪！"

于是容美委屈地大哭，"她从来不打你，我被她打也被你打，你们是在虐待知道吗？"

"你跟有妇之夫乱搞有道理吗？"

容智响亮的声音，把容美骇得不敢再作声。她终究还是怕容智的，但容智却立刻改换声调向容美道歉。

"你是大人了，我不能再打你，我早就向自己发誓，再不开心，也不能打自己的妹妹！"

容美吃惊地看着她，不知道说什么好。

更令人吃惊的是，容智突然流下眼泪。

"这么多年，他就从来没有想过我们吗？以前他年轻分不清是非，现在应该明白了，他爸爸那点事放在现在，还会坐牢吗？再说，十五年的牢都坐完了，他怎么还不出现呢？"

十几秒钟后容美才反应过来。

"他只是没有来我们家，说不定已经跟舅舅联系上了呢？"

容智一怔，点点头，表示同意容美的猜测，但马上又否定了。

"不可能，他如果和舅舅联系上，舅舅一定会告诉妈，可是我们从来没有听妈讲起过……"

"说不定是妈故意不说，这是她和舅舅之间的秘密……"

"为什么要变成秘密，知成表哥回来找自己的爸爸是开心事，为什么不让我们知道？"

"我也不知道，我总觉得他们什么事情都要瞒，家里好像到处藏着秘密……"

容美的这句牢骚话却把容智逗笑了，这笑又瞬间变成冷笑。

"不过是家里有个人坐了牢，这种气氛都是妈弄出来的，这个不能讲，那个不能讲，整天紧张兮兮……"

“你没良心！你不觉得妈担惊受怕很可怜？”

“是的，我没良心，我也不知道为什么，总是对妈有怨恨。”

“妈总是包庇你！我们两人吵架，明明是你错，她骂的是我，你怨恨她太没道理，就像人家说的，宠小孩是没有好下场的！”

容美几乎是恶狠狠地说出这句话，她对元英的不公平多有怨言，但更无法容忍容智对元英的指责。

“我知道她万事向着我，可是为什么有不舒服的感觉，有时还会怀疑我不是她生的。”

“你发昏了吧，说出这种话来！”

容美惊恐地看着容智，难道关于知成表哥的消息，让容智头脑昏到这一步？虽然她也怀疑自己不是母亲亲生的，并且把这种怀疑说出口不止一次，可却是第一次听到容智这么说。

“我承认我脑子不正常，不过，你也好不到哪里，想想你做的事……”

容美一阵心堵，却憋出一句，“以为你比我开放……”

“这不是开放不开放的问题，是素质问题。”容智又发起火来，向容美大吼，她整个人仿佛处于失控状态，“是素质晓得伐？起码的是非有吗？人家有家庭，一个有家庭的男人和女学生暧昧，这个人是不可信的！”

容美像受到重击，泪如雨下。

但是，她的哭泣并没有感染到容智。往常，她要是伤心哭泣，总是会让容智心软，按照元英的说法，容智是典型的吃软不吃硬的货。

容美的哭泣没有得到劝阻和安慰，这泪水渐渐干了。

她转过脸去看容智，只见容智对着河水发呆，她的眼圈也是红的。

“我想考研究生，我会选外地大学，就是为了彻底分……”

容美擦着湿眼许诺一般，容智伸出手臂搂住容美。

“我在想我们两人以后都不会幸福……”

容美被这句话感动至深，禁不住发誓一般说：“我们两人以后不结婚，一起住到老。”

却遭到容智不留情的拒绝：“不要！姐妹俩变成老姑娘，一起住到老死，不可能！”容智起身离开，好似要立刻逃离妹妹的羁绊，“我是要结婚的，无论怎样，我都要结婚，不合适可以离婚，绝对不和家里人住一起。”

“那我怎么办呢？”

“你也结婚呀，好歹结一次婚，给自己生个小孩，离婚了也不怕，可以跟小孩过。”

容美并没有觉得不可思议，离结婚还遥远就想到离婚，容智的话在她听来竟也是很容易接受。是否因为和秦老师的关系，已在不知不觉泯灭她对未来情感关系的憧憬？问题是，容智为何这么悲观？她一直是被男生追捧的女生。

她们俩并排在校道上走，再没有谈话，一直走到校门口公共汽车站，炎热的车站，没有人。容美突然发问：“你会给知成表哥写信吗？”

“他要是不回信，我都不知道这信他是收到还是没有，心里反而七上八下。”

“不如直接去昆明找他！”

容美被自己的话吓了一跳，容智没有吭声，于是容美像闯过警戒线的胆小鬼，索性横竖横。

“我们一起去找！”

容美记得很清晰，她们站在校门口的公交汽车站，她提出了一个大胆的建议，听起来更像是豪言壮语。

容智没有回应容美的壮语，语气平静道：“你说得对，也许应该先给知成表哥写信，告诉他舅舅已经刑满可以回上海探亲的事，告诉他，我们都很牵挂他，如果他不回信，说明他不想让我们打扰，那就算了，我们也可以把他忘记，我们也有自己的人生，不可能一直去记住一个早把我们忘记的人。”

容美迟疑着没有立刻回答，觉得整件事有点不那么自然，现在有了知成表哥的消息，却说要把他忘记。

“你不是心心念念要找到他吗？总应该见上一面。”

容智朝容美瞥了一眼，眼神有戒备。

“你们的秦老师不是说，他已经结婚了吗？他有自己的家了，现在的我，突然就觉得应该把他放下了……”

容美被容智的回答震动，直到这一刻，她觉得自己才刚刚明白容智的心情——她……对知成表哥的心情……有点……有点……容美拒绝往深里想，她对自己无法控制的联想非常痛恨。

她们没有发现，已经来过五辆公交车。

“知成表哥离开我们时，你才十二岁，为什么，你对他……对他……忘记不掉？”

容美发问时，自己先心虚起来。

“我也不知道，看到他，好像看到一个最亲的人，好像比……自己的父母还要……亲。”

“我不懂……”

“你是不懂，我的小时候，你还没有生出来，那时的每个礼拜天，知成表哥都会来。有时他的哥哥知功也来，但我对知功表哥没有多少印象，他太沉默，也不喜欢动。知成表哥每次来，都要陪我打三毛球，他来了，妈才允许我下楼到弄堂玩。我拿起三毛球拍就不肯放下，一打就是一两个小时，知成表哥那么有耐心，好像从来没有厌烦过。以后我陪你打三毛球，才会明白陪一个小孩子打球有多无聊，小时候那些开心，都是知成表哥给我的。”

这个回答让容美踏实一些了，她现在要纠正容智的片面。

“爸妈把我们养大，你不能说让你开心的人重要过把你养大的爸妈。”

“道理上是这样，不过，有时候人的情感是不跟道理走的，这个，你应该有体会的。”

容美不悦，转过身，把脊背对着容智。公交车上，两人互相不理睬。

下车后，容美提议去淮海电影院对面的春园点心店，吃一碗冰镇桂花糯米绿豆汤。每次两人有冲突，主动和解的总是容美，她无法忍受两人互不理睬时的寂寞。

容智对这家点心店没有特别的记忆，她完全不记得她们在宝珠舅妈的带领下，吃过这碗让容美念念不忘的夏日甜点。容智对于食物一向心不在焉，她并不记得这家点心店的绿豆汤有多么沁人心脾。容智对于各家点心店的食物特点，或饭店之间的差异，没有任何感觉，更没有兴趣关心这碗绿豆汤是如何做出来的，却是家里食欲最旺盛的一个。

果然，一碗绿豆汤对她而言远远不够，她又添了一碗，又去添了三两生煎馒头，三两十二只生煎馒头，容智至少吃了八只，所以离开店时，她更记得生煎馒头的味道。

“咬小小一口，汤汁从里面涌出来……”喜爱肉食的容智太满足了。

容美笑她说：“假如今晚饭桌上有红烧肉，你会把生煎的味道很快忘记。”

点心店的美食，让姐妹俩回家时脸上有了笑容，在某些瞬间，容美甚至认为容智已经回到之前的状态，她们遇到秦老师之前的状态。

七

夜晚睡觉前，容智关照容美，“说好了，今天的事，没有必要告诉其他人，不如忘记更好。”

今天的事，当然是指关于知成表哥的消息，容美使劲点头，却说了一句连她自己都觉得不得体的话。

“你也不要说出我的事，我会立刻和他断。”

“和谁断？”

容智居然这样问，容美拉下脸。

“你明知故问……”

容智顿了顿，皱起眉。

“你是说秦老师？这个还要啰嗦什么？有决心放在心里，不要挂在嘴上！”

容智教训她起来，还有些不耐烦，容美很渴望和姐姐聊聊，她内心有伤痛，需要纾解，却看出容智的心里已容不下她的事。

容美涌起了委屈和伤痛，她躲进自己的被窝又哭了一场。

“突然要考研究生，还填了北京的学校，就是为了和秦老师断吗？”

次日，容智的问话让容美又一惊，却也包含小小的意外的愉悦，容智是关心她的，但容美保持沉默，她觉得还是小心为是。

“是因为断不了才想去外地吗？”

她漆黑的眸子盯视住容美，就像昨天在河边，这表明此时的容智要打破砂锅问到底了。容美莫名地又红了眼圈。

“跟他上床了？”

容智的声音不轻，容美赶快用手掌去捂她的嘴，容智便冷笑。

“噢，事到这一步还会难为情？”

容智的话从容美的手掌心里漏出来，掌心一阵痒，容美内心的压力突然就舒缓了。

“没有，没有到这一步。”

容美轻声但用力告知，她的眼圈又红了。她想起一些令自己难堪的画面，他们在路灯很暗的小马路散步，溜进小巷子接吻，心惊胆战的。

她垂下头像做保证，“你不要告诉妈，我一定和他断，马上断……”

“你不是为妈活，”容智打断容美，语气又严厉起来，“你很快就二十一岁了，是成人，你是独立的，你得为自己负责，跟妈有什么关系？”

“我做错事的时候，总是会想，妈知道的话，会气死……”

容美嘀咕着，容智却叹气。

“好吧，家里总算有你这个孝顺女儿，妈还不至于气死！”

这句话包含了容美无法理解的情绪，但有些事正朝着她更加无解的方向发展。

容智离家去云南那天，是在一个礼拜以后。父母刚出门上班，容美还在睡懒觉，容智把她摇醒说，要出门几天，容美立刻就明白，容智是要去昆明找知成表哥。

“你告诉爸妈，我和同学去北京了。”

“他们会奇怪，你为什么走得这么匆忙。”

“你不用回答，你也可以说，谁知道，这个人脑子有病什么的……”

“这个人是谁？”

“当然是我……”

容美唰地从地上起身，夏天，她喜欢把草席铺在地上睡。

“我陪你去云南！”

容智一愣，她以后会告诉容美，这一句话，足以让她感受最真的真情。但当时，她拒绝了。

“来不及了，我去赶火车，你还没有刷牙洗脸……”

“等我两分钟……“

容智挥挥手便走了，仿佛火车等在门口。

容美用容智给的理由告诉母亲，听起来太缺乏说服力，她自作聪明加了点由头。

“去北京的火车票不好买，好容易弄到几张，只能说走就走。”

元英当然不相信：为何之前没有听说她有去北京旅游的打算，暑假去哪里玩，是用她自己的钱，我从来不管，有必要瞒我吗？这是元英的推理，她没有发火，而是冷静地，一遍又一遍地问容美。

“你觉得她当时脑子清醒吗？之前，她有没有说过自己遇到什么人或事？比方男朋友方面？”

男朋友方面？容智从来不跟容美聊，难道会跟母亲聊？容智谈过的男朋友都很短暂，她应该不会告诉元英，但元英的反应让容美觉得，关于容智男朋友方面的事，妈妈比她知道得还多一些。

元英担心得吃不下夜饭，容先生劝她说：“你应该知道容智的个性，任性得很，本来没有打算去北京玩，被同学一劝就去了。”

“她至少会打电话给我，这么走，很不正常，受什么刺激了？”

“你是担心她的精神状态吗？知功不好不等于她有问题……”

“你瞎说什么呀？”

元英向容先生吼起来，迅速瞥了容美一眼，容美迷茫地看看母亲又看看父亲，容先生歉疚地一笑，走到窗前点烟抽烟。

元英仍然坐在饭桌前，面前那碗饭还没有动过，她垂下眼帘，话却是对着容美说："你爸爸犯糊涂了，怎么扯到了知功？"

"妈你也不用发这么大脾气，都怪容智不好……"她嘀咕着，简直像一时冲动，脱口而出，"其实，她不是去北京，她是去云南！"

"去云南干什么？"

元英紧张的神情竟让容美陡然升起一丝丝的得意。

"不干什么，不过想去看看知成表哥。"

元英的眸子由于过分聚焦有点像斗鸡眼，容美无法抑制自己一吐为快的冲动。

"我们弄到了知成表哥的地址，姐姐她……她不是一直忘不了知成表哥吗？"

母亲凝神的目光甚至有几分恐惧，容美结巴了。

"她嘛……不过想去看看……看看知成表哥，也许是，她没有说……"容美突然又后悔了。

元英沉默了。

元英的沉默让容美忐忑，但总好过被她逼供。

这时候的容美只想逃开元英追问的目光，也许妈是气到没话说，她当然不会开心容智去找知成表哥,她一直怨知成表哥没有良心。哼，竟然背着我来往起来——容美如此这般去想象元英的心情。

元英在家里造成的低气压，让她有些后悔泄露了容智的行踪。

于是容美也选择上路，她的大学同学早有计划结伴爬泰山，她当时犹豫不决，是想和暑假回家住的容智一起。

这一趟旅行，一去便去远了。她们从泰山一路向北，北京天津承德山海关鞍山锦州沈阳大连，玩了整三十天，从最初的六男六女十二人，玩到最后只剩一男两女三个人。

容美不喜运动也不喜出门在外的生活。这一次超常规的延宕，无非是为了逃避。她潜意识里的惧怕，很像是害怕看到容智回家时被元英指责，或者说，害怕看到她们之间起冲突。但害怕的好像不止是这些，她没有勇气探究自己到底在害怕什么。

她到家时，容智已经从云南返家。看起来家里风平浪静，元英超乎异常的和颜悦色，容智已住回学校教师宿舍，她在为学校话剧团排戏。

围绕云南之行的风波仿佛只有雷声没有雨点，容美需要知道的事情不少，容智见到知成表哥了吗？相见是什么感觉？回家后，又是怎么和元英聊这件事？

可她竟然没有找到机会与容智讲点秘密话，回家那天是傍晚，容智倒是在家，家里就一间房，父母在身边，无法和容智独处。

意外的是，那晚一家人的注意力好像都在容美身上，尤其是容智，对她漫长的旅途十分感兴趣，问这问那。容美难得成为家里的话题中心，兴奋得要命，那顿饭吃了两小时，容美简直滔滔不绝，忍不住把他们在旅途后半程因为钱不够而逃票的事都说出来了，元英并没有追究这类有失节操的细节。

闷热的夜晚，容美洗完澡，容智和元英已去晒台，一人一张躺椅半乘凉半休眠，容先生坐在与睡房相连的阳台吸烟。为避蚊子，房间的灯被关了，黑暗中，只有容先生嘴边的香烟红光闪烁。容美坐到容先生身边，夜深人静，他又是聋耳朵，容美必须克制与父亲聊一聊的愿望。

容美一个懒觉睡到中午，家里人去屋空，心里说不出的失落，以为容智会趁着白天父母上班和自己讲讲知心话。事实上，昨天晚饭时，容智说过要赶回学校，容美以为她是说给父母听的。

此时，她心里另一个声音在告诉自己，容智是故意躲开她！好像他们三个人，容智和父母一起，共同对她隐瞒了什么……

容美问自己：是否心机病又犯了，疑神疑鬼的？

她很快就没有时间也没有心情做无端猜想。暑假眼看结束，她去工作单位报到，一个坐落在某条弄堂的研究所，她被分配在资料室翻译资料。关于这份分配来的工作，她并不抱太大指望。来年春天报考研究生，这不光是自己的决心，也是给容智的许诺，她最怕看到容智清澈到尖锐的目光。

秋天开学不久容智突然报名参加援疆，她将去新疆电视台工作两年。

就像一块石头扔进一池刚刚平静的水，夫妻两人，反应强烈的总是元英，但这一次，温度下降，元英的情绪消沉，她向容智发出的质疑也是消极的。

“胆子不小，敢报名去新疆，那么远的地方，六十年代动员社会青年去那里，有个人，就住在我们弄堂口，宁肯死也要留在上海，上吊自杀……”

这件事元英过去常拿来说，想必对她刺激很深，可容智失笑。

“妈呀，现在是八十年代，完全两码事，我不过去两年……”

“你又怎么知道两年后就能回来？”

“两年的合同，都写好的。”

“到时候不让你回来呢？”

“怎么会？脚在我身上，再说户口没有迁……”

听到这句话，元英的眼睛亮了一亮。

“噢，你还算有脑子，户口一定不能动！”

但元英的忧虑层出不穷，安全问题，生活习惯，谈婚论嫁的年龄跑得那么远，一去两年，容智已经二十九岁……忧虑转化成怨尤，这一次元英是背着容智发作。

“她要怎样就怎样，当时要考艺术系我们都接受了，才过了两年太平日子，又折腾，怎么会想到去新疆？没有谁动员她，是她自己跟那里的人才交流中心联系……”

“我想，她是想出去散散心吧！”

容先生就这么一句话，让元英突然冷静了。

八

元英：炒盐肉炒盐肉，盐要炒透，这肉才香，盐要多，是平时烧菜的三倍，炒盐时，可以放几粒花椒，火要小，否则盐焦了发苦。容智去新疆时我炒了一大罐给她带去，到那里不久，写信说，明白妈妈不让她出远门的心情，她到底不太习惯，那里多吃牛羊肉，她当然更习惯吃猪肉，现在想吃炒盐肉也吃不到了，我当时教她，她不想学，她就是不喜欢做菜。容美你就多学点，哪天她成家想学，你教她吧，你们两姐妹以后相处的日子长。你看，盐开始变颜色，要炒到焦黄焦黄，做炒盐肉也要选五花肉，夹精夹肥，切成一寸见方，盐炒到焦黄，肉入锅一起炒，炒到肉出水，放料酒，酒多放一些，加一点点水，两调羹左右，姜葱一起入锅，锅盖盖紧，旺火煮几分钟再起锅。以前没有冰箱，这么煮一下，夏天菜橱放几天不会坏。这时候的肉没有完全煮熟，不能吃的，还要隔水蒸，吃多少蒸多少，至少蒸四十五分钟左右。你们都说吃口像咸肉，宁波菜嘛，就是咸！不过炒盐肉比咸肉嫩，也没有咸肉的齁味。夏天胃口不好，出汗多身体会虚，炒盐肉下饭，又有营养，容智喜欢吃咸，冬天也要我做炒盐肉，可是，咸的菜多吃对身体不好，这炒盐肉不咸呢又不好吃。所以冬天我不做给她吃，这是夏天菜，夏天吃才对。

这年夏天，容智已在新疆电视台工作一年有余，容美原打算暑假去新疆探望容智，但容智带着剧组外出拍片了，也许会有机会来上海，她这样告诉容美。

容智在新疆电视台干起了编导，说她当时就是冲着这份工作去的，说想在新疆多待几年！容美一追问，她又改口说，有这个想法但还没有定。

正是这个夏天，元福来传话说元鸿与阿馨在来往，容美为了元英生这份闲气还相当不以为然，两人叽叽咕咕争个不停，然后容美去找元福舅舅了解事情。容美心痒痒地很想把家里听来的八卦和容智交流，才两三天便接到容智的传呼电话。

传呼电话亭在她家隔壁弄堂，直到八十年代中期，这间用木板简易搭就的电话亭一直是弄堂人气最旺的地方。普通市民还没有私人电话，传呼电话亭有专人接听电话并负责周围几条弄堂的电话传呼。电话亭有三部公用电话，一部电话机只接听打进来需要传呼的电话，另两部是按分钟收钱的电话机，终日被人排队使用，十分繁忙。

到传呼电话亭打电话的多是退休人员或没有职业闲在家的人。在家生活无聊的成年人，尤其是女人们，到电话亭排队打电话成了他们的社交机会。等候打电话或者已经打完电话还不想离开的人，便在电话亭外聊天。电话亭设在靠近弄堂口的过街楼下面，这里是弄堂交通要道，人来人往十分嘈杂，进出弄堂的邻人，常常也会加入电话亭外的聊天群，于是这里形成终日不散的社交圈。

黄昏时，过街楼更喧闹了，容美拿起电话筒不得不捂住另一只耳朵，扯大嗓门……她得空瞥一眼周围，才发现原先闲聊的人群已停下说话对着她打量，她不由地摸摸自己的脸，不悦地转过身，用脊背对着她们。

此时，容智也是在公用电话亭，电话亭设在滇南某个小镇的杂货店。两只电话相隔数千里，有电流声噪音，通话不甚清晰，一句话要反复几次才能让对方听清。容美终究抓住了要点，容智三天后回上海，担心容美趁着暑假外出旅游，她电话来是要确认容美是否在家。

容智未和家人联系近两个月，容美本来是要抱怨她几句的，可是听起来容智心情明快。容美已经很久没有感受到容智这般轻快的情绪，容美问她是否有了男朋友，容智爽快承认。

"到了上海我想先跟你见面，我会把他介绍给你！不过，先不要告诉妈，我想听听你的感觉！"

容美咧开嘴傻笑。容智一向我行我素，做事很少考虑别人的想法，更不会征求小妹的意见，现在却在男朋友的事上突然想听听容美的看法，这让容美受宠若惊！

容美能强烈感受到新恋情让容智重新振奋。她一时忘记自己内心深处对容智的各种抱怨：身为长女对父母疏忽，这一年几乎对妹妹漠不关心，与秦老师彻底了断后，容美曾独自经历着内心的煎熬。

自从一年前容智突然报名去新疆电视台，便很少和家人联络。元英不时要从容美这边打听容智的近况，容美也是很少得到容智的消息。那时，容美已经在北京读书，元英打电话责怪容美，认为是她懒，不写信，说容智一个人跑到这么远的边疆地区，吃没得吃，独自在外还不安全。她还责备容美，说她在大城市过得舒舒服服，不懂设身处地去同情姐姐的艰苦生活。

容美觉得冤枉，认为这是元英对待她和容智长期不公平的又一不公平证明。

"为什么把容智的事情归到我头上，她得为自己做的事负责。谁也没有强迫她去新疆，过得好不好，都是她自己的事，她不跟你们联系，倒是拿我出气……"

"这种话都说得出来，你年纪活到狗身上去了，我吃辛吃苦把你们养到大……"

容美赶紧捂住耳朵，这种讲了几百遍的话再重复下去，她更要抓狂了。直到元英没了声音，容美才说话。

“我打过她电话，她不接，我有什么办法？再说容智是在电视台，照她说法，到处有人请吃肉，说起来他们拍电视是宣传新疆呢！所以她的新疆生活完全不是你想象的那样，她开心得很呢，说比上海有意思得多了！”

“她骗我们，故意说得好，现在说不定肠子都悔青了，这种后悔话她是不会告诉我们父母的……”

容美很难懂元英的心理，好像她很希望听到容智的后悔话。容智与新疆电视台签了两年合同，即使她有后悔也不可能中途离开，难道元英希望她陷入这种进退两难的处境吗？

“他们拍电视做采访到处跑，打长途电话不方便，每次还要等传呼……”

“她可以写信，哪怕写张明信片也好。”

元英没好气，容美也没好气。

“晓得了，我会告诉她，以后叫她写明信片。”

她放下电话后越想越气，容智不和家里联系也能怪罪到我身上，从小到大，什么错事都怪到我头上，妈就是不像我的亲妈。她在心里恨恨地骂着，小时候受的冤枉气，现在回想更加意难平。有一次曾经就这个话题向元英哭诉，哭了足足一下午，才发现当时的自己咽下了多少委屈。

她一直不确定自己是否真的是从垃圾箱里捡回来的孩子，很久以前容智向她描述过如何将她捡回来的情景，虽然容智又否认了，说是自己编造出来的，但容美心里却有了阴影。

她很想再拨电话跟元英讲讲清楚，所谓“讲讲清楚”就是评理。她要再一次提醒母亲，容智是家中长女，并且是个年长八岁的姐姐，她应该带好头，给妹妹做榜样，做个孝女。

容美拿起电话又放下了，她远在北京，长途电话和元英理论，电话费昂贵。这种争论不会有任何结果，跟元英从来没有争出过什么结果。那次她哭成这样，眼泡肿了两天，元英也并没有任何歉意，反而认为是容美在找茬，在外面受气迁怒于家人。再说，每当在电话里和元英起争论，总是元英先挂断她电话，让容美更加郁闷。

容美怀着对元英的怨气，马上给容智写信，要她和父母联系。如今，她给容智的信越写越短，因为容智几乎不回她的信。她不知容智为何又“发神经”，突然去了新疆不说，还突然冷淡她和父母！她就不明白，为何容智可以随心所欲做自己想做的事，却还要做出一副家人欠她的面孔？

容美只要不和容智在一起，就会记起她那些令人生气的行径。她希望自己牢记容智的种种不是，把心里对她的惦念清除干净，为了这些惦念，她生活中的某些时段会变得阴郁。

但现在，容智电话里一句话，便让容美心情大变，这时候的她，又把容智视为她这辈子最崇拜最值得仿效的偶像，是她最爱的家人。

容美一高兴，便多话，本来这件事应该等见到容智再讲述，这一刻却忍不住了，在通话声音不甚清晰的公用电话间，用手半圈着自己的嘴，轻轻告诉容智元福舅舅带来的八卦，可容智听不清，她又不得不提高声音讲了个模糊的轮廓。她直接用元鸿代替舅舅的称呼，以防电话间外的邻居们听到。她告诉容智，元鸿除了宝珠另有一个女人叫阿馨。

此时电话间外好像安静下来，容美转脸看去，那里人已走空，想来烧饭时间闲人们去忙家务了。

电话那头的容智就像消失一般，完全没了声音。

“阿姐，你听得到吗？”

“我在听……”

容智难得这般专心沉静地听容美讲述什么，容美便有遗憾的感觉，她发现自己并没有更多料可爆，便埋怨起元英。

“妈把元福挡回去了，具体的故事还在元福肚子里，他都捞不到机会说出来。”

听不到容智的反应，容美以为电话断了，便“喂喂喂”地喊着。

容智便在那头问：“干什么大呼小叫的，我不是在听吗？”

突然生硬的语调，让容美一惊。

“你没有说话，我以为电话断了……”

与容智道别挂了电话后，容美若有所失。容智并没有表现出她特有的好奇，不知哪句话让她不舒服了，她先前的好情绪消失了。

容美再接到容智电话时，容智已经在上海。电话是清晰了，但周围的嘈杂声更闹，她说她此刻在南京路后面的小马路。人真是多呀，她发着牢骚，小马路上的小商铺密集，人行道窄得要命，而且到处是阴沟里溢出的脏水，这里的阴沟都塞住了，人行道不仅脏还散发臭气。

“你怎么会在那一带？为什么不回家住？”

容智已经在城里，容美好想见她，简直有点迫不及待。

“我正要关照你，不要跟爸妈说我已经回上海，我现在和朋友在一起，他们从外面来，对上海一无所知，我陪他们住在南京路一带的老饭店，他们对这些老饭店的建筑很喜欢。”

“他们是谁？从哪里来？”

“他们身份不同，简单地说是一帮背包客，不同国家的，我会介绍你认识，就这两天吧，但是有件要紧事要你帮忙……”

要紧事？帮忙？容美立刻兴奋了，她的人生实在乏味，她渴望和容智不寻常的人生发生些交集。

“等这件事办完我才能回家！”

“什么事呀？我能帮你什么忙？”

容美大声问，情绪高昂，生活中出现容智，就有了波浪，容智是不可替代的。

“我要打结婚证，不过，暂时不想让爸爸妈妈知道，你帮我把户口本弄出来，我们见面时给我。”

“……”

“喂喂，咪豆，你在吗？”

容智大声喊容美，容美“嗯”了一声。

“你……为什么不说话？”

“……”

容美沉浸在惊诧和疑惑的情绪里。

“你不肯帮我吗？”

容智的声调变得急躁。她总是说风就是雨，让容美突发不满。

“咪豆？咪豆？”

那两声呼唤就像寻觅，有容智多年前在弄堂寻找年幼的容美时呼唤声里的焦灼，容美的心又软了。

“弄户口本并不难，不就在抽屉里吗？”

容美以笃定的口吻回复，这时候的她竭力显得比容智老成，她知道如何让容智放下心。

“抽屉不是被妈锁住了？”

容智在问。

“存心要，总有机会弄到。”

听起来容美胸有成竹。

“一两天里弄得到吗？”

容智就是个急性子，她一急，才会让容美感觉好起来。

“我试试看！”

听到容智的叹息，容美的心又软了一下，赶快加上一句：“应该不会有问题！这把年龄和老妈斗智，输给她我也太无能了！”

这句话让容智笑了。

“你这个心机鬼！”

这算是容智的称赞，容美一直不喜欢她这么赞自己，等这次见面一定要郑重其事让她明白，以后得换其他的赞语。

容美这边思绪才荡开，容智那头已急着挂电话了。

“声音很吵，见到面我们好好聊聊！你弄到了户口本立刻给我电话，或者，我明天再电话你？咪豆，这件事就拜托你了！”

容智正要挂电话。容美大喊：“等等！他是谁？我是说你的……你的结婚对象？告诉我多一点他的事。”

莫名奇妙，没有来由地，一股委屈猛然涌上容美心头，离家这么久，人都到上海了，却不急着见家人，电话里也是这般心不在焉，身边有个即将成为她的家人的男朋友……不仅委屈，还有妒忌！容美鼻子发酸，她要失去容智了，哀伤的预感像一场细雨毫无理由地淋遍容美全身。

这预感后来成为现实，然而不是因为容智太幸福抛下了容美……这一刻，容美怀着一种自己都未知的莫名的焦虑要喊住容智，想和她多聊聊，她不能那么匆忙发布这么重要的消息！

“他就在我身边，明天等你弄到户口本再通电话，那时我们约见面时间，我当然会带上他，虽然还没有见到，他已经非常熟悉一个叫咪豆的女孩。”

容智轻快地笑着挂了电话，容美手里举着电话，好一会儿才搁下。

此时暮色已沉，电话间外的八卦人群早已散去，她们都去忙晚饭了。容美在传呼电话间门口的小板凳上又坐了一会儿，她需要定定神，消化刚才听到的消息，太突兀太意外，重点是，毫无预兆地，容智突然就有了结婚对象。

容智上一次还在诉说知音难觅的寂寞，说，绝不会为了结婚委曲求全。这位结婚对象一定是她在旅途中认识，才两个月的时间，她就要结婚了？在容美看来，简直是热昏！可容智就是这种容易热昏的人，所谓热昏，不就是自己内心向往的浪漫吗？容美心里有各种滋味，更多的却是不安。

容美想，容智应该知道妈对于她的婚事是干着急，恨不得到街上去拉郎配了。现在好容易有了结婚对象，却要把户口本偷出来，感觉是个颇有风险的婚姻。容美乏善可陈的生活经历让她想象不出这风险是什么。

容美很容易就联想到芸姐姐那场没有结果的恋爱。难道，容智也找了那样一个对象，某一身体部位残缺的才子？但她马上又否定了自己，容智他们已经在滇南一带游走了两个月，至少，那个人手脚健全，可以自由行走。

如果容智不主动告诉她，容美不会去追问，自己的姐姐为何这般仓促地走向婚姻。她不打听容智的私生活，这是她和容智可以保持联系的前提条件。容美从小就有一种莫可名状的担心，担心某一天容智发起神经来会走得很远，她心里好像有一块家人毫无所知的地方。

好奇心马上就会得到满足，不就是明天吗？明天就可以和容智定见面时间，重点是得赶快弄到户口本。

次日上午，容美在母亲出门买菜的时段问容先生拿抽屉钥匙。容先生直接帮容美把这只锁着各种重要文件的抽屉打开，问容美要什么，容美说要户口本。他倒是问了一句，“你要户口本干什么？”容美含糊地回答了一句，知道他听不清，果然他听不清，也没有追问，就把户口本给容美了，叮嘱了一句，“不要弄丢。”

容智三十岁了，终于打算结婚，打算安定下来，且不管对象是谁，容美试着正面看待这件事：首先，应该为容智祝福，作为妹妹，她比母亲更希望姐姐能安定下来。容美开始在心里琢磨去哪家够水准的饭店为他俩庆祝。

容美想来想去，绿野饭店是首选，这家店就在家附近的淮海路上。“绿野”保留着上海老饭店的某种习俗，服务员是上了年纪的男性，对顾客周到多礼。事实上，容美六十年代出生，从有记忆开始这种优质服务便已荡然无存。但这家饭店仍是父母的最爱，也让容美留下对于自己家团聚的回忆，只要家里有值得庆贺的事便会去“绿野”。那些年怎么会有值得庆贺的事呢？回想一下，还是有那么几件，因为少，才会记得住。容智考进上海师范大学艺术系，元鸿退休从劳改农场彻底搬回上海，都是去“绿野”吃饭庆祝。

元鸿退休同一年，容美高中毕业考进大学，容先生说，比起元鸿的苦尽甘来，容美的人生太顺利，不用庆祝了。容美并不在乎上饭店这件事，容先生当时说的苦尽甘来这句话却令容美印象深刻。后来回想时，容美心里很不是滋味，元鸿回来定居后，完全不是他们以为的“甘来”。因这另一番苦涩，应该把苦尽甘来改成苦尽甘不来。

容美拿到户口本便立刻给容智电话，约见面地点，她兴奋地告知姐姐要在“绿野”庆祝。容智推翻了容美的如意算盘，她说他们更愿意去云南路一带的小吃店。容美说那条小吃街太嘈杂，弥漫的油烟在夏天让人很难忍受。容智说她顶不想去的就是淮海路这一带，离家太近！容美明白她的意思了，她不想撞到什么熟人。

于是，容美折中了一下，提议去南京路那几家老字号饭店。也许受父母影响，她相信各种老字号。但容智又提出，她的未婚夫是素食者，她现在也跟着吃素，吃素后感觉身体更清爽。容智的意思是，从此她也信奉素食主义。于是容美建议去南京西路的功德林。那家店是素菜馆，著名的老字号！

“听起来有点耳熟。”容智回答说。好像她不是上海人，也可能她是故意要和上海保持距离。

“我们不是在那里为舅婆庆生的吗？”容美提醒她，有些不悦。元英的舅母，女儿们称舅婆，那个老太拜佛吃素，她八十岁那年正好进入八十年代，元英这边的亲戚们曾为她去功德林庆生。尽管容先生和容智都爱肉食讨厌吃素，但也不得不勉强随元英去那里吃了一顿素席。

对于容美的提醒，容智没有反应。

“真的不记得了吗？”容美固执地追问，“当时你和爸都不乐意，你说你最讨厌豆制品做的菜。”

“喔，我不记得了！”容智回答淡漠，好像在拒绝与容美共同回忆家里的那些旧事。

寂静，仿佛电话断线，她们之间的对话产生空白。

“好吧，把功德林的地址给我，南京路这么长，到底靠近哪条街呢？”

屈尊的感觉，容美不乐意了。其实，她也说不清具体门牌号码。

“让我打114电话问清地址再告诉你。”

容美回答冷淡。

“噢，不用了，我可以自己打电话问，咪豆，那我们明晚功德林见吧。”

容智与容美告别得匆忙。

放下电话后，容美怅然若失，刚才拨电话时还兴致勃勃，此刻放下电话却已意兴阑珊，容美也无法明白，自己为何老在这些无聊的小事上与容智闹不快？

容美早早坐进这家著名的素菜馆，拿起菜单就后悔了，这里的菜价格昂贵，容美有点担心口袋里的现金不够付这顿素宴，而这几张可怜的人民币还是容美谎称要买书从父亲那里索来的。

素菜馆菜单让容美觉得好笑，用豆制品制作的素菜却冠以荤菜名，什么樟茶卤鸭、糖醋黄鱼、香油鳝丝、翡翠鱼片，让人感觉素食者还心心念念牵挂着鱼肉，至少这份菜单让容美饥肠辘辘，馋起了荤菜。她此时正在吃惊酷爱吃红烧肉的容智因为爱情变成了素食者，对那从未谋面的素食主义准姐夫，容美已经有了嫉妒。

此时刚过六点，客人络绎不绝，三五成群的老年客，有几位衣着光鲜像是港台客，女客占多数，这也是容美不喜欢的气氛。无论如何，容美心下将这顿饭当作一种仪式，吃什么并不重要，她是为了表达对容智的祝贺，也部分代表了没有出席的父母对容智的祝福。

这时，店里出现一群肤色各异的年轻人，容美激动地站起身，没看到容智！容智并没有说过要带她的旅友过来，可他们很像容智介绍过的年轻背包客！怎么会这么巧呢？所有的特征都像：有男有女，有黑人也有白人。不过，年轻老外背包客本来就是有男有女，有黑人也有白人。

看不到容智，倒让容美松了一口气，至少，她不会带一群人过来。

这群年轻老外吸引了全店人的目光。店堂突然变得人气旺盛，有高朋满座的感觉。仔细看看，也就两男两女四个人，只能说他们的能量和气场太大。

两个外国男子的头发拖至脊背，比女伴的头发还长，发色对比强烈——金直发和黑卷发。黑卷发这位尤其触目，皮肤深棕色留着络腮胡，像刚从森林里出来。旁边的女老外更黑，可以说是墨黑，她是满头卷的短发。另一位是亚洲女性，仿佛是容智的替身，她打扮也够招摇，头上绑着红黄绿细条子色彩绚丽的粗布头巾，穿一件无袖牛仔连身裙，很有艺术范。

容美这一刻才意识到，容智的未婚夫可能是个老外，不，一定是老外，否则为何要瞒住父母？

容美注意到餐厅正在用膳的客人们都有点心不在焉，他们不时抬起脸朝国际背包客们看过去。

容美等着容智，越等越慌，万一容智带来一个像他们中间某个风格的男友，她将怎么面对？

容美在素菜馆一等等了两小时，为了能在餐馆坐下去，她不得不给自己点了两道最不喜欢吃的豆制品制作的“烤鸭”和“熏鱼”。她装模作样吃了一两块，心下打算打包带给元英，一家人里，只有元英欣赏功德林的素食。

八点以后，客人大半走空，那几位让容美浮想联翩的老外也早就离开了。离打烊还有一段时间，服务员已开始做清扫。容智是不可能来了，容美竟然松了一口气，户口本还在自己包里，总之，这一桩令人不安的婚事也许就此耽搁也说不定。

当时闪过的念头竟然成真！

容美不再有机会把这户口本交给容智，她将很快获知：在和容美通电话的当晚，容智被警察拘留。那天晚上，她和德国男友同宿南京路上一家老饭店，遇警察查房，容智拿不出结婚证，被怀疑非法卖淫带去了拘留所。

容美带着户口本去拘留所，她去证明说，容智正要从家里拿户口本去开结婚证，与她同宿饭店的德国人是她的未婚夫。容美得到的答复是，拿不出结婚证，和老外在酒店同居就是涉嫌非法卖淫，户口本上没有任何证据证明容智没有卖淫。

容美的气愤被绝望压倒，她不知道应该跟谁去说理。

此时，父母还被蒙在鼓里。发生这样的事，容美首先要考虑如何瞒住父母，主要是瞒住元英，这么多年来她对元鸿坐牢怀有如此深的羞耻和谴责，如何能接受女儿也会“进去”？

容智被拘留后，公安局首先通知容智的单位，也就是容智任教的学校，学校电话容美家，恰好接电话的人是容美，那一刻，容美感觉天都塌了。

她第一时间去找楷文。

九

李楷文正在准备婚事。他们家与容家住在同一条街,同样的“新里”式样。楷文与母亲是和老一辈亲眷们住在同一栋楼里，这栋楼里以老女人为主。楷文是他母亲的独子，也是楼里唯一的男性。

楷文对父亲没有印象，在他还在襁褓时，父亲突然出国再没有回来。到底怎么回事，楷文不说别人也不便问，谁家都有难以启齿的秘密。据说李家楼里这些长辈女眷的丈夫或儿子都不在中国，具体在哪里，也是个谜。

楷文是容智的中学同窗，有一度大家都以为他们在谈朋友。谈朋友在沪语中就是谈恋爱的意思，沪语里没有“爱”这个词。

不管别人怎么看，容智一口咬定，她从来没有和李楷文谈过朋友，她不客气地说明：她对他完全没有感觉。

即便如此，他们的关系还是非同寻常的亲近。高考恢复后，两人一起复习功课，虽然专业完全不同。容智进了师大的艺术系，楷文进了交大，理工科的名校。每个周末下午，楷文都来容家，容智那时有自己的大学同学群，周末经常不在家。楷文仍然会来坐坐，他不来，元英和容先生会惦记他。所以，感觉上，他更像是在满足容智父母的愿望。容家除了容智都是李楷文的拥趸，做父母的都想有这么一个聪明好脾气的儿子。容美唤他楷哥，带有玩笑的意味，有个当红导演名叫凯歌。楷哥是容美心仪的男生。

楷文的新房安在这栋楼的二楼亭子间，所谓准备婚事，无非是给打算用来做婚房的这间房做些粉刷油漆之类的简单装修。这些年掀起出国大潮，有海外关系、智商高会读书的聪明人，大都考托福去美国留学了。人们以为楷文也会走这条路，他名校毕业，又读了研究生在研究所工作，家里一圈海外关系。他很容易找到担保人，考个托福对他也不难。

听别人说，楷文不想离开体弱的母亲，这个理由更像借口，但这并不关谁的事。楷文沉稳寡言，不是那么容易说出心里话的人。

他的这位未婚妻，是通过相亲认识的，他们之间也交往三年了，楷文与容家在这三年里也渐渐疏远。

容美即便有过自己的恋情，心里仍然保留对楷文的好感。她去北京读研究生离开了秦蓝滨，心里有伤感，便会想到楷文。他近在咫尺，这个城里还是有好男人的，这么想着会感到安慰。她那时已经知道楷文有女朋友，对于她，楷文只是一个憧憬，与她的现实并无太大关系。

现在为了容智的事，她不得不硬着头皮去找他。硬着头皮，她承认是为容智感到羞愧。可她又明明知道容智并没有非法卖淫，这是他们强加她的罪名。当要念出这几个字时，容美无法克服难以解释的羞耻感，即使这罪名是强加的。她在心里忍不住怪罪容智，姐姐并非毫无过失，怎么敢和外国男人同宿酒店？这事讲出来真有点难为情，这便是她走进李家楼房时，将要面对楷文时的难堪。

容美看见楷文的第一秒钟，便涌出眼泪，怎么也没法忍住抽泣，她坐在楷文粉刷到一半的亭子间里，使劲哭了一阵。

楷文把热水瓶里的热水都倒进脸盆，搓了一把热毛巾给她，然后坐在一边任容美哭泣。其间，有个传呼电话，他没有去接听。

楷文把他的婚礼延期了，或者说，把他的婚事搁下了。容美后来才懂，很多事是不能延期的，尤其是婚礼，这一延期就变成无期，一年后，他的未婚妻另嫁他人。

容美盼望开学，回到北京学校，不用对着父母隐瞒这么一个重大变故。有几次，她都快绷不住了，她希望父母和她一起分担这过分沉的重量。但她心里又很明白，父母在这件事上除了被击垮，再无对此事有利的作用。他们是小百姓，无权无势，甚至无知，他们首先会在道德上感受到巨大压力。

容美把希望寄托在楷文身上，李楷文正通过朋友的朋友的朋友的关系设法联系检察院，在批捕证下来之前，想办法把案子撤了，到时候，一切水过无痕，父母将永远被蒙在鼓里。

这些日子元英又板起了脸，因为容智完全没有消息。他们似乎有某种感应，突然变得焦虑不安，生出种种猜忌，容智生病了还是出去拍片子遇到危险了？容先生忍不住给容智发了一封航空信。没有得到回应，容先生发了一场脾气，是在晚饭桌上。

“夏天过去大半，连封信都不写？她哪里还把家人放在眼里？写封信向父母问候一声都做不到，养这种女儿有什么意思？”

在喝饭前小酒的容先生，把筷子用力拍在桌上，容美和元英吓了一跳。容先生平时对容智一句重话都没有过，这是第一次看见他发容智的脾气。

她俩互相看一眼。元英虎着脸用筷子扒着碗里的饭，却显得难以下咽。容美才发现，元英只盛了一口饭在碗里，这时的容美恨不得立刻逃到北京。

容美很同情父母，此时都有点恨起容智，恨她一路来，总会弄点是非出来！容美有时觉得容智在故意找别扭，把自己的不顺迁怒于家人。家人不是和她一样可怜吗？他们并没有背离她过着自以为是的幸福生活！再说，她自己一路来也没有什么特别的不顺！只能怪父母太迁就她，他们把她宠坏了。

容美现在才知道，和老外在酒店同住一房，拿不出结婚证明，被警察查房发现，就会被当作非法卖淫。这事要是传开来多难听呀！父母怎么办呀？容美没有勇气想下去。

那晚，容美放下饭碗，借故与同学有约，换上鞋飞快走出家门，直奔楷文家。

因为容智的事，这些日子容美常进出楷文家。在去他家的路上，虽然怀着焦虑，却多了期盼，她至少有这么一个重大理由和楷文相处，度过不安的夜晚。

夏天，弄堂家家户户都开着后门，李家的后门也开着。

这晚容美走进后门，看到敞开的一楼客堂间景象：一群老人满满围着一张长餐台，他们的衣服色泽黯淡，头顶上悬着廉价乳白玻璃灯罩，像一盏暗淡的路灯，将他们的身影投在墙上，黑影幢幢，气氛阴郁，让她联想《最后的晚餐》那幅画。

容美站在楼梯口，对着这一场景发了一阵呆。

噢，咪豆来啦？未曾想坐在长桌顶端的李楷文的奶奶在向容美打招呼。李奶奶是瘦小的老太，满脸皱纹，皱纹太密集了，以至于她的五官好像被叠进了皱纹里。她说话时，叠起的皱纹松开了，五官从皱纹里显露，好似从梦里张开了眸子。

容美对着这张变化多端的脸愣住时，她们全部朝容美转过脸来，容美才看清是一桌清一色老太太。比起李奶奶，其他老太们好像更老更瘦，皱纹更密集，每人面前都摆一只瓷茶杯，样式和颜色各异，特别显眼。

容美唤了一声"李奶奶好"，又向客堂间里这些因为太老而面目模糊的老太们鞠了一躬。容美并没有鞠躬的习惯，不知怎么突然就鞠起躬来，也许是被她们的苍老震动。容美深深弯下腰，再直起身时，鼻尖和背上已溢出一层细汗。

"怎么会有这么多老太呢？"容美问楷文。

"活得长的是女人，孤独也杀不死她们！"他笑着说出这句话，却让容美心头一颤。

他告诉她，“我二阿娘，也就是我阿娘（祖母）的妹妹和她们的一个表亲都八十多岁了，二阿娘和这个表亲是老姑娘，她们各人有自己的朋友，她们都是没有男人的老女人，一星期至少聚一次。”

“我以为她们在开会呢！”容美开着玩笑掩饰住心里涌出的莫名的恐惧。

“这是老太太的派对。”楷文向容美指正。

容美失笑，“老太太们也开派对？”

“是呀，你们以为派对是属于年轻人的，其实，英语 party 是聚会的意思，只要朋友聚一起，就是派对，派对是没有年龄的。”

容美点着头，心里还有些问题，为何这么多老太没有老头？除了李家有两位老太级的老姑娘，其他老太太不会都是老姑娘吧？

容美很好奇，她只在李楷文家见过八十多岁的老姑娘，她还真没有在其他地方见过这么老的老姑娘。

她和楷文坐在他的装修到一半的房间，一间在二楼楼梯转角的亭子间。这间正在粉刷打算用来做新房的亭子间目前处于停工阶段：旧墙粉已铲去，裂缝处已补上猪血脑粉，泥水匠完工拿了工钱走人了，接下来要请油漆工来刷墙漆门窗。

楷文没有立刻请油漆工，他说还没有准备好。所谓准备，好像跟选颜色有关。所谓选颜色，似乎还要先决定家具的材质式样，或者说，要根据家具的风格来决定房间墙壁的颜色。关于装修的先后次序，楷文的解释过于冗长，容美听不太明白，其实也不太有兴趣去明白。她随口问道：“这是不是有点本末倒置，难道不是应该跟着墙壁决定家具吗？”楷文却大摇其头，他说，家具店并没有多少家具供他选择，所以只能先看家具再决定墙壁颜色。

容美应付地点着头，这并不是她关心的话题，不过是找个话题过渡一下。关于容智的事已经聊得太多，总应该聊聊跟楷文自身有关的事，比如这装修到一半的亭子间。

容美突然发现，前两天去找他，他把搬去母亲前楼房间的桌椅搬回亭子间，为了他们俩至少可以坐着说说话。这两天，他把自己的单人床也从母亲房间搬回来，可是房间才弄到一半……

他似乎在回答容美的疑问，“等你姐姐的事解决了，再来弄房间。”

容美一愣，容智的事何时能解决？至少到目前为止，还不知道前景如何，楷哥你婚期就在眼面前，难道要推迟吗？容美说出口的话却是，“八月已经开始，九月开学我必须回北京了。”

“托出去的关系不能太催，只能等！”

他回答容美，容美朝他歉疚地笑笑，摇摇头。她并没有催他的意思，词不达意。她想解释自己为何又上李家门。

“我爸在家里发脾气，他这两天突然担心起她，担心得特别厉害，好像有感应似的。爸爸给容智发航空信，没有等到回信。他认为容智不懂道理，不把家人放在眼里，不体谅父母的心情……”

楷文直点头，好像表示认同容先生脾气发得有道理，可容美马上有了愧疚：爸爸发脾气这件事，并不值得说，在容智的事情这么严重的当口。

和楷文面对面坐在小房间，容美总有莫名的慌张，她得给自己找些过来坐坐的理由。一直以来，她只是容智的妹妹，她心仪的楷哥好像从来没有凝视过她，更没有认真地和她谈论过什么。难道现在要拜容智出事，才使她有机会和楷文平等相处？

为了掩饰突然涌起的不安，容美把话题扯开了。

“楷哥你怎么把新房做在亭子间，让你妈一个人住前楼大房间？”

“前楼朝南，妈关节不好，在前楼可以晒太阳。我们其实是把前楼房间当作客厅，除了睡觉，平时的活动都在前楼，亭子间纯粹当卧室，比较私密……”

任何无意义的问题，他都会详尽回答。他说到客厅、卧室，这类区分空间的语词，对家里只有一间房的容美来说，却带点“舶来”的味道，给她“洋派”的印象。

尤其是，“私密”这个词，容美听来陌生，甚至，好像，还带点不可告人的感觉。过去，在她年幼的时候，许多词语都烙上可耻的印痕，“私密”是其中之一。她这代人，至少是她自己认为，已经从观念上揩去了这些印痕。此时，当楷文坦然的提起这个词时，容美仍然有一点刺耳的感觉，问题是，她有私密吗？在学校她住集体宿舍，在家里，属于自己的只有一只抽屉，还没有锁眼。

“我并不急着结婚。”楷文突然说了这一句，在他俩结束亭子间的话题时，他仿佛需要特意强调，“结婚这件事不用那么着急！”

容美一愣，因意外而接不上他的话。心中却涌来喜悦，无法表达的喜悦，更像是窃喜：至少他应该等我几年，等我有了男朋友！她才发现，他对自己的婚姻有一种可有可无的冷淡。

“我们都以为你这样的人应该出国，而不是留在上海结婚，你真的没有想过去国外发展？”

“不能说没有想过，我倒是正在想！”楷文冷静道，“你姐姐出事后，我的有些计划变了！”他意味深长地瞥了容美一眼，“这个我想清楚了会告诉你！”

楷文的回答令容美吃惊，是他的态度令容美吃惊，还有敬佩。他面对生活中的突变表现得如此从容，好像所有事情的发生，对于他从来就不是意外！就是这种态度。

话题突兀地在此结束，不过，容美的心却安静下来，好像吃了一颗定心丸。

之后容美向楷文谈论起自己母亲的家人。容美第一次向一个外人谈起她的坐过牢戴着一顶“反革命”帽子的舅舅。容美说舅舅坐牢的事像一块石头压了妈妈许多年，所以，绝不能让妈知道容智的事……说着，容美就哽咽了，“我怕她……她会疯掉。”

楷文不响，等容美平静下来，他才说话。

“你妈没有你想的那么脆弱，她是经历过风浪的人！”

容美使劲摇头，“不，你不知道，她有多么……多么要面子！”

楷文回答说：“人都是要面子的，但是，这张面子真的给拉下来，反而就……”他想了想，好像在斟酌语词，“反而就没所谓了！”

他看着容美疑惑的眸子，微微一笑。

“我们上海人最要面子，过的日子却最没有面子：弄堂里每天都有人吵架，一幢楼几家人合用一间卫生间，为了抢马桶抢浴缸打相打，直打到派出所，你说有什么面子呢？还老是外地人长外地人短的看不起外地人，也不想想，自己过的日脚远远不及你看不起的人。”

他的这番议论有点说远了，却让容美意外！她认为，正因为他太上海人，才让容智看不上。

那天是个难忘的日子！晚饭桌上难得发火的容先生发起脾气，元英虎着脸一声不吭，容美借故逃离去了楷文家。她因此对楷文之后的人生去向有了些微了解，那也是容美对自己个性了解的开始，以前她甚至还不太了解自己。

容美后来才知，那天，在晚饭桌上容先生发火时，元英其实已经知道了真相，她跟容美一样，或者说，容美跟她一样，她们自以为在为家人保守一个痛苦的秘密，并因此对作为女儿作为姐姐的容智心生怨恨。

元英在容先生发了航空信没有回应后，完全是听凭自己的第六感，她隐隐地，然后是无法克制地觉得事情有些不对头。那天早上九点钟，她从自己单位一个电话打到容智的单位，在获知了所有的情况后，就像楷文所预料的那样，她并没有发疯。

她向单位请了事假去了一趟拘留所要求见容智，没有获得准许。她被告知，案子结后才能探望。元英从拘留所回到自己单位，给容智写了一封信。那是一封措辞严厉的谴责信，到底用了什么样的谴责词语，元英没有说，她把这封信寄到了拘留所。当然，这是元英的一时冲动，她不会料到，容智这个没良心的女儿，从此就没有再回家！

容美认为元英一定撂过诸如“断绝关系”这种狠话，元英非常肯定地否定了。

“什么话都可能说，就这句话不能说，你姐姐非常记仇！”

以后谈论这件事时，元英还是非常生气，她后来不是气她的“放荡”，她这样骂过容智，她心里明白这比“断绝关系”还要伤害容智，所以她没有告诉容美她是怎么痛斥容智的，包括她在信里说的其他话。她当年没有忍住心里那股恶气，后来自己回想起来很后悔。可容智的决绝让她心寒，她在容美面前指责容智，说她比知成更加没良心。她问容美，做母亲的还不能骂女儿？打都可以！可她从来不打容智，打容美倒是家常便饭。她在气容智时，觉得对不起容美。可容美却格外顽固地认定，元英一定说过“断绝关系”这句话。

十

做红烧肉这道家常菜老妈是高手，本帮名餐馆的红烧肉没有一家可与之媲美。她做的红烧肉浓而酥却不烂，汤汁收干像包浆裹着肉身。红烧肉煮后存放一天，吃前隔水旺火蒸十几分钟味道更佳。只见脂油汪在碗底，脂油下有一小摊酱油色，肉块亮晶晶，瘦肉浸透酱汁夹着肥肉，浓郁晶莹相间，肉皮在齿间弹出糯感，那美味无词形容。红烧肉做起来并不难，亦步亦趋记下的步骤是：黑毛猪五花肉，切块，姜切片，葱切寸段，铁锅极少量油，葱段进热锅煸炒出香味放进生猪肉，旺火煸炒，肉块收缩出水又被旺火收干，喷洒绍兴花雕，立即关锅盖几秒，然后放姜、红白酱油，放少量水，小火煮，煮一半再放糖，尽量放冰糖，筷子可戳进肉皮开始用半旺火收汁，直到铁锅发出“滋滋”声，意味着水已煮干。虽然记全了，但如果味道以十分评，我煮的红烧肉，一次次地试，只能到七八分。

手势！手势！妈妈和宝珠老是强调手势是关键，听起来，是天赋的问题！

容智被判处劳动教养一年。

楷文去了美国。

这一切发生在暑假结束后。

容美才知道，楷文还在襁褓时他父亲为了某种不能说的原因去了美国，因为无法回国便在那里成家了。楷文通过父亲拿到了探亲签证。他告诉容美，之前，早在七十年代末，父亲就联系上他，那时便要为他办探亲，他没有答应父亲。那个父亲于他等同于陌生人，他不能原谅父亲抛弃母亲。但“陌生人父亲”倒是不时给他写信或打电话，他曾经说，只有等楷文到了美国，他才会告诉儿子他必须知道的一些事。可是楷文似乎对“必须知道的事”并不太感兴趣。

获知容智被正式收容，楷文就停下筹备婚礼一事，并立刻联系了父亲，说他愿意去美国看看，心下是打算在那里待下去，就为了等容智出来后，把她弄到美国。

为了保证楷文拿到签证，他父亲特地找到所在州的州长，用自己的故事打动州长，州长给上海美领馆写了信，楷文才得以拿到签证。

楷文认为，容智这一进去，再出来就是个“黑人”了，她在国内是不会有什么前途的，所以，他得赶快去美国把身份搞定，然后把容智弄出去。

已经开学，容美弄了一张病假条寄去北京学校。她去机场送楷文，怀着感激和因侥幸而带来的快乐，她认为他去美国开辟新天地，对于容智而言是值得期待的希望！终究，容智的明天不会漆黑一片。

奇怪的是，听起来拿美国签证难于登天，国际机场大厅却挤满人。只见每一个出发去美国的人后面，都有一支长长的送行队伍，队伍里的每一个人，似乎都隐约怀着也许会步其后尘的愿望，所以这挤满送行者的候机大厅里毫无伤感气氛。

唯有楷文的送行队伍孤零零的，只有容美一人。楷文的母亲有心脏病不适宜到机场送行，他和她是在家里告别。虽然楷文说，他也会把母亲办出去，但是，他体弱的母亲是否能等到那一天？楷文是孝子，曾经一心一意要陪伴母亲到她百年，现在却为容智改变了自己的人生。做这么大决定的楷文，仍然是不紧不慢的，好像这是一件多平常的事。在容美眼里，这比看起来英雄气概的男人更男人。

以前，容智总是嫌楷文太上海人，所谓太上海人，就是太世故、太现实、太不浪漫。容美认为，最不懂楷文的，恰恰是他爱的女人。

此时，楷文对于关在监狱的容智来说，早已是陌路人。容美很怀疑容智是否还会想起他来。容智说过，她是个最不喜欢甚至讨厌怀旧的人，因为已经过去的人生没有意义，不值得怀恋，她情愿忘记与过往有关的任何人。容美又想，也不能对容智说过的话太当真，她喜欢说些极端的语词，她的性格偏激烈。

楷文这边，他帮容智到处找关系通路子也好，要求父亲给他担保出国只为曲线救容智也好，所有这些，楷文要求容美答应他都不要告诉容智。无论他在外面做过多少努力，他都不想让容智知道。他说，他知道容智会不乐意。他后面的话不说容美也明白，容智不愿意她看不上的人帮她，令她负担人情债。楷文又说，事情都有变数，不要让她失望。事情的确有变数，楷文托出去的关系并没有太大帮助。

容美遵守诺言没有告诉容智楷文所做的一切，其中有她自己的顾虑：除了担心事情不成功平添容智的失望之外，她怕容智反感她去找楷文帮忙。她不知道容智是否已看出她对楷文的好感。容智看起来直率透明，其实很难捉摸，对旁人常常一眼洞穿。

事实上，她并没有机会和容智交流，容智案子未结前，不能和家人见面。自容智进了劳教所，容美给她的信都是有去无回。

楷文走进安检那道门时，又回转身再一次关照容美，如果有机会给容智送书，一定要带一本《英汉双解字典》进去。他说听坐过监狱的人讲，读字典比读任何书都能让人安静下来。他直到这时才说出他的担忧：他怕容智扛不住，这劳动教养跟吃官司有什么差异呢？她一向骄傲眼界高，遇到这么冤屈的事，如何咽得下这口气？楷文还是没有把所有的话说出来，他真正的意思是，这字典是一个具体可见的希望，容智读了字典就会明白她以后的出路在哪里。

该说的话都说完了，楷文向容美招招手，他就这么轻描淡写地做了一个再见的手势进了安检区域，就像在路上碰到熟人，说了几句话便各自去不同地方做自己的事去了。

容美回到候机大厅的椅子上坐了一会儿，她起身准备离去时，突然就觉得腿发软，她坐回椅子垂下头手蒙住眼睛。容智出事以来，除了在楷文家那一次，她再没有流过泪，她身体里一直有团火在烧灼，现在火突然熄灭，有一种四周都是灰烬的死寂。

是她自身的空洞让她觉得自己变成了一堆灰烬，轻风就能吹走。大厅里满满的人群仿佛吸去了她的能量，她必须用楷文做过的许诺给自己加油，可是，突然又觉得这希望渺茫。

容美回北京上学，有一种逃去远处不用面对父母的释然。事情到了这一步，她正在慢慢消化，学会接受，她隔三岔五打电话给元英，似乎在提前安慰她，也在试探她是否知道。她终究有点心虚，不敢提容智，元英也不问，她倒是觉得奇怪，元英怎么也不提容智？

有一天元英突然说："元福有个朋友在殷高路，他都知道了。"

容美一惊，惊得无言以对。

这么说，容智的事元英都知道了！她连妇教所在地殷高路都知道！奇怪的是，不直接问我！也不来和我讨论！容美心里自语，这是什么意思？

她走神时又听到元英在说："你姐姐的事元福知道，他知道等于全上海人都知道了。"

一股火腾地从容美胃里冒出来，“他知道也好，全上海人知道也好，容智并没有做违法的事，因为拿不出结婚证明就被认为有卖淫嫌疑，这也太离谱了！和她过夜的老外是她未婚夫，她是要结婚的，她被抓的那个白天还和我通电话，说好去功德林一起吃晚饭，我可以把户口本给她。”

“户口本？”

“她想要户口本去登记结婚。”

“你没有告诉我！”

“我不告诉你是因为你要反对……”

“反对什么？”

“反对她和老外结婚！”

“你那时已经认识那个老外？”

“我怎么会认识？人都没有看到……”

“那你怎么知道他是老外？”

“容智被抓我才知道！”

“不管怎么样，女孩子还没有结婚就不应该跟男人过夜，还是个外国男人……”

“这个你就不用说了！”容美不耐烦地打断元英，“你这大半辈子就在讲这种道理，讲这么多有用吗？”

“是啊，现在才知道有些事命里注定。我想来想去，我并没有做错……”

“怪伐，她出事跟你有什么关系？再说，她又没有做坏事，无非是……”

“不要讲了，难听伐？”元英猛地打断容美，“我是不想跟你小姑娘讨论这种事……”

“那我挂电话了！”容美比她还不耐烦，憋了这么久，一肚子的话本来是可以跟自己家人倾吐，偏偏遇到一个喜欢说教的母亲！她这时想到宝珠，她想，宝珠如果遇到这种事肯定不是这种态度。

“我总算明白什么叫有种出种！”元英挂电话时嘀咕了一声被容美听到。

“你说什么有种出种，我爸这么正经的老好人……”容美又拨电话过去。

“跟你爸爸有什么关系？当然是讲你舅舅！”

“怎么又说到舅舅，跟他有什么关系？他远开八只脚，这两年都不怎么来往！”

元英一愣，突然就挂了电话。

容美获准去殷高路探望容智被安排在寒假结束后，容美不得不旷几天课留在上海。如果不是因为等着获准去探容智，容美真想寒假结束前就回北京校舍，家里的低气压比她想象得还要压抑。

此时容先生也知道了状况，当然是元英告诉他了，夫妇之间几乎不聊这件事，至少容美在场时他俩闭嘴不谈。夜晚的饭桌上，容先生喝了几口小酒便唉声叹气，容美感觉到憋闷在他心里的还有其他事，元英总是虎着一张脸，让容先生欲说还休。

探监的事，容美也不想提了，这话题太敏感。在这个家，有关容智的消息或其他坏消息，总是被放大，被朝着更坏的方向推测。

探监时间安排在早晨八点，殷高路在杨浦区，容美预先查了地图，她将换乘三辆公交车。容美怕错过时间，五点多就起床赶早班车。对于容美早起出门这件事元英没有过问，她以前管头管脚诸事要问，现在似乎缩回无形的壳中，什么都不想知道。

凌晨气温降到零下好几度，出门时天还黑着，公交车站空无一人，可能来早了。容美宁愿等候头班车，也不要让自己迟到，失去这第一次探视容智的机会。

容智进劳教所三个月以后，才回复容美的信并答应她来探监。容美无法想象容智那段日子的内心经历，给她写信总是左右为难，仿佛写任何内容都可能刺激到她，最后就只能写成简单的问候信。

容美的双肩包很沉，包里一叠给容智看的书中，有一本楷文特地关照的《英汉双解字典》，这本字典挂在容美心头，心心念念只等探监日到来带给容智。楷文离开后便没有任何消息，也许诸事未妥，她已经不断听别人说，出国最初的日子相当难，她很明白，这“难”的过程楷文是不会说的。

她还准备了一堆吃食，包括她给容智煮的红烧肉。容智并没有要求容美带任何东西，容美只能以自己对容智的了解而准备她可能需要的东西。

清晨的寒风把容美的两颊吹成两片冻肉，尽管她的羽绒服有帽兜，脖颈处还用围巾裹了一层，这刺骨的冷却难用衣物抵御，她套在棉手套里的手指也是冰冷的，她不由地在手套里握住拳头。

她站在车站便想起宝珠和芸姐姐许多年前的那次探监：她们走在乡村泥路上，带去的东西越来越沉，她们走不动了，面临是否扔东西的选择，她们在荒郊野岭抱头痛哭。她想自己比她们好很多，在柏油马路等个早班车而已，即使容智是冤枉的，比起元鸿舅舅也好多了。元鸿难道不冤吗？他没偷没抢没贪，被关了十五年，刑满也不能离开劳改农场，得等到退休才能回上海……容美这般比较着是给自己鼓劲，可是她却哭了，她像幼年时那样发出“呜呜呜”的哭声，为何这么久以前的噩梦又降临在自己的家？为何让容智碰上了？容智这么骄傲心气这么高，她连楷文都看不上。容美也是为自己哭，冷、孤单，这一刻，还有一种奇怪的预感，她没有机会和容智相处了，虽然她马上要见到她了。

车站陆续来了几位乘客，容美已经冷静下来，车子也终于来了。她坐在车里看着晨曦渐渐染白车窗外的一切，晨曦也把现实照亮，不远的前方清晰刺眼，谁都害怕和“妇教所”这一类机构打交道。先前的伤感转变成强烈的不安，她的不安里有着不知道将面对什么的恐惧，对这个曾经以为与自己人生无关的黑色世界的恐惧。原以为自己循规蹈矩人生就安全了，可是，你还有家人，你无法担保自己家人和你一样循规蹈矩，当他们遇上事，你想，还不如让你自己遇上，自己承受不幸可能还好受一些。

天亮了，天空有些阴沉，朝霞还没有出来？或者今天就是个阴天？她也不知是天阴还是自己心情阴暗，她更不晓得容智会是什么状态，她有点怕见到容智，不明白自己为何这么忐忑？

到了殷高路快要接近妇教所时，已经看到门口有不少人，想来都是探监的家属。他们站成好几堆，在聊天。他们是自己家人在聊，还是经常来探监互相都认识？她觉得不可思议，他们竟然可以若无其事地站在殷高路这种地方聊天。

胡思乱想间，容美听到一声“咪豆”的呼唤！她以为自己神思不清，却看到人堆里出现芸姐姐，笑着向她走来。容美像看到救星，得救般地笑开来。

“芸姐姐，你也来啦？想不到你也来了！”容美因为激动而絮絮叨叨，“想不到……想不到呢……我太高兴了，我正担心呢！”

“担心什么？”

“有点怕……”

“怕什么？”

“不知道！就是害怕！怕来这样的地方……”

“别怕，就像进医院看病人。”

芸姐姐的话让容美诧笑，她后面的话更让她意外。

“我已经来过两次，开始也是说不出来的怕，来了两次就不怕了！”

在让亲妹妹探望之前，已经让芸姐姐来探望过了……原来容智更信任芸姐姐而不是自己的妹妹。容美心里不是滋味，芸姐姐却心疼地摸摸她的脸。

“天气这么冷一早让你出来。”

“我是亲妹妹，我来看姐姐是应该的。”

容美负气的回答让芸姐姐一愣，她脸上的表情僵了两秒钟，马上又笑了，是芸姐姐特有的好脾气的笑容。

“容智怕你受刺激，毕竟我是经历过的，我连白茂林农场都去过，虽然我……我是非常不想再经历探监这样的事……”芸姐姐的眼圈红了，“容智也够倒霉的，可是她比我想象的硬气。”

芸姐姐很快控制住自己的情绪，红眼圈也跟着消失。容美感激地抓住她的手臂，很想靠着她的手臂再哭一场，但妇教所的门打开了。

容美还是受到了刺激，那可是跟进病房探病人完全是两码事！探视室是一间空荡荡大房，中间一长排类似于学校课桌的桌子隔开了里面和外面的人。她们，二十多人排队出来，穿着统一的囚服，并列站在桌子面前，一个紧挨一个，家属们哗地涌过去找到自己探望的人。

如果不是跟着芸姐姐走到容智面前，她甚至没有立即认出容智。容智剪了短发，有两撮碎发翘起来，松松垮垮的囚服穿在身上像病服，肿着眼睑，人显虚胖，就像刚生完孩子的产妇。容美的眼泪就流下来了。

容智目光冷冽，说了一句，“所以我不要你来看我！”

容美哭得更凶。

芸姐姐在旁边催促，“快跟你姐姐说话，只有五分钟时间！”

周围已喧嚣成一片，里面的人和外面的人隔着桌子说话，这么多人紧密排列同时说话，每个人的声量都拔到最高，并且语速飞快。

在失控般的刺耳的人声鼎沸中，容美再也无法控制自己的哭泣，简直是越哭越凶猛。

芸姐姐便扔下她和容智说话。只有五分钟，不讲话就白来了！芸姐姐后来这么解释，有点怪容美不懂事。容美泪眼朦胧中看到容智在听芸姐姐讲话时笑了一笑，容美这才停止哭泣，对容智说：“我给你带来红烧肉……”容智微微皱眉看着容美，“我早就不吃肉，吃素！我告诉过你，忘了？”这时，探访结束的哨子响了！

劳教女犯们迅速转身排队回房，容智滞留了几秒钟，立刻成了队伍最后一名。进囚门前，她停下来凝视容美，容美看见，容智的眼眶盈满泪水。

带进妇教所的东西是通过看管拿进去的，家属们出来时，部分物品被退回来。其中有容美带给容智的红烧肉，因为红烧肉装在大口玻璃瓶里，玻璃制品禁止带入。

容美一怒之下将瓶子连同红烧肉一起扔进了门口的垃圾箱，一时间又流下眼泪，心里更后悔自己浪费了那么宝贵的五分钟，竟然没有和容智说上话。她明明有很多话要告诉容智，可是场面这么喧嚣，简直是疯狂，就像进入疯人院。人人在扯着嗓子喊话，歇斯底里地喊，包括芸姐姐，她也在喊。芸姐姐喊话喊得飞快，只听见声音只看见双唇在翻动，却听不清她说的话。容美因为太过惊骇而发不出声音，只能哭泣。

芸姐姐已匆匆离去，她要赶去单位上班。容美有种感觉，芸姐姐是故意急着去上班，为了躲避和自己说话。

容美在想，下一次她会有所准备，像芸姐姐那样，抓紧时间和容智说话。她不知道芸姐姐说了什么让容智笑了一笑，她得预先准备说些什么可以让容智笑一笑，可是，容智没有给容美第二次探望的机会。

这年暑假，容美硕士毕业，被分配到上海的大学。容智被提前释放，她没有回家，而是直接去了北京。

第三部

一

端午节的肉粽，也是妈做的美味中的极品。虽然就那么几个步骤，但是，粽子裹得紧不紧是手上功夫，样子漂亮不漂亮也是手上功夫。糯米和鲜肉的作料配比要恰到好处，更是靠手上感觉，也就是，妈一直提到的：手势！问题是，这不是科学的调配方式，全凭经验。我必须仔细观察做记录，让妈复述，反而会漏掉细节，因为，那些细节对于她而言是下意识的动作，她未必记在心里。是的，步骤就是这么简单：糯米淘干净后放作料，作料就是鲜酱油红酱油料酒和盐以及生姜片；粽叶用开水泡后一张张洗干净浸在凉水里；仍然是黑毛猪五花肉，去皮，切小块，肥瘦各半，在作料里浸一晚，包粽子时，把浸过肉的作料拌在糯米里。关键还是糯米咸淡难掌握，糯米的酱油色不能太淡，淡了看起来乏味没有食欲，但也不能酱油色太深，那会让人厌恶。每只粽子放两块肉。鲜肉粽的口感，除了肉质好肥瘦搭配咸淡适中之外，关键是，粽子要扎得紧肉汁才不会逃走，煮得透，糯米的糯才会煮出来，粽叶的香才会深深渗进米粒，包裹住的美味才会有冲击力！喔，美味的冲击力像一阵浪头打来，从头盖到脸，窒息一般的快感。妈包完粽子已是深夜，一锅粽子通常从夜深煮到清晨，煤气火开到最小。回想起来真是危险，万一煤气火灭了怎么办？原来，我们曾经每年都在冒着风险过端午节。自从容智离开我们，妈就不再包粽子。过端午节，我给她买嘉兴的大肉粽，她吃了一只就不吃了，让我带回自己家。我告诉她，嘉兴的粽子的确不如你包的好吃！她却告诉我，宝珠包的肉粽更好吃！又说，你们不可能吃到她包的鲜肉粽，自从元鸿进监狱，端午节宝珠不再包粽子。

原来的“两万户”拆了，元鸿又换地方了，这次还是靠女儿帮忙。芸囡帮他弄了一间老洋房的亭子间，虽然小但在市中心。亭子间的北窗对着后门窄弄。这条窄弄有一户底楼人家的房子直接通向街面，房主便将房子租出去变成了餐馆。后门厨房对着窄弄，整日烟火缭绕，弥漫着油烟味。厨房外的阴沟常年堵塞，浮着一层菜油的泔脚水流向窄弄四处，带出剩饭菜渣。

因房主去了国外，愿意低价出租亭子间，元鸿才得以搬回市中心。

元鸿虽住到市中心，假如要维持生计，蛋摊还是要摆。在市中心摆摊难度更大了，为躲避城管和居委会巡查，他整日东走西窜，将周围的“活弄堂”都摸得一清二楚。

上海弄堂有两种：一种弄堂只有一个进出口，以前有铁门把住；另一种弄堂两端都有进出口，通向两个街口，这类弄堂被称为“活弄堂”。元鸿必须在活弄堂摆摊，一旦城管出现，溜起来容易。

虽说不安定，元鸿也已习惯。这种不安定的买卖大多发生在清晨，白天时间很长，他仍有多余精力，不知哪一天开始元鸿便去附近公园跳起了交谊舞。

元鸿年轻时风流倜傥常上舞厅，在一群退休老人中，他曾经娴熟的舞步和当年舞厅里摆过的“功架”再次显山露水，在公园的交谊舞圈子一亮相，便令人惊艳，强烈地吸引着一帮女性舞伴。这些女子退休后难耐空巢寂寞，便开始热衷跳舞。姚琴晓是其中一位，她做了多年幼儿园老师，有种为人师表的端庄，退休不久又丧夫，虽已年过六十岁，犹存一丝风韵，人们都称她姚琴。

姚琴的亡夫是资本家子弟，她嫁给他后也跟着过了几年讲排场的生活；后来经历过“文革”，也能过拮据的日子。这个阶层的人经受了极端的磨炼，性格上反而比其他人更稳得住。八十年代上海民间流行跳交谊舞，她丈夫当时也是个舞迷，热衷在家搞家庭舞会。姚琴不爱运动，也不爱跳舞，但她性格温和夫唱妇随，家里来多少人跳舞都不会抱怨。退休后丈夫去世，姚琴的人生陡然一片空白，便也去公园加入交谊舞圈子。在这个圈子里，她遇到元鸿。

元鸿有他的做派，这做派平时是看不出来的，但舞曲响起来，他的派头就出来了。他让姚琴想起自己的丈夫，丈夫比她年长十几岁，但比元鸿年轻，他们这般上年纪的男子身上才有正宗的舞厅舞腔调。从元鸿的目光来看，公园舞伴中，姚琴的样貌和风度最出色，很快，她和元鸿成了比较固定的舞搭子。

有一天，姚琴拿了两张鲁迅公园的花展票，在跳舞时便和元鸿聊起这件事，见元鸿感兴趣，便邀元鸿一起前往。元鸿对花展并没有兴趣，他只对与姚琴作伴有兴趣。

那天花展人很多,他们稍稍看了一下就离开了。元鸿虽然钱紧，但在他看重的女子面前，还是要有些表示。那天，他要请姚琴去点心店吃点心，但附近的点心店要么太破，要么就是小青年的时尚场所。姚琴便说，她刚包了粽子，不如去她家吃粽子。元鸿吃惊问，已经到端午节了吗？姚琴笑说离端午节还有半个月，她包粽子实在是为了打发时间。

姚琴煮了一锅枕头状的肉粽，说因为丈夫只爱吃肉粽，所以她最擅长包肉粽。

元鸿是吃客。这姚琴的肉粽他一咬进口，就晓得是上品。其粽叶裹得紧实，米粒煮得透，粽子里的肉用的是优质五花肉，夹肥夹瘦，肥肉融入米粒，米和肉预先在作料里浸透，味足透鲜，油滋滋的糯米咬进嘴的瞬间，全身心都沦陷在有罪恶感的美味里。年老的身体承受不了难消化的肉粽的担忧在他心头掠过，但他仍是不管不顾豁出去了。

元鸿前半段人生有丰富的美食经验，在被美味征服时心头有了感触。他那一刻想到了宝珠的肉粽，他认为在烹调手艺上，至少在自制肉粽这一点上，大概只有姚琴和擅长烹调的宝珠不相上下。

这天在姚琴家，他吃了两只肉粽，还带了几只回家。他们两家相距只有十几分钟的路程，不过，这是他唯一一次被邀请。

那次临时邀请，是心血来潮一时兴起，之后姚琴才有了顾虑。把元鸿请回家这天，她看到了邻居八卦的目光。后来过了两天，还有邻居拐弯抹角打听，以为她有再婚打算，这让她十分羞惭。她再一次体会到，这种弄堂老房子，家里进出什么人，邻居都看着，他们比看门人还尽责。

姚琴为了保护自己的清白名声，不再请元鸿上门。再说，她和元鸿单独相处时，心里也是有点忐忑的：这个老头子的眼锋锐利，有种侵略性，让她禁不住心跳，所以她必须更加矜持。她有意无意让他明白，自己除了跳舞，不会与他有其他关系。

那天在姚琴家，一些东西唤醒了元鸿的记忆。姚琴的家里，有一堂旧红木家具，是昂贵的紫檀木。姚琴说，“文革”结束时，他们要不回自家的红木家具，便开始淘旧红木家具，在各处旧货商店转悠，因为丈夫喜欢红木，淘家具成了他们度过业余时间的主要方式。他们用了近二十年工夫才收齐同一款的紫檀木家具，家具收齐不久，丈夫就离世了。姚琴感叹说，有什么意思呢收这些东西？我宁愿老头子活着，家里一无所有。

姚琴这句话触动了元鸿。他忆起刑满后第一次回上海探亲时家里的空荡感，虽然那时宝珠和芸囡早已被赶到亭子间，家里的空间是拥挤的，但他还是觉得空，是心里空，那些昂贵的红木家具没有了。宝珠告诉他，幸亏这些值钱货早在大抄家之前的十年间给变卖了，为了弄点现金，这现金大部分换了吃食进了肚子！她告诉他，有种侥幸的语气，还有点理所当然。她当时说了一番话，他一直记得。

“你进去后，家里的好东西在我眼里都不值钱了！一件件地卖，换成现金，让自己和芸囡过得舒服一些！那种感觉是，今天不知道明天，好东西还不是身外之物？它们可以传几代，传下去干什么？怎么知道永远属于你？果然‘文革’一来，不都抄走了？虽然当时并不知道后面还有‘文革’，只有一个念头，想方设法对自己好，照顾好芸囡！你回来时我看起来没有苦相，是吧？我要是一脸苦相，你这个劳改犯也是会嫌弃我的。”

她用“劳改犯”这个词，带着玩笑也是故意刺他。他当时笑笑，心里还是有莫名的空虚，对失去的好东西。但他掩饰住了，他藏着对宝珠的怨尤，顶多去向元英抱怨一番。

他现在回想，才发现自己不识好歹，他没有懂宝珠对自己的心情。他好像刚刚看清那时候的自己，从监狱出来，对物质的贪婪并没有被磨灭，反而更强烈，一个什么都被剥夺了跟乞丐一样的人，而且已经年老不再有翻身机会，却这样贪心。他活该受宝珠嫌弃。

姚琴家跟他家一样，抄家后被赶进一栋楼的其中一间房，因为这栋房当年是用金条顶下来的，没有房产证，“文革”后即便落实政策，也无法把房子归还了。

不同的是，姚琴的房间仍然勉力保持了她希望的体面：方台子上铺着白色镂空编织台布，台布上压玻璃板。一对单人棕色皮沙发成直角摆放，茶几上铺着同质台布，台布上也压玻璃板。床上覆着白底色点缀红色草莓图案的缎面床罩，房间显得明亮而雅致。这样的人家和摆设在上海大概有成千上万，是普通夫妇共度岁月的家的模样。

墙上挂着他们的结婚照。披着白婚纱的姚琴看起来太年轻了，还满脸稚气。姚琴说她早婚，那时才十九岁。玻璃台板下压满了照片，其中有几张，几乎让元鸿以为是自己和宝珠的合影。那是五十年代的照片，男人西装革履，女人烫长波浪穿高领旗袍。年轻时的姚琴，或者说穿旗袍烫长波浪画细眉涂唇膏的年轻女人，在元鸿眼里，都是年轻的宝珠，穿西装打领带梳三七分头的年轻男子是他自己。

姚琴说，她和丈夫感情很好，一起经历各种运动，是患难夫妻。

姚琴的故事让元鸿不无感慨，他想着宝珠，她没有那么好的运气，守活寡多年，重聚后两人之间凸现很深的沟壑，他曾经对她怨恨。此时，就在姚琴家，他对宝珠的内疚感，比在监狱时还要强烈。

他涌起探访宝珠的冲动，却又怕被拒绝。他到底还是太爱面子，尤其在女人面前。

离开姚琴家后的有一天，他给芸囡打电话，问起宝珠，说想去看看她。芸囡却没好气地关照他："千万不要，妈现在有高血压，长期服药，看到你会生气，血压会上去。"

"你……那里的事，亲戚中都会传的……妈想起来就会伤心……"

这事便是指和阿馨的往来。他没有料到这事会让宝珠伤心，他离开她时，觉得自己在她眼里已经一钱不值，是一件垃圾。

芸囡这么一说，想见宝珠的心思更强烈了。

于是有个早晨，他带了几斤土鸡蛋去看宝珠。他在楼下按铃，宝珠从楼上探出头，看到他竟问："你找谁？"

"给你送点土鸡蛋。"

"我胆固醇高，不吃蛋了。"

然后她就关窗不再理他。

他在楼下大喊："我把蛋留在门口了。"

于是后门开了，楼下的老太刚才一直在偷听，终于忍不住现身，指指宝珠家的灶头，让他把蛋放在那里。

当天下午，芸囡就来电话。

"爹爹你有什么事要帮忙，我会帮你，就是不要再跟妈搞……你给她的蛋，她一个都不要，我拿走了。你要是再去找她，让她伤心，我也不会再认你这个爹爹了！"

芸囡的话让元鸿心寒，可又不便发作，他住的房子是芸囡通过自己老公的工作便利搞定的。他以前是多么宠爱这个女儿，即使探亲回来，芸囡还是和他亲的；直到他和宝珠大吵，摔了家里的热水瓶，搬去农房，芸囡才开始和他疏远。芸囡跟宝珠一个口吻，认为他没有良心。后来他和阿馨往来，他虽然知道这种男女事情很容易纸包不住火，火光还没有出来，冒点烟人家老远就闻到了，但作为被嫌弃的孤老头，他怎么会料到这件事让宝珠和芸囡无法原谅？

他这么一推想就有点恨阿馨，因为她来一下又消失了，虽然那次，她撞见了蹄髈摊的女人，那又怎么样呢？她不是也有老公吗？

所以，他认为，他有过关系的这些女人里，阿馨是最不可靠的，也是最能让男人上当的。你看她，好起来，每天换三部车，带了多少营养品过来，怎么骂她奚落她都赶不走。接着，说翻脸就翻脸，一下子又消失得人影都不见，这么多年，一点音信都不给。

和姚琴的往来，让元鸿想起那么多往事，他曾经认为自己成功地忘记了过去。她的温婉让他不敢轻慢，他渐渐看明白，姚琴不过是借跳舞赶走寂寞，她并没有其他念头。她有个女儿在日本，说她女儿才结婚几年一时不打算要孩子，假如哪天生了孩子，她是一定会过去帮忙照顾的。

像姚琴这样的女人，到了这种年龄是不会轻易和什么男人有特殊关系的，除非他在她身上下足功夫。那年他已经七十五岁，对女人的欲望，还没有完全消失，但那也不过是残余的欲望，就像一顿饭留了点残羹剩汤，他胃口不佳，可吃可不吃。他去公园跳舞也是打发时光，如有女人愿意和他上床，他是有能力的，要让他花工夫，他已经没有这份兴致。现在的自己已经像条丧家犬，东搬西迁，没有一个固定长久的住处。他没有资格对女人主动，他受不了被女人拒绝，那是他还拥有的可怜的自尊。

阿馨却在这个时候出现了。阿馨并不是通过元福马上找到元鸿的。她辗转了好几处，都是元鸿短暂住过的地方，最后，她去了好几趟元福家，送了各种东西，从补药到火腿到进口水果。元福搪塞不过去，只能硬着头皮给芸囡打电话，他是做好被芸囡呛的准备。前些年，元鸿和阿馨往来时，芸囡来问过他，他却推说不知道，说自己已经很久不和元鸿往来，但芸囡认定他是知道的，那以后他也不敢再去宝珠家。

他给芸囡打电话，找了一个借口，说他刚刚退休，现在有时间去看望元鸿了，还想给元鸿送点补品去。这是真话，元福虽然很省，是吝啬鬼，但对补药之类一点不相信，想着还不如做好人转送给元鸿。他的确也是刚退休，无聊时挺想和元鸿聊天。

所以这个借口讲出来也很理直气壮。芸囡似乎没有追究过去那些事，很爽快地给了他元鸿的新地址。他猜想，这些年阿馨的消失也一样会传到她的耳朵。他同时又担忧，假如阿馨重新出现在元鸿的生活中，是否自己会被卷入？

没想到芸囡却说，爹爹年纪越来越大，你多去看看他。又说，现在倒是希望他身边有个女人可以照应。这听起来有点像上海人说的在向他抛“彩色翎子”，所谓“翎子”是暗示的意思，“彩色翎子”即暗示性已昭然若揭。芸囡的暗示是，她不会去管元鸿跟谁往来，也就是，她可以默认阿馨与元鸿往来。她该明白，以元鸿这样一个从劳改农场出来的一无所有的老头子，肯照应他的女人就是阿馨了。虽然元福并不清楚这个暗示里是否有宝珠的意愿，但以宝珠现在的年龄，她不可能再去吃阿馨的醋了。

他差点说出阿馨要去找元鸿，又适时忍住了。以女儿的立场，芸囡可怜元鸿没人照顾，但是，假如宝珠对此反感，她也是要顾忌宝珠感受的，她们母女俩感情很深。无论如何，他不能置芸囡于尴尬境地。

元福提着阿馨给的补药去找元鸿，元鸿没有给他好脸色，这个他也是料到的。他带去自己的病历卡，向元鸿证明这些年他身体一直不太好，肺里查出结节，医生怀疑不是好东西，开刀做切片，虽然检查结果是良性的，但肺因此常感染，诸如此类。

“阿哥，我不去看你，你怎么也不来看我？兄弟之间谁也不欠谁。”

元福虽然笑着说，却也是话里带骨头，心里说，你坐牢又不是我们害的。

“那这些东西你自己拿回去吃，给我干什么？”

元鸿没好气的，却也已经释怀，然后说了一句让元福大骇的玩笑话，“我还以为你和阿馨勾搭上，怎么她不来你也不来了！”

“过分过分，这种话也说得出！”

元福大摇其头。元鸿不响，元福趁机说服。

“她那时一心一意对你，那几天没去，是在和房管所管理员打交道，设法帮你弄一间房，这件事有了眉目，才去找你，没想到你房间里有其他女人，她跟那个女人打架，你居然看白戏。”

“噢，你听的是一面之词，我的怀疑是有根据的，果然就去你那里诉苦！”

“这些事我最近才知道，她来找我，说老公过世了，她想跟你复合……”

这话让元鸿的浓眉竖起来，大为光火。

“不要跟我提这个女人，她在我眼里一钱不值，想来就来，想走就走，几年都没有消息，我又不是东西，放了几年还能用……”

“你误会了，她说跟你吵架那天下午，也就是她在你家时，他老公和朋友一起吃饭时突然脑中风，他们给她 call 机上发了几十条短信，那时，偏偏 call 机忘记在家，她回家才发现，老公已经被救护车送到医院，命救回来人瘫了，她整整服侍了七年！”

元鸿不响。元福趁机劝说。

“她说这是命里注定，看到你有其他女人这天，老公偏偏生大病，所以她就全心全意服侍老公。你不要总是怪别人！”

元福自从身体弱之后，反而头颈骨硬起来，想到元鸿，元福心里也有不平，他作为大哥只会麻烦别人，自己没有能力帮人，还一副欠他账的腔调。自己干吗去看他脸色？又不求他！

元鸿笑笑，他去拿了一张照片给元福看——是一群老头老太的合影，元鸿也在其中。元鸿指着身旁一个女子告诉元福。

“这个女人，不知比阿馨强多少，我和她在来往。”

元福吃惊地看看元鸿又去看照片，嘀咕着，“侬这只老邦瓜，艳福不浅嘛！”

“不要想歪了，我们不过是舞搭子，每天跳跳舞，很开心，没有其他事。她以前在幼儿园上班，人很斯文，家境也好，我很尊重她。到了这把年纪，也可以歇歇了，男女事不想了，人老更要自尊自爱，否则就被人骂老瘪三！”接着又补充道，“这帮人在旁边公园跳舞，我没事也去跳，在公园的交谊舞圈子，我这身功夫，还在学功课的其他老头子哪能跟我比，所以这个叫姚琴的女人要跟牢我跳！”

二

阿馨要元福给她地址，元福不肯给，给阿馨地址不是惹是生非吗？他不仅担心元鸿的暴脾气，还担心阿馨，现在的阿馨不再是前些年的阿馨，她变得暴躁易怒，两人碰到一起闹出事怎么办？

元福劝阿馨不要再去找元鸿，他也没有地址，不过是和元鸿通过电话，听起来他现在不想和任何女人有来往，因为他住着芸囡给的房间。

“何必呢，还要倒贴钱看他脸色，人家宝珠都嫌弃他，把他赶出家，你去拾这臭包袱干什么？他已经七十多岁，老话说七十不留夜，八十不留饭，这把年纪随时会病倒你还要服侍他？”

元福为了劝她故意把元鸿贬低一番。

“你不懂，我现在寂寞得要疯，宁愿被他骂，宁愿服侍他，也好过一个人在家，每天起床不知道这日子怎么过下去！”

这话让元福有几分发怵，觉得她的精神状态有问题。这种状态下，他更不敢告诉她元鸿对她的反感。

然而，一来一去的对话里，阿馨套出了元鸿住的地方在第一妇婴保健院附近，元福为了强调元鸿卖鸡蛋不易，渲染他如何熟悉周围的“活弄堂”，在那一带打游击摆摊。

阿馨明白自己该怎么办，她可以在元鸿每天卖蛋的时间去医院附近的弄堂走走，假装在路上与他撞见，虽然她对那一带不怎么熟悉。

其实，就元福来说，他也不太知道自己是否有意无意在对阿馨“放水”，他实在也是被阿馨有点病态的痴心给感动得心软了。

阿馨现在常常下半夜失眠，清晨四点就起来了。准备去找元鸿那天的前一晚，怕自己睡不好，吃了两颗安眠药，竟一觉睡到七点。她起床后蒸了两个包子，热了一杯牛奶，平时她只吃一碗薄粥一个包子。这天早晨打算吃得饱饱的，潜意识里好像准备去和元鸿打一架似的。但阿馨在理智上还相当清醒，她不是去和他吵架，是去和他讲和。

那天她精心挑选衣服，头发前一天已去洗剪吹并焗了油。她在镜中无法真正看清自己，只有找出前些年的照片和最近的照片比较，才能发现自己的确老了一轮。所以她出门时心是虚的。

事情并没有她想得这么简单，医院旁边弄堂并不多，周围都是小马路，有些干净有些杂乱拥挤，马路横七竖八，她走进某条活弄堂便像进了迷魂阵，兜了老半天，去到了另一条街，很快就累得失去找到元鸿的动力。

这天的阿馨为了好看，衣服穿少了，春天风大，她在弄堂里吹到过堂风，回来就伤风了。她心情郁闷睡眠更不好，次日伤风演变成重感冒，先发烧，烧退了又咳嗽，一咳咳了两个礼拜不止，不得不去医院打吊针，一个多月后，才算痊愈。

其间，她和元福通了两次电话。这段时间，元福倒是去探望过元鸿几次。关于元鸿，阿馨知道得越多也就越没有信心。

“没想到现在的元鸿变成了读书人。”

最近元福这么形容元鸿。他口中的读书人，是指元鸿不仅去跳舞，还迷上写书法，如今元鸿每天下午在家写毛笔字。

元福说，他才知道元鸿从小学到中学练过好几年书法，最初是他父亲逼着他练，元鸿父亲认为字是人的另一张脸，拿不出一手好字，做人也是不体面的。

元鸿写一手好字这件事，阿馨以前在元鸿的小工厂上班时，听那些女眷们称赞过。

阿馨不知道，元鸿重新拿起毛笔也和姚琴有关。姚琴告诉他，下午这段时间，她常用来写小楷，以前是跟着丈夫练习毛笔字。于是元鸿想起自己的特长，他不舍得去中小学生的文具店买笔墨，让芸囡从单位弄些纸和笔墨。芸囡当然义不容辞，也很高兴父亲有了比较上台面的爱好。于是，元鸿的字是写在芸囡单位的信纸上。芸囡看到元鸿的字，十分惊叹，没想到父亲还有这一手，终于有这么一点点长处可以让她小小骄傲一下！她去福州路兜了一圈，买来一大卷毛边纸以及大瓶墨汁和优质毛笔。

元鸿在家写起毛笔字这件事让阿馨涌起自卑，她从未进正规学校读书，不过是读了几年夜校扫个盲而已。

感冒期间，她要去找元鸿的勇气渐渐消失，并对自己心心念念重续旧情感到羞愧。

“都这把年纪了，保重身体要紧。”

元福这么劝她，这话在她听来甚是刺耳。

她的夜晚梦很多，梦的不是元鸿，事实上，他从未进入她的梦乡。她梦见自己将去和失散多年的女儿相见，一路上颠簸找不到车子，公交车站漆黑一片，也找不到出租车，她在自己的城市里迷路。

每次醒来后，她都要饮泣一番才能让自己安静下来。那些梦让她联想到那段恐惧的岁月，自己的选择到底对还是不对？她到现在都无法判别。大半人生过去了，过了这么多年平淡的没有大喜大悲的岁月，现在却要去见被自己抛弃的女儿是不是太贪心？她在心里谴责自己，却仍然难抑强烈的渴望，想去见女儿，就一次，想看看她的模样。

阿馨为自己开解，找到元鸿，是想把当年的事情说说清楚。经历了丈夫的去世，阿馨想明白了，该说的事该弥补的错，赶快去说去做。她心里还有个妄念，也许可以通过元鸿从元英那里获得女儿的踪迹。

当年元英帮她找人家领养女儿之前，曾再三问她是否从此和这个女儿一刀两断，如果做不到，元英便没法帮她这个忙，阿馨发过誓不会去干扰领养女儿的人家。她哪能预料，到了六十多岁竟然开始后悔，后悔得无以自处！

她知道自己没有理由去纠缠元英，和元鸿恢复往来这件事，看起来也没有多大希望。她过着孤单的日子，心情越来越郁闷，睡眠越来越不好，经常性地焦虑和烦躁，无法让自己冷静。

有一天，她无法忍受寂寞，电话元福说要请他吃饭，元福哪敢应约，以为阿馨又要去纠缠元鸿，但阿馨向他保证绝对不提元鸿的名字。

为了表示诚意，阿馨要请元福去锦江饭店的夜上海，元福却提议去汾阳路的越友饭店。“越友”建在著名的“白公馆”内，“白公馆”便是原国民党国防部长白崇禧的府邸，后来变成上海越剧院院址，再后来就成了由越剧院管理的“越友”饭店。

元福对这些有点来历的地方都很向往，可悲的是他自己的人生却离这些地方十分遥远。他过着省吃俭用斤斤计较的生活，这越友饭店因为在“白公馆”内而出名，他一直很想去看看。

饭桌上元福喝了点酒，不免话多，元鸿和宝珠，宝珠和元英，元英的家人，连元英的两个女儿的事包括容智出国再没有回来的事都说了一遍，他到底还是略去了容智劳教的事，虽然有点酒意，他下意识里还是有分寸，敏感事敏感词不会随便讲出来。

最近这些年，阿馨家周边的小公园撤去售票窗口，公园免费开放。早晨和黄昏，退休人士都去那里锻炼身体。仲春和初夏之交，没有早锻炼习惯的阿馨在邻居鼓动下也加入锻炼行列。她仔细一想，似乎这早锻炼更像是受了元鸿的影响，她是听了他在早锻炼，一向怕运动的她才有了动力。

在早锻炼时，阿馨才突然意识到，元鸿应该也是在他家附近的公园锻炼。她向一些见多识广的邻居打听，“一妇婴”附近有没有公园。他们告诉他，“一妇婴”附近有一个小公园，叫襄阳公园。襄阳公园虽小却有点名气，因为在淮海路上。

她又开始心动，也许哪天去逛淮海路可以进去看看，能碰到他也说不定。她给自己找理由说，不过是找个机会和他说番话。她想让他知道她并没有记恨他，她晓得他会记恨她，为了那次哭着走了之后她不再和他联络。所以要跟他解释清楚，当年遇到蹄髈摊女人之后，回到家丈夫已被送去急救室，之后再也脱不开身。

这也不过是一时的念头，如果没有冲动，阿馨并没有信心再让自己跑到人生地不熟的公园去碰运气。真的碰到元鸿怎么办？在另一种心境下，她完全没有把握，她心中顿时涌起莫名的不安。

眨眼到了秋天，正是上海最好的季节，尤其是十月下旬到十一月初，天高云淡气候凉爽。阿馨和邻居相约去淮海路购物，百盛购物中心和巴黎春天百货有限公司隔着淮海路面对面，两家商场先后开张，正在搞开张营业的优惠活动。

上午时间短，为了省钱不在外面吃饭，她们便吃完早午饭出门，路上花了一个多小时，到了淮海路已经一点多。她们先逛“百盛”，一层一层看下来，什么都没有买，虽然有折扣还是觉得贵，再说，这些衣服鞋子化妆品看起来都是为年轻人放上架的。她们又去了对面的“巴黎春天”，东西更贵了。于是她们打定主意只看不买，只当作“领领市面”，放弃了购物打算，反而很轻松，东看西看时间很快过去。

出了店竟然已经暮色笼罩，她们都饿透了，虽然才五点多，还没有到晚饭时间。两人都奇怪为何这么饿，才发现逛商场是非常耗体力的，这一下午她们还没有坐下来休息过。

她们急着赶回家，走上街看到行人拥挤，公交车堵在马路中央，车厢里黑压压的。她们互相说，现在不像以前，已经没有力气去轧这么挤的车子。站在淮海路陕西路口，她们商量先去哪里吃点东西顺带休息，把拥挤时段度过，便过街去“百盛”一楼的麦当劳。她们进去一看，站的坐的都是年轻人和小孩子，柜台前几条队伍，把店里挤得满满的，便又退了出来。

阿馨说，不如找家中式点心店，也吃得惯。邻居想起来，她丈夫提起过“百盛”附近有家天津“狗不理”包子店，就在襄阳公园对面，只要打听到襄阳公园就能找到。

阿馨听到襄阳公园几个字，心一跳，性急得拉住一位过路女孩打听。女孩笑起来，说，走过去五十米都不到，车站过去一点，她的手朝西面方向一划。

她们一走就走到车站，再朝前走几步就是襄阳公园了。阿馨说自己笨，上一次到长乐路，好像是在这车站上的车，竟然没有注意到旁边就是襄阳公园。邻居问，你怎么会来这么远的地方？阿馨一愣。邻居立刻接上说长乐路上有家妇产科医院蛮有名，阿馨不由点头说，对对对，我就是去那里。邻居问，是去看产妇？阿馨顺水推舟说是的。说着话，她们就在襄阳路口过马路到了斜对面的天津包子店。

进了天津馆子，阿馨便后悔，觉得应该上午就来淮海路，这样还有时间去对面公园走一走。不过，她又想到身边有个邻居不方便，万一碰到他呢？所以还不如自己过来，下一次就知道怎么来了！然后又骂自己，跑这么远来干什么，吃冷风吗？

她们进店时没有座位，等了一会儿，靠窗的一对男女吃完离去。她们靠窗坐很惬意，阿馨不由说，就像坐在咖啡馆。邻居笑她说，就像你坐过咖啡馆似的！阿馨差点要说，当然坐过。已经是很久很久以前，像隔了两个世纪，那时跟着元鸿坐咖啡馆上名馆子。只是，这样的日子实在太短，太特别，与她后面的人生完全没有关联，几乎被遗忘了，这一刻才突然想起，有点触目惊心。

她坐在这里可以看到对街，街面开着店，从这个角度，根本看不见公园。

她们没有点包子，怕油腻，点了一笼蒸饺。为了谁付钱两人又拉扯了一会，阿馨无论如何要请客，邻居拧不过她。阿馨又要了一壶茶水，蒸饺配茶去了油腻，她们慢慢吃着，很享受。客人渐渐多起来，阿馨对邻居说，以后有机会再来，逛累了到这里吃蒸饺，味道不错，还可以看淮海路风景。

她们出得店，天已经完全黑了。两人都在诧笑，中午大太阳时出来，这么快就变成晚上了？自从退休后，还没有过天黑才回家呢！她们现在并不急着回去，阿馨一个人过日子，邻居的老公在朋友家叉麻将，她们俩互相说，到了这把年纪，可以为自己开心过日子了。

她们去对面车站坐公交车，走过有交通灯的襄阳路口的十子街，斜斜的街口对着襄阳公园敞开的大门，进门处熙熙攘攘围着一些人，传来舞曲声。

她们好奇地站在围观人群的外围朝里探去，原来围观的人群中间是舞池，人们在跳交谊舞。

于是阿馨便看到了元鸿，他正搂着一位女子跳舞。舞池是围观的行人自动围成的，十多对人在跳，都有点年纪。

阿馨几乎第一眼就看到元鸿,她惊得张开嘴。邻居在一旁耳语，听说现在都在跳这种舞，我家亲戚说，一清早，连南京路人行道边上都有人跳，就在商城门口。阿馨没有回答，她直勾勾地盯着元鸿，其实是盯着和元鸿勾肩搭背的那个女子。显然，他们这一对最有腔调，舞步标准姿态优雅，阿馨没法不嫉妒。

昏暗的街灯照着公园水泥地舞池，阿馨站在人群后面，是在暗处，元鸿是看不到她的。邻居催了几次才把阿馨催回公交车站。

“你好像对跳舞有兴趣。”

回家路上，邻居问阿馨。

“喔，我从来没有跳过，听说这舞靠男人带，女人是不用学的。”

“我们那里公园晚上也有人跳，你想跳，我们一起去学！”

阿馨大摇其头，眼圈发红了，她别过头，但仍被邻居看在眼里。

第二天傍晚，阿馨一个人过来，她站在围观的人群里，这一次她从后面一点点朝前挪，直站到第一排。当元鸿和姚琴转圈时，有人在鼓掌，她也拍手，人家停下了她还在拍。因此元鸿便发现她了，他们的目光对上了。但随着舞曲元鸿必须转身，再转回时，阿馨不见了，元鸿以为是自己的错觉。

阿馨坐在离公园舞池稍远的木头长椅上发呆。那边的舞曲终于停下，阿馨起身快步赶去，并不远，元鸿和舞伴在公园门口互相招招手，便朝两个方向去，那舞伴过马路朝东面方向去，元鸿则拐进了襄阳路朝南走去，阿馨远远地跟着元鸿。她并不知道接下来该怎么办。

阿馨连着几个晚上来襄阳公园观看元鸿他们跳舞，偶尔还和旁边陌生人一起练一下舞步。她和元鸿彼此不说话，没有人知道他们互相认识。

有一次，一位中年人过来邀阿馨跳舞，他其实不会跳，想要阿馨带他，两个人跌跌撞撞互相踩脚，然后就撞到元鸿这一对身上。元鸿已经憋了一肚子火，这时再也忍不住。

“不要到这里丢人！”

“这里是公家地盘，你管不着！“

那个中年人便要和元鸿讲理，阿馨劝住他，声音并不轻。

“他是我以前的男人，总是喜欢管我。”

这句话姚琴也听到了，她正吃惊元鸿何以对另一个女人这么粗鲁。舞曲结束时，姚琴便向元鸿告辞。元鸿并没有阻止她，而是等她离开几分钟后，自己也溜了。那时阿馨带着得逞的愉悦，在和中年人走乱糟糟的舞步。

元鸿在半路追上姚琴，他们站在马路上说了一会儿话，然后转去麦当劳。元鸿叫了两杯热巧克力，把他的故事，前五六十年的那些事告诉了姚琴。这都是即时的冲动，当时，姚琴脸上的同情让他直抒胸臆。

可是姚琴第二天没有出现,后面几晚也没来。元鸿忍了一礼拜，才选了白天去找她。她家邻居说姚琴出远门了,去日本女儿那里了。

仿佛知道后面有这样的效果，阿馨也不来了，元鸿气死了，当然是气阿馨，如果这时看到她，他会请她吃耳光。他仍然去跳舞，他可以请其他女人跳，他又不愁舞伴，可心里有着很深的失望，是对姚琴。他明白，他讲的那段坐牢故事让她离开了。

是啊，他太明白，自己仍是个被歧视的劳改释放人员！即使八十年代开始大规模平反，也没有轮到他。轮到了又怎样？岁月都已被剥夺。也许有过平反的话，姚琴不会像现在这般避开他？也许姚琴不是为坐牢的事歧视他，她是怕阿馨这个前小老婆找麻烦？总之，她怕事，怕有纠葛，怕麻烦多的人，姚琴并不知道他每天上午摆蛋摊谋生，要是知道了，还是会看不起他。她是这个城市最安分守己的市民，却有着骨子里的势利和优越感。

元鸿并不恨姚琴，他是冷漠的。他何尝不明白，和姚琴跳舞的这一年，就像在做梦，是自己给了姚琴假象，他早被这个社会唾弃了，连亲人都不愿多理他，何况一个自爱的陌生女人！

但元鸿又知道自己不能再抱怨，这个世界上终究还有知根知底却不嫌弃他的女人，过去有宝珠，现在有阿馨，他还能保有自尊，是因为她们的存在。

他从元福那里要来阿馨的地址，他和阿馨又开始往来。

三

妈妈的汤圆称得上极品，糯米粉又细又白，汤圆比二分硬币稍稍大一些，小小的，但又不是太小，只只匀称，薄薄的皮白里透黑，咬一小口，芝麻馅就涌出来。

这芝麻馅是花大功夫做出来的。选上好芝麻，捡去碎石沙子在铁锅里用小火炒熟，然后用石臼舂碎，这件事妈妈直接交给我做，而不是容智，她没有这个耐心。舂碎的芝麻与绵白糖相混。当年绵白糖也限量供应，有时绵白糖缺货，便用擀面杖把白沙糖捻碎。芝麻这一头弄好了，便准备猪油。关键是必须买到上好的肥白如雪花膏膘寸厚的板油，号称是大猪身的膘。为了这块板油，妈妈要有几个清晨早起去肉摊排队，因为不是次次都有大猪膘。把板油和芝麻白糖揉起来也并不简单。先要把猪膘上的筋和衣剥下来，这需要把一整块猪膘一点点扯下。从脂肪衣上剥下的膘才是真正柔软的油脂，这时才把芝麻白糖揉进猪油里。揉啊揉啊，直揉到猪油完全消融进芝麻白糖，成了一整块黑色的馅子，扯开任何一块见不到一点点白色的猪油，这馅子才上品，煮熟后咬开来流出的是纯黑的芝麻馅，却又有猪油的肥香透明。这透明是看不见的，是在齿间感受的。

容美虽然亲耳听见元英和元鸿翻脸，其中缘由却是半年后才知。

她记得非常清楚，元英站在弄堂口，为元鸿和阿馨之间发生的尴尬事而难以启齿，这个情景也已经过去好久。

那是两年多前的大年夜，她一个人回娘家吃年夜饭，这次和丈夫各过各的年，并非因为吵架，是婆家有变故。公公年前去世，婆婆住到大连肖俊的姐姐家，丈夫去陪伴也是理所当然的。

这一年的春节后，她将被学校派去南澳一所大学教汉语。对于容美要离开上海一年，容先生有不舍，却又说，也好也好，出去见世面总归是好事，虽然做父母的希望孩子一直在近旁。

容美只能在心里怜悯父亲，怜悯他进入老年后的无助感，容智远走后，容先生突然就跨到老年，容智不会看到父亲变得脆弱，也听不到母亲的道德训诫。

元英对容美的出国一年并没有情感上的表示，她一向作风刚硬，哪怕容智决绝离去，她都没有流过眼泪，至少没有在容美面前流过。

“舅舅怎么样了呢？过年没啥事，想去看看他！”

容美在饭桌上突然问元鸿，元英当即就虎起脸，以至聋耳朵的容先生奇怪地打量元英，怎么好端端的就生气了呢？

容美方才想起元英和元鸿半年前的争吵，元英发誓不再和元鸿往来。容美认为元英只是说说而已，他们不可能不往来，看她现在的脸色，似乎火气还没有消。

容美朝父亲做了个鬼脸，起身端起桌上的砂锅拿到煤气灶上加热，这是个带点讨好的动作，因为元英喜欢喝滚烫的汤。

容美前脚上楼，元英后脚跟进。

“不要再跟我提起你舅舅……”

“我知道……”

“你知道什么？”

元英戒备的神情。

奇怪伐，紧张兮兮的，都快进入二十一世纪了，男女那点事谁还会大惊小怪？容美心里这么想着，嘴上在敷衍。

“噢，我不知道，你刚才说了，我才知道。”

元英不响。她们一时僵持在煤气灶旁。

容美突然说道：“我是想起了知成表哥，这么多年不见，也不知他去了哪里。”

怎么就扯到知成表哥呢？提到知成表哥怎么就伤感起来？容美有点弄不清自己。

“见他干什么？”元英的声音又严厉起来，见容美红了眼圈元英愣了一愣，语调稍稍平缓，“你有一堆表哥表姐不是都没有见过？你姨妈去台湾时有三女两男五个小人，小的才五岁，老大十五岁，只比我小一岁，和我最亲，几十年没有音信，这几年多少台湾的上海人回来，他们……没有一点消息，我们倪家人都是没有良心的……”

元英突然就伤心了，她拿起料理台上的热水瓶给自己的茶杯续上热水，喝了两口茶水，把突然涌出的哽咽连同茶水一起咽下了。

“姐夫家兄弟姐妹九个，他当年离开时，家里分财产，他带了兄弟姐妹的份额，如果回大陆，他要还兄弟姐妹的钱。不过，阿姐可以回来看我们呀，她为什么不联系我们？倪家人都没有良心，阿姐断了联系，嫡亲侄子，连姓都改了，不认所有的亲戚，我当初把知成当自己的儿子，每个礼拜天给他做好吃的，给他零用钱，他说断绝关系就真的断绝了，没良心的人！想他干什么？”她顿了一顿，“更不要说阿馨这种女人，树倒猢狲散！元鸿一进去，伊就改嫁了！我不是怪她，怪不得她，年纪这么轻，不值得为元鸿背黑锅。她错在，既然已经嫁了人家，干什么又要转回来找元鸿？”

她说着用抹布捏住砂锅两端，用力端起滚烫的砂锅回到饭桌边。

她们两人已经坐回桌旁，容美不想和元英啰嗦，走过去打开电视，正开始播放春晚的节目。容先生问容美，这些表演怎么年年都一样？容美摇摇头，不耐烦回答。

“我看，元福现在和他们来往得很热络……”

“他们是谁？”

容美打断元英，她当然知道这个“他们”是指谁。

元英没好气地白了容美一眼。

容美便想起前两个月元英便嘀咕过。

“元福最近都不怎么来了，又有什么事发生了，我能感觉到……”

“会有什么事发生呢？”

当时容美随口发问，就像刚才的问题一样，更多的是好奇，她并不真正关心元鸿那边的事，她也真心不认为会有什么值得关心的事发生，倒是元英动不动便紧张，让人觉得不可理喻。

大年夜的饭桌上，关于元鸿的话题就这么半途结束，母女俩陪着容先生喝酒，喝的是葡萄酒，也只是象征性地喝几口。一桌子的菜，只有容先生在慢慢吃，只有他对过节这件事是当一件重要的事去完成。

元英忙了几天，这时候很想上床睡，但强忍着瞌睡。容美其实也坐不住了，只等父亲来结束大年夜的晚餐。

元英给容美准备了两大盒她自己做的芝麻汤圆，汤圆已经冷冻，拿回家继续放冷冻箱，想吃时再煮，是容美过年最爱的甜食。每年带走元英做的汤圆，便会想那些年和容智一起磨水磨粉的情景：石磨放在楼下的公用厨房，一年中只在小年夜晚上，容家利用楼下厨房空间磨水磨粉。

楼下厨房连着后门，也是楼里人进出的走道。一楼人家在煤气灶上煮年菜热气腾腾，后门开着，隔壁人家也会进来看看，邻居们难得看见容智，便要和她聊天。元英在楼上做蛋饺，不时下楼来检查水磨粉的细腻度，一边和邻居扯上几句，一时间厨房人气旺盛，已经提早洋溢节日的气氛……

如今的汤圆，元英是买现成糯米干粉。为了加强干粉的糯感，她把米粉浸在水里，像当年做水磨粉的方式，做汤圆前，从水里捞出粉放进米袋等水沥干，这经过浸泡的糯米粉只能说接近了水磨粉。汤圆的芝麻馅元英还是自己做，但也省略了一些步骤，芝麻是买现成的芝麻粉，唯有猪油膘这一项她仍亲自购买加工。容美想，很快就会到了某一年，妈妈连加工猪油膘的事也省了，芝麻馅买现成的……她不愿去想后面的日子。

这晚，年夜饭结束容美离开时，元英执意要送她去公交车站。容美不要她送，说自己早就不坐公交车了，下楼走出弄堂就有出租车。但元英还是不嫌烦地换上出门穿的羽绒棉袄，戴上围巾，跟着容美出门。

她俩停步在弄堂口，她听到元英说了一句："记得我上次说过，元福有些日子不上门了，他们那里一定有事……"

弄口的风把元英的发梢吹到唇边，她举起手把那一缕发捋到耳背后。这个动作让容美想象年轻时候的元英，她小时候经常听到邻居或亲戚夸赞元英长得好看。可她在家里看到的都是元英不好看的一面，她板着脸教训她们，她衣冠不整做着家务……

等一阵风过去，元英接着刚才的话："果然，就出事了！"

容美觉得不中听，反感又涌来。

"出什么事？他们那种年龄会出什么事？"

元英冷笑。

"那种年龄才会出事……"

"噢，你是说身体方面，"她夸张地拍拍自己的胸口，表示自己受了惊吓，"我以为那种出事……舅舅的政治问题什么的……"

元英声音突然放低，"有些事本来不想说，你一走走一年，我心里就有点闷，可能是他们的事弄得我心闷……"

"又怎么啦？快说呀！舅舅中风了，还是那个……那个叫阿馨的女人心脏病发作？”

她胡乱猜着，差点笑出来，这把年纪还弄感情，真要出事的。

她看到元英的鼻子抽搐了一下，像闻到异味，声音尖起来。

“索性中风倒好了，总比丢脸好……”

容美性急催促，“到底出什么事？倒是很难猜的……”

“不要乱猜，”元英制止她，“你怎么猜得出来？这种事想想都要脸红……”

容美神情不耐烦似要抢白，元英语速加快堵住了她的插嘴。

“阿馨六十好几的人了，在元鸿家，弄得大出血，救命车都来了！”

“喔，大出血？是胃出血？”

“你这人就是笨，有容智一半聪明就好了！”

元英用手指狠狠点了一下容美的额角。

她的胃就抽了一下，她又看到自己总是出错被屡屡教训的过往，哪怕容智无情抛弃家人，还是父母眼里那根标杆。

“跟你说话，就像跟木头说话，木知木觉……”

元英突然发火，她也火了。

“莫名其妙寻什么齁势？”

元英凶声凶气道：“胃出血？胃出血有什么丢脸？”元英的嘴凑到容美耳边，声音陡然低下去，虽然边上并没有人，“阴道大出血，跟元鸿在床上，救命车送医院……”

容美必须在脑中把这句话过一遍，才算真正明白，嘴里喃喃道：“噢，这样啊……”

容美瞪大眼睛半张着嘴，这表情在弄口的路灯下显得过于夸张而滑稽，元英别开脸。

容美接不上话，元英也没有再说下去，两人一时呆立在弄堂。

爆竹声从零落到密集，容美看表，还有半个多小时就要到十二点，她得抢在如同战火弥漫的城市烟花高潮前赶回家。

出租车过来，在她们身边停下，于是她匆匆和元英道别，更像是匆匆结束这般难堪的场景——救护车到来，担架抬走阿馨……

在澳航的长途飞机上，容美才有足够的时间消化这段情景：一对年轻时不得不分离的男女到老时又睡到一起，因此而出洋相，这也太难堪了！

难堪是元英这辈人常有的感觉，容美受到的震撼让她明白元英遭受到的冲击的强度，她也明白元英有限的想象力是无法抵达另一类人的路途的，元英无法想象这路途可以伸展到多远多幽深多么潮湿不见天日的地方。

容美有些奇怪，这件事如何会传到元英的耳朵，即使元福的大嘴巴，也不会好意思特地去把这件事告诉元英。不过，和阿馨的遭遇相比，这是十分枝节的问题。

容美在澳洲的布里斯班安定下来后给家里打了第一个电话，与自己母亲讨论这般“情色”的话题，她有种难为情，可无论如何，她还是要硬着头皮对元英进行劝导。

“虽然这种事的确也不常听到，不过也轮不到你胸闷，丢脸也丢不到你这边，不管是医生还是邻居，谁也不知道你是他妹妹，你边上的人也不知道你哥哥和老情人有这么惊险的一幕……”

这是容美想对元英说的话，但她还没有来得及说出来，元英又给了她一个震惊。

“我那天来不及告诉你，阿馨从医院回来，和元鸿吵得很厉害，快弄出人命，又去了一次急诊，这一次是她自己用头撞墙，还好元福在，帮着劝解帮着送医院，又把我叫去医院……”

“阿馨头撞墙撞出事了？”

“轻度脑震荡，她这把年纪撞墙也没力气了……”这话说得有点可笑，容美正要接话，却被元英后面一句话给吓了一跳，“她被医生转到精神科……”

“什么意思？”

“她到了医院还寻死觅活，很吵，元福告诉医生她以前是个很温和的人，从没有过这么激烈的情绪。医生便把她转到精神科，幸亏精神科有位刚从国外进修回来的医生，诊断她有忧郁症……”

“是受了前面那件事的刺激吗？我是说大出血……”

元英没有回答容美的问题，自顾叹息，“阿馨完全变了，已经不是原来的阿馨，必须靠服药才能安静下来。”

忧郁症应该不是一天两天形成的，容美心里说。她有一度严重失眠，普通的安眠药舒乐安定之类对她已失去药效。有位内科医生曾和她讨论过忧郁症的问题，说长期失眠会导致忧郁症，建议她去精神科配强效镇静药，但又劝她不要服药，建议她通过跑步等运动克服失眠，并问她年纪轻轻有什么想不开。她当时半开玩笑回答医生，说正因为年轻才会想不开。那时候容智已经出狱，最让人担心的日子已经过去，容美却开始服用安眠药。

“我想，阿馨如果得了忧郁症也不是大出血引起的，她有心病，这心病有段时间了，现在不过是爆发出来……”

“你知道什么？不要乱猜！”

元英打断她，莫名地气急败坏起来。

容美便知道一定有什么隐情，也知道问也问不出来，还不如立刻挂电话，但又克制住了。

“都是元鸿惹出来的事，他老毛病又犯了，不是跟阿馨一个人，还有其他老太婆……”

“那么，阿馨是因为吃醋生忧郁症了？”

“忧郁症不忧郁症是医生的说法，她也是一时想不开，服了些镇静剂好很多。”

“她在医院为什么要把你叫去。”

想好不要问，容美还是忍不住问。

“元福大惊小怪的！”

“肯定是阿馨要你去。”

“你怎么知道？”

“按照逻辑推理，她认为只有你会指责舅舅。”

元英却冷笑了一声，“她是缠上我了，所以我气元鸿，跟什么人缠也不要跟阿馨缠……”

“这很容易理解，只有阿馨和他知根知底，重新在一起说明有真感情……”

“你晓得什么？”

“我是不晓得！那我挂电话了，我还要备课！”

“我只是想告诉你，以后不要提你舅舅，我不会再跟他往来，我这一生就吃他苦头最多，我终于想通，这个人只会给你带来厄运。”

当时电话谈论的事再没有后续，容美认为是元英说气话，不会真的不往来。

不知不觉两三年过去。

元鸿和阿馨的事，曾让容美有疑问：元英说阿馨缠上她了，阿馨又为什么要缠她？她应该明白，她和元鸿重新往来令元英厌恶，她应该躲避元英，而不是去找她！她和元英之间有什么事未了？还有她突然的狂躁，真的是因为元鸿有其他女人吗？阿馨的心病难道要元英来解决？

但是容美无法从元英处获得答案，这些疑问只能沉到心底，似乎，她也习惯将一些疑问沉下去。

四

有一天容美去福州路的书店，一时兴起逛去南京路。容美一路走到南京西路，经过华侨饭店国际饭店大光明电影院，突然意识到这条街竟也有若干年没有来了，自从叔公去世便不怎么来了。她有拥挤恐惧症，对南京路视若畏途，密集的商铺挤满忙着采购的各地旅游者，如果没有叔公家可以歇脚，容美一家谁都不敢轻易逛南京路。

但现在的南京路没有她想象的那般拥挤，自从取消票证物资供应开放，人们可以在各地商城买到需要的物品，国内旅游者到南京路采购这件事可以逐渐消停了。

容美走过培罗门西服店，想起近旁有条弄堂可以通向叔公家弄堂，容美不能确认是哪一条，但弄口的露天小便池唤起了容美的记忆，臭气熏天比记忆中更强烈。容美不由自主拐进去，弄堂比记忆中狭小，当然，记忆里所有的场景物什在现实中都变小了，唯有这臭味，远比记忆中的浓烈。

正值上海大规模的拆迁，叔公居住的弄堂，正门口是在南京西路与新昌路的拐角处，新昌路与南京路交界的这一段属于拆迁范围，他家的弄堂首当其冲被拆。这时候叔公已去世近十年，他是元英的亲叔叔。元英的父母在她十六岁那年去世，元鸿忙着自己的生意和女人，常常几星期不露面，这位叔叔便担负起半个父亲的责任。元鸿进监狱后，元英更是把他家当作自己的娘家。叔公去世后的这十年，容美也结婚了，容美不再跟母亲串亲戚的门，听说一年前叔公家动迁搬走了。

叔公家的这条弄堂内有好几条支弄通向不同的弄堂。支弄曲曲弯弯原本就细而长，却又搭建了各种棚屋，挤挤挨挨，有几段要侧身才能过。华丽光鲜的南京路背后的各种破败脏乱，是忙着购物的外地旅游者难以想象的。

但这些曲曲弯弯的支弄曾给容美的童年带来颇多乐趣。容美和容智和表兄弟们在各条支弄里奔跑捉迷藏，躲在支弄人家的杂物堆里，忍受着那些人家的呵斥和突然窜出的老鼠，这游戏对于捉和被捉者都无比刺激。

容美走进弄堂拐进支弄，喔，现在不存在什么支弄，支弄里没有人家了，也不存在细长弯曲的通道，屋子大半拆去，只剩废墟般的几堵墙，好像才走了几步，越过几片墙，便到了叔公家门口。

这里一片废墟，断墙残垣。容美能认出叔公家旧址，全靠了弄堂中间那两支连在一根水管上的水龙头。水龙头还在，虽然水泥水槽已破碎成一堆乱石。当年，全弄堂人家用水，就靠这两支水龙头。每次拜访叔公，容智总是抢着帮叔公提着水壶在水龙头旁排队，并非她有多么勤快，在自己家做家务总是能推则推。她帮叔公排队打水，是出于好奇，对弄堂发生的一切有强烈的兴趣，元英的严格管束更让容智的兴趣浓厚。

每次去叔公家，容智简直是兴高采烈排在打水的队伍里，目光朝四周打量，有时和排在前后的老太婆们搭讪。她跟容美咬耳朵说，这里的人家就像住在解放前的上海。容美问她，解放前的上海是什么样的上海？她想了想说，就是电影里的上海，都是些奇奇怪怪的人，妓女强盗什么的，肚子里藏了不少故事吧？她这么猜测着自己就笑了。

“看，快看，那个老太婆在抽烟呢。”容智用气声在容美耳边惊呼，“哟，抽烟的姿势很不正经呢！说不定以前就是妓女。”她判断着，又问道，“我去和她搭讪搭讪怎么样？我这辈子还没有和妓女说过话呢！”

容美赶紧捂住她的嘴，“不要乱讲，小心她们听见，给你吃耳光！”

容美刚上小学，已经像个小大人，她试图去管住容智的嘴巴。

叔公去世后，他们不再来这里，元英才告诉容美：“你不知道，从前，你叔公家的弄堂有多乱，前弄堂口，有座妓院，美国烂水手去的地方，后弄堂口，有座妓院，是为中国人服务。”

服务两字让容美失笑。元英这人一向小心谨慎吃力地跟着时代主流，可偶尔也会泄露她从旧时代过来的痕迹。她口中的前弄堂口，正对着南京路，后弄堂口，通向新昌路。容美很想告诉她，容智十六岁那年就闻到了这条弄堂的特殊气味，终究还是忍住了，不想无端地惹出元英对容智的指责。

残留的水龙头是重要的标识，以此为中心，右侧一排房子的顶端，就是叔父住的那一栋。

叔公家外墙还留着容智的刻痕，她用铅笔刀刻了倒写的“人”字，号称是飞鸟。

这几只“飞鸟”刀痕惹出了容美的几滴泪，她突然想起很久以前容智的戏言，“我不喜欢臭人，所以我会走得远远的，因为那时候，我也是臭人，我也不想让你们闻到我的臭。”

容美此刻惊觉当年容智的随口胡诌已暗含命运的指向，她果真走开了，走得很远，不要让家人闻她的“臭”，更不想闻家人的“臭”。

心酸的不只是容智留下的刻痕，叔公屋子的废墟也刺激到她了。屋子内部已拆空，连门框窗框都拆了，但残存的四墙保存了整栋房的轮廓。这条弄堂的房子被长辈们称为东洋房，是二十年代造就的日式房，设计简单，空间狭窄，适合闹市中心的狭小地盘。

东洋房的特点就是小，楼内所有的空间都缩微了。正面是小小的客堂间，这客堂间还兼走道，供楼上人家进出；小小的厨房通向后门，置放煤炉菜橱等必要的厨房用品外，只能勉强安一张小圆桌；楼下唯一一间房成了叔公的卧室，叔公的房间安放了两张床，另一张床是为需要留宿的客人准备的。这房间除放了两张床，一张桌子，竟放不下其他家具，所以满墙挂满橱柜。二楼他儿女们住的房间容美她们从来没有上去过，以楼下的面积推算，也是小的。然而，却好像有更多的空间藏在了楼房里。

二楼上面是阁楼，客堂间的天花板上也有阁楼，所以放了一把梯子，冷不妨梯子上下来一两个人，一楼和二楼的楼梯半当中木门里也会钻出人来，里面也是房间。容美她们一直没有搞清这栋楼住了多少人，这些人到底是邻居还是他家人。

叔公妻子早逝，有七个子女，前面五个都已成家且子女成群，老六老七两个儿子，陪伴他直到他去世。不知为何，这两个儿子都没有结婚。节假日，儿孙们上门，人口众多。叔公这个年纪老亲戚繁杂，他家的这栋楼，各种年纪的人川流不息，在半生半熟之间，必须在叔公的指导下才能准确喊出称呼。

叔公有位妹妹，也就是元英的姑妈，元英喊她“阿姑”，上海话喊出来，与“阿哥”同音。容美和容智很长时间一直以为元英在喊她“阿哥”，她们感到稀奇好笑，为什么要对着一个老太喊阿哥呢？每次见到她，她们便对元英喊：“‘阿哥’来了！”元英便斥责道：“阿姑是你们叫的吗？快叫姑婆！”

这位姑婆年轻时嫁给一位工厂主，成了厂里的“拿摩温（工头）”，她不能生育，从女工中物色了一位老实巴交的女孩做她丈夫的姨太太。姑婆常来串门，旁边总是如影相随跟着这位小姑婆。小姑婆生了一堆孩子，最年幼的女孩年纪比容美还小，容美和容智还得唤这小女孩“阿姑”。

另有一个她们唤作舅婆的老太，声音洪亮，看到女孩就喊“小娘皮”，听到这样的称呼，容美和容智失控般地疯笑，笑得肚子抽筋蹲下身。“哟哟，这么老的大人还要讲下作话。”容智故意向元英告状，元英皱起眉头差遣她去给老太倒茶水。可是容智一定要元英回答，“小娘皮”是否算下作话，元英说不是，她便立刻也“小娘皮”地喊了一声，元英生气地举起巴掌，容智飞快逃开。于是容美有样学样，跟着容智狂奔到弄堂角落，互相“小娘皮”“小娘皮”地喊个不停。

舅婆孤身一人，她的独子是遗腹子，书读不好，十七岁那年被元英的大姐一起带到台湾学生意。这是容美记得住的关系比较亲近的老太太，其他更多的老亲戚，谁是谁，她实在没有兴趣搞清，等后来有兴趣去弄清他们之间的关系，这些人也去世了。

东洋房没有卫生设备和煤气管道，连自来水都是公用的。不仅叔公家，四周人家个个拥挤。夏天，满弄堂的竹榻，竹榻上多躺着男人，他们赤膊穿大裤叉，被称“赤膊大仙”。路过的人们只能在竹榻和竹榻之间的窄缝间行走，低头看见“赤膊大仙”个个仰面对天空，从容惬意得很，尴尬的倒是路人。

元英曾说服叔公把房子置换到西区容家附近，那里多是三十年代的新式里弄房，煤卫齐全，街道环境相对幽静。叔公舍不得离开他的脏乱差的弄堂，他认为南京路是让他和他家人活命的地方。上海遭日军轰炸时，叔公在老城的家被炸毁，他带着年幼的儿女和妻子逃到租界，在跑马厅酒吧间找了一份工，租下这栋楼一楼的小客堂间。客堂间只够放一张床和一张桌子，夜晚，两个孩子只能睡在走道里。他在酒吧间做调酒师，后来又与西洋人合开小西餐馆，有能力将住处扩大，一楼二楼都给租下，同时，他的家庭成员也在扩大，但仍然好像不够地方睡觉。

这房子，在容美记忆里一直是破败的，这整弄堂就是个破败集营地——紧紧挤在一起的楼房，楼里密集的人口，公用水龙头旁挤着一堆人，龙头周边的水泥地上永远湿漉漉的，弄堂上空晾满了衣服。

眼下，多年前的拥挤嘈杂更凸现今天空洞废墟带来的虚无感。

容美站在弄堂的残垣破墙堆里，在回想那些年的国庆夜。国庆夜放焰火，焰火是从叔公弄堂对面的人民公园放出来，覆盖了弄堂上空，绚烂得无以复加，却又带着惊险。未燃尽的焰火的纸弹携着降落伞会飘落到挤满人的弄堂，尖叫声中人们跳跃着去抢突然变得巨大如帐篷的白色降落伞……

十月一日的叔公家，是看焰火的根据地，亲戚们拖家带口，人口壮观。这天的灯火管制通常是从下午四点开始，带红袖章的纠察队员在通向南京路的各街口拉上封锁绳。从下午开始，行人在南京路沿街弄堂穿梭变得困难，人越来越多，灯火管制前已经水泄不通。

下午四点以后，叔公家弄堂和马路之间禁止通行了。容美一家早在两点前便从家里出发，她家到叔公家两三里路，并没有直达公交车。他们一家四口沿着黄陂路，从淮海路一路逛到黄陂南路顶端的南京西路，黄陂南路穿过南京西路就是新昌路。

这一路容先生又要担心了，一担心就唠叨了。他担心叔公家人太多，人一多头要晕，头一晕就有可能发病。容先生有美尼尔氏症，他经常拿它作为拒绝亲戚相聚的借口，元英便抢白他，怎么前一晚带着两个小的到外滩看灯倒是不怕挤？

叔公家的亲戚已经从他家挤到弄堂里,五点就开饭了。元英说，叔公家餐桌上的菜最新式，意思是，叔公并不执着传统的宁波菜。在叔公家能吃到他亲自在煤炉上烹煮的罗宋汤，他拌的土豆沙拉有特殊的香味，做的咖喱鸡最受欢迎，这些全拜叔公年轻时开过西餐馆。

看焰火这天，大大小小二三十人，厨房一小桌，客堂间一大桌，弄堂还摆一桌。插不进餐桌的小辈们，被安排在成人后面进餐。等候的这段时间，他们上蹿下跳，在旁边的支弄里狂奔，有一次最年幼的小表外甥跑丢了。可怜的五岁男孩迷失在某条支弄的杂沓堆里，几桌成人只得放下碗筷先去把他寻回来。

容美却与十月夜晚叔公家的狂欢无缘，国庆节是容美的灾难日。她有哮喘病，秋季是容美的发病季节，也是所有哮喘病人的发病高峰，西药店的止喘喷雾剂供不应求了。因此这喷雾剂在容美的记忆中，是十月焰火的阴影部分。

白天，容美看起来还是比较接近正常人，虽然她的呼吸带着呼噜声，好像气管壁上布满了黏液，容美总是指望通过咳嗽可以把这些黏液清理掉。但同时，容美又深知，咳嗽这件事不可以轻易尝试，一旦开始，就很难有结束的时候。容美憋着忍着，克服着咳嗽的渴望。但天一黑，咳嗽就像机关枪里的子弹嗖地从气管里发射出来，一阵阵猛烈的扫射。当焰火升起时，容美已经上气不接下气，喘得透不过气来。这时候容美完全无法平躺，弓着背像个驼背老人，靠在用叠起的被子做成的靠垫上，更年幼时是靠在元英的怀里。

尽管夜晚气喘发作无法阻挡，元英仍然把容美一起带到叔公家。容先生认为，不如全家人都留在家里。这个问题，每年父母都会拿来讨论乃至争论。元英把叔公家当作她的娘家，节假日，回娘家过节，她把这当作对叔公的孝敬。

容先生对走亲戚有抱怨，但焰火升起时，他比谁都兴致高，他仰起头，满面笑容对着被礼花照亮的天空。他一生坎坷，却没有放弃这片刻的愉悦，这一点总是让元英吃惊。已经没有什么东西可以燃起元英的兴致，她带着家人来叔公家看焰火，自己却几乎不看。“我活着就是为了你们，为了责任。”她一而再，再而三地告诉女儿们，好像这些话旁人是听不厌的。

容先生和容智坐在弄堂里，和一群面容模糊的亲戚们看焰火时，元英陪着气喘吁吁的容美坐在叔公的房间，止喘喷雾剂在她手边，她得阻止容美不时想张大嘴巴，过一会儿就要将喷雾剂朝容美嘴里喷。元英唠叨着她从说明书和医药书里得到的关于药物的副作用，用量过度，物极必反，会令支气管过度扩张而转为收缩，加剧哮喘，更严重的后果是，引起药源性猝死，诸如此类。

“这只喷雾剂在我手里，我大概已经把自己喷死了！”

容美告诉容智，煞有介事，容智的眼中便有了惊恐，容美得意自己终于有资本去吓唬容智。

容美半躺在叔公给客人准备的床上，又咳又喘，每隔一段时间，便张开嘴，让元英用喷雾剂喷一下。亲戚们会不时进来探望一下容美，哮喘稍有平息时，容美对这样的状态很享受，因为成了众人关注中心。这种时候，容智格外焦虑，她不时奔进来看容美的哮喘是否突然消失，她对容美无法坐在弄堂，和她一起看着焰火在头顶升起、喷出巨大的火花而感到遗憾。

她凶巴巴地在容美耳边埋怨，“你就是个扫兴鬼，你就是不想让我们大家开心。”

容美立刻用咳嗽回答她，并让气管发出尖声尖气的哮鸣音。

容智立刻向容美求饶，“算了算了，我收回！我道歉！求求你不要再发出这种骇人的声音！”

容美很满意，只有在哮喘的季节她才有对付容智的撒手锏。

在容美呼哧呼哧狼狈得透不过气来时，容智还要凶她，容美并不生气。她明白容智的心情，容智是因为容美无法看到一年一度的焰火而生气。容美先用哮喘将容智唬住，使她对自己的病立刻好转完全不抱希望，然后把元英夸大其词的所谓副作用告诉她，唤起了容智对自己的敬意，容智立刻安静下来握住容美的手，连焰火都不想看了。容美把她推开，让她回到有焰火的天空下，容美告诉她，“隔着窗户看到的焰火，跟你在弄堂看到的焰火一模一样。”

事实上，一楼窗户太低，容美只能看到远处天空焰火的反光。

为了陪伴容美，元英不看焰火。叔公也不看焰火，焰火爆炸声给予他的回忆不那么愉快，带着日本飞机轰炸上海的画面，南市他家的废墟在焰火升起时的爆炸声里重新浮现。

容美仍然记得这一片刻：起先他们三人在叔公的房间安静待着，突然响起焰火的爆炸声，紧接着是人们的欢呼声，他们面面相觑，然后，一起笑起来。

叔公平时沉默寡言，焰火停歇时，会和元英聊上几句，多半在“淘古”，说过去的八卦，去世的亲戚之间的纠葛，只言片语，容美没有太注意，却在记忆里自成结构。有些细节元英后来都忘了，容美无意间说出来时，会让她吃惊不已。

他们俩有一搭没一搭地聊着天，焰火突然又绽放了，“嘭嘭嘭”的爆炸声，就像在屋顶上，听不见说话声，聊天停一停。爆炸声一停，他们又说话，断断续续的说话声给容美安全感，容美渐渐有了倦意，半梦半醒间气喘的感觉也退远了。

容美记不得是否告诉过容智，看不了焰火的夜晚，温暖多于遗憾，她也记不得是否告诉过容智，关于叔公的秘密。

叔公的第二个老婆是租来的。叔公年轻时一心想自己做老板，二十六岁那年他把上海十年打工赚的积蓄拿出来，与一个英国人合伙开了西餐馆，西餐馆就在自家弄堂旁边。生意渐渐好起来，却好景不长，英国赤佬卷了现金逃走。他破产不久，老婆急病去世，留下三个孩子。老三才两岁，上面两个，老二五岁老大七岁，家里一堆小人要照顾，叔公没有钱再娶老婆，只能去乡下租个老婆。租来的老婆，死后要葬回到自己丈夫身边。叔公告诉元英，租妻这件事是秘密，他从来没有告诉过自己的子女。

在放焰火的夜晚，叔公才有机会向元英倾吐他的秘密。那时候，楼里的人全部涌到弄堂，焰火炸开的声音就像炸弹掉下的声音，人们的欢呼声更像惊恐时发出的尖叫，容美想象中的战争年代大概就是这样。

他们谈论最多的，是元鸿。“可惜啊可惜啊……”叔公直叹息，他曾经最看好元鸿，同为洋人打工，元鸿在洋行坐写字间，做到中级主管。他脾气太坏了，为了这么小一件事去辞职，放弃金饭碗行了魔窟运……

每年看焰火，元英每年抱怨一遍。

“知成娘不争气的弟弟害了他！那个弟弟，偷看洋人裙子底下，那个女的，穿裙子脚翘得老高，他去瞄她，瞄她的裙下，那个女的告到老板那里，老板要开除他，元鸿帮小舅子说话，说中国人才不会做这种事，和老板争起来，老板一怒之下要革他的职，他一怒之下便炒了老板鱿鱼。元鸿就是因为离开洋行自己做生意，才给自己埋下了祸根。所以，说到底是知成娘害了他，硬要元鸿把她的闯祸坯弟弟弄到洋行，为了这个不争气的小舅子，元鸿才会离开洋行，才会去做生意，才会去和国民党的警备司令部打交道，才会变成‘反革命’……”

容美突然听懂他们的话，猛地从床上仰起头，似乎要证实什么。一阵寂静，他们转脸看着容美，眸子里满是惊诧，焰火又开始了，一阵猛烈的炮声，他们一起抬头朝窗外看去，天空红通通……

五

糯米汤圆的细糯口感，源自糯米磨成的水磨粉，也就是浸在水里的米粉。其工序是：先要把糯米浸几天，然后用石磨磨成粉。这活通常两个人干，容智力气大掌磨子，我加米，一般是磨两三圈，加小半调羹米，米不能加多，怕粉粒子粗，因此磨粉时妈妈会不时过来用手指捻一下磨出的粉，检查是否够细腻。连米带水磨成的水粉流进磨口下的缸里，先前的水粉，经过一个晚上，水和粉就分离，粉沉到水下，水是清澈的。为了保持水磨粉的新鲜，每隔两天就要换一次清水。需要用米粉时，用碗从缸里捞出粉到干净的米粉袋里，空锅里倒扣一只碗，米粉袋搁在碗底，袋里的水便滴落在锅里，直到袋里的水沥干，通常是三五个小时，这粉就可以搓圆子了。怎样在粉团里嵌入尽可能大的芝麻馅并保持汤圆外表的干净，则是手上的功夫，这个，也只有妈妈和我是好手，我们不要容智插手，她包的汤圆太大了。

容美从南京路直接去父母家，内心难以忍受从废墟现场带来的失落。她不完全在为叔公的破屋子哀叹，那只是个场景，在那个场景上，“过去”仍然栩栩如生，其中的重要角色是容智。

容美向父母渲染她目睹的弄堂废墟，激动时的描述七零八落，常被容先生打断，耳聋的人需要一种清晰冷静的讲述。大部分状况下，容美的叙述常常需要通过元英的转述，元英清理掉情绪和赘言，容先生才得要领。

在容家，容先生是第一位受保护对象，任何可能刺激到他的话题，元英都要设法规避。六十年代初容先生因中耳神经疾病常常突然昏厥并失聪，他因长期病休不能继续药剂实验室工作，一度有轻生念头。一九六六年的革命风暴让容先生豁然开朗，病休令他幸免于“文革”早期最暴力的一系列批斗大会。同科室几位药剂师跪膝挨打的遭遇，让元英在以后的日子常对女儿们感叹，你们爸爸是无法容忍这种侮辱的，如果他遭批斗，会自寻短见。

元英习惯性地向丈夫隐瞒所有她认为会引起他不快的那些事，或者，用她避重就轻的方式重新转述一遍，假如这些事无法瞒住他的话。

今天容美情绪过于饱满，她性急地凑着容先生的耳朵讲述，以至每句话都要被容先生询问再重述，容美很快失去耐心，她大声叫嚷，真的发起火来。

元英格外沉默，她只是起身去关阳台门，表示不想让隔壁邻居受干扰，然后继续织她先前正在编织的毛衣，她没有向容美提问，也没有像往常一样做容美的转述者。

容美叫嚷了一通便沉默下来，瞥了一眼元英，她手里的绒线针在舞动，自从突发心肌梗塞送医院，比起以前，她结绒线的速度慢多了。她出院后半卧床三个月都不止，最近总算离开床，重新拿起绒线编织。

这时容先生突然又听懂容美的话了，他叹息一声。

“容智多喜欢她叔公家的弄堂呀，哪天她回来，找不到这条弄堂了……”

元英猛地把手里圈着绒线针的毛衣朝脚边的竹篮里一扔，又朝容美白一眼，抢白道：“活该我们总是心疼她，她心里哪有我们！”

又来了，又要抱怨了！容美咽下她的指责，这抱怨声也已经很久没有听到了，她暗想，老妈身体恢复了，代价是回到过去的怨声载道里。

元英坐到容先生身边，凑在他耳边说话。

“阿叔的房子拆了，最难过的是我，你怎么不想想我的感觉？”责备转调成伤感，“爹爹姆妈走得早，阿叔是我依靠，我们结婚时，嫁妆是阿叔一手操办，本来是元鸿操办，可是他被抓进去了。”

元英这番话让屋子静了一静。容美不响，心下并不以为然，叔公已经去世多年，叔公的房子被他儿女的儿女租出去，那条弄堂元英好些年未涉足，屋子拆或不拆元英都不会再去了。

容先生抽出一根烟，刚要点又放下，他现在抽烟都是走到晒台上，因为觉得元英还有话说，就没有动。

以前元英提起元鸿总要抱怨一通，现在却只叹了一气，“可惜呀！”语调不是气冲冲而是无力无奈，“阿叔大殓这天正好是元鸿退休回上海的日子，亲眷里最牵记元鸿的就是阿叔了，他们也谈得来，在一起有许多话可以聊……”

元英叹息着，并没有把话题展开，她想起煤气上还煮着夜饭。

等元英从灶头旁转回来，突然就提起她父母墓地被掘的事。元英的父母也就是容美的外公外婆是葬在上海郊区的公墓，六十年代的革命风暴，郊区的公墓被大规模挖掘。当时元英听到消息不敢告诉人在外地有心脏病的元凤，而是拉着元福赶往墓地。

不是扫墓季节，没有去公墓的班车，他们乘公交车转搭农民的拖拉机过去。还未到公墓，已经恶臭刺鼻，白骨已撒到墓园外。事实上墓园内外已没有界限，白骨到处都是，元英未跨出拖拉机便昏厥了，当然，她没有找到父母的墓地。

这个话题才提起，元英便被哽咽声堵住了喉口，她喘着粗气，脸色大变，容先生赶紧过来敲她的背，一边吩咐容美去药箱找速效救心丸。

“又在说掘墓的事了？”容先生虽然没有听清元英在说什么，但从气氛中已了然。

这天晚上元英没有吃晚饭，她躺到床上说要睡觉，却用被子闷着头哭了一场。弄得容先生和容美都很紧张，怕引起她心脏病发作。他们找出病历卡拿了外套，做了送她去医院的准备。

元英哭声渐渐平息，容先生说服她服了两颗安定片。服药半小时以后，元英睡着了，父女俩才去晒台说话。容先生责怪容美渲染叔公家拆迁的事，令元英联想到掘墓的事，容美不同意。

“这么可怕的事必须不断地说，才能平息妈的愤怒和伤心！”

容美特意把这些话写在纸上给父亲看，并提出“想知道那年发生的更多细节”。容先生摇头不想说，但经不住容美坚持，便说了一些事后的状况。

“当时我不在场，你妈也不愿意多讲，回来哭了两天，床上躺着不肯吃东西……”容先生抽着烟，在烟雾里慢腾腾地说道，“我休长病假在家，那两天偏偏被单位造反派叫去开学习班，我很不放心把你妈留在家，怕她想不开做出傻事，只能关照容智看住你妈，那时容智还是个小学生，好像在上四年级，我给她学校写了请假条，让她在家守着。”

“那时我在哪里？怎么没有印象？”

“你当然没有印象！你才两三岁，顶多三岁，在附近的民办托儿所。”

“如果我顶多三岁，那容智才十一岁，还是个小孩子，她能守住妈妈？”

容美性急地打断容先生，容先生便笑了。

“是个聪明孩子！我那天回来，你妈起床了，还喝了一些粥，粥也是容智做的。不知容智说了什么，反正，是她开导了你妈。”

“她说了什么？”

“我也想知道她说了什么！问她，她说没说什么！问你妈，她不肯说，我也不能多问，事情过去后，这个话题就不想再提了……”

“你直到现在都不知道？”

容先生摇摇头，又叹息了，“不知道！刚才看到你妈这么激动，又会想，要是容智在，她会劝住她，她就有这个本事！”

容美脸色一变，“所以你们都喜欢她，你们喜欢聪明孩子，可是我再笨，也是你们的孩子，除非我不是你们生的！”

这么说着，容美的眼泪就下来了。

容先生又露出没有听懂的神情，“怎么好端端你又闹了？”

容美觉得自己蠢，到现在还要来计较父母偏爱容智，总是要逼他们承认他们偏爱。问题是，他们承认了又如何？想到容智后面的遭遇，父母不是更应该多给她爱吗？

容先生又点燃一根烟，深深吸了一口，他脸朝着晒台上空望去。即使站在晒台也看不到远处，层层叠叠的房屋……容美看到父亲的神情，她知道他又开始想念容智了。

十一岁的容智会说出什么话来开导大人？容美难以置信，或者说，根本不愿意相信。可是今晚，元英的伤心状她目睹了，事情过去那么久，讲起来还那么受刺激，更毋庸说当年的悲愤有多么强烈。

如果十一岁的容智都能开导大人，那当年面对她自己的遭遇也应该不去钻牛角尖。

容智从妇教所出来后，便去了北京，她当时不愿见家人可以理解。容美不理解的是，她去美国前为何不来向父母告别？

她不太清楚容智是靠什么途径获得美国签证，容智去美国不久便写信给容美，这封信通过朋友带到中国邮寄，容智在信里说，她不想连累家人，所以以后会很少联系，要容美向父母解释。

她每个新年前给家里寄一张贺卡，卡上只有抬头和签名，祝福的话已经印在卡片上，就是简单一句，HAPPY NEW YEAR!

怎么可能HAPPY，如果你离开这么远？

容美只能在心里问，容智没有给她对话机会，她的卡片信封上，没有留下具体地址。

以前，接到这样的卡片，元英会有怨言加眼泪，容先生则是叹息，后来就麻木了。

“她自己闯的祸，好像在怪我们。”

元英会这般抱怨。

是啊，做母亲的再说什么过分话，做儿女的也不可能记仇这么久！但是，容智明明说过，她不联系家人不是因为记仇，容美这么说服自己，也试图说服母亲。

这天晚上，容美不放心沉浸在悲伤中的母亲，没有回自己的家。

她睡在自己的单人钢丝床，原先和容智一起睡的棕绷床太占地方卖掉了。容智自从有了工作住在单位宿舍，就说服父母，把这张四尺半的双人床换成两张钢丝床。钢丝床可以折叠收拢靠墙放，平时只放一张床给容美睡，如果容智回家睡，就把另一张床打开。

那张很久未打开的钢丝床，还靠墙放着。

容美婚后很少留宿娘家，即使和丈夫关系疏远时，也不想住回娘家。她跟容智一样，希望离家越远越好。她回娘家不过是探望一下，确认父母没有任何问题，便急急忙忙离开，常常只待个把小时。

这天夜晚，她给丈夫打了电话，也没多说原因，只简单告知今晚母亲有些不适，需要陪伴。肖俊立刻问是否岳母心脏病发了，要不要过来帮着送医院。这一声问候对现在的容美很重要，自从元英病倒，她变得脆弱，需要身边有人问长问短。

容美吞了安眠药仍然无法入睡，想东想西竭力不让自己的思绪停留在掘墓的画面里。以至她进入梦乡还在做这个努力。她梦见和元英置身在一片荒地，视线被茫茫如雾一样的东西阻挡，她不肯再朝前走，并试图拉住元英朝浓雾深处去。她拉不住元英，想叫容智帮忙，却不知容智去了哪里。她记得容智先前是和她们在一起的，容美想喊她，却怎么也发不出声音，容美是被自己用力嘶喊的挣扎弄醒的。

容美醒来就睡不着了。她想着父亲说的话，“自从墓地被挖掘，你妈的性格也变了，本来是个很安静温和的人。”

容美很难想象元英曾经是个安静温和的人，从懂事开始看到的母亲就这么急躁，动辄抱怨。可是，她向自己瞒住了这么一件阴暗可怕的事。

容美又想到容智原本是个心里想什么嘴上一定会说出来的直肠子，她当时也才十一岁，却从未对自己描述过掘墓一事。

为什么要对我保密？怕我受伤害吗？我有这么受宠吗？

容美轻轻吸着鼻子，她伸出手摸索着去拿床边柜上的纸巾盒，摸到的是缝纫机的铁侧板，想起这里不是自己的家，她正睡在娘家的单人钢丝床上。

钢丝床边是一台缝纫机，缝纫机台板上压着玻璃板，玻璃板下压着照片，多是姐妹俩幼年时的照片。有一张是容美坐在童车里，容智推着她，脸上的表情很严肃，想来推童车令她感到责任重大；还有一张是在公园草坪上，容美横卧在容智腿上，对着镜头嘟着嘴像在耍赖，容智笑得很欢。“一定是她把我惹恼了，她就是喜欢惹我哭。”每次看着这张照片，容美都会在心里自语，涌起的是思念。

玻璃台板下只有一张照相馆拍的全家福，是容智中学毕业前照的。元鸿回来探亲时，元英提出去拍全家福，说元鸿想要带在身边。之前，他们几乎不去照相馆拍全家福，“没有心情！”是元英的常用语。她经常在背后指责元鸿，却为了他这个莫名其妙的要求，不怕麻烦地去照相馆排队拍照。

这张全家福，父母并排坐，容智容美站在后排，容美才七岁，个子矮，所以站在小凳子上。

照片上的容智梳了两根短辫留着刘海，稚气未脱，穿一件五十年代流行过的列宁装，这件新缝制的列宁装是在容智的再三请求下，元英买了布料请裁缝做的。

因为元英有一张年轻时穿列宁装的照片。

列宁装的特点是双排扣，腰部收拢，有制服效果。相比六七十年代毫无样式可言的女式两用衫，列宁装帅气有型。穿列宁装的元英，看起来有脱俗的英气，还有几分性感。容智非常喜欢这张照片，照片上的元英和现实里这位怨声载道的母亲判若两人。容智几次三番从照相本里挖出这张照片放到玻璃板下，却又被元英放回照相本。

容智这件列宁装崭崭新不太合身，是请裁缝根据元英的旧列宁装样式缝制，尺码偏大，穿在身上并没有线条感，容智有些失望。元英安慰她说，是因为还没有发育好，衣服的样子穿不出来，让她耐心等两年。

照片上，容智穿着她的不合身的列宁装，就像小孩错穿了大人衣服，却笑得开心。站在小凳上的容美也在笑，却笑得紧张。容美不上照！这是元英的说法。

容美已经很久不去细看这些老照片，看了太多次，不想看了。她一度非常依赖容智，步步跟紧容智，容智被她跟烦了，抱怨说她就像湿手黏上的面粉，甩也甩不掉。

她和容智出门，常常会突然找不到容智。走着走着，容智会恶作剧地闪躲起来，让她惊慌失措，又喊又跑，到处找，她越惊慌，容智越要恶作剧地躲她。

这个回忆，令容美想起和容智一起玩过的最荒唐的游戏，每次回想这个游戏，她都会失笑。

这游戏是两人抱在一起摔跤，容美那时才四五岁，很快被容智摔在地上，然后容智用手指在容美的胳肢窝呵痒，容美扭来扭去笑得透不过气在地上打滚。容智把这游戏命名“强奸”，容美很喜欢这个游戏，常常喊着要“强奸”。有一次被元英听到，冲过来不由分说给容美一个嘴巴，然后仔细询问，知道是容智教的词，便给了容智两个巴掌，这是她第一次打容智。那天元英把容智拉到浴间关起门来狠狠地骂了一顿，让容智明白再说这么肮脏的词，要把她赶出家门。可十二三岁的容智并不太明白“强奸”的具体含义。

容美成年以后和容智聊起这件事，两人都笑岔了气。容智更是笑得蹲到地上，嘴里“哎哟……哎哟……”喊着，说不敢相信自己曾经蠢笨又好玩，一定是当年在学校听拉线广播里审判大会宣布枪毙强奸犯，才会想出这么个游戏名字。她又承认，虽然当时不太懂，但这个词包含的性意味还是可以感知的，那时候刚刚进入青春期……这么说着，她会捂住脸喊着，哎呀呀，太恶心了太恶心了！容美便在旁边一个劲地笑，幸灾乐祸的。

这个夜晚，容美对容智有新的认识：她竟然能让大受刺激躺在床上绝食的母亲起床喝粥，残酷的事情不向年幼的妹妹透露……容智！容智！容美沉浸在强烈的思念里，心头突然掠过一个念头：容智是否还活在这个世界呢？她用被子盖住脸，似乎要抵制自己脑子里的胡思乱想。

六

容美次日起床时，元英还未从隔夜的悲伤中解脱，她肿着眼泡，老清老早就开始结绒线。

在早晨清澈的光线里，元英的头发显得又密又白，闪烁出奇异的光泽，像柔软的羊毛。容美再一次吃惊母亲的头发竟白得这么彻底，虽然脸上的皮肤还是比她实际年龄显年轻。从元凤葬礼回来后这一年里，谁都能看出，元英明显衰老了，仿佛背也有些驼，她毫不掩饰地呈现着内心服老的姿态。

起先容美是担心元英的精神状态：她原先激昂的情绪——哪怕是负面情绪——正在萎顿！她会不会就这么消沉下去？她之前对元英的病恹恹有些不耐烦，总觉得这是元英在向家人示弱。过去，元英遇到容智叛逆或者容美突然反抗母亲权威，便会号称心脏不舒服去躺在床上，这苦肉计对容智很有效，却令容美反感。

容美不会料到，元英真的心脏病发作。有一天父亲打来电话，说元英不太对头。她赶去娘家，见元英躺在床上喘息，搭她的脉发现脉搏跳动很不规则，尽管元英一再说没有关系，她还是叫了出租车把元英送去医院。幸好送医院，元英是突发心肌梗塞，医生竟发出病危通知。

元英的心脏装了两根支架，术后这半年一直在用中药调理，但仍然显得虚弱。反倒是她安慰他们，病来如山倒，病去如抽丝，急不得！

这天容美离开时，容先生对容美说：“哪天去看看你外公外婆家的房子拆了没有。”

外公外婆家？容美一愣，这对老人四九年以前相继去世，他们对于容美，更像一个传说。

容先生只知道元英娘家的方位，具体地址他也说不清楚。

“把地址记下来！”

元英突然参与进来，用上她曾经惯用的命令口吻。其实，更像是戒备，一说到他们家的事，她的态度里就有了戒备。

听到“北京西路”几个字，容美还是吃了一惊，元英的娘家竟然也在市中心，就在方圆几公里内，那里也是知成表哥的出生地，正兀自感慨，听到元英在说：“我只是随便说说，你要是经过去看看，不去看也无所谓，你外公外婆的房子当初是顶下来的，没有房产证，早就被收回去了。”接着又补充了一句，“三楼知成家当时还住着，后来，‘文革’时也搬走了。”

容美心一跳，终于提到知成。

“搬到哪里去了？”

她问出这句话就知道不会得到回答。果然，元英没有作声。

她走出家门时元英在她身后道：“有这点时间不如去看看宝珠。”容美一愣，回转身，元英点点头，仿佛再一次肯定自己的想法，“我说，老房子早就收走了，我没有什么挂念，倒是在担心宝珠，一晃又几个月，不是不想看她，最近人一点没有力气，你帮我去看看她吧！”

“去了吗？”才过几天，元英就来电话，性急地自问自答，“哎呀，我在等你消息，你不会又拖着不去？”

容美还没有腾出时间。她原本就性子慢，她的节奏和元英尤其是容智总难协调，元英和容智都是急性子，说风就要雨，所以更合得来。

“我在上班呢，休息天也要看有没有时间，”容美怕元英生气，赶紧又道，“这个周末去！”心下感叹，这姑嫂之间也是剪不断理还乱。

宝珠半卧在床上，戴上了假牙，所以形象上比上一次看到的年轻，头发剪短了，雪白而稀少，梳得整齐，她的手里正捏着一把木梳子。

容美进门时朝她招手，她便笑了，高兴地招呼，“阿姐你来啦？”

容美一愣，立刻说：“舅妈，我是容美呀！”

“噢……容美……”宝珠微微抬头仔细打量容美，“容美容美……”她嘀咕着仿佛在脑中搜寻，恍然大悟，“喔，容智呀！”

“我是容美，容智的妹妹！”

容美再一次说明，声调变得无力。

宝珠迷惑了，“容智有妹妹吗？”

“我就是啊！”

但宝珠好像没有听见，她问道：“容智，元英还好吗？好几年不见，她对我有意见……”

“我妈来看过你，我和她一起来，你忘记了？”

宝珠打量着容美，赞叹道：“我喜欢你身上这件衣服，颜色样子都喜欢。”

容美对着宝珠直笑，暗暗惊叹宝珠的眼光，她今天穿了一件黑底色白圆点小翻领衬衣，今年又流行的古典风，但接下来一声询问又让容美无奈。

“容智，元英为什么不来看我？”

“她会来的！”容美用不容置疑的口气，她已经放弃向宝珠辩明自己身份。

“她早就忘了，她女儿上午来看她，她下午就问我，为什么女儿不来看我。”

护工小杨突然在容美身后说，她拿着拖把，从隔壁房间拖地过来。

“元鸿去哪里了？好久不回家了！”宝珠问道，“他不会犯法了吧？”

容美张了张嘴，不知怎么回答，护工拉拉她的袖子，声音放低。

“顺着她说，不要纠正她，否则她会不开心，晚上会吵。”

容美点点头，她莫名畏惧这护工。护工身材健壮，眼小眼睑肿有几分泼辣相，脸上少有笑容。

宝珠朝容美伸出手，容美去握住她，这手干燥柔软，虽然看起来瘦骨嶙峋。

“你是阿馨的女儿？”

容美摇摇头，一惊。

“元鸿瞒着我跟阿馨生了小孩。”

宝珠看着容美，似乎等她回答。

“我不知道他们有小孩。”

容美回答，心怦怦地跳。

“阿馨跑得快！改嫁了，女儿也不要了！她做得出来！她没有吃苦头！”

容美直觉得心荡空了一记，她胡乱摇头，转身发现护工贴身站在她后面，肿胀的眼睑里透出的目光让容美又心悸了一下。

“你妈妈呢？很久不见，太久了！”

“她会来的！”

“你是阿馨的女儿！”

容美心虚地摇头。真讨厌，身后的护工彪悍。

“舅妈，你见过阿馨的女儿？”

宝珠却合上眼睛，然后打起鼾来。

容美头昏脑涨匆匆离开了养老院。她直接回家了，而不是像原本计划的顺路回娘家。

容美回到家便去躺到床上，像出了一趟远门那么累。她开着电视半卧在床，心跳的速度慢不下来似的。

她需要重新回想淡忘的往事。

最初看到的元鸿舅舅，那个宛若从天而降的陌生亲戚曾让她和容智议论很久。

“舅舅虽然很黑，不过看得出来，他年轻时一定很英俊，是吗？”容智向元英发问。

容美觉得容智的问题有点太大胆，以为她会讨来元英的一顿斥责。

未料元英呵地笑了一声，“年轻时是小白脸，没想到黑成这样，完全像个农民了……”

元英似乎意犹未尽，正在煤气灶旁煮晚饭的她，突然回房间去打开抽屉。这只抽屉存放着家里重要文件，比如户口本结婚证以及银行存折，银行存折还分定期和活期两本。

这天，容先生陪元鸿去外面兜兜，说好晚回来就在外面吃饭。元英说他们肯定去“茅万茂”喝啤酒了，容先生心心念念要陪元鸿去坐一趟“茅万茂”，像真正的酒客坐在酒栈喝酒。元英说元鸿回来已经不太认识上海，很多名牌店经过六十年代换了革命化的店名。“茅万茂”这家酒馆也换过名字，却仍然以酒栈的面目保留在淮海路上。

有容先生陪伴元鸿，元英觉得更轻松也说不定，反正这天的元英比平时松弛放得开。她从锁住的抽屉里拿出一只牛皮纸信封，信封里有一叠照片，她抽出一张照片递给容智，照片上有两对男女，元英指着其中一位俊男道：“喏，你舅舅，不说，谁还能认出来？”

容智容美互睃一眼，两双眸子都有惊喜，元英很少有这般闲情逸致和她们聊天。

容智使劲盯着照片看。

“喔，舅舅旁边的女人也很漂亮哟，像宝珠……”

容智惊问，声音陡然响亮。

“轻一点，”元英道，“她就是宝珠！”

容美看到元英对着容智出神，而容智正凝视手里的照片，双眸闪闪发亮。

“哇……哟……”容智仍然无法控制自己的音量，“噢，当年的俊男美女落到今天的下场……”

元英皱起了眉头，欲拿回照片。

“不要嘛，让我再看看，”容智转个身避开元英，“不过，宝珠虽然漂亮，但仍然比不过舅舅，”容智凑近照片又拉远，有股痴迷劲，像要把这张照片摄进自己的脑袋，一边用呻吟般的声音哼哼，“好看得都赶上电影明星了，眼睛好有神鼻子又挺……”

容智突然噤声，然后自语，

“我跟舅舅有点像！是不是？是不是？”

她奔到衣橱的镜子前去看自己的脸，又去看照片，

“他的双眼皮好深，我也是呀，人家都说我的眼睛最漂亮……”

容智毫不含糊夸赞自己，元英却虎起了脸：“谁都可以像，就是不要像你舅舅……”

“宝珠一直说，三代不出舅家门。很多小孩不像父母像舅舅！”

容智争辩道。元英从容智手里抽回照片，容智背对着元英朝容美做了个鬼脸，不料容美从母亲手里一把抢过照片喊道：“也让我看看嘛！”

容美看照片，容智看容美，

“爸是单眼皮，妈是淡眉毛，容美，你真倒霉，他们的缺点都在你脸上……”

容美的眼圈红了，做姐姐的占尽好事，漂亮聪明，还没有气喘病，父母又总是向着她！容美憋住了哭，硬挣出一个笑脸。

“我才七岁，我还没有发育呢！”

这句话让容智大笑，笑得蹲到地上，连总是板着脸的元英也忍俊不禁，她们的笑激怒了容美，她失控般地用手指着容智尖叫：“你不要得意，知成表哥更像舅舅，他们才是一家人。”

容美看到元英和容智脸色即刻大变，有一种报复的快感。

屋里瞬间安静，容美就有些心慌。

她瞅一眼闷声不响脸上笑容尽褪的容智，然后去看元英，“你告诉知成表哥了吗，舅舅回来的事？”

终于憋出一句问话，觉得是在帮容智提问。

“用不着我们去告诉他，他不是和我们倪家断绝关系了吗？没良心……”

元英就像被火点燃，一下子火冒三丈。

元英一发火，容智就会变得乖巧，她去拿来元英喝剩的茶，续上热水瓶里的开水，元英喝了两口热茶，火气好像也消退了。

先前的轻松气氛已经消失殆尽。七岁的容美很后悔，知道自己说了不该说的话，她很难防止自己说错话，家里犯忌的话题太多。

容美努力打破沉闷，看着元英指指照片，“你年轻时候没有宝珠好看！”

元英一愣，几分刮目相看地打量容美。

“年纪小眼睛倒是尖，”她对容美说话，总带教训的口吻，“你能认出照片上有我，我看容智都没有看出来。”

于是，容智从容美手里抢回照片，她看了又看，看了又看，难以置信，“真的没有注意这对更年轻的男女，原来是妈妈和爸爸……”

她嘿嘿嘿地笑了，仿佛这是一件好笑的事，一边挥着手里的照片，“为什么你们会一起拍照？”

“我们这天订婚，元鸿为我们摆了两桌酒，去照相馆也是他坚持的。”

“为什么没有姨妈这一对？”

“他们那时在军校，住在外地，元凤年轻时就很革命。”

“这么看来，还是舅舅对你好！”

容智的判断简短明了。

元英深深叹了一气，“那时他还以为自己躲过一劫，开始想要珍惜家人，可是晚了，这张照片才拍不久，他……就……出事了……”

元英戛然而止，她发现容美在翻抽屉。

那天，正是在元英和容智重新对话的时候，容美溜到五斗橱的抽屉前，这只从来是锁着的抽屉，此刻半开着。她从抽屉里拿起牛皮信封，刚才她就注意到，信封里还有其他照片，她慌里慌张抽出照片时有一张照片掉在地上，在这当口，元英发现了。

“大人的东西可以翻吗？”

她抢去容美手里的照片。

容美去拾地上的照片，一叠照片就这一张让她看清了，看清这张照片的同时她大吃一惊，她看到照片上仍然有那位年轻俊美的舅舅，但身边的女人却是陌生的，年轻陌生的女人坐在舅舅边上，两手托着个婴儿。

“舅舅旁边的女人是谁？”

容美问元英。

“怎么又问了，不是宝珠吗？”

容智在回答。

元英朝容美瞪眼。

“不准乱讲！”

她锁起了抽屉，把钥匙揣到自己的裤兜里，便去烧饭了。

容智却在元英凶容美的一刻明白了什么，当元英在起油锅炸带鱼时，她已经让容美把刚才窥见的抽屉里的部分秘密说出来了，容美的心还在快跳，简直是语无伦次，“有个女人……抱着一个小毛头，和舅舅并排坐……就像舅舅和宝珠……并排坐着。”

容智很兴奋，性急得想立刻去问元英，但容美拖住容智的衣襟。

“你现在不要问，她不会说的，等会儿还会找我算账，有件事你不要说出去，”容美禁不住得意，“这抽屉里，其实还有其他照片……

“真的吗？快说，你还看到什么？”

“没有看清楚，反正有好几张……”

容智咬咬下嘴唇，摩拳擦掌地说：“总归还有机会，我们把照片偷出来看。”

容美使劲点头，做这种事，她更机灵。

诸如此类的机会总会出现，元英忘了锁抽屉，或者，干脆留着钥匙在抽屉的钥匙孔上，容美发现，只要做个有心人，抽屉就在眼前开着。

有这么一天元英下班回家公交车脱班，到家晚了近一小时。这天正是发工资的日子，她把发来的工资放进抽屉，赶着去烧饭，急急忙忙的，忘了把留在抽屉钥匙孔的钥匙拔出来。

元英在灶前忙着时，是听不见房间里发生的任何事。趁着好机会，容智立刻去打开抽屉，容美站在房门口给姐姐放风。容智从一叠文件样的东西里找到牛皮纸信封，可是，信封里只有一张照片，就是那张两男两女的父母订婚照。

后来几天，她们俩又翻过抽屉，仍然是孤零零的那张照片，其他照片都找不到。

容智忍不住问元英，“抽屉里除了你们的订婚照，还有其他照片吗？”

元英回答得断然，“没有了！”马上就凶起来，“给你们看一张，就要看两张，这就叫得寸进尺！还有，我关照过了，下巴托托牢，不要到外面乱讲。”

“有什么好乱讲的？”容智非常不以为然，“舅舅已经坐完牢了，你还怕什么？”

元英继续关照，“特别是不要跟你舅舅啰嗦，他烦得很，知道有老照片就要来拿，放在他那里的照片都没有保住，我这里只有这张照片了。”

“再去印好啦！”

容美提议,元英立刻呵斥,“底片找不到了,就你聪明是不是？”

元英骂容美，有杀鸡给猴看的意思，她很少直接斥责已经十五岁的容智。

容美无故被戗愤怒了，一愤怒胆就大了，顶嘴道：“抽屉里有好几张照片，我看到过，现在好像又没有了！”

“翻过抽屉啦？”

元英尖声发问，脾气上来了，她奔去抽屉先数钱。

容美求助地朝容智看去，元英发火当口，容智就识相地闭嘴，容美见容智不响也不敢再多嘴。元英数完钱，火气又下去了，她从抽屉里，拿出只剩一张照片的牛皮信封给她们看，当然，这信封她们已看了好几次，有什么好看的？

“你不要听容美乱讲，小孩子的话也可以相信？”

元英对容智说。

让容美生气的是，元英否定得这般坚决，容智竟然就相信了母亲,或者说,她渐渐淡忘了这件事。可是容美却非常清楚地记得，记得清清楚楚，年轻的女子，长波浪堆在肩头，她在笑，脸颊上有酒窝。容美向容智描绘得越细致，容智的目光越犹疑，容美很着急，这张照片本身已经不重要，重要的是，一样存在过的东西消失了，而容智没有亲眼看见。在大人和孩子之间，她可能更相信大人的话，人们总是说，孩子在胡说八道。

这个场景,容美此刻想起来历历在目,所有的细节都那么清晰，可是这么多年竟像失忆一般，完全从脑海里消失。

当晚她回了一趟娘家。

“坐在舅舅身边，长波浪头发，脸颊上有酒窝的那个年轻女人是阿馨吧？”

“你在说什么？”

阿馨这个名字让元英的脸一阵肉紧，但她没有听明白容美那一通没头没脑的问话。

容美看一下母亲的脸色，她吸了一口气，对自己说，不要着急，慢慢来。她清晰而缓慢地问道："前些年舅舅身边不是出来个阿馨吗？”

“怎么又提她了？你舅舅人都走了！”

“我是说以前，以前的事，你瞒了很久，现在也瞒不住了，”容美笑嘻嘻地，“我是突然想起来，以前看到一张照片，舅舅身边坐着个年轻女人，手里抱着个小毛头。这个女人留着长波浪，脸上有酒窝。”

“你怎么知道？”

元英有些吃惊。

“家里不是有他们的照片吗？”

“你怎么会看到呢？”

元英一脸戒备，当然她完全忘记了那天的事，不过，到今天还这么紧张兮兮，让容美非常不满。

“放在家里的东西我怎么会看不到？再说了，这个女人自己出现了，你想瞒什么呢？”

元英白了容美一眼，没有理她。

“她手里抱着的小毛头是女孩吧？”

元英的眼睛瞪得眼珠子都快瞪出来，把容美吓着了。

“你少管闲事。”

“怎么是管闲事，这个小毛头是我表姐呀！”

元英嚯地起身。

“又要来搞了！哪里来的表姐？你饭吃得太饱了是吧？我要睡觉了，你也可以走了。”

于是容美把在宝珠床边的对话统统倒给元英，也包括护工的插话。

“她提到的阿馨的女儿是怎么回事？最奇怪的是，我告诉她我是元英的女儿，她得出结论，那你就是阿馨的女儿，我当时听到，心脏病都要发了！”

容美去看元英的反应，对于元英的气急败坏已经做好心理准备，但是元英冷着脸看看她。

“你已经看出宝珠脑子坏了，是不是？”

“没想到这次糊涂得厉害！”

“她脑子坏你脑子没有坏，是不是？”

“你这是什么意思？”

“因为宝珠乱讲，你就开始乱想？”

容美想起多年前问起阿馨是否有孩子，元英竟发脾气，到底有什么不能说的隐情？容美的心又一阵乱跳，脱口而出，“可能就是真的，要是脑子清爽，她就不会讲了！”

“又要来搞了！”听起来容美经常没事寻衅似的，元英起身去铺床，不再理她。

到底谁在搞？容美克制着没有接元英的话，气而郁闷，发了一阵呆，然后嘀咕了一句，“芸姐姐还说等她恢复什么的……”

容美不明白自己为何老是要抓住芸姐姐这句话，有点像在耍赖，眼圈便红了，咽了一口唾沫，跑到卫生间去了。

她坐在卫生间的马桶盖上，让自己冷静，否则，憋不住地想和元英起冲突。现在的元英有心脏问题，容美不敢再去刺激她惹她发火。

芸姐姐！此时容美才想到，宝珠知道的事，芸姐姐不会不知道！她可以找芸姐姐问个明白。

七

芸姐姐：我最喜欢吃蒸鱼，姆妈讲，这一点随我爹爹。宁波人喜欢清蒸海鲜，老祖宗住在海边，打捞起来的鱼直接蒸了吃，鲜呀！姆妈是苏州人，姆妈跟了爹爹就学做宁波菜了，也喜欢吃蒸鱼了，不过她的蒸鱼是跟广东人学的。宁波人蒸鱼时，葱姜料酒盐一道入锅，鱼从蒸锅出来还要倒一点鲜酱油，我不肯下筷！芸姐姐笑了，诧异的样子，我受不了酱油直接倒在热腾腾的雪白的鱼身上，觉得恶心。那时候爹爹还没有进去，常带我们去不同风味的餐馆，有一次去广东饭店，广东店的蒸鱼吃得我不肯放筷子，姆妈学了，后来也教我了。他们是鱼蒸熟后才放作料，蒸鱼时只放料酒。作料另外制作：热锅下油，油热下葱姜盐和鲜酱油料酒。鱼肉熟时会出汤水，需先倒去汤水，作料浇上鱼身，鱼肉才有味道。姆妈关照，不要到鱼全熟才把鱼汤倒掉，太可惜了，应该是鱼半熟时倒去鱼汤，全熟后还会出些汤汁，这时候的汤汁不多，可以留着，保住鲜味。喔，广东人蒸鱼就是比宁波人讲究！不要忘记在鱼身中心段划两刀，这样鱼肉厚的地方容易熟，要鱼肉嫩，蒸的时间不能长。蒸锅的水滚时鱼才放入，一斤重的鱼，旺火蒸五分钟，两斤十分钟。当然，只是大概的时间，可以用筷子在鱼背上戳一下，筷子一直戳到鱼椎骨，不粘筷，就算熟了。

容美约了芸姐姐在西区的餐馆一起晚餐。这是一家小馆子，在一幢洋房底楼，一扇门的门面，内里狭长，十多平米，只能单排放五张桌子，是个和她年龄相仿的女子在经营。饭店虽小气氛宜人，木头地板，墙上挂了一些装饰画，灯光是暖色调。

容美是小饭馆常客，如果这顿饭是为了吃饭之外的谈话，她一定会选这里。尤其是今天，和芸姐姐之间，她有要紧事和她聊，心里已经先紧张起来。至少这家餐馆，可以让她放松。

芸姐姐现在的家就在小饭馆附近。她说，当时为了孩子能上市重点中学,千方百计换房到市中心。芸姐姐的丈夫在房管所工作，芸姐姐坦率告知，找对象时，丈夫的工作单位是重要考量指标。

“我是缺啥找啥，人总是越活越现实！”

电话里芸姐姐的直率，让容美对这次约见抱了希望，不由得回想第一次见到的芸姐姐：亭亭玉立长辫子拖到腰间，穿洗得发白的蓝布工装裤，像宣传画上帅气的年轻女工。

她记得，自从有了芸姐姐，容智便越过其他表姐妹，和芸姐姐自成小圈，容智羡慕芸姐姐的女工身份，她是羡慕芸姐姐帅气的背带工装裤。

宝珠却对芸姐姐的工装裤横竖看不惯，说：“触气煞了，女孩子穿一条工装裤男不男女不女，寻不到男朋友……”

宝珠不会具备这样的想象力——芸姐姐与她里弄加工场的同事相爱了，他是个坐轮椅的英俊青年，用磁性的嗓音朗诵普希金的诗《假如生活欺骗了你》，俘获了芸姐姐的心。

芸姐姐把她的秘密恋情告诉容智，她心里的情绪太满需要有人疏解，她们成了最要好的表姐妹。

这是一段没有结果的恋情，芸姐姐预先就看到没有结果的结果！她告诉容智说，我只想和他好一场！就像必须把一场电影看完。

那时她的精神状态处在亢奋和忧郁的两极，无端地哭泣或者偷笑。于是宝珠怀疑芸姐姐是否有点精神问题。那些年，每条弄堂都会出一两个“神经病”。宝珠来找元英拐弯抹角打听倪家家族中谁有过精神病史，元英一口否定，认为宝珠自己“神经搭错”，来问这么奇怪的问题。

倪家真的出了一个精神有问题的人，这人因为成分不好没有被大学录取而抑郁，他服安眠药试图自杀没成功被送去精神病院。他是元鸿的长子知功，是元鸿明媒正娶的大老婆生养的孩子，知功的状况被他母亲隐瞒了很久，当时的元英并不知晓。容美更是成年后才从元福那里听说。

这是容美和芸姐姐第二次约饭。

上一次是在十年前，容美在劳教所门口和芸姐姐匆匆见面后，去芸姐姐的单位找她。那时芸姐姐已经从街道工厂转到街道办事处，按照她的说法，虽然忙，但待遇非常优厚，只要是政府单位，哪怕是在里弄，都有很多福利，算公务员体系了。

芸姐姐好像料到容美会来找，没有发出询问，而是直接把她带到饭馆吃了一顿。那时容美还是个靠父母给零用钱的学生，以当时她的生活标准来看，那顿饭可算是豪华餐。她们去了南京路的梅陇镇饭店，去之前芸姐姐已电话订了座位。她说，她经常有机会用公款招待上级领导，因此是梅龙镇常客，和经理已经成了老熟人。又说，常来这里，也是因为妈喜欢梅陇镇口味。

容美说她还以为宝珠舅妈最喜欢新雅，提醒道：“记得吗？舅舅第一次回来探亲，珍珠大舅妈在新雅请客，请了好几桌客人。”

“噢，是在梅陇镇吧，哪有好几桌，两三桌吧，那时候也不可能请那么多人，他第一次回来，‘文革’还没有结束呢！”

那一瞬间容美深受打击，是她的记忆出了问题？一下子手脚都凉了。她说明明记得在新雅，她在桌上比画当时圆桌的排列。

芸姐姐直笑，说她那时还小，哪里搞得清。

她没有再和容美啰嗦，拿了菜单开始点菜，点的都是店里的招牌菜，香酥鸭蟹粉豆腐生爆鳝背。尽管容美脑中还在纠缠这件事，但年轻时的旺盛食欲让她很快丢了烦恼，痛快淋漓享受了当年的名店美食，她在饭桌上不停赞叹，“你跟宝珠舅妈一样，懂得吃。”

“我不懂，这都是我妈会点的菜，她喜欢的菜都好吃。”

“舅妈还是那么喜欢上店里吃饭？”

容美快言快语，芸姐姐摇头叹息了一声，“她吃光用光脱底棺材，为了这种坏习惯，爹爹总是跟她吵。”

“舅舅搬出去是为了这？”

容美惊问，芸姐姐笑笑。

“当然不是只为一个原因，爹爹脾气也不好，自己已经什么都不是，还像年轻时一样大男人，都要听他的！妈为他吃了那么多年苦，心里已经非常不平，一吵就要扯到这些事，爹爹就很郁闷很窝囊！说真的，他未必不知道感恩，只是他不要你说出来，你说出来，那点感恩立刻变成受辱的感觉。有一天，妈一火，叫他滚出去，他立刻就搬了，这说明他已经有离开的心了，虽然妈早就受不了他，但他搬得这么快倒也是让妈心里寒！话说回来，他们两人分开来，各管各过太平日子没有什么不好！”

容美点点头一时不知道说什么好，芸姐姐已经在问：“今天特地找到我单位，是来问容智的事吧？”

“我就是……就是……觉得不对劲……”

事实上，她只是想和芸姐姐聊聊容智，她心里郁闷，探监的景象像噩梦缠绕着她，容智疏远的态度也让她耿耿于怀，她其实是来解这个疙瘩，但现在真的要说出口，又觉得自己太多疑。

于是她的眼圈便红了，因为想着容智此时的情景，让她吃这顿饭都有了不安。

“事情到了这一步已经没有办法挽回，一年很快就过去，我也在想办法托关系，看能不能让容智早点出来。如果之前，在案子了结之前，能找到关系，可能结果会不一样，我当时一点不知道。”

芸姐姐路道粗到连这方面的关系都能打通？

“自从进了街道办事处，有机会和公安方面的人打交道，”芸姐姐似乎在回答容美心里的疑问，“一方面我也变得有心机，一心想着要和他们搞关系，爹爹从农场回上海，是个‘反革命’，我很怕再出什么事，没想到真的出事了！出事的人却是容智，这么聪明优秀的容智也会摊上这种事，孃孃，我是说你妈妈要是早点告诉我就好了！当然她是不会说的，她顶要面子，再说，她也不会想到我有这方面的关系！”

芸姐姐一口气道来，容美的心里被懊恼塞满，此时还有另外的疑问。

“是容智请你去探望她？”

“她一直还是最信任我，案子结了后，她写信让我去探她……”芸姐姐按住容美的手，知道她要问什么，“是啊，她最初不想让你去那种地方，你还小，去那种地方受刺激会受不了，一方面，也是因为孃孃的反应太激烈，容智她不想让你家人再卷入……”

“我家人？姐姐就是家人，她现在把我们当作外人？”容美质问的语气，“妈可能说出什么伤到她了，但她一直那么宠姐姐，就看在这个份上，也不能记家人的仇。”意识到自己过于激烈，她又赶忙歉意问道，“你说对吗，芸姐姐？”

“你姐姐嘛就是被孃孃宠过头，孃孃本来是好命的女人，找到你爸爸这么通情达理又大度的好丈夫，是可以过好日脚，家里不受气外边也不会闯祸，怎么会摊上这么个哥哥？本来是顶要面子的人，精心养大的容智又搞出这种事，孃孃是伤透心了。”

芸姐姐这一通话，让容美感动无言，便转话题说起楷文出国要曲线救容智。

芸姐姐竟然笑了。

“我知道楷文，以前听容智说起过。也真是难为他了！不过，他这么做容智未必领情，她最终要去嫁给她喜欢的男人，容智是不懂委屈自己的，这也是因为孃孃姑父都对她太宝贝，把她捧在手心里，让她顺心顺意，孃孃对你就比较严格不是吗？亲戚们都能看出来！”

这一说，容美又要泪湿了。但芸姐姐后面的话让她把注意力从自己身上转移。

“容智内心很骄傲，她不会接受楷文的同情，所以楷文为她解除自己的婚约不值得！话说回来，这正好说明他对那位未婚妻没有感情，他去美国即使为他自己也值得！”

那天与芸姐姐的交谈让容美明白了，芸姐姐更懂得容智，尽管是表姐妹，在精神上她们俩更亲近。

“舅舅知道容智的事吗？”临告别时，她问芸姐姐，想起当年元鸿舅舅对容智的偏爱。

“没有告诉爹爹，他回到上海反而变得冷淡，亲戚的事他都不想知道……”

容美理解地点点头，心里说，因为舅舅在上海的日子也不好过。

容美回北京后，与芸姐姐通了一两封信，后来学业一忙又回到之前的疏离状态，终究她们之间还有年龄差距。

这些往事和往日的心情，容美小饭馆等待的时候又一次翻腾出来。

芸姐姐并没有让容美等太长时间，她在六点前赶来了。她才坐下老板娘已经递上热茶，芸姐姐接过热茶打量四周开心嚷道：“蛮不错的小馆子，安静又干净。”

容美递给芸姐姐菜单，芸姐姐不肯点菜，说她不了解这里的菜式。于是，容美跟老板娘挥挥手，很快菜就上来了，是她预先点好的菜。

油爆河虾，清蒸刀鱼，草鸡汤，蔬菜是酒香草头。都是家常菜，也是小店的招牌菜。

芸姐姐满意菜品，尤其是清蒸刀鱼上桌时，她发出愉快的叹息，“是我们家的人才会点这道菜！”

与以往圆桌上客来客气的礼让迥异，芸姐姐爽快地吃饭夹菜，容美如释重负，相信后面的交谈也会更加容易。

“我血糖不稳定，糖尿病边缘，饿起来一点都没法忍。”吃了半碗饭，芸姐姐好像缓过劲，她的筷子停下了。

“糖尿病多是遗传，舅舅有吗？”

“他有，却不知道，因为从来不去医院，是突然发作，到后来连眼睛都看不见。”

容美一时就说不出话，元鸿后期重病到离开人世，她一家人都缺席，这些过程更无法获知。

“没事，别为我担心，我很当心，经常会去验个血，最近血糖指标在警戒线上，我在做运动。”见容美沉默，芸姐姐安慰道。

“前两天去看我妈了？护工说了！”

正是容美要谈论的事，赶紧接话。

“宝珠舅妈说了一些话让我很吃惊！”

不等芸姐姐接话，容美便飞快地将宝珠说的那些话转述给她。

芸姐姐笑笑，好像并没有太当回事。

“不要听我妈乱讲，她脑子越来越糊涂，当中又小中风过几次……”

“你说她在恢复中，会越来越好……”

容美仿佛要从芸姐姐曾经的许诺里找到一丝希望似的。

“咪豆你还这么孩子气，我这么说有用吗？那时是这么认为呀！”芸姐姐无奈的神情让容美心一沉，“你舅妈都已八十五了，只会越来越糟糕！”

容美点点头，莫名地想起一些场景。

她和容智在浴间洗衣服，搓衣板平搁在浴缸上，容智用板刷使劲刷她的卡其裤子，容美坐在小凳子上，地上放着脸盆，她在帮容智搓她的白衬衣领子，只有这种时候，她才有机会和容智聊天。

妈妈为什么不带我们去红房子呢？容美抱怨，自从跟着宝珠去了一趟红房子，便惦记上了。她咽了一口唾沫，“咕嘟”一声连容智都能听到，容智便笑开了，她扔开板刷，甩甩挂着肥皂水的手，过来捏捏她的脸颊，“馋痨坯啊，等我赚了钱带你去吃吧！”

容智没有食言，考进大学去报到之前，带容美去了红房子，中午客人不多，容美让容智点宝珠点过的那几道菜，红汤、土豆色拉和炸猪排，加上随汤奉送的小圆面包配黄油。

姐妹俩面对面坐在铺着雪白台布摆放刀叉的桌前，她们在等食物上桌时聊起了天，这比将要吃到垂涎已久的食物还要让容美雀跃。她从来没有那么体会过自己和容智的平等，只有两个成年人才会这样隔着铺桌布的桌子，悠闲从容聊着天。

无法掩饰的暗自得意令她一直在笑，傻里傻气合不拢嘴地笑，容智伸手过去拍她头顶。

“有啥好笑？”

“上一次我和宝珠舅妈也是坐这张台子，你坐在我的位子，我坐在宝珠的位子。”

“这么巧？”容智并不相信，“这么多年了，还记得坐在哪张台子？”

“宝珠的脸对着窗外，外面是阴天，她坐的样子我还记得。”

此时，容美看到的窗外是暮色，梧桐叶在路灯光里闪烁。坐在对面的容智，在餐桌上方的灯光下，黑眸忽闪，脸颊的肤色白如凝脂。有个美丽的姐姐，容美骄傲又嫉妒。

容美把桌上的纸巾卷成香烟，欲学宝珠吸烟，但容智伸手抢过纸巾。

“女孩子在外边不要学这种动作。”

她便又坐成乖巧模样，气氛一时冷下来。

“作为老妈的乖乖女，怎么敢跟着宝珠上馆子？”

容智讽笑问。

“我也不晓得，大概太馋了，明明晓得不可以！”容美回忆当时的心情，记得回家路上还意犹未尽，但又心虚，“回家后好想找你诉说，可你住在卫校，我的神情一定很慌张，被妈一问便说出来了。”

“换来一顿臭骂！”

“还是值得！”容美捂着嘴笑。

“不错，我喜欢有时候不那么乖的你。”

容智伸手过去拍拍容美的脸颊，那一刻容美竟莫名地想流泪。

见容美沉默，芸姐姐笑问：“还在纠结你舅妈说过的话吗？”

容美摇摇头，又点点头，“你说得对，不可能恢复到生病前的样子，毕竟舅妈已经八十五岁……”深深叹息一声，“我妈才七十多，已经心脏出问题，几个月前竟然心肌梗塞还不当回事，幸亏我在家，送医院连病危通知都出来了！装了支架现在还在恢复中，人一下子虚弱很多呢！”

“喔，我都不知道！”芸姐姐惊叹，“我要去看看孃孃！”

“千万不要，她知道了要骂死我了！”容美紧张了，后悔说出元英的病情，“真的，你向我保证，装作不知道！”

芸姐姐苦笑，“何必呢！孃孃总是这么见外！还是怪爹爹不好，弄得家里亲戚互相疏远成这样！”

“阿馨这个人你是知道的对吗？”

容美突然转话题，她今天有备而来，一定要让谈话朝自己设置的轨道走。

“我也是后来才知道，她和爹爹重新往来以后。”

芸姐姐回答，似乎并未见怪。

“她和舅舅生过孩子的，我看见过他们三个人的合影。”

芸姐姐一脸吃惊的表情，不知是为容美肯定的语气还是为照片这件事。

静默片刻，芸姐姐才问，

“你觉得这件事情很重要吗？”

容美哑然，她有些迷失方向，但她立刻像找到证据一般提起宝珠说过的话。

“我告诉舅妈我是元英的女儿，她得出结论，那你就是阿馨的女儿，我当时听到，心脏病都要发了！”

“七里搞到八里！”芸姐姐皱起了眉头，“她已经有点老年痴呆，我们不要被她搞糊涂好伐？”

芸姐姐似乎怪容美缠不清，但她马上又笑开来。

“你舅妈讲了这么些糊涂话，你就请我吃这顿饭了？”

容美也笑，有些无奈。

“早就要请你，十年前，你请我那顿饭还记着，梅陇镇酒家，记得吗？”

“真的吗，我都忘了！”芸姐姐一幅好笑的神情，“这么说，这十年里我们两人没有在一起吃过饭？”

怎么回事？她就这么容易忘事吗？容美不由怀疑，这家人都有健忘症吗？她不甘心地问道：“你真的从来没有听见舅妈说起过阿馨的女儿？”

芸姐姐带着几分无奈地摇摇头，笑了，“倒是从来没有说起过！他们那一辈的事她不太愿意说，尤其和阿馨有关的事。”

听起来有道理，即便宝珠再大度，也不见得有兴趣和女儿聊阿馨的事。但宝珠从来不摆长辈架子，也没有太多顾忌，她不至于嘴紧到不漏一点风声！容美感觉芸姐姐比宝珠世故，城府深。

容美告诫自己冷静，她还有问题要问，在半真半假的周旋中，差点忘记。

“芸姐姐，猜我遇到谁了？”这一问，让芸姐姐脸上掠过一丝戒备，“我在大学校庆时遇到知成表哥了！”

芸姐姐怔忡片刻，好像听到不熟悉的名字。

“去年秋天的事了，一直没有机会告诉你！”见芸姐姐没有反应，便又强调，“他应该叫倪知成！舅舅跟……阿花的儿子！”她差点把“阿花”说成“大老婆”。

容美的语气有点气急败坏，芸姐姐不会说我不认识知成表哥吧？也许，惹她不高兴了？

寂静片刻，容美忍不住道歉，“对不起，是不是不该提他？”

芸姐姐却一笑，“说起来他算是我的亲哥哥，我们竟然从来没有见过，所以你突然提他的名字，我还有点陌生呢？”

“他长得跟舅舅很像。”

“我想，脾气也是像，很倔，说跟家人脱离关系就真的脱离了。”

“我小时候他经常来，有一天来我家跟我妈说他报名去黑龙江了，把姓也改了，不再姓倪，姓娘的姓，从此叫刘知成……”

“这个听妈说起过，孃孃告诉她了！”

那时候她们姑嫂之间还在联系？容美意外，这又是一幅迥异于她记忆的画面。

“容智因为知成表哥不再来我家一直很伤心呢！”

“喔？”

芸姐姐意外的神情，容智不可能向她透露自己对知成表哥的心情，容美推测。

当秦蓝滨指出容智爱着知成表哥时，容美涌上来强烈的反感和否认，她此刻内心仍然不愿意正视容智对表哥的感情。

“我小时候，知成表哥刚去黑龙江那几年，姐姐特别念他，妈很生知成的气，一直说他没良心。”

“是没良心，我们倪家的男人都没良心，他爹也就是我爹最没良心，姆妈为他吃过那么多苦，从没有表示感激，那个叫阿馨的女人，在他出事的时候立刻跟人家走了，等我爹从劳改农场回来，她自己男人也不在了，两人说好就好了……”

这话跟元英的口气一样，但芸姐姐并没有像元英那么生气，她更像在讲一件客观事实。

“他现在也有后悔，我是说知成表哥，说离开太久，不敢再来看我妈。”

“他跟容智有联系吗？”

“他没有提容智……”虽然，按照秦蓝滨漏出的话语，他们好像是有联系的！但是，容美不想多嘴。

“容智真的就不再联系你们？”

“她联系过你？”

芸姐姐迟疑了一下摇摇头，容美认为她在撒谎。突然就流下眼泪。

“宝珠舅妈以前说过，三代不出舅家门，她觉得我们家容智最像元鸿舅舅，我姐姐她……她……”她想说容智“也是没良心的”，可最终咽下了这句话。

想起有一天，她和容智瞒着元英去了一趟宝珠家。她们俩是下午上宝珠家，直玩到晚上才回家。那天，宝珠开心地说她没有睡懒觉，早上去菜场买了一篮子菜，要给休息在家的芸姐姐补营养。

在宝珠提议下，她们打牌玩“捉猪猡”，二对二分成两个阵营。容智在牌桌上出奇的笨，三人中无论谁跟她配对，都会被她拖成输家。宝珠说容智像元鸿，牌桌上缺根筋，总是输，不过呢，赌场失意情场得意！元鸿有女人缘，以后容智也将是男朋友在后面排队，结婚找对象，不用元英操心。芸姐姐就有些不悦，说怎么会是容智更像爹呢？她是联想到自己不顺畅的相亲路。宝珠便说，三代不出舅家门，很多小孩，不像父母像舅舅！容智说，才不要像舅舅，他命不好。宝珠便安慰说，除了不会打牌，其他都不像。宝珠朝芸姐姐眨眨眼，芸姐姐便笑了。

容美还记得那天的饭菜。她们打牌间隙，宝珠不时起身去楼下厨房照顾一下正在烹煮的炖菜，笋干红烧肉和目鱼大烤各占一孔煤气灶，香味已从楼下冒上来。然后，宝珠必须在厨房集中精神炸鱼还要热炒蔬菜，这时她们不玩四人的“捉猪猡”，而是三人可以玩的“争上游”。

宝珠煮饭时会忙里偷闲上楼来看看各人的牌，特别要指点一下容智。宝珠嘴角含烟眯着眼睛仔细看牌，笑眯眯地不急不慢。芸姐姐却催她回厨房，怕楼下厨房灶上的菜烧糊了。容智说芸姐姐总是比她妈还操心，她更像做妈的人。

几趟楼梯上上下下，晚饭的菜肴都已端上来，收起牌，菜就摆了一桌。哪像元英，说要吃饭，摆好桌子还要等半天的感觉，且总是没有好声气，她是那种一忙就给你看脸色的人。

那天回家路上，容美和容智有过议论。容智认为，上一辈人很少几个有好性情，你出门走一圈看看，这些中年人烦躁的多！宝珠是个例外，元鸿去坐牢，宝珠作为老婆心里苦楚自己知道，她还能把日子过得有滋有味，也许她没心没肺，但和她在一起就是让你觉得舒服。

于是，容美向芸姐姐回忆起在她家做客的事，说仍然记得那天的笋干烧肉，肉大半进了容智的肚子。

芸姐姐直笑，“怪不得我妈老说容智爱吃肉，称她是肉师傅，因为我爹爹也爱吃肉，便称他们一个大肉师傅，一个小肉师傅。”

“喔，舅舅也爱吃肉？”

“所以，三代不出舅家门！”芸姐姐看看容美询问的目光，又道，“这是我妈喜欢讲的话，你姐姐的遭遇跟我爹……也是……那么像！”

芸姐姐突然话语就不流畅了，声音也低沉下来。她用纸巾抹抹嘴，拿起身边的包，似乎准备离去。

容美有些不知所措，与芸姐姐的对话，并没有解决带去的疑问，她的回答让容美感觉非常当心，甚至是有准备的。容美不由怀疑元英已经和她通过气，她们好像在共同向她隐瞒什么……

隐瞒什么？这一猜，容美的手脚发凉！

和芸姐姐在饭店门口告别时，容美向芸姐姐描绘她们曾经一起打牌的情境，为了说出这番话，“那时候，很久以前，我还是小孩子的时候，我和容智都很喜欢宝珠舅妈！她跟年轻人玩得起来，从来不讲长辈那一套大道理，总是拿好东西招待我们……”

芸姐姐笑出了声，“我倒是第一次听到这么夸我妈！”

“尤其是容智，她那时已经有自己的判断能力，她说过，宝珠舅妈比谁都不容易，可是她能把生活过得有声有色。她不抱怨不诉苦，是用自己的方式去化解人生的苦！”

芸姐姐的眸子湿润了，她苦笑着摇摇头。

容美却转了话题，她必须把自己对元鸿舅舅和阿馨的同情告诉芸姐姐。

“芸姐姐，我没有见过阿馨，不管别人怎么想，我对她和舅舅往来这件事有种说不出的难过，两个可怜人！最后几年，舅舅有阿馨陪伴也不至于太凄凉！”

芸姐姐一愣，眼圈红了，就像之前听到容美夸宝珠。但她立刻掩饰了，仍然声音朗朗。

“我也是这么劝我妈，她后来也放下了，都这么大年纪，没什么可以计较！他再怎么不好，还是我爹，他过得不好，我也不会开心！”她顿了顿，“所以后来，我向爹爹表态，我赞成他们在一起！”

芸姐姐朝容美一笑，气氛又轻快起来。

于是容美才有胆问：“舅舅不在了，也不知阿馨去了哪里？”

“她……她也走了！”

芸姐姐的神情让容美的心一紧，“走了？你是说阿馨……死了？”

芸姐姐点点头，冷静地像说一件平常事，“她上吊自杀！”看着容美疑问的目光继续道，“这都是元福传来的消息，是今年年初发生的事，说她得了严重的忧郁症……”

喔，今年年初发生的事！就在不久前？容美的眼睛湿了，心里充满对阿馨的怜悯，这个从未见过面也应该称她舅妈的女人，本来有机会见一面，假如把她放在心上的话。

“我妈知道吗？阿馨的死。”

容美有些哽咽，芸姐姐的眼圈也红了。

“元福说他不敢见你妈，好长时间没往来了……”芸姐姐顿了顿，似乎想说什么又咽下了。

她们已经分手，芸姐姐又叫住她，

“阿馨的事不要告诉你妈！她身体不好，这种事还是不要晓得……”

八

容美后来回想，正是因为经过南京路的培罗门西服店，才有看一眼叔公故居的偶然，于是有了后面一系列的延伸，这个延伸竟像画圆圈一样，把容美抛到身后的岁月又划了回来。

她答应过元英，去看看自己外公外婆的房子还在不在，一忙又忘了。有一天不用去学校，心血来潮拿了元英给的地址出门。

容美没有找到外公外婆家的旧屋，元英提供的地址已不存在。那天元英说到靠近成都路，容美心里就担心。成都路高架桥已建成几年，这座高架桥是上海高架道路网中的南北主干道，南起中山南一路，北至中山北路，其主线全长七公里，跨越东西向三十多个交叉口，建桥之前对周边居民房的动迁，是上海多年来最大的一次动迁。

容美奇怪元英竟没有去她成长的地方再看一眼，她又不是不看报纸。那些日子，动迁是元英和容先生饭桌上的话题，为何不在动迁前去那里走一走，哪怕做一次告别？

容美心犹不甘，从高架桥旁的北京西路一路向西面走去。这一路建起了不少商务楼，一楼面街多是餐馆，除了连锁的麦当劳肯德基必胜客，也有一些个性餐馆，其中一家日式风格的店名叫“千语”的餐馆别具特色。

这是一间自助寿司吧。顾客们围着长圆形的吧台传送带而坐，厨师站在吧台中间的岛上一边做寿司一边把寿司送到传送带上。

寿司吧的安静清新立刻将容美吸引，她正又饿又渴，便推门进入。

六七碟寿司狼吞虎咽下肚，喝了两杯抹茶，容美才有心情打量整间店：淡褐色木头护墙板，墙上挂着小幅的日本线描画，画很普通但营造了气氛;食客多是较成熟的时尚青年,穿名牌运动装，举止斯文，说话轻声细语；他们一个挨一个坐成一圈，很难分辨谁和谁是一对，即使有人跟容美一样是独自用餐，却因为挨着他人坐而没有呈现孤单的形态；当覆盖鱼子的寿司出现时，空气里有一股兴奋的振动，鱼子寿司立刻被一拿而光。

此时容美才开始注意到厨师，操作台前站着两位厨师，他们白口罩白工作服白厨师高帽，正是在店门口瞥见厨师装束严格，才促使容美不假思索坐到寿司吧台边。

容美发现两位厨师中，年轻的那位一直埋头做寿司，年长的那位在小小的操作台周边来来去去，控制着各种寿司的搭配，不时瞥一眼吧台上的顾客。接着，容美的目光和他的眸子相遇，那双眸微微凹陷，眼神深邃沉郁，一双与厨师的职业不甚相称的眸子。厨师应该有什么样的眸子呢？容美从来没有注意过厨师的眼睛，通常，人们进饭店是见不到厨师的。

容美和这双眸子对视了两秒钟，然后彼此不经意地转开目光扫向其他顾客。容美突然就坐立不宁，她情不自禁双手捧住自己的额角，她在自己的手掌心里闭住眼睛……这双眸子让容美想到一个人，她抬起脸，年长的厨师已离开操作台消失在餐馆后面。

那天夜晚，容美在梦里又看见相同的情景——被绿色光晕笼罩的母亲和知成表哥，竹椅子的吱吱嘎嘎的声音里，是知成表哥决绝的宣言：我和你们倪家断绝关系！然后他和容智并肩坐在楼梯上，容美站在他们面前，她和知成表哥的视线平行，他的眸子深邃，若有所思。容美发现他不是知成表哥，他是楷文，他马上要离开上海！她应该和他告别一下，可是他已经远去！为何跑得那么急？她没有来得及说一声再见。这让她觉得格外空虚！她追出去，只见楷文骑着自行车从弄堂远去的背影，急促的脚步声传来，容智追来了……她和容智突然置身在墓地，阴暗的，天明未明，像在凌晨，容智已经跑在前面，她焦急地去追她，想要离开这片阴森之地，可是脚像被什么东西拖住，怎么也跑不快，她听见容智在前面喊："阿哥……"

容美被梦中容智的哭喊声惊醒。她睁开眼睛，夜色笼罩，她一时不知自己在哪里，仍然沉浸在一种几近绝望的焦虑中，那双和视线平行的眸子，明明是知成表哥的，怎么变成楷文的眸子？

容美猛地打开台灯，从床上坐起身，身旁丈夫在酣睡。容美睡眠不好，一夜要开好几次灯，吃药或者看书或者上卫生间。丈夫的睡眠从不受打扰。

容美在床上呆坐了一阵，心脏还在怦怦跳，回想梦中情景，尽管可怕，可她还是需要回想：为了让自己记住这是梦魇，如果再一次梦到，可以告诉自己不必害怕。

她把灯关了，仍然坐着，她在黑夜里凝视梦中这双眸子，是眸子里的痛楚让她心惊。

为何在梦里会觉得这是楷文的眼睛？此时她却无法在脑中再现楷文的眸子。楷文戴眼镜，棕色框架赛璐珞眼镜，这副老式眼镜遮蔽了他的眸子。她从来不曾透过镜片看清他的眸子。她一直不太喜欢戴眼镜的男子，因为无法真正看清他们的眸子。镜片让他们的眸子变得闪烁不定。

她已经很久不曾想到楷文，他是她思绪里模糊的背景。中国的变化太大，十年，就是一个世代。自从机场一别，她就没有再得到楷文的消息。楷文离开不久，他奶奶去世，母亲不久也被亲戚接走，听说被接去香港，然后去了美国，再后来，他家房子被房管所收去。

先前没有他的消息她觉得正常，刚去的日子很艰辛，这种洋插队的故事已经在国内流传很多，不容易，一千一万个不容易。时间流逝无声，她并非一直记挂着，住在大城市，很难执着于一种思念，即使她的潜意识在期待着他的消息。但他一直没有消息，想起来会有疑问和失落，可容美仍然相信，他会联系她，他要找她很容易，她娘家的地址不会变。

现在才惊觉，楷文就像容智，一去没有音信！他们为何都这么无情？他当时去美国不就是为了容智吗？他联系不到容智，应该来找容智家人问缘由。也有一种可能，容智出国是靠他帮忙。这样的话，他更应该来联系！

元英说楷文回来过，有邻居看见。说房管所跟他做了交易，弄堂这幢楼换了一套八十年代初造的大楼房子，也是在西区，好像衡山路一带，两室户，面积很小。他是为房子的事回来的。

容美当时问元英，“他回上海也不来看看你们？”

“为什么要来看我们？你姐姐都不来看我们，倒是要楷文来看我们？”元英没有好气。

楷文为何不来联系我？巨大的疑问，曾让她胸闷。

肖俊睁开眼看到坐在黑暗里的容美，倒是吓了一跳，他扭开台灯。

“怎么啦？哪里不舒服？”

容美扑到他身上哭了起来，这哭泣突如其来，连她自己都感到意外。

那些她认为不堪的往事，几乎未有机会向丈夫诉说。结婚初期喜气洋洋的日子不适合说，后来有了隔阂更不想说。这一刻，那些往事像堵在胃里的积食，不可遏止地吐出来：关于元鸿舅舅，他的家人，包括知成表哥宝珠芸姐姐以及阿馨，还有元福。

这些人中，肖俊只见过元福。

容美从亲戚的故事讲到容智那些事，容智被劳教的事她一直不想告诉外人，只怕他们误解，包括肖俊。未料到这样的事对于肖俊并不陌生。

肖俊告诉她，他的同窗好友在读研期间也被劳教，因为同时和三位女性有性关系。这三位女性，分别为前女友、旧同窗和现任女友。前女友在分手后来他家拿东西时发生了性爱，那算是一场过失，彼此有点情未了。另一次是他暑假回家乡遇到小时候青梅竹马的女同学，喝酒后一起失控。

“听起来容智这情况，比我的同学还要无辜！”

“无辜”两字，让容美与丈夫走近。

他们聊到凌晨。一缕柔情滋生了，他们原已这般陌生，以致当他们做爱时，都感受到了年轻时的激情。

九

即使在宁波风味的饭店也吃不到及格的腌笃鲜。腌笃鲜是时令菜肴，虽然是汤的形式。春天竹笋上市才有腌笃鲜，是用竹笋和鲜猪肉咸猪肉一起煮的汤，自从猪肉不再凭票买，妈反而很少煮，一个春天也就煮一两次，她说年纪大了，这汤终究太油腻，因为是用五花肉煮，两斤到两斤半竹笋放一斤肉，如果用小排骨替代，这锅汤就不是她要的味道。妈认为，竹笋吃油，用排骨煮，汤不够油，竹笋就不好吃。一斤鲜肉配半斤咸肉，咸肉也要五花肉，这汤比普通汤稍咸才好吃，咸度是靠咸肉调味，如果不够咸，说明咸肉量不够。煮好的腌笃鲜，汤面汪着一层油，完全不冒热气，喝汤时，用调羹划开上面的油，舀一调羹汤反复吹，喝进嘴，烫、咸、鲜！

上班途中，那双眸子在容美脑中挥之不去，如此沉郁的眸子，想到时会心情复杂，前晚与丈夫聊了许多往事，却唯独没有聊楷文，关于楷文，有太多情绪，无法讲述。她挤在地铁的人堆里，生发出重返寿司店的冲动。

她突然变得很容易疲倦，晚饭后想躺到床上睡觉，安眠药都不需要了，仿佛越睡越想睡，好像多少年来缺失的觉需要恶补。

学校的事情忙是一个原因，但这是正常的忙，自己还没有遇到过因为忙而嗜睡这样的好事。

她为自己这么能睡又高兴又有些不安，自己的身体发生什么问题了？这些日子丈夫又出差了，心里有担心却也不想特地打电话给他。

自从去过那间寿司店不久，才出现这样的状况。因为想起了楷文吗？她自问。似乎并没有因为某个人到改变身体状况的程度。如今，除了容智，她不会再对什么人有强烈的念想。

一晃眼，容美有两个礼拜没回娘家。元英打来电话问缘由，她便说自己累。元英问是否病了，容美说她胃口还十分好，肚子容易饿。元英说春笋马上要落市了，她刚煮了一锅腌笃鲜，让容美明天过去吃。容美当晚就去了，说自己馋得等不了一晚上。

这锅腌笃鲜元英是为容先生做的，她自己只喝了几口汤。不用容美提醒，元英知道自己的病，在吃上非常自律。这一次，一锅腌笃鲜有半锅进了容美的肚子，不怎么爱吃肉的容美竟吃了不少带肥肉的五花肉，这让元英颇为吃惊。

腌笃鲜满足了容美的好食欲，心情也因此雀跃。她心情一好话就多，说起那家寿司店，描绘着鱼子寿司的美味。元英对于寿司吧里顾客围着厨师操作台用餐的情景十分好奇，容美倒是不嫌麻烦，为她画出寿司吧的布局草图，容美把两位厨师站立在操作台的位置都画出来了。容美说，其中一位中年厨师戴着口罩，一双眼睛和楷文哥的很像。她很想辨认清楚，但这位厨师很快就消失了。

“搞得这么复杂，问一声不就知道了？”急性子的元英带点责问，“再说，你看不清他，他应该认得出你，他有看到你吗？”

容美眼前闪过他们对视的瞬间，他的目光仿佛被强光刺到，条件反射般地闭了一下眼睛，转身走开了。

容美恨不得立刻冲到寿司吧。

这天没课，容美打算去一趟寿司吧，却因为疲倦睡了午觉，醒来已是下午三点以后。五月下旬，虽说还在仲春，但气温已接近夏天。看着窗外亮得刺目的阳光，觉得腿脚发软，真有点畏惧出门。

她起床给自己煮了一杯咖啡，小瓷碟装了几块曲奇用来配咖啡。喝了一口咖啡，拿起曲奇又放下，觉得胃有点堵，和前两天一比像是两个人的胃。

也许是接下来的寿司吧之行让自己有压力而吃不下东西？一想到马上要去见一个似是而非的楷文，她心跳加速了。如果真的是楷文怎么办？她惊慌起来，他为何看见我装作不认识？不，他根本不可能是楷文，再怎么样他是搞理工专业的，不可能从美国回上海做厨师。这么一推论，她又觉得再去一趟寿司吧几近荒诞。

可再怎么荒诞也不过是自己的感觉，没人在意她去不去寿司吧，权当是给自己一个交代吧。

出门时已接近高峰时段，等出租车等了十几分钟，等不到空车，路程不远，却要换乘两部公交车，又遇上堵车，到寿司店时，天也黑了。她走到店门口不由慌张，透过关闭的玻璃门望进去，里面已经坐满客人。

容美却舒了一口气，正好可以找个地方平复一下莫名的慌张，心下打算晚些时候过了饭点再去。

容美在附近找了一家点心店，要了一碗小馄饨，慢吞吞地吃着，更像是延宕时间。回想刚才站在寿司吧门口时，自己都不敢朝吧台里仔细打量，只怕里面的人——那个可能是楷文的厨师已经看到自己。

点心店开始拥挤起来，她坐不住了，又转移到一家甜品店，要了一份冰淇淋。直到近八点，她才起身去不远处的寿司吧，一边又在后悔自己莫名其妙就浪费了几个小时。

寿司吧果然有空位，她推门进去坐上位子，才发现吧台内厨师换人了，现在在吧台内忙碌的两位厨师都很年轻。容美踟蹰片刻，便向其中一位上次见过的年轻厨师发问。

“请问，这里有位中年厨师去了哪里？”

“中年厨师？”年轻厨师有些不解，“这儿厨师就我们两位。”他指指旁边脸生的那位。

“上次我来这里，就是两星期前，他站在那里，是个中年人。”容美指指中年厨师曾经站立的位置。

“噢，他是老板托尼。”

“托尼？”她心一跳，“托……尼……他在吗？”

“有事吗？”

“喔……”她硬着头皮回答，“有……点事……向你们老板请教！”

“他这几天不在上海。”

“请问托尼的中文名字叫什么？”

年轻厨师摇摇头，有点不解地看看她。

“他就叫托尼，中文名字……我不晓得，应该就叫托尼……”

正专心于寿司的客人们都朝容美看去，她硬着头皮继续问：“他什么时候回店里？”

年轻厨师想了想，“最多半个月，半个月以内，他肯定要回来！”

她点点头，众目睽睽之下不好意思继续问个不休。她胡乱吃了几碟寿司，心里有些失望，托尼托尼，现在的小店老板很流行起洋名，可楷文不是起洋名的人。

容美走出店门时心里有些凌乱，失落又自责，这个叫托尼的老板，跟楷文有什么关系？我脑子有病吧？她骂自己。

这些夜晚睡眠又不踏实了，断断续续的，凌晨常会突然惊醒，脑中仍然固执地复现那个形象：穿着雪白工作服戴着高帽口罩遮住脸只露出眸子的厨师，口罩上方的双眸如此沉郁！怎么会想到楷文呢？她问自己。楷文一直戴着眼镜，镜片闪闪烁烁，她没有见过拿去眼镜的楷文的裸眼。你很难单单通过眸子辨认谁是谁！一个人的形象是整体的，至少，要看见五官，缺一不可。

这一趟寿司吧之行，她没有向元英提起。元英会责怪她，为什么不问问清楚老板是哪里人？什么事到你这里都变得麻烦！

这更像是容美自己对自己的责怪。

好吧，两个星期后再去一次，至少跟中年厨师对上话。元英问起时，她可以回答得有根有据。其实不是为了回答元英，是为了回答自己。

容美知道，很多年前，元英和容先生都很中意楷文，他们议论说，容智不知想找什么样的人，她就像患远视眼，近处的好人她看不见。不过，元英从来没有当着容智的面去撮合她和楷文，容先生更不会插手。他们也完全不知道楷文突然解除婚约这件事。楷文出国，在他们想来是理所当然！八十年代末，是出国大潮年代，楷文要是不出国，反倒让人奇怪。

马上要放暑假，学校事情多，气温一下子飙升，最近容易疲倦的容美越发懒，此时离第一次去寿司吧已经三个多礼拜，她却从最初的等不及到现在的百般拖延，有些事情是靠一时冲动办成的，时间稍久潜意识里便会滋生出各种念头，他是或不是楷文，都让她心神不宁。

她终于又下了一次决心，夜晚凉快时打了出租车去寿司吧。她对自己说，不如直接进去问完话，再决定后面到底该怎么办。如果对方不是楷文，那就立刻离开；如果是，天哪，如果是楷文，她的心脏又是一阵乱跳，有点透不过气来！不是因为楷文本人，是对他可能携带来的消息……

当出租车停在店门前，她以为车子停错地方，这里一片漆黑，整栋楼都没有灯光。

她走到店门口，借着路灯光，看见了告示，但看不清上面的字。

白天，她又来了一次，告示的内容让她恨死自己！那天晚上进出店时，她竟没有注意门口有个小告示。这张小告示通知顾客，寿司吧因市政建设面临拆迁即将关门，关门的日子正是那晚的两星期后，所以年轻厨师才会说老板两个星期内应该回来，但状况并非山穷水尽，告示上清楚表明，三个月后该店将在另一条街重新开门。

她回到家就躺到床上，不明白自己何以这般疲惫，她打算找时间去医院做检查。

晚上，她接到秦蓝滨的电话，他为公事来中国出差，今天才下飞机，说次日要去北京等几个城市出差一个星期左右，之后回上海待三天，然后转去香港，从那里回美国。因为在沪时间短暂，他预先和容美约一起晚餐的时间，容美一人在家正无聊，欣然答应秦老师的约饭。

几天后，秦蓝滨从北京的酒店给容美电话，未料容美已经睡了，秦蓝滨听出她困倦的声音很是抱歉，说他难得回酒店早，想和她聊天。容美说睡了个短觉，精神又来了，可以和他聊一会儿。

这晚，他们的电话打了很久。

秦蓝滨告诉她，在美国时和知成通过电话。

自从校庆那日和知成表哥邂逅到现在已经半年多，容美并没有意识到时间流逝这么快，她也没有刻意等待知成表哥联系她，虽然他曾许诺会给她电话。

“和知成也聊到了你姐姐容智。”

“真的吗？快告诉我他说了什么？”

“说来话长，到上海见面聊。”

“拜托了，先说一点吧！这么久没有容智的音信呢！”

容美的声音哽咽了，秦蓝滨吃惊，立刻道：“按照知成的说法，他们失去联系也已经有些年头了。刚去美国时有过联系，中间断了几年，后来又联系上，最近几年，完全没有联系。”

“容智刚去美国时，也跟我写过简短的信。”

容美在回想，容智从来没有向她透露，她已经和知成表哥联系上。

"他有说过什么时候容智和他有联系？"

"他没有说，而且，这也不重要，是吗？"

可是对我重要，容美在心里嘀咕，一边责备自己小心眼。

"知成对她当时的生活状况了解多吗？"

"知成说她没有讲太多，那时急着要去欧洲，飞机票的钱是问知成借的。"

"借钱？"

"的确是借，后来，隔了两年，她还他了！还了一部分，说以后，还会陆续还，欧洲生存不容易，当然，知成并不要她还，她坚持说要还……"

"她为何去欧洲？美国是移民国家，不是比欧洲容易生存吗？"

容美吃惊地问，她以为容智一直在美国。

"这也是知成想问的，美国比欧洲容易生存，这是普遍常识，其实她要生活在欧洲，答案也很简单，她告诉知成，她喜欢的人在欧洲。"

"我很高兴听到容智跟知成表哥这么表明！"

"喔？"

"这说明并不存在她爱上知成表哥的可能！"

秦蓝滨沉默，她能感觉这沉默意味着他不以她的判断为然。

"好吧，这已经不重要！"容美给自己下台阶，"容智她为什么要去欧洲？"不等秦蓝滨回答，她已抢在他前自答，"啊，我知道了，她的未婚夫在欧洲，是德国人。"

"你都知道？"

"是的是的，我太知道了！容智当年跟这个德国男友同宿酒店才闹出后面的事。"

"哦……"

秦老师长长地"哦"了一声以后，沉默了。

"印象太深了！"她深深叹息。

“是的，这样的事忘不了！”

秦老师的声音低沉，那些往事也同样可以刺激到无关的人，只要他也经历过那个时代。

“你们姐妹感情很深！”

“是我这一头深，容智最有感情的是对知成表哥……”

容美缄口，自己发现和前面说的话表达的态度不一致，其实一直妒忌容智对知成表哥的感情，在困难时她宁愿向知成开口。喔，容智是有多么难哟！她一向要强不肯向人求助。

现在，就像秦蓝滨所说，已经不重要了！

似乎在等她沉默结束，秦蓝滨好一会儿才又说话。

“她还了一部分钱以后就没有音信了，知成说他知道容智的脾性很刚烈，她不肯欠人钱，哪怕是家里人，因此突然没有音信，让知成着急。男朋友在欧洲，容智却向在日本的知成借钱，可能，那个男朋友也是自顾不暇。失去她的音信，知成写信过去也没有回，他很不放心。知成说，她不会无缘无故断了联系，他却没有办法联络她，因为之前，是她给他电话。”

“这是哪一年的事？”

“大概有五年了！”

“这几年，她还是在给我给家里寄新年卡片！”

“她从哪个国家给你寄信？”

“不知道，在寄信人那一行，她只写了一个简单的邮箱号码。我试着投信却被退回来了。我一直以为她在美国呢，完全不知道她去欧洲的事！”她深深吸进一口气，心跳莫名加速，“你这一问，我倒是有点搞不清楚她是从哪里寄卡片来。”

“等见面时，你把她寄来的信封给我看看。”

容美和秦蓝滨约好，他回上海这晚见面吃饭。

十

早晨，容美起床时感到晕眩，然后胃跟着翻腾，她冲到浴室吐了一阵清水，有点奇怪这莫名的呕吐，自己的胃以前几乎没闹过病。

她坐在马桶盖上喘息时，来了元英的电话。

“最近很忙吗？那家日本餐馆去了没有？”不等回答，又是责备的口吻，“还没有去？又要拖了！”

“这几天胃不舒服，怕去餐馆。”

“吃坏了吧？上次到我这里吃腌笃鲜，我就担心，现在变得这么能吃，也不怕发胖？”

又是一阵反胃，容美没作声。

“容美？”

“胃难受，刚刚吐过……”

“昨天吃什么了？”

“只吃清粥，这几天一直犯恶心！”

“喔……”停顿片刻，元英声调提升，“是不是怀孕了？”

一阵天旋地转，怎么就没有想到呢？例假是没来！但例假一直是延迟的。她第一个念头是赶快去医院！几乎同时元英在电话里高声嘱咐，“马上去医院，一验就知道了！”

看到尿液化验单上敲上的“阳性”图章，她立刻明白是哪一个晚上怀上的，和丈夫的性生活屈指可数，很容易就弄清了。

这一个月肖俊已出差第二次，聚少离多的问题并没有真正得以解决。这个早已不是要解决的问题，经历了婚姻低谷以后，她习惯了半单身生活。学期中忙学校那摊事，假期便独自外出旅行。

现在她必须花点时间来消化这件事：结婚初期一直服避孕药，不想马上要小孩；接着便是婚姻危机期，两人仿佛都有拖延症，拖拉着没有办离婚。

最近的复合是因为自己的生活境遇使然，她和肖俊之间的关系仍然脆弱，但有孩子这件事对于她无论如何是好消息。她像绝大部分女人，随着年龄大起来，便渴望生孩子。在和丈夫闹离婚期间，她甚至有过盘算，最好先有孩子再和这个被称为丈夫的男人分手，以后也不用刻意结婚，找个男朋友比找丈夫容易。这一次做爱后她没有服避孕药，忘记了，或者是，潜意识让自己忘记?

她第一时间告诉在外地的丈夫，而不是打电话给急于知道结果的母亲。

肖俊一时沉默，仿佛受到冲击，接着，他劝她去娘家住一段日子，说他一时回不来。她以为他应该表现得更加兴奋，或者说更加起劲一些，至少，有高兴的感觉，可是她感受不到。她匆匆挂了电话，因为新一轮恶心又涌上来。

元英的反应倒是非常强烈，似乎要立刻出门坐公交车来探望她。容美几近发火才制止了元英的冲动。心里有点受宠若惊，元英还从来没有这么紧张过，容美现在总算尝到被人操心的滋味，一种让她回想起来不无辛酸的滋味。

“肖俊必须结束这种一直出差的工作，从今以后，他要把时间放在家里。”

看来元英要插手容美家的事了。

容美反感了，但她没有接话。元英似乎也不想就这个话题多聊，她在容美夫妇关系上，通常会为肖俊说说话，她当然不希望他们离婚。

秦蓝滨一回上海便电话容美，听到他兴致勃勃的声音，容美百感交集。半年前与秦蓝滨重逢，她对他已没有感觉，可相处时的默契和舒服感，让她明白，他是一起过日子的好伴侣。

她实在不想，至少是今天不想去见秦蓝滨。怀孕这种事并不是张口就能说的，一听到去饭店就先让她反胃，此时阵阵起恶心。她告诉他，这两天她出不了门，不太舒服。

“哪里不舒服？去看病了吗？”

秦蓝滨追问，让容美有些心烦意乱。

“黄梅天的关系，六月我总是不舒服！”

“是的，我记得你以前说过，六月很容易生病。”

她不响，不想提起过去的事。

“和知成又通了电话，是我打去找他……”

“真的吗？”容美激动地打断他，精神上脸，“他在忙什么？”

“他店铺生意不好，租约到了，正忙关门的事。”

“以后呢？”

“可能打算搬回上海……”

她脑中却复现寿司店情景。

“因为聊起容智的事，想知道得多一些。”

“他说了吗？”

“也没有说太多，感觉他那里太忙，说他回上海会跟你好好聊聊！”

“谢谢你！真的很谢谢！”

秦蓝滨便笑了，“这么客气？”

“不好意思哦！”对自己爽约内疚。

“能听出你有气无力的，去医院检查一下吧……”

她打断他，“检查了！正常反应……”

她突然缄口。他似乎立刻明白。

“那就好好休息！”她不响，他又说，“我几个月后还要回来一次，都是公事，那时候你会好很多。”

她就笑了，心里还是有些不自在。

接下来的日子，容美和丈夫的关系突然又紧张起来。肖俊听到怀孕的消息并没有特别高兴的表示，让她耿耿于怀。

最近，她和丈夫肖俊的关系正走出低谷。元英那次心梗发作抢救，肖俊也来陪伴，与他通过关系找来心脏科专家诊治相比，容美更感激他的陪伴，陪伴在当时绝望的自己身边是唯一有效的弥合。

事实上，当时去澳洲当外教带来的更长久的分居，并没有过渡到离婚。她回来后才知，肖俊把他北京的据点换到上海。他卖了北京的小公寓，将上海浦东房子出租，在市中心租房住，同时买了市中心的楼花，是西区的两室一厅新公寓。她回国后在市中心的出租房住了两年，便搬往新公寓，去娘家打个的才起步价。

肖俊让容美住回市中心的努力给了她极大惊喜。肖俊仍然经常出差，更多是朝国外走。容美并不在意，她有自己喜欢的住处，这几乎决定了自己人生的质量。更何况还有一份稳定职业，有业余写侦探故事的爱好，她不能再有怨言。生活不可能十全十美，和容智相比，她是否已经得到太多？

有一次，朋友之间聊天，说起某某人离婚后新交的男友是美籍华人，却从未向她展示过在美国的生活照。那女子后来打听到，这男人在美国南方某个小镇有自己的家。容美便升起疑问，丈夫出国回来也从未向她展示他的旅行照片，哪怕是风景照。他们关系不算亲密，但还没有到像陌生人的地步。

于是，肖俊在家的夜晚，她半夜起来去查他的手机，发现了他的秘密生活。丈夫有外遇，女人住在龙柏，是个事业女性。她从对话推测，关系已经维持了两三年，正是她去做外教那段时间开始的。奇怪的是，肖俊为何没有提出离婚？

她就这么问了，很平静，像问一个没有完全听懂的故事。肖俊告知，此女比他年长，有家庭在旧金山，丈夫是牙医，她做了多年家庭妇女，儿子上了高中，她开始工作。她在大学学的会计专业，申请到国内的美国公司，目的是为了把孩子带来中国学中文，她如愿以偿把孩子送进虹桥国际学校就读。她不准备离婚，因为国内工作是暂时的，以后儿子回美国读大学需要供学费，做牙医的丈夫收入稳定。

容美冷笑了，“感情和生活两不误！搞外遇还能这么四平八稳，我到底应该鄙视她还是佩服她？”

“你也没有打算离婚，你有外遇时。”

肖俊的回答让她吃惊，她脱口而出，“那不算外遇，我们不过是一起喝咖啡吃饭而已。”

“同床异梦就是指我们这种夫妻关系吧！”他问。

“你把房子买到西区，以为你是向我表示要安心在上海认真过日子，其实是为了离那个女的近一些，太有心机了！”

“租房子时才认识她，她和我同一个时段看房，我们聊起来，聊出感觉。”

这回答让她心里好受一些，但也不会改变结果。

可是，如何结束夫妻关系她没有想清楚，在情绪激烈的一刻，她未曾丧失理智。现在，是她考虑利益的时候，这西区的新公寓，刚刚住妥帖。

他讲述了和那位女子相遇的过程。那天看房是女子先到，她不是上海人，所以，对西区没有特别的感觉，却认为房子附带的厨房和浴室都过小，她说尤其喜欢大厨房，是个喜欢煮饭的女子。

“她后来租了松江的房子，虽然远了，但房子大，厨房也大。她请我去吃饭，一起吃饭容易吃出感情。”丈夫也像在讲另一个人的故事，“她爱煮饭这点和你很像，我喜欢爱煮饭的女人，记得我们认识时，你给我看过你记在笔记本上的食谱，食谱上的菜你都做过，可是后来发现，你越来越不爱煮饭。”

“因为你经常出差，我开始习惯过单身生活。当然，这不是我想象中的婚姻。”

她在考虑找个离婚律师，却又被其他事耽搁了，不如说，是在拖延。她向来有拖延症，她明白自己有这毛病却克服不了。她读到过一篇文章，有心理学家认为，拖延症和母亲的严厉管教有关。他们的理论是:这类人从小时候开始，身体和大脑便产生分裂，明明大脑告诉你该行动了，身体却拒绝大脑指令，因为大脑是被别人的命令控制的。虽然你已经长大，没有人可以命令你，但大脑的理智部分仍然在被身体拒绝，身体拒绝成了惯性。

所以，怪来怪去要怪元英，容美仿佛找到了为自己性格缺陷负责的人。

容美拒绝生活里的大变化，离婚这件事将把自己的人生带来未知的风险。眼前，可预期的风险是，如果将夫妻共有的财产一分为二，也许要将才得手的新公寓卖了，卖房钱一分为二，她必须靠自己的能力去买一间自己的房子，生活立刻变得紧巴巴。

她更希望丈夫提离婚，只要能保留房子，她立刻签字。她在心里冷笑着安慰自己，终究经济利益也是重要的，人这一辈子做的许多努力，还不是为了不让自己活得太狼狈？

然而，自从他们俩有过坦率的对话后，两人的关系反而有了回温。仿佛一起跑跨栏短跑，跨栏后一起释怀。当然，这也跟现实生活中发生的变故有关，元英突然心梗发作，丈夫终究在要紧的时候撑了她一把。

现在突然怀孕了，容美内心有一种非常安静的踏实感，莫可名状的空虚被填满了。更像是，她内心隐约的需求被满足了。

显然，肖俊并没有同步的感受，她怀疑工作远没有他说的那么重要，他是否仍然脚踏两条船，和那个女人继续往来？按照他的说法，那个女人回美国了，但继续联系是容易的，他这两年的出差方向不是改往北美了吗？

这么一怀疑，她就心堵，堵得没法忍到丈夫回来，当晚她给丈夫电话，直截了当就问了，丈夫立刻否定。这也在她意料之中，成年人撒谎非常流畅，又或许，这恰恰是大实话？但判断不易，她也懒得判断。她又问他为何对怀孕一事反应冷淡，他说是感到意外，还有紧张。

“我以为你不想要孩子，所以对你生孩子这件事一直没有心理准备……”

“不要赖我，你也不想要孩子！”

已经有吵架的苗头，她借口不舒服，便挂了电话。

次日，肖俊突然从深圳回来，就为了和她谈这件事。

他到家时已经过了夜饭时间，说在门口的小面馆吃过面了。

容美给自己煮了一锅粥，还没有动，她没有食欲。

她半卧在床上看电视，肖俊开钥匙进门时，把她吓了一跳。

他买来好几马甲袋的食物，特地去了虹桥家乐福，都是进口食品，从进口奶粉黄油果酱巧克力到进口曲奇和各种坚果。可他脸上的表情有着她所陌生的冷淡。

他把零食和牛奶装在果盘里端到床边，一种尽责任的态度，但并不含感情。容美预感今晚会有一场不愉快的谈话，她浑身撑起看不见的盔甲。

她不说话，脸仍然对着电视机，他拿了椅子坐到床边。

“不是我不想要孩子，是我……我一直有这方面的问题！”

容美一时没有听懂，看着他，发懵。

“虽然当时说过不想要孩子，后来心里暗暗改主意了，我不用安全套你也没在意，就好像，你比我先明白我正好有这方面的问题！”

肖俊突然停顿。容美不解地看着他。

“什么问题？”

“我……有……生育……问题！”

肖俊吞吞吐吐地。

"太可笑了！谁告诉你有这个问题的？"

此时容美不是生气，是好奇。

"你难道没有发现，我有些时候没有用安全套？"

"我怎么会没有发现？你当我傻？！"

"我那时是想要孩子的……"

"我知道，但我不想，所以我事后服用避孕药。"

肖俊沉默了。

"当时以为是你……有问题……"

容美不解，奇怪地看着他。

"跟她，我是说那个旧金山女人，我和她在一起，有几次我没用安全套，她也接受了……"

容美冷笑了，他却诚恳起来。

"我当时还有过纠葛，想，她要是怀上我的孩子，我们各自的人生都会改变……但是她没有怀上……"

"她不是有个孩子？"肖俊点头，容美再问，"这么说，她和我一样，瞒着你在服避孕药？"

肖俊的脸色就变了。

"她并不想离婚，也没有和你生孩子的打算。"

容美冷静地告诉丈夫，她心里也很冷，冷得都没有火气了。

"所以，当你听到我怀孕时，以为我是和别人怀上的？"

肖俊不作声，算是默认。

她较真的不是这个，她对他不忠过，他可以这么怀疑。她较真的是，他想和那个女人生孩子。

"这个孩子是你的，六月四日晚上，这个日子我不会忘记，那天晚上，是这几年让我感到我们相处得最像夫妻的夜晚。不过，我今天听到一些婚姻背后的真相，你想和她生孩子，祈望她离婚和你过日子，我很怀疑我们是否还能像家人一样继续过下去。"

"这是前些年的事，我们早就说开了不是吗？"

“但你并没有说过已经到了想和她生孩子的地步。”

“那也是一时的冲动！”

“以为自己生不了孩子，所以和我混着？”

“混？太难听了！”肖俊突然升高语调，他神情里有股怒气，立刻又压了下去，他站起身离开卧室。

她听到他在厨房收拾，这些日子，她摊了一厨房的杂物，不锈钢水池里泡着几天的脏碗。两人经常离开上海，家里留不住钟点工。难得的是，在家务上，两人从无冲突，谁有时间谁收拾。

容美从床上起来追到厨房，继续追问。

“你为什么不提出离婚？”

肖俊不作声。晚风将窗外的树叶吹得飒飒响，厨房有穿堂风，虽然是六月天，风吹到身上仍有凉意，容美赶紧又从厨房回到卧室。

肖俊跟着她回房间。

“你妈比你更了解我们的状态，那段时间你在国外，她经常打电话让我去吃饭，劝我不要轻易放弃婚姻。我从中学开始就住校离开家了，向往家庭生活，却又不会经营家庭。你也知道，我父母离婚后又各自再婚，我很羡慕你父母相伴到老。说实话，我喜欢你的个性，你安静却不无聊，正好是我母亲的反面。我小时候整天听她叽叽喳喳，对我父亲唠叨，或者和邻居争执，当时嫌弃过我妈，心想，怎么有这么吵的女人？她再婚以后变得文静了，可能是嫁对了人。”

肖俊这番话让容美沉默。恰在此时，电话铃响，是元英的电话，她问肖俊是否回家了。容美说他正好今天回来，元英就没有多话，简短关照两句就挂了电话，似乎急着把时间留给这对夫妇。

肖俊回厨房继续收拾，再回到房间，容美已经入睡。她原来的失眠症，在妊娠反应期间变成了嗜睡。刚刚这般不愉快，甚至可能引发某种后果的交谈，并没有影响容美对睡眠的渴求。

早晨起来，肖俊已经离开，他留了纸条说赶回深圳处理事务，两三天内就回。

容美电话追过去说："不用拖了，离婚吧！"

肖俊没有回答，容美便挂了电话。

两天后肖俊回来，容美继续离婚的话题，肖俊指责她是严重不负责任，说有了孩子却要离婚，怎么向你母亲交代？

想到元英可能的反应，容美便有了担忧，现在的元英已经不是一年前的元英了，她真的脆弱到可能会被"离婚"这件事气死。

容美再一次妥协，她想，她一直妥协地活着，怀孕了，突然想争口气，她恨自己连想要任性的时机都没有选好。

九月开学时她已怀胎三个多月，反应期正在过去，有了食欲睡眠又好，体重增加了，容美并没有为此烦恼，她看见自己变得丰满，皮肤有光泽，另有一种滋润的美。元英说，这是生女儿的兆头。容美想，如果是女儿，要好好宠她！要像元英宠容智那般宠自己的女儿！可是，这样的宠，会有什么后果呢？想到容智，容美又忧愁了，她到底应该怎么做个好母亲呢？

新学期没有被安排课程。容美为自己买了一堆和孕期以及哺育新生儿有关的书，全心全意为当母亲做准备。每个星期一，肖俊都会请半天假，陪容美去妇婴保健院做例行检查。

自从深圳回来后，肖俊没有再去出差，家务事由他操心，虽然请了钟点工，但需要操心的不止是洗洗刷刷。他亲自买菜给容美增添营养。每一次的孕检，营养科医生都会列出需要补充营养的食物单子。对此容美并不以为然，她更愿意听元英的指导。但肖俊却严格遵守医嘱，把容美讨厌吃的诸如猪肝鸡心之类的动物内脏，连哄带劝带"恐吓"地让容美吃下去。

容美看出，肖俊比她还投入，投入做父亲的准备。她想，他们现在成了目标一致的好搭档，为将要出生的孩子共同努力，她决心不去直视那个夜晚谈话留在心里的阴影。她对自己说，没有人的心空晴朗无云。

十一

煮好一碗汤圆并不容易。只要其中一颗汤圆破了，汤水就黑了，这碗汤圆可以自己吃，却无法待客！把汤圆煮破，仿佛功亏一篑，母亲简直无法容忍，这一路花了多少心思精力时间金钱，才把汤圆做成，怎么可以毁在最后一刻？在她的指导和监督下，我牢牢记住步骤。冷水进锅，水不用多，盖没汤圆就够，水煮滚，汤圆放入沸水立刻转小火，为防粘底，锅子轻轻地摇几摇，小火等水滚，加小半碗冷水，仍然小火，等水滚，再加小半碗冷水，小火继续，此时汤圆渐渐浮到水面，待水滚就可出锅。过程并不复杂，把汤圆煮破，常常因为你没有耐心，干等小火煮到水滚，中间离开去忙其他事，水滚时没有及时加凉水或者出锅，汤圆便在不断沸腾的水里破皮。也忌讳火大，水很快滚了，虽然加了两次水，但里面猪油芝麻馅没有熟透，咬开时馅子不是滚烫滚烫地流出来，全然没有香味。重要的是要用铝锅煮，不锈钢锅子容易粘底。

容美接到秦蓝滨的电话时，才出月子不久，她就像在隔离病房忽然听到外面世界的声音，简直喜出望外。她向蓝滨诉说生养孩子带来的意想不到的艰辛，仿佛之前他们已经聊过很多次，她没有意识到，关于孩子的话题是半途插进来的。

容美生了个男孩。她以为婴儿出世便一身轻，万事大吉，未料艰苦岁月刚刚开始。剖腹产伤口痛，婴儿精力充沛睡觉时间短，容美因此休息不好，几无食欲，奶水严重不足却还要漏奶，各种不适应，她哭了好几次。

在婴儿出生前，肖俊欲把市区房子租出去，贷款买莘庄的排屋。但容美不愿离开市中心，她宁愿忍受市中心的小型两室一厅的拥挤。所谓厅只是个过道，放一张餐桌就没有空间了，坐月子时只能让保姆住书房。元英不放心，时不时要来探望，却又帮不上忙。容美拒绝元英插手，她担心元英的身体，更是不愿意听她唠叨，不想接受她的老法月子经。

婴儿夜晚要喂两次奶，两次喂奶的间隙，她完全无法入睡，越睡不好就越睡不着，缺觉后偏头痛便发作，她觉得这日子简直暗无天日。

对于秦蓝滨邀约吃饭这件事，容美简直迫不及待，她有着自己都未察觉的强烈的逃离欲望，当然只是片刻逃离：逃开婴儿和满屋子与婴儿一起到来的杂物，那些纸尿片、用脏的奶瓶、哄婴儿的各种小玩具，回到了无牵挂的单身状态……

一切都像命运安排，月子刚好结束：秦蓝滨说他正担心她是否还在月子里，如果今天约不到她，这一次就错过了，他马上要回美国。

秦蓝滨请容美去虹桥一家日料店吃饭，他前一天刚被朋友请去那里，感觉很好。春寒料峭，日式小火锅吃起来暖和，环境又舒适,所以想着请容美吃饭那里是首选。但假如,这次约不到容美，下一次回上海，也许就不一定去这家店，如果不去这家店，至少对于容美而言，命运将是另外一回事。他们后来曾谈到这样的可能性，容美仍会出一身冷汗。

秦蓝滨给了容美日料店的地址，约好直接在店里见，他去订位子。

容美到店门口时才发现这家日料店店名叫“千语”，是她曾经路遇的那家寿司吧。无端的紧张令她头发晕，连带心下沉。而刚才，她坐在出租车上，很享受地观望街边的霓虹灯广告，为自己可以得到几小时的自由而雀跃。她心里有片夜色，被自己撩开很久。怀孕中后期，她完全是活在当下，关注着自己身体每一刻的变化，她的思绪里竟然没有了容智，也忘记了楷文。她的婴儿覆盖了所有的阴影。

她被站在门口的服务员招呼进前厅，报了秦蓝滨的名字后，被带往他预定的隔间。秦蓝滨已脱了鞋子，盘腿坐在隔间榻榻米上喝茶。容美在隔间门口和他打了声招呼，回转身拉住服务员要求见老板。在秦蓝滨疑惑的目光下，她只答了一声，我去去就来。

她见到他了，餐馆老板托尼，他未戴口罩，并且戴了眼镜，他是李楷文！

楷文见到容美并不意外，想来这一刻已在他的脑海里预演多次。

相认后的第一瞬，容美闪过的念头是：这难道不是命里注定？我们现在才见到，而不是去年端午节后，我怀孕之前……

他告诉她，餐馆规模扩大了，有专门的大厨，他不用戴隐形眼镜亲自下厨，而是坐在办公室指挥一切。

“你那天已经认出了我，不是吗？”

容美开门见山地问道，楷文苦笑了。

故事就在这苦笑后面。

晚餐时的楷文太忙，不断有人找他。

他们约了次日午后见面，在楷文餐馆旁边的咖啡室。容美已经走出楷文办公室，又不放心地回转身。

“你不会放我白鸽（失约）吧？”她笑着问了一句，咽下后一句，“我可是扔下才满月的婴儿来见你！”

她回到秦蓝滨落座的隔间，神情激动。

“饭店老板是我家邻居，他叫李楷文，是容智的中学同学。”

秦老师立刻看出了端倪，“容智的男朋友？”

“他追求过容智，可是容智没有接受，本来他已经打算结婚……”

容美尽量简洁地把当年楷文出国的事说了一遍。现在，当她讲述这一切时，时光在迅疾倒流，好像她才从楷文家出来，那是一间装修到一半的亭子间。

秦蓝滨点的前菜已上桌，酱汤，冷豆腐，刚出油锅的天妇罗，只有这些菜肴是有现实感的。随着往事的倾倒，容美的身体也像被清空了一般，不等秦老师让菜，她已把酱汤一下子喝光，把属于她的那块豆腐也吃了。但是，她没有碰天妇罗，这油炸蔬菜让她想起坐在素菜馆等待容智的那一刻，她看到那些与她无关的老外顾客，她心里泛起的排斥和向往，然后，她点了两道自己不想吃的素菜，“酱鸭”和“鱼香肉丝”。

“这个你没有告诉我。”

“没有机会说……”

“后来怎么样呢？”秦蓝滨性急地打听。

“没有后来，我们失去了联系，是李楷文没有再联系我和我们家人，他们家也搬走了，他就像容智，割断了和我们的联系，我到现在还不知道发生了什么……”

于是，她向秦蓝滨诉说了去年偶遇的事，在另一条马路曾经进了这家店，也看到了楷文，却没敢相认，那时他兼任大厨，穿白色的厨师，戴厨师帽和口罩，没戴眼镜，事实上，他立刻就避开她了……

菜已上桌，容美的筷子悬在生鱼片拼盘上方，然后又放下筷子，今晚，与楷文邂逅，令她完全失去食欲。

“我直到刚才闯进老板办公室才算是真正找到李楷文，他很忙，我们约了明天下午见面，可是我很怕到时候他会不出现，就像上一次。”

“失去联系，见到你便躲起来，总之，他有些事不想告诉你！”

“我也是这么怀疑……”

“我如果是你，今晚便直等到餐馆打烊找他，否则，今天晚上你也睡不着！”

“那么，我必须先回一趟家！”

容美急着回家给婴儿喂一次奶，虽然奶水不多，但乳房还是感到胀痛。

和秦蓝滨的餐聚就这么匆忙结束，把他一个人留在隔间独自吃他点的餐。容美连内疚都顾不上，心里还庆幸家在市中心，而不是莘庄。

她太着急了！来回一趟家，喂奶，安排保姆，和丈夫交接事宜，才用了一小时。她回到店时，竟还有新客人到来。她去秦蓝滨的隔间看了一下，格外惊诧，秦蓝滨和李楷文面对面坐在隔间里，两人正交谈甚欢。

“李先生是来看你的，想知道晚餐是否合胃口……”

“今晚打算留得晚一点，所以回了一趟家！”

容美打断蓝滨，直视楷文。

秦蓝滨及时起身告别。

现在容美和楷文对面而坐，桌上的碗筷杯碟都撤去，他俩面前一人一杯清水。

“我想起那天晚上，我去你家，我们面前也是一人一杯清水。我说我晚上不喝茶，你说你也是。”

楷文一笑，摇摇头。

“我都忘了，到底你还年轻！”

“还好，你没有忘记我！”容美飞快接上他的话，“要是我说我是容美，而你回答，谁是容美？我怎么办？”

“怎么可能？”

“自从你和容智一样消失无踪，对于我，这世上还有什么事情不可能发生……”

容美突然哽咽了，但她马上克制住了。

李楷文沉默地喝了一口水。他的眼圈似乎红了一下，或者说，这是容美的幻觉，她觉得他的眼圈红了一下。

“楷哥，到底发生了什么？一定发生了什么……看见你我才突然明白，容智那里发生了你不想说的事……”

容美紧紧盯住楷文。仿佛受不了她的逼视，李楷文拿起桌上的杯子。

“容智她……她不在了？她死了？”

容美几乎是脱口而出问出这一句话，她在自己的潜意识里已经问了很多次，她终于用声音发出这个疑问时，自己把自己给震慑住了，她一愣，没有忍住哭泣。

“容美！”楷文吃惊地看着她，似乎还带着责备，“再糟糕也不至于死，她不是在给你们寄卡片……”

容美打断他，斩钉截铁，“寄卡片？你怎么知道她寄卡片……”她询问地看着楷文，立刻恍然大悟，“卡片是你寄的！”

楷文没作声。

“容智在哪里？为什么不和我们联系？”因为过于激动，容美声调高了八度，变成尖声，“楷文哥，你不和我们联系，还躲我，就是为了不告诉我们实情吗？”她深深地吸了一口气，好像窒息一般，她捂住胸口，“你知道吗？我们一家人在为容智焦心，心都焦成黑炭了！”

容美的呼吸粗重起来，这一两年她常有瞬间的窒息感，此刻的全神贯注让她疏忽了心脏不适，但楷文发现了。

“你不舒服吗？”

容美从手袋里拿出装着麝香保心丸的微如小手指的药瓶，拧开瓶盖，倒出两粒小药丸欲放进嘴，却想起自己还在喂奶，她把药丸放回瓶子，拿起杯子喝了一口水。

“你不回答我，我会越来越闷！“

“事情没有你想得那么坏！”

“那么，为什么不和我们联系，不和我联系？”

“她让我发誓……不要说出来……不想让你们为她操心！”

“这样更操心！还会发生误会。妈妈以为是她当时把容智骂得太凶，即使骂得太凶又怎么样？她记了这么多年仇，却忘记从小到到大，一直是妈妈在宠她，她真的就像妈妈说的，是个没良心的人……”

容美一口气道来，闷的感觉消失了。

“她说过宁愿做个没良心的女儿，让你们怨恨她，忘记她，也不要你们为她操心，为她难过……”

“她到底怎么啦？”她性急到带着几分蛮横打断楷文，“到底发生什么了？她又被关起来了吗？”

容美脱口而出，看到楷文的表情，她变得歇斯底里。

“容智真的被关起来了？为了什么事？触犯了人家哪一条法律？”

“不是不是……容智住在医院！”

“住医院？她生什么病？是绝症吗？”

“看你，什么事都想得这么坏！”

“是你们，是你们让我把事情朝最坏方面想！”

容美怨恨不已。

“她有严重的忧郁症，好几次试图自杀，她丈夫不得不把她送进医院，当然不是一直住院，情况好转时就出院，进进出出几次。”

“为什么送医院，她丈夫不想负责吗？”

楷文没有回答。

“是那个在中国就认识的德国人吗？”

“那个……早就离了！”

楷文并没有详细描述所有过程，但过程的转折处都说到了。关于他和容智，虽然寥寥数语，容美能明白是怎么回事了。

容智被劳教时，那位德国未婚夫一直设法留在中国，等她出狱后便带她去了德国。他们在德国结婚，才生活了几个月两人便吵到分居。容智从德国去了美国。

不久，容智的德国丈夫来找她和解，两人复合，在美国生活了一阵，仍有性格上的冲突。男方找不到工作想回德国，容智选择留在美国。她当时希望待满五年后，拿到美国国籍再把父母和妹妹接出来，她后来是这么跟楷文说的。那位丈夫，应该是前夫，回德国的半年里，每天和容智通电话，在前夫的劝说下，她又去德国，再次和那人共同生活。之前婚姻生活里出现的问题并未得到解决，接着，容智怀孕又流产，她患上了忧郁症。在找心理医生咨询的过程中，她对心理医生产生过度依赖，在医生的怂恿下，再度离婚。容智便是在那段时间，通过朋友的朋友，与在美国经营餐馆的楷文联系上，应该说，是楷文终于找到她，但她要求楷文不要告诉她家人自己糟糕的状况，她每年给家里寄新年卡片。

离婚两年后，容智与她的心理医生结婚，但从此，她得到了一个有控制欲的丈夫。在这段婚姻生活里，容智情况更糟糕，她对自己极度失望，精神崩溃试图自杀，被丈夫送进精神病院。她出院后，曾给楷文写信，把她的状况都告诉了楷文，并要他答应每年新年前继续给家里发送贺卡。在那封信里，她说自己自私又忘恩负义，宁愿家人恨她而不是担心她。楷文给她回信，却被退回。

那段时间，楷文已经开始着手朝中国发展，他一直保留在美国的手机号码，为了和容智保持联系。终于，楷文又接到她的电话，她告诉他，她的信件都被丈夫控制，现在医院成了她的庇护所，她宁愿待在医院，而不是回到丈夫身边。她在医院写诗画画，过得很平静。她要楷文放心，不要忘记每年寄贺卡，她说，她会考虑回中国。

半年前，楷文回美国后和她通过电话，当他告诉她，他在自己的餐馆里看到了容美，容智在电话里哭了……

容美泣不成声。在楷文讲述的过程中，她一直在流泪，她克制着，不让自己号啕大哭。

容美肿着眼泡回到家时已夜深，家里很安静，孩子和丈夫都已熟睡。尽管她蹑手蹑脚回到卧室，孩子和丈夫几乎同时醒来。容美抱起哭声响亮的孩子给他喂奶，第一次，孩子的哭声给她很深的安慰！她和孩子一起哭，肖俊起身去给她拿来毛巾擦泪，然后给她冲了一杯奶。

十二

容美正在纠结，是否将容智的状况告诉元英。

元英这边再一次心肌梗塞病发，这样的状况必须做搭桥手术。这一年元英已将近七十五岁，开胸做手术，风险太大，病人可能在手术台上再也无法醒来。可药物治疗几乎无效，因此这个手术，既有风险也能救命。医生让病人家属在手术同意书上签字，可容先生不同意手术，他不相信除了手术再无其他医治手段。容美相信医生的判断，坚持要做手术。父女意见不合，这种状况下，不得不让元英自己做选择。元英倒是同意做手术，她让容美去买来心脏科方面的医学书，查询资料后，她明白不做手术更危险。

签完手术同意书后，容美才开始后怕，要是元英真的在手术台上不再醒来呢？

她去找楷文，恳求他想办法联系容智，她希望母亲在颇有风险的手术之前能见到容智，万一手术失败……容美哽咽住。手术安排在两星期后，时间这么短，让容智忽然出现更像一种无法实现的妄念，但她需要楷文给她一点希望。

楷文没有辜负容美。他告诉她，搭桥手术虽然有风险，但不是她想的那么危险，他父亲年过七十也做过同样的手术，现在已八十五岁。当然，他会想办法去联系容智，虽然不是很有把握。

“我会为你祈祷！”楷文知道容美很意外，他说，“我会祈祷，是的，我入教了，我到美国就入了教，当时心里承受不了太大压力，自从把一切交给上帝，我解脱了！这些年来，我也越来越相信上帝的力量，不信教的人可以说，是上天的力量！”

“是的是的，”她夜晚躺在床上回想楷文的话，不由得出声回答他，“我此时觉得自己微弱无力，我也很希望有信仰可以依托！”她很想大哭一场！但是，元英手术在即，她必须安静下来，一心一意为母亲祈祷！楷文无意中给她指出一条自救的路，她能做的唯有祈祷。

元英手术前一天下午，容先生极度担心，血压陡然升高，美尼尔氏症并发，午睡起床时昏厥过去，幸好那两天容美不放心父亲住回了娘家，容先生被及时送诊留院观察。

为了减缓父亲的压力，容美便谎称元英的手术要等他病愈才进行。她到元英那里却说，老爸太神经质，手术这天他过来只会让人紧张。元英非常赞成，说他不来医院她反而没有压力，她正想让容美去阻止他来，他好好在家待着，才让她放心。

这种时候元英还在为容先生操心，这让容美有几分愧疚，从她懂事开始就目睹母亲如何细心照顾父亲，这样的夫妻情感不属于她，而元英的过分淡定却又让容美无端不安。

即使手术风险大，元英也没有写遗嘱的意愿，她终究不如宝珠豁达。这一刻容美也不愿意提“遗嘱”两个字，不吉利呢。

手术那天早晨，只有丈夫肖俊来陪伴容美，她没有告诉亲戚们，包括芸姐姐，是为了让自己相信，手术不是想象的那么可怕。

可是，元英躺在白色的推车上就要被护士推进手术室时，容美突然难以控制地去拉住推床，扑在元英身边哭了起来。

“妈……妈……现在可以告诉我了，我……到底是不是你亲生的？”

她未料到自己会问出这句话。

所有的人都惊呆了，包括推床的护士，她停下了脚步。

“没良心……”元英戛然而止，不是生气而是惊诧，她太惊诧了，以致张着嘴说不出话来，她的目光却对着容美的头顶。

“你当然是妈的亲生女儿！”

头顶有个声音！容美猛地抬起头，她看到容智站在身旁，那是个陌生的中年女子，发间丝丝缕缕白发，只有一双清澈的眸子是容美熟悉的。那双眸子含着泪水，元英的眼睛也已经含满泪水，嘴角却漾开笑意，她又哭又笑。

“容智容智……”

容智跪在推床边拥住元英，流着眼泪道：“妈，我没良心，你把我养大，待我胜过亲娘！我其实早就明白 DNA 不重要！”

容美目瞪口呆。

元英挺过五小时的搭桥手术。在重症病房时，容智天天过来陪她。元英出院后需要卧床，她指导容智学做菜学织毛衣。那时，容智的脸仍然苍白，她在服药，所以精神时常处在一种半沉睡状态。元英说做家务最能放松心情，容智说她从未这么投入地进入日常生活。

容美背着容智，向元英轻描淡写地讲了一番容智的状况，元英并不吃惊。容美不知道，这么多年来，各种可怕的景象已在元英心里演绎多次，她不会再感到意外，即使容美把全部真相告诉她。

元英知道容美不会把所有真相告诉她，她也并不想知道。她不和容智聊前面十年的生活，元英告诉容智，只要看着女儿在家里笨手笨脚做着细碎的家务事就很满足了。

容美每天傍晚推着童车来一趟娘家，孩子日长夜大，哭起来声音嘹亮。元英总是早早地就催容美回家，她并不像那些做外婆的同龄人那般溺爱外孙，至少没有像容先生那般溺爱。她原本就是那类硬气的、不喜欢儿女情长的女人，再说她的心脏让她更需要安静，她要求容美每星期至少有一次是单独过来，元英似乎更享受两个女儿一起在身边的时光。

春天的一个下午，天气温暖，容美来探望元英，容智陪容先生去复兴公园散步，容美终于找到机会可以和元英聊聊关于阿馨和容智的事。想到阿馨已去，容美心里涌来很深的伤感，阿馨不再是那个未谋面的“舅妈”，她是容智的亲妈，可她们再也没有机会见面。

她给元英泡了一杯茶，坐到她身边。元英说：“我现在不喝茶了，真奇怪，自从心脏搭桥以后不想喝茶了，怎么会不想喝茶呢？”

元英若有所思，容美莫名地心一沉，一时不知如何接话，默默接过元英这杯茶，想喝，又放下，太烫了。

“不用为我担心，我都快七十五岁了，活到这把年纪也赚了，阿馨比我年轻却走了！”

容美一惊，坏消息总是比好消息脚步快，容美张了张嘴咽下想说的话。

“阿馨得了忧郁症，没想到忧郁症会让人自杀，可怜的阿馨，终究还是没有看到自己的……”元英突然停下，好像哽住了。

“她知道容智吗？”

容美终究问了最想问的问题。

“她不知道！何必让她知道，当时，我们都没有容智的消息。”

“假如她还活着，你会让她见容智吗？”

容美话一出口便后悔，又要惹元英生气。元英却心平气和，语气客观——

“她有一阵很想念女儿，后来又不提了！我同情她，可也要顾忌容智的想法，当时告诉她亲生母亲不在了，为了不要让她心里有恨！谁知道阿馨，几十年都过了，突然要来找女儿！”

容美不敢表态，元英叹了一气。

“人心都是肉长的，我是同情她的，不过，我也没有办法让她们见面，那时候，容智根本没有消息，即使见了，容智大概也不会原谅阿馨。”

容美附和地点点头，为了听下文。

“元鸿进监牢时容智才一个多月，阿馨没有文化难找工作，必须嫁人才有饭吃，带着女儿怕惹麻烦，人家会追究孩子父亲是谁！我帮她找了一户人家，不知道为什么，容智在那户人家里很吵，日日夜夜哭，那家人受不了，又把她送回来，她在我这儿很乖，带她睡了几天就有感情了，不舍得再送走，为了她，急急忙忙和你爸爸结婚……”元英一笑，是苦笑，“我们相亲认识，算我额角头高（幸运），嫁对人了，你爸爸多好的人，比我还宠容智……”

容美使劲点头，忍不住发出新的问题。

“容智什么时候知道自己是……舅舅的……女儿？”

“这个再找时间告诉你，今天讲了太多，累了！”

元英果真有些气喘，容美不敢再多话，她欲把元英扶上床，元英摆摆手，头靠着沙发背闭上眼睛道：“那些年想着要待容智好，反而疏忽了你。”

容美摇头，摇出眼泪。

“既然阿馨去了，也没有必要告诉容智了，她受了这么大冤屈，不能再刺激她了，以后我和你爸爸走了，只有你能照顾她！想到你一直很懂事，我就很安慰！”

听到容智和父亲上楼梯的脚步声，容美飞快抹去涌出的眼泪。

元英七十五岁生日这天，容智和容美为她在锦江饭店办了一桌酒，请来了芸姐姐和宝珠，以及元福夫妇。

这个生日宴，知成表哥也会来。容美原本希望给元英一个惊喜，但又怕她太受刺激，于是，她叮嘱知成表哥，在他到上海之前，先给元英发张生日贺卡。

元英并没有太意外，她告诉容美，容智回家是最大的喜悦，其他人都变得不重要。但是，当知成表哥出现在生日宴席上时，元英仍然显得吃惊，她是吃惊知成老了。可对知成来说，元英的老态给他的刺激要大得多，那一刻，他的眼圈红了。

知成表哥特意坐到容智身边，他们偶尔会窃窃私语说些话，是的，元鸿是他们俩的父亲！对于这一真相，容美仍然有些不习惯，现在她看不出容智脸上有什么异样的神情，她淡淡地笑着，有些疲惫，似乎容智不再有力气像过去那样直接鲜明地表达自己的心情。

芸姐姐夫妇带宝珠一起来参加生日宴。宝珠坐在轮椅上，她只认得元英，其他人都搞混了，事实上，她并不注意其他人，除了知成。她把知成当作元鸿，不时问他什么时候回的上海。饭吃到一半，她就瞌睡了。

芸姐姐第一次见到知成。但是，人们都没有注意到这件事，甚至都没有意识到，他们是同父异母的兄妹。他们互相留名片，像刚认识的新朋友，而不是亲人。元英偷偷向容美嘀咕，家人分开太久也会变成陌生人。

元英笑盈盈地对着满桌人，她变得知足达观，尤其是当她看到知成时没有任何抱怨。她饶有兴味地向知成打听他生活的城市东京，对知成表哥的每句话，元英都点头称是。当知成告诉她，不久将带全家搬回上海，元英有些不以为然，但她没有表现出来。

容美发现元英其实在迎合知成，她不再像过去那样，去评判或审视，她表现的宽容让容美有点不习惯，难道一场手术会改变一个人的个性？

元英常常罔顾众人，只一心一意看着一左一右的容智和容美，她不时怔忡片刻，仿佛在问自己：这是否是个虚幻的梦？

她在生日宴散席时偷偷对两个女儿说，心里满足了，再发心脏病不怕了。容美赶忙拉着元英的手去拍木头桌子三下，说，这种话可不能说。元英向容智笑说，我们家最迷信的是年纪最小的人。

容智顺着元英的话题点头或微笑，她的温和顺从让容美失落惆怅，仿佛容智的魂被抽离，被留在德国的精神病院了。

元英在手术半年后去世，心功能衰竭引起了休克，在救护车送去医院的路上元英已停止呼吸，当时容智陪在身边。

元英的大殓该来的人都来了，除了肖俊。肖俊的母亲刚脱离病危，他正在大连飞往上海的飞机上，这架飞机从凌晨延误到中午。

令容美稍感意外的是，知成表哥把秦蓝滨也带来了，秦老师告诉容美，关于她母亲，他们插队在黑龙江时，知成曾经有过太多描绘。他没有想到，知成口中的像姐姐一样年轻的孃孃，竟然是容美的母亲。

元英的大殓与元凤的大殓相隔三年，但容美觉得似乎隔了十年，因为中间发生了太多事，虽然很多事是发生在她心里。有时容美又会觉得元英元凤元鸿的大殓是连在一起的，那天在殡仪馆门口的情景还历历在目：表姐晶晶问道，你姐姐她……好吗？她突兀地毫无预兆地转了话题。容美敷衍她，还好……她就这样……晶晶便不客气地追问，更像是责问，这样……这样是怎样呢？容美后悔没有预先为亲戚可能发出的疑问准备好答案，然后和母亲交换元鸿去世的消息，元英向她嘀咕，我们不知道，他们没有告诉我们……

葬礼进行前，元英的灵柩被推出来，睡在灵柩里的元英仿佛缩小了一圈，容智和容美一起扑上前喊着“妈妈”。容智伸手去摸元英的脸，接着就昏倒在地。

现场一片凌乱，楷文和肖俊几乎同时出现。

容智很快醒来，她拒绝去医院，葬礼开始后，她变得异常冷静。

这天知成表哥几乎没说话，他沉浸在自己的情绪里，他对元英有许多愧疚和遗憾不是吗？她曾经待他最像亲人。

在豆腐羹饭席上，容智和容美一左一右坐在容先生边上，她们要仔细照顾好父亲，他这两天既没有流泪也没有说话，自从和元英结婚，他们夫妇几乎没有分开过。

芸姐姐夫妇、知成表哥和楷文挨着容智坐在圆桌那一边，容美这边是肖俊、秦蓝滨以及元福夫妇。上菜时，芸姐姐站起来给众人布菜。

“我妈脑子越来越糊涂，已经不认识我，伊胃口好，喜欢吃红烧肉，身体好着呢，说不定活得比我长！”

芸姐姐说着，没有悲伤和抱怨，更像是在讲一个现象。她笑了一笑，她丈夫跟着笑了一笑，于是元福也笑了一笑。餐桌上的凝重被驱散了一下。

容美订的豆腐羹饭是最高规格，有海参明虾等高档海鲜，她心里却存疑问，亲人的葬礼后吃“豆腐羹饭”，和喜宴的酒席有什么两样？

然而，除了喜宴，也只有豆腐羹饭才能将亲友们聚在一张圆桌上。

肖俊在酒席上告诉众人，他在容美怀孕时买的莘庄别墅区的楼花还有两个月可以交房了，以后容先生和容智可以和他们一家一起生活。容美在旁边点头附和，这一刻她算是在心里原谅了肖俊，“离婚”这个话题她以后不会轻易提起。

“爸爸和你们过，我要回德国！”

容智回答肖俊说。

“为什么？”容美发问，已带上哭腔，“你在上海，爸爸最开心，妈妈已经不在了。”

“我在那里有医疗保险，有自己的家庭医生，看病方便，习惯了。”

圆桌静了一静。

容美想说什么，却被肖俊的手按了一下，他像是代她回答。

“没关系，现在来来去去很方便，想回来你就回来。”

容智点点头，微微一笑。

容美被绝望的情绪摄住，眼泪汪汪，肖俊轻声劝告容美，不要给容智压力，给她空间和时间，她可以任意来去中德两地，心理上完全放松！她终归是要回家的。

容美点点头，算接受肖俊的劝。

那晚，豆腐羹饭还未完全结束，容先生已疲惫得坐不住，容智带父亲先回家。容美让肖俊送他们，她留下陪亲戚们，楷文提出他来送，容美立刻扯住肖俊，这正合她心意。

接着离席的是芸姐姐夫妇，芸姐姐抱歉说她最近在服中药，一天喝两次汤药，晚上还要煎一次药。

容美将芸姐姐夫妇送到店外，刚道了别，芸姐姐突然回过身在容美耳边问："你妈后来都跟你说了吧？"

容美深深叹了一气："一直有点怀疑自己不是妈生的，没想到是容智……"

"真奇怪，你会有这种怀疑？"

"因为妈一直偏袒她！"

"这就是孃孃让我妈服帖的地方，待容智超过亲生女。"

"妈已经知道阿馨死了……"

芸姐姐点点头："这么大的事也瞒不了她……"突然缄口，喉咙好像梗住了。

容美转过身朝夜空看去，这晚的月亮竟是圆的，她抬起手臂迅速抹了一下眼睛。

"容智并不知道阿馨的事！"

"孃孃为她好！"

"你早就知道了？"

她转而问起芸姐姐，语气有些酸溜溜。

"那时你还是小姑娘。"

容美点点头，她现在更想知道，容智是在什么情况下知道自己的身世。

芸姐姐回答："已经好多年了，你好像还在读书，是夏天时候，容智去昆明找知成，嬢嬢知道后便去找知成娘要知成地址，她从知成娘话里听出知成早就知道容智是自己的妹妹，于是嬢嬢才明白知成为何要与倪家脱离关系，远走高飞去了黑龙江，心里就原谅他了。但我不知道为何嬢嬢要赶去昆明，她和知成一起把当年那些事告诉了容智，然后她带着容智一起回了上海。”

是的，芸姐姐仍然有不太明了的地方，容智为何去昆明，她对知成表哥的眷恋……容美的心别别跳着，有些秘密披露了会给人带来灭顶之灾。她并不清楚容智是否已经从深渊里出来……

“那段时间，我和同学去旅游，回来时觉得家里气氛有点古怪，我后来也一直觉得自己在家里被什么东西隔离了。”

“他们都不想让你知道，因为那时你还太年轻，怕你受刺激。”

“受刺激的该是容智啊！”

容美在心里说，手去捂住眼睛，她听到芸姐姐在说：“你看你，到现在还不能接受！”

她是为容智不能接受这样的现实，她曾经怀疑自己可能是捡来的，不过，这更像是一种自虐的恶作剧，她并不真的相信！

时光不能倒流，这样一种深刻的遗憾让容美胸口一阵发闷。

一辆接一辆出租车向他们慢慢驶来。

芸姐姐向容美挥挥手，丈夫为她打开出租车车门。

容美站在那里发了一阵呆。

容美回到包间时，其他桌的客人已走大半，都是元福送的客。她的这张桌上，知成表哥和秦蓝滨坐着，他们沉默着，显然知成表哥没有聊天的情绪。

几天后，知成表哥电话容美告知他将回日本。

“原本计划是搬回上海，但太太还是想留在日本。”

“听说女人比男人喜欢日本。”容美回答，立刻转了话题，“容智想回德国，我真的很担心。”

“不要太担心，要是她觉得回德国更自在……”他轻轻吸了一口气，“回来一次以后，她会经常回来。”

听起来他并不想多聊容智那些事，容美识相地挂了电话。

过了七七四十九天，等元英落葬后，容智便买了回德国的机票。在上海期间，她每天跟着容先生去公园练太极拳。

“回去时可以带回整套太极拳。”

她这么告诉容美。

“老爸怎么办？”容美赌气地问道，“你晓得他最舍不得你。”

容智的眼圈红了一下。

“等你的孩子长大了，也会离开你的。”

她的回答让容美噎住一般说不出话来。

不过，容美终于还是得到了令她不再担心的消息。

容智回德国不久又转去美国，她接受了楷文邀她一起经营饭店的建议。楷文将上海的日料店转手，他在美国的餐馆转手五年又转回来。容智在楷文的餐馆做收银员，楷文让她放心，她可以随时回德国看病，他也为她在纽约买了医疗保险。

容美一家最终未搬去莘庄，容先生和容美一样，无法离开市中心。肖俊把刚建成的莘庄房子卖了，这一转手又挣了一笔钱，在买房这件事上，容美佩服肖俊把握时机的天赋。肖俊把市中心的两室一厅换成三室两厅，给丈人准备了一间卧室，可容先生还是住在自己的家。好在肖俊已对这个结果有预设，他们现在的房子离容美娘家只隔一条马路。

容美对肖俊有了感激。她想起自己坐月子时元英对她说的话，最后陪伴你的不是你的孩子，是你的老伴。她现在才明白元英很清楚他们夫妻间的隔阂，但她又看穿他们是不会走到极端的，艰辛的人世间，人们总是选择相对容易的路走。元英终究比容美看得清。

元英的去世给容美带来的打击像一场疾病，必须通过漫长的时间去治愈。她常常梦见元英，她在梦里偏执地追问母亲，我是不是你亲生的？清晨醒来容美感受着巨大的失落，她直想哭。刚过一岁的儿子猛地从他的婴儿床上站起来，使劲摇晃她和肖俊的床，她把儿子抱到床上，让他睡在他们俩中间。儿子抓着她的发，脚已经搁到肖俊的脸上，睡意蒙眬的肖俊和精力旺盛的儿子一番挣扎，那一阵惊天动地的床上动荡和欢笑，满满覆盖了容美的忧伤。

图书在版编目（CIP）数据

家肴 / 唐颖著 . — 南京：江苏凤凰文艺出
版社，2019.5
ISBN 978-7-5594-1012-2

Ⅰ . ①家… Ⅱ . ①唐… Ⅲ . ①长篇小说 – 中国 – 当代
Ⅳ . ① I247.5

中国版本图书馆 CIP 数据核字（2018）第 180294 号

家　肴

唐　颖 著

责任编辑　黄小初　张　黎
装帧设计　薛顾璨
责任印制　刘　巍
出版发行　江苏凤凰文艺出版社
　　　　　南京市中央路 165 号，邮编：210009
网　　址　http://www.jswenyi.com
印　　刷　苏州越洋印刷有限公司
开　　本　889×1240毫米　1/32
印　　张　11
字　　数　220 千字
版　　次　2019年5月第1版　2019年5月第1次印刷
书　　号　ISBN 978-7-5594-1012-2
定　　价　52.00元